唐诗 的 故事

TANGSHI DE GUSHI

王曙 著

二十一世纪出版社集团
21st Century Publishing Group
全国百佳出版社

图书在版编目（CIP）数据

唐诗的故事／王曙著. -- 南昌：二十一世纪出版社, 2014.5
ISBN 978-7-5391-8875-1

（2021.4重印）

Ⅰ. ①唐… Ⅱ. ①王… Ⅲ. ①唐诗－诗歌欣赏－通俗读物

Ⅳ. ①I207.2-49

中国版本图书馆CIP数据核字(2013)第104389号

唐诗的故事

王曙／著

策　　划	张　明	
责任编辑	敖登格日乐	
封面设计	齐物秋水	
出版发行	二十一世纪出版社集团	
	（江西省南昌市子安路75号　330025）	
	www.21cccc.com　cc21@163.net	
出 版 人	张秋林	
经　　销	新华书店	
印　　刷	河北鸿祥信彩印刷有限公司	
版　　次	2017年9月第2版　2021年4月第2次印刷	
开　　本	880mm×1230mm　1/32	
印　　张	12.5	
字　　数	244千	
书　　号	ISBN 978-7-5391-8875-1	
定　　价	32.00元	

赣版权登字—04—2013—414

如发现印装质量问题，请寄本社图书发行公司调换 0791-86524997

目　录

第一章　帝国之都 ……………………………… 一

天街小雨润如酥 ………………… 三

火树银花合 ……………………… 九

金阙晓钟开万户 ………………… 一一

李白一斗诗百篇 ………………… 一五

慈恩塔下题名处 ………………… 二二

惟有牡丹真国色 ………………… 二六

人面桃花相映红 ………………… 二八

拾得红蕖香惹衣 ………………… 三二

冲天香阵透长安 ………………… 三六

第二章　唐玄宗与杨贵妃 ………… 三九

童子解吟长恨曲 ………………… 三九

六宫粉黛无颜色 ………………… 四四

三千宠爱在一身 ………………… 四六

华清宫殿郁嵯峨 ………………… 五〇

一骑红尘妃子笑 ………………… 五二

马嵬坡下泥土中 ………………… 五四

月明空殿锁香尘 ………………… 五八

御柳无情依旧春 ………………… 六〇

一篇长恨有风情 ………………… 六二

第三章　安史之乱 …… 六五

明年十月东都破 …… 六五

忆昔开元全盛日 …… 七一

武皇开边意未已 …… 七三

舞破中原始下来 …… 八一

鸦鹊楼前放胡马 …… 八四

三年笛里关山月 …… 九二

剑外忽传收蓟北 …… 一〇〇

李杜文章在 …… 一〇三

第四章　九曲黄河 …… 一〇七

欲穷千里目 …… 一一〇

岱宗夫如何 …… 一一二

洛阳宫中花柳春 …… 一一六

四海齐名白与刘 …… 一二四

第五章　诗意长江 …… 一二九

三峡连天水 …… 一三一

遥望洞庭山水翠 …… 一四三

此地空余黄鹤楼 …… 一四七

绿净春深好染衣 …… 一五〇

日照香炉生紫烟 …… 一五二

滕王高阁临江渚 …… 一五四

六朝如梦鸟空啼 …… 一五八

两三星火是瓜洲 …… 一六三

姑苏城外寒山寺 …… 一六七

余杭形胜四方无 …… 一六八

第六章　蜀地繁华 …………………… 一七六

　　春流绕蜀城 …………………… 一七六

　　花重锦官城 …………………… 一八一

　　五载客蜀郡 …………………… 一八六

　　锦官城外柏森森 …………………… 一九四

第七章　献诗干谒 …………………… 二〇一

　　不及公卿一字书 …………………… 二〇四

　　合著黄金铸子昂 …………………… 二一〇

　　吾爱孟夫子 …………………… 二一三

　　杜公四十不成名 …………………… 二一七

　　曲终人不见 …………………… 二二一

　　一日看尽长安花 …………………… 二二四

　　更生贾岛着人间 …………………… 二二六

　　十载长安得一第 …………………… 二二九

　　鹦鹉才高却累身 …………………… 二三一

　　今朝有酒今朝醉 …………………… 二三四

第八章　关于长生 …………………… 二三九

第九章　唐人边塞诗 …………………… 二四七

　　渭城朝雨浥轻尘 …………………… 二四八

　　五原春色旧来迟 …………………… 二五〇

　　鸊鹈泉上战初归 …………………… 二五三

　　不教胡马度阴山 …………………… 二五五

　　黯黯见临洮 …………………… 二五八

　　只将诗思入凉州 …………………… 二六二

　　仍留一箭射天山 …………………… 二六四

　　高高秋月照长城 …………………… 二六六

居延城外猎天骄 …………………… 二六七

春风不度玉门关 …………………… 二七〇

陇头路断人不行 …………………… 二七二

河湟隔断异乡春 …………………… 二七四

九月天山风似刀 …………………… 二七七

轮台城头夜吹角 …………………… 二七九

不破楼兰终不还 …………………… 二八三

碎叶城西秋月团 …………………… 二八七

第十章　大唐艺术 …………………… 二九三

吴生远擅场 …………………… 二九三

屏风周昉画纤腰 …………………… 二九六

遗画世间稀 …………………… 二九七

大弦嘈嘈小弦清 …………………… 三〇〇

谁家玉笛暗飞声 …………………… 三〇五

夜闻箠篥沧江上 …………………… 三一〇

泠泠七弦上 …………………… 三一三

凉馆闻弦惊病客 …………………… 三一五

天下谁人不识君 …………………… 三一八

落花时节又逢君 …………………… 三二一

一舞剑器动四方 …………………… 三二六

左旋右旋生旋风 …………………… 三二八

紫罗衫动柘枝来 …………………… 三三三

归作霓裳羽衣曲 …………………… 三三六

第十一章　唐朝妇女 …………………… 三四四

上阳宫人白发歌 …………………… 三四四

闺中少妇不知愁 …………………… 三四七

侯门一入深如海 …………………… 三四九

三日入厨下 …………………… 三五一

为他人作嫁衣裳 ………………… 三五五

宁辞捣衣倦，一寄塞垣深 ……… 三五七

犹抱琵琶半遮面 ………………… 三五九

第十二章　诗歌、爱情与记忆 ………… 三六五

此情可待成追忆 ………………… 三六五

赢得青楼薄幸名 ………………… 三七七

待月西厢下 ……………………… 三八一

东邻婵娟子 ……………………… 三八四

却话巴山夜雨时 ………………… 三八七

贫贱夫妻百事哀 ………………… 三九〇

第一章　帝国之都

　　长安即今日的西安市，位于渭河平原中部。渭河平原土地肥沃气候温和，农业生产发达，古代曾是全国最富庶的地区之一。由于东有函谷关（今河南灵宝县东）、南有武关（今陕西丹凤县境内）、西有散关（今陕西宝鸡市境内）、北有萧关（今甘肃固原县东南），故自古以来就称为"关中之地"，形势非常险要。占据关中后，进可攻退可守，因此，历史上有西周、秦、西汉、隋、唐等朝代在此建都。而今日的西安市，则正是一千多年前隋唐首都长安城的旧址。

　　唐太宗李世民曾在他写的一首《帝京篇》中，以雄浑的气魄，描绘了唐都长安的壮观景象。

▶ 帝京篇（选一）　　［李世民］

　　　秦川雄帝宅，函谷壮皇居。
　　　绮殿千寻起，离宫百雉余。
　　　连薨遥接汉，飞观迥凌虚。
　　　云日隐层阙，风烟出绮疏。

　　[译文] 秦地的平川是雄伟的帝王之家，函谷关拱卫着皇家的居留之地（"秦川"泛指由陕西潼关至宝鸡之间的渭河平原；"函谷关"在潼关之东，秦时是极其险要的关隘）。你看那华丽的殿堂高有千寻，离宫的外墙足有一百余雉（"寻"为古长度单位，八尺为寻；"雉"音 zhì，古代计算城墙面积的单位，长三丈高一丈为一雉；"离宫"是皇帝出行时临时居住

的宫殿，亦称行宫）。那接连不断的屋脊似乎碰到了天上的银河，高耸的楼观飞凌在虚空之上。在阳光照射的雾气中，隐约见到一层又一层的宫阙，微风吹散了轻烟，露出雕镂了精美花纹的窗格。

初唐四杰之一的骆宾王，也写了一首《帝京篇》，可以从中看到长安城的威严和壮丽。

▶ 帝京篇（摘录）　　[骆宾王]

山河千里国，城阙九重门。

不睹皇居壮，安知天子尊。

……………，八水分流横地轴。

秦塞重关一百二，汉家离宫三十六。

[译文] 我大唐的山河纵横千里，首都城阙门有九重。您如果没有见过这皇家宫殿的雄壮，又怎能知道天子的尊贵。泾、渭、沣、灞、浐、滈、潏等八条河流环绕着长安。秦地的关塞险固，有二万精兵足以抵挡百万大军；长安附近，汉家的离宫多达三十六处。

经过多年的考古研究，唐代首都长安城的概貌，已经大致清楚了。城市为长方形，东西长九千七百二十一米，南北为八千六百五十一米，全城面积约八十四平方公里，比现存城墙（明代修建）所圈的西安城几乎大十倍。城四周有高达六米的城墙，墙基厚九米至十二米，全由板筑夯土而成（俗称干打垒），墙面均未砌砖。城墙共开有十二座城门，每边三座，以南边的明德门规模最大。根据考古研究，明德门东西长约五十六米，南北约十八米，有五个城门洞。

长安城内有笔直的南北向大街十一条，东西向大街十四条。由这些大街划分出的一块块像菜畦一样的面积叫做"坊"，长安城共有一百一十坊，每个坊都有名字。坊内是房屋建筑，即人们生活居住的地方。诗人白居易在一首七绝中，描述了登高眺望长安城的情景：

▶ **登观音台望城**　　[白居易]

百千家似围棋局，十二街如种菜畦。

遥认微微入朝火，一条星宿五门西。

[**译文**] 长安城内百千家的分布像围棋盘一样，十二条大街把城市分隔得像整齐的菜田。远远望见官员们上朝打的火把，像一串星宿一样在大明宫的宫门附近。

唐代很多著名的人物，都在长安的"坊"里住过。例如白居易先后住在新昌坊、宣平坊、昭国坊和常乐坊，文学家韩愈住在靖安坊，柳宗元住在亲仁坊，书法家褚遂良的住宅在平康坊，名臣魏征的住宅在永兴坊，名将郭子仪住在亲仁坊，而奸相杨国忠和虢国夫人则住在宣阳坊等。

在长安城内外，共有三处皇帝居住的宫殿。即城北中部的太极宫（称为西内）、城东北角外的大明宫（称为东内）和城东的兴庆宫（称为南内）。这三处皇宫合称三大内。其中太极宫在隋朝就已建成，唐初皇帝唐太宗就住在这里主持政务，取得了著名的"贞观之治"。大明宫和兴庆宫则都是唐代修建的。

天街小雨润如酥

长安地处温带，气候温和，四季分明。唐代时，气候比现代要温暖湿润，因此，更适宜居住和生活。

我们从中唐诗人韩愈所写的绝句中，看看长安春天的开始：

▶ 早春呈水部张十八员外　　[韩愈]

天街小雨润如酥，草色遥看近却无。
最是一年春好处，绝胜烟柳满皇都。

[译文] 绵绵的春雨，像油一样滋润着首都长安大街小巷的土地。遥望初萌的春草已有绿意，可近看反而不显。一年最美好的时候就是现在，这比春深之时全长安都满是烟柳要强多了啊！

由诗题可知，此诗是韩愈写给他的友人诗人张籍的，张籍当时官职为水部员外郎，他在叔伯兄弟中排行十八。据记载，韩愈此诗写于唐穆宗长庆三年（公元823年）。

韩愈此诗，写早春之景异常美妙，尤其是"草色遥看近却无"，是人人都有亲身体验的初春现象，可被观察敏锐的诗人先总括出来了。

著名诗人贺知章在年轻时离开家乡，到长安考进士，于武则天证圣元年（公元695年）考中后，一直在朝廷做官，到天宝三年（公元744年）八十多岁时才返回故乡。他离家五六十年，家乡的亲朋好友多已亡故，而一些孩子们不认识他，常把他当作外来的客人。对此，诗人感慨系之，遂写出了名作七绝《回乡偶书二首》：

▶ 回乡偶书二首　　[贺知章]

（一）

少小离家老大回，乡音无改鬓毛衰。
儿童相见不相识，笑问客从何处来。

（二）

离别家乡岁月多，近来人事半销磨。
惟有门前镜湖水，春风不改旧时波。

第一首诗写得明白如话，可又非常生动，孩子们问这位须发雪白的老公公时的音容笑貌，跃然纸上。在第二首诗中，诗人深感几十年来故乡风景依旧，可人事已非，情调有些低沉。

▶ **咏柳**　　[贺知章]

碧玉妆成一树高，万条垂下绿丝绦。

不知细叶谁裁出？二月春风似剪刀。

[**译文**] 这高高的柳树像是用碧玉妆饰而成，垂下的万千枝条犹如绿色丝带。那尖尖的细小柳叶是谁剪裁的？原来是二月间春风那像拿了剪刀一样的巧手啊！

诗人韦应物是长安人，老家住在杜陵。有一年的寒食节，他出门在外，一人感到非常孤寂，写下了七绝《寒食寄京师诸弟》，很好地表达了旅居在外的人节日中倍加思念亲人的心情。

▶ **寒食寄京师诸弟**　　[韦应物]

雨中禁火空斋冷，江上流莺独坐听。

把酒看花想诸弟，杜陵寒食草青青。

[**译文**] 寒食禁火，春雨绵绵，空荡荡的书斋中一片冷清。我独自静坐，远处传来江上黄莺的啼声。端着酒杯看着窗外盛开的鲜花，心中思念远在长安杜陵家中的弟弟们，那杜陵郊野上的野草，想来在寒食节已长得繁茂碧绿了吧。

寒食节是唐代的重大节日，时间一般认为是农历清明节前一两天，节日一共三天。另一说寒食节在冬至之后一百零五天，这样就在清明节之后一两天。大约到明、清之后，寒食节逐渐被人们忘记了。

韦应物的山水诗也写得非常好，他的七绝《滁州西涧》不仅是极佳之作，而且对后世有深远的影响。

▶ **滁州西涧**　　[韦应物]

独怜幽草涧边生，上有黄鹂深树鸣。

春潮带雨晚来急，野渡无人舟自横。

[译文] 我特别喜爱那长在涧边的嫩绿青草，树林深处有着黄莺在鸣叫。春天的东风带着急雨在傍晚袭来，荒凉的渡口上寂静无人，只有一只空船斜横在水中。

此诗是韦应物在唐德宗建中二年（公元781年）出任滁州（今安徽滁县）刺史时所写。诗中绘出了一幅美妙的自然景色。这首诗虽然仅寥寥二十八个字，可写出了大量的内容，在幽草、深树、渡口、横舟这样一幅寂静的画面里，加入鸟鸣和风雨声，使得静中有动，动中又不失其静，艺术手法是相当高明的。

北宋的著名宰相寇准，对"野渡无人舟自横"一句极为欣赏，于是在自己写的诗《春日登楼怀归》中，将此句改为两句后纳入。

▶ 春日登楼怀归　　[宋 寇准]

高楼聊引望，杳杳一川平。
野水无人渡，孤舟尽日横。
荒村生断霭，古寺语流莺。
旧业遥清渭，沉思忽自惊。

寇准的"野水无人渡，孤舟尽日横"这两句诗，得到了北宋著名政治家兼文学家司马光的赞赏。在司马光写的《温公续诗话》中，有这样一段话："寇莱公诗，才思融远。年十九进士及第，初知巴东县，有诗云'野水无人渡，孤舟尽日横'……为人脍炙。"

由于韦应物这首七绝的流传，滁州西涧的景色为无数国内外游人所向往。西涧俗名上马河，故址在今安徽滁县城之西。遗憾的是，就在北宋时，据欧阳修说西涧已经无水，可能在那时就已淤塞。"野渡无人舟自横"的景象，只能存在于诗歌中了。

清初的文学家王士禛，在读了《滁州西涧》之后，曾专门到滁县的西涧去访古，当时那里已有人们据诗意建的野渡庵，王士禛在庵前题了下面这首七绝：

▷ **西涧**　[清　王士禛]

西涧潇潇数骑过，韦公诗句奈愁何。

黄鹂唤客且须住，野渡庵前风雨多。

[译文] 西涧上风雨萧萧，几骑人马走过。韦公的那首佳诗，唤起了人们多少愁思。黄莺儿的叫声像是让客人们暂且住下，野渡庵前的风雨，自古以来就很多啊！

中唐诗人杜牧，写了一首极其著名的七绝《秋夕》：

▷ **秋夕**　[杜牧]

银烛秋光冷画屏，轻罗小扇扑流萤。

天阶夜色凉如水，卧看牵牛织女星。

[译文] 烛光和月光照在彩画的屏风上，姑娘挥动着丝绢的团扇，在追逐扑打着飞萤（诗中"流"字用得极妙，在黑暗的夜空中，飞舞的萤火虫宛如一条条亮光，在你身旁轻轻流过）。这满是繁星的夜晚清凉如水。她跑累了，正躺在草地上（或纳凉的竹床上），仰望着天上的牛郎织女星出神呢！

这首《秋夕》大多数人都认为是描述唐代皇宫中宫女寂寞孤独生活的作品。从全诗的境界看，应该是一位活泼可爱的少女在初秋之夜乘凉或嬉戏时的情景，并没有寂寞孤独的味道。至于"天阶"，它不是石台阶，而是我国古代天文学中星的名字。"天阶"即"三台"，亦称天柱、泰阶、三阶、三衡或三奇。

初秋时即相当于我国阳历九月的上半夜，在我国中部和东部，牛郎星和织女星在头顶，仰卧正好看见。

中唐诗人赵嘏，在唐代时即被人们称为"赵倚楼"，这一雅号来自他所写的一首七律《长安晚秋》：

▷ **长安晚秋**　[赵嘏]

云物凄清拂曙流，汉家宫阙动高秋。

残星几点雁横塞，长笛一声人倚楼。

紫艳半开菊篱静，红衣落尽渚莲愁。

鲈鱼正美不归去，空戴南冠学楚囚。

[译文] 拂晓时凄清凉冷的云雾在缓缓飘游，长安宫阙中的花木凋零，一派深秋景象。天边上只余有几点残星，北方边塞归来的雁群正向南飞。有人在高楼上斜倚栏杆吹笛，一声长笛传来使人黯然神伤。竹篱旁紫色酚菊花半开一片静谧；红艳的莲花落尽荷叶枯萎使人愁思难解。秋风起了，鲈鱼正肥，为何不及早归去？何必要像囚徒似的留在长安，在无聊中打发时光呢？

西晋时，吴郡（今苏州）人张翰在首都洛阳做官。一年秋风起时，他想起故乡的鲈鱼等美味，于是辞官回家。上诗第七句即用此典故。诗第八句中的"南冠"、"楚囚"都是囚犯的意思，来源于《左传》，说有一次晋国的国君到军府中，问下属钟仪说：那个头戴南方帽子被监禁的人是谁？管事的人回答说：这是郑国人所献的楚国囚犯。

唐代名诗人杜牧，在读到这首《长安晚秋》时，对其中的"残星几点雁横塞，长笛一声人倚楼"这一联特别欣赏，不仅反复吟咏不已，而且称作者为"赵倚楼"，于是，这个雅号就一直流传到了后世。

从隋代开始，实行用科举考试选拔官吏的制度，到了唐代，科举制度更加发展，并且设有各种考试科目，其中最为人们重视的是"进士科"。进士科考试有一个项目是考写诗，当时叫做试帖诗。对试帖诗的格式，有严格的规定，即要求写五言六韵的长律。考试时，由主考官出诗题，参加考试的举子们则按试帖诗的要求写诗，凡不符合要求的，当然不会被录取。

唐玄宗开元十二年（公元724年），诗人祖咏到长安参加进士科的考试，试题为《终南望余雪》。祖咏一看，这倒是一个富于诗意的题目，在经过一番构思之后挥笔迅速地写下了四句：

▶ **终南望余雪** ［祖咏］

终南阴岭秀，积雪浮云端。

林表明霁色，城中增暮寒。

［译文］ 终南山的北坡一片秀色（长安在终南山之北，由长安眺望，见到的是积雪未化的山北坡），山岭高耸入云端，积雪好似浮在云层之上。黄昏雪晴，淡淡的阳光抹在林梢；天色晚了，一阵阵寒气向城中袭来。

按照试帖诗的要求，还缺八句，要想有被录取的可能，就必须再添上这八句才行。祖咏想了又想，推来敲去，竟然连一句也续不出来。因为他想到，我这四句已经将意思全写完了，正好是一个完整的艺术品，如果硬要再加上几句，岂不是画蛇添足吗？不如就这样交卷，这才真正代表我的才学。

于是，祖咏就提前交了卷。主考官一看他只写了四句，便很奇怪地问他：现在还有时间，你为何不把诗写完呢？祖咏回答说：诗已经写完了，因为我的意思已经表达完全了。

这位主考官，倒是一位有水平的人，他反复读了祖咏写的这四句诗，觉得的确是佳作，这样的人才不可失掉，于是破格录取了他，祖咏于是在这一年考中了进士。

火树银花合

在唐代，首都长安每天晚上都要戒严，夜间街上有军队巡查，除皇帝特许外，对私自夜行的人要处以极重的刑罚。可一年中有三天例外，那就是正月十五元宵节前后，只有这三天晚上准许百姓上街通宵游玩，主要是观赏各种特制的灯火。

长安正月十五的花灯非常有名，唐玄宗先天二年（公元713年），正月十五、十六及十七日夜，在长安安福门外搭起二十丈高的巨大灯轮，用绸缎包裹，装饰以金玉，上面点了五万盏灯，灿烂犹如鲜花盛开的树丛。灯轮之下有穿着锦绣衣服，满饰珠翠的少女千余人，按着音乐的节拍跳舞唱歌，就这样狂欢了三昼夜。

初唐诗人苏味道，精彩地描写了长安正月十五晚上的热闹情景：

▶ **正月十五夜** [苏味道]

火树银花合，星桥铁锁开。
暗尘随马去，明月逐人来。
游伎皆秾李，行歌尽落梅。
金吾不禁夜，玉漏莫相催。

《正月十五夜》这首诗头一句写长安城内灯火的辉煌，像火树银花一样的灿烂美丽。第二句说装饰着星星一样灯火的桥打开了铁锁，任人通行（因为晚上不戒严了）；第三、四句说人们骑着马上街游玩，尘土随着马蹄飞扬，天上明亮的圆月也紧紧地追逐着人而来；第五、六句说歌女们都打扮得像桃李花一样的美艳，街上还奏着《梅花落》的乐曲；结尾两句说，执行戒严的官儿们（即金吾）今天晚上不管事，漏壶啊！你慢点滴吧，别让快乐的夜晚过得太快了。

漏壶是古代用以计时的仪器，相当于现代的钟。在北京故宫交泰殿内，就陈列着一台清代的计时漏壶。

苏味道是武则天当政时代的大臣，当过好几年宰相。他的诗虽然写得不错，可为人却是一个极其圆滑的官僚。传说他当宰相刚上任时，部下有人向他请示说："现在有很多急事，相公大人您看怎么办？"他不置可否，只是用手摸胡床（即交椅）的棱。这个人就是这样，凡遇大事都不拿主意，不作决断。因此，当时的人给他取了个外号，叫做"模棱宰相"，又称"苏模棱"。

金阙晓钟开万户

唐肃宗至德二年（公元757年）秋，郭子仪率领的唐军打败安史叛军，收复了首都长安。次年春，即乾元元年春天，唐朝廷有了一点中兴的气象。

这时诗人贾至、王维、岑参和杜甫都在朝中供职，他们彼此唱和写了一组关于长安大明宫的诗篇。诗由贾至最先写了一首，其他人则和作，格式都采用典雅的七律。下面先看看贾至的作品：

▶ 早朝大明宫呈两省僚友　　[贾至]

> 银烛朝天紫陌长，禁城春色晓苍苍。
> 千条弱柳垂青琐，百啭流莺绕建章。
> 剑佩声随玉墀步，衣冠身惹御炉香。
> 共沐恩波凤池里，朝朝染翰侍君王。

[译文] 天还没亮，点着蜡烛踏着漫长的道路赶去上朝，这紫禁城中的春色在拂晓中显得苍苍茫茫。在那宫中涂青色的雕饰门窗外，成千条柔软的柳枝低垂，黄莺儿婉转的鸣声环绕着建章宫（本为汉宫名，此处借指唐宫殿）的殿堂。缓步走上皇宫的玉石台阶，身上的剑佩丁当作响，大殿中香烟飘浮，染得臣子们的衣冠都那么芬芳。我们都在这中书省（即凤池）受到朝廷的恩典，每天提笔起草公文替皇上办事。

诗的作者贾至，是与杜甫、李白同时的诗人，安史之乱唐玄宗向成都逃亡时，他曾跟随而去，被任命为中书舍人、知制诰（替皇帝起草诏书的秘书），故别人常称他贾舍人。

贾至的《早朝大明宫呈两省僚友》诗写出后，真是起了"抛砖引玉"的作用，因为随之由王维、岑参和杜甫写的和诗，艺术水平都比贾诗要高。其中尤以王维和岑参作品更为历来的人们称道，以至于在著名的唐诗选本《唐诗别裁》和《唐诗三百首》中，都只选入了王诗和岑诗，贾至的诗反而没有选入。

▶ 和贾至舍人早朝大明宫之作　　[王维]

绛帻鸡人报晓筹，尚衣方进翠云裘。
九天阊阖开宫殿，万国衣冠拜冕旒。
日色才临仙掌动，香烟欲傍衮龙浮。
朝罢须裁五色诏，佩声归到凤池头。

[译文] 头上包着红布（象征鸡冠）的鸡人敲着更筹（古代夜间报更的竹牌），在宫中报告清晨的到来。掌管衣裳服饰的尚衣局给皇帝送上了翠云裘。那高耸好似在云端的宫殿中，宫门慢慢地开启了。文武百官、各国使臣一齐向着天子朝拜。太阳刚出仙掌（宫中铜铸仙人像，伸掌托盘以接露水）影子在移动，御炉中燃烧的异香烟雾，围绕着皇帝的龙袍在飘浮。早朝散后贾舍人要起草诏书，身上玉佩的丁当响声一直伴随着他回到中书省。

王维这首诗写得富丽堂皇，气派宏大，尤其诗中的第三、四两句，历来为人们所称颂。

▶ 和贾至舍人早朝大明宫之作　　[岑参]

鸡鸣紫陌曙光寒，莺啭皇州春色阑。
金阙晓钟开万户，玉阶仙仗拥千官。
花迎剑佩星初落，柳拂旌旗露未干。
独有凤凰池上客，阳春一曲和皆难。

[译文] 曙光初露天气犹寒，上朝的路上听见鸡鸣喔喔。黄莺也于春末时在长安婉转啼叫。随着宫阙里的晓钟声，千万扇宫门大开，玉石台阶两侧排着皇家仪仗，文武百官肃立朝见。鲜花迎着饰有剑佩的官员们，晓星初落，露水未干的柳条拂着仪仗的旌旗。唯有中书省的贾舍人，他这一首阳春白雪和起来实在困难。

杜甫的和诗是这样的：

▶ 奉和贾至舍人早朝大明宫　　[杜甫]

五夜漏声催晓箭，九重春色醉仙桃。

旌旗日暖龙蛇动，宫殿风微燕雀高。

朝罢香烟携满袖，诗成珠玉在挥毫。

欲知世掌丝纶美，池上于今有凤毛。

[译文] 在夜间的漏壶声中不觉天已微明（漏壶为古代计时仪器，晓箭为壶上指示时间的箭状物），春色秾丽，宫中桃花盛开如醉。旭日初升，旌旗上绘的龙蛇随风飘动，宫殿上空，燕雀迎着微风高翔。散朝时满袖香雾芬芳，更有那贾至挥笔写下了珠玉般的诗篇。要想知道起草诏书人文章的华美（丝纶指皇帝的诏书），看看如今中书省贾至舍人父子两代任知制诰，他们的文才真使人钦佩啊（称赞别人有文才的儿子叫做凤毛，贾至的父亲也曾任中书舍人）！

在北京故宫翊坤宫的中间墙上，贴有恭楷书写的岑参的《和贾至舍人早朝大明宫之作》及杜甫的《奉和贾至舍人早朝大明宫》等诗篇，可见连后世的帝王们也非常重视。

兴庆宫位于长安城东偏北方，它原来是唐玄宗即位前当亲王时的王府。开元二年（公元714年）改兴庆宫。开始只是玄宗偶尔来玩玩的离宫，后经多次扩建，开元十六年竣工后，玄宗就基本上在这里居住和处理政事。兴庆宫因在太极宫和大明宫之南，故称南内。

兴庆宫内的主要建筑有正殿兴庆殿，还有大同殿、南薰殿、沉香亭以及著名的勤政务本楼和花萼相辉楼等。

"花萼相辉楼"建在兴庆宫西南角西侧，隔一条街的对面，是唐玄宗几个兄弟居住的胜业坊和安兴坊，楼名题作"花萼相辉之楼"，是称颂他们兄弟友爱的意思。花萼楼面临西面的大街，每逢节日，楼前非常热闹。

一个无名的诗人，写了一首这样的《宫词》：

▶ 宫词　　[无名氏]

花萼楼前春正浓，蒙蒙柳絮舞晴空。
金钱掷罢娇无力，笑倚栏杆屈曲中。

[译文] 花萼楼前春意正浓，蒙蒙薄雾一样的柳絮在晴空飞舞。那掷完了金钱的娇气宫女累了，正靠着栏杆望着楼下官员的样子好笑呢！

这首诗写的是开元年间，玄宗带着妃嫔宫女等在花萼楼上饮酒作乐，文武百官陪同侍宴的情景。皇帝喝得高兴的时候，想出了新鲜玩意儿，命宫女取来一些黄金制成的钱币赏赐给百官。赏的方法是派宫女们从楼上往下撒，文武官员在楼下争拾，谁拾到就是谁的。可以想象，在黄金钱币面前，这些官员们连架子、面子都不要了，争先恐后地抢拾。皇帝、妃嫔和撒钱的宫女们在楼上看见大官们的这种样子，都高兴得哈哈大笑。从唐人诗中所描述情况看，开元年间在游乐盛会时撒金钱助兴，并不限于对百官，甚至对于百姓们也曾有过，距开元年间不过几十年的中唐诗人顾况，在他写的《宫词》中，就记述了这种情况：

▶ 宫词五首（选一）　　[顾况]

九重天乐降神仙，步舞分行踏锦筵。
嘈嘈一声钟鼓歇，万人楼下拾金钱。

[译文] 在九重天上仙乐一样的皇家乐曲声中，装饰得美如神仙的演员出场了。她们在舞台上（"锦筵"为舞台）排列成行载歌载舞。忽然间繁杂的钟鼓声一齐停歇，只见成千上万的百姓们在勤政务本楼前争拾撒下的金钱。

勤政务本楼建于开元八年（公元720年），它也位于兴庆宫的西南角，面临南面的大街，凡是重大典礼如皇帝宣布大赦、改元（改年号）、受降，以及赐民大酺（招待老百姓参加宴会）等，都在这里举行。

李白一斗诗百篇

传说诗仙李白的母亲梦太白金星入怀，因而生李白，号太白。李白天资绝高，性格清奇，嗜酒如命，诗才如仙，自号青莲居士，人称李谪仙。

一次李白在湖州（今浙江吴兴）酒楼饮酒，醉后高歌，旁若无人。湖州司马经过，听见歌声而派人询问，李白随口答诗道：

▶ **答湖州迦叶司马问白是何人**　　[李白]

青莲居士谪仙人，酒肆藏名三十春。

湖州司马何须问，金粟如来是后身。

[**译文**] 我这个青莲居士是因有过错被罚下凡的仙人，在酒店中混迹了三十年不为人所知。至于我是谁您湖州司马何必还要问呢？我原是金粟如来的化身（金粟如来即佛教中的维摩诘，是如来佛的好友）。你这个迦叶怎么连我都不认识了呢！

由诗题可知，问李白是何人的湖州司马姓迦叶，这个姓很少见，也很有意思，因为"迦叶"是释迦牟尼的大弟子之一，在庙宇的如来佛塑像两侧，常有二弟子塑像侍立，其中一名"阿难"，一名"迦叶"，李白上面这首诗，就是根据湖州司马的姓和他开了个玩笑。

天宝元年（公元 742 年），李白与道士吴筠共同隐居在今浙江曹娥江上游的剡中，吴筠在会稽游览时，遇到唐玄宗召他入京，他乘机向玄宗推荐了李白。此外，玄宗的妹妹玉真公主（当时已出家为道士）久闻李白诗名，也支持李白来长安，于是唐玄宗下诏书召李白入京。李白认为实现自己政治抱负的机会到了，非常兴奋。在南陵（今安徽南陵县）与家中妻儿告别时，写了下面这首七言古诗：

▶ 南陵别儿童入京　　[李白]

白酒新熟山中归，黄鸡啄黍秋正肥。

呼童烹鸡酌白酒，儿女嬉笑牵人衣。

高歌取醉欲自慰，起舞落日争光辉。

游说万乘苦不早，著鞭跨马涉远道。

会稽愚妇轻买臣，余亦辞家西入秦。

仰天大笑出门去，我辈岂是蓬蒿人。

[译文] 家酿的酒熟了，我刚从山中归来，秋天了，正在啄食的黄鸡长得多么的肥。叫家人宰鸡备酒给我祝贺，孩子们笑呵呵地拉着我的衣裳。边喝边唱自寻快乐，酒酣兴浓，起身舞剑，剑光与落日争辉。我向皇帝表达自己的政治主张太晚了一点（李白时年四十二岁），现在就要跨马挥鞭远行了。朱买臣的妻子嫌家贫而离开了他，我现在是向家庭告别向西到长安去。临行出门时仰天大笑，我哪能是那种默默无闻在草野间过一辈子的人呢。

李白刚到长安时，的确受到了皇帝的特殊优遇，召见时，唐玄宗亲自下辇步迎，让他坐在七宝床上赐食，皇帝亲手调羹招待他吃饭，并且说："您是个平民，名气为我所知，若不是一向道德文章好，哪能这样。"此后还问过他一些国家大事，请他起草过诏书，并且在玄宗一次召见时，李白真的不客气，叫高力士脱靴，高力士无奈给脱了，从此记恨在心。

李白在长安受到唐玄宗召见后，玄宗让他做翰林供奉，也可叫学士。这实际上不是一种官职，而是皇帝的文学侍从。玄宗召李白来长安，并不是要他参与国家大事（当时国家大权早被奸相李林甫一手把持了），只是让他作些精美诗词，作为他享乐生活的点缀。

在兴庆宫的龙池东面，以及沉香亭下，种了各色各样的牡丹花。

天宝二年（公元 743 年）四月，牡丹盛开。玄宗与杨贵妃前来赏花，挑了十六名最佳的乐工，以著名乐师李龟年为首，各执乐器准备奏乐唱歌助兴。玄宗说："今天赏名花，对妃子，怎么可以再听旧乐词。"命令李龟年速召翰林学士李白进宫，写新歌词再唱。李龟年带人到翰林院，说学士一早出去喝酒了。于是龟年到长安市中找寻，忽听得一座酒楼上有人高声狂歌：

> 三杯通大道，一斗合自然。
>
> 但得酒中趣，勿为醒者传。

李龟年知道一定是李白，于是上楼去请，谁知李白已酩酊大醉。龟年上前高声说："奉旨立宣李学士至沉香亭见驾。"谁知李白全然不理，口中念道："我醉欲眠君且去。"说完爬在桌上睡着了。龟年无奈，只好叫从人抬着李学士下楼，用马驮至兴庆宫。这件事在杜甫写的《饮中八仙歌》诗中有所记载。

李白在酒楼上所狂歌的四句，是李白所写的《月下独酌四首》中的第二首，它的全诗更为有趣，充分显示了李白那种狂放不羁的性格，可惜的是李龟年当初不曾听全，下面我们从李白全集中录出全诗，与读者一起欣赏这篇妙文：

▶ 月下独酌（其二）　[李白]

> 天若不爱酒，酒星不在天。
>
> 地若不爱酒，地应无酒泉。
>
> 天地既爱酒，爱酒不愧天。
>
> 已闻清比圣，复道浊如贤。
>
> 贤圣既已饮，何必求神仙。
>
> 三杯通大道，一斗合自然，
>
> 但得酒中趣，勿为醒者传。

[译文] 老天爷如果不喜欢酒的话，那天上就不会有酒星（在二十八宿的星宿中，名酒旗，传说它主宴席酒食）；土地爷如果不喜欢酒的话，那地上就应该没有酒泉这个地方。既然天

和地都爱酒,那我爱酒就是理所当然了。我已听人说清酒是圣人,又听说浊酒如同贤人,既然圣贤都已喝了起来,那人又何必求当神仙呢?喝上三杯,就可以融会贯通世间的大道理,喝上一斗,那就到达了完全超脱的自然状态。只有爱喝的人,才能体会到这酒中的乐趣,可千万别告诉那些不喝酒的人们。

李龟年将李白一直扶到沉香亭见了玄宗,因醉极了不能朝拜。玄宗命铺毛毯于亭畔,让他睡一会儿,见他口角流涎,亲自用袍袖拭去。后命歌唱家念奴含冷水洒面。李白醒了,见到皇帝,忙挣扎起来跪在地下说:"臣该万死。"玄宗叫人立即做醒酒汤来,汤来后又亲自用调羹调温后,让李白喝下,然后说:"今日芍药花(唐时称牡丹为木芍药)盛开,我和妃子赏玩,不欲听旧乐,故请你来作新词。"李白听后,要求皇帝赐酒,玄宗说:"你刚醒,再喝醉了怎么办?"李白答道:"臣是斗酒诗百篇,醉后诗写得更好。"玄宗乃命人赐酒,李白饮毕,立即赋了三首极其著名的《清平调词》:

▶ 清平调词　　[李白]

(一)

云想衣裳花想容,春风拂槛露华浓。

若非群玉山头见,会向瑶台月下逢。

(二)

一枝红艳露凝香,云雨巫山枉断肠。

借问汉宫谁得似,可怜飞燕倚新妆。

(三)

名花倾国两相欢,长得君王带笑看。

解释春风无限恨,沉香亭北倚阑干。

[译文一]　穿着云霞般衣裳的贵妃,她容貌像花一样美丽。栏杆外春风轻拂着带露的牡丹。多么的美啊!只有在女神王母

娘娘所住的群玉山头能够见到，或者王母娘娘的宫殿瑶池里在月光下的仙女才能和她比美。

[译文二] 一枝含露的红牡丹花艳丽而芳香，古代楚王只梦见虚幻的巫山神女，哪比得上今天美艳就在眼前。汉朝宫殿中哪位美人有点像贵妃呢？只有那新妆扮好的赵飞燕罢了（赵飞燕是西汉成帝的皇后，历史上著名的美人。传说她身轻似燕，能立在人托的盘子上跳舞）。

[译文三] 艳丽的牡丹花和倾国倾城美貌的贵妃，互相辉映，君王高兴得带笑地看个不停。在沉香亭倚着栏杆欣赏名花和美人，不管有多少春愁春恨，都会消失得无影无踪了。

唐玄宗读了这三首《清平调词》后大喜，命李龟年等即时演唱。于是盛唐时代的一些著名音乐家齐上阵，李谟吹笛，花奴击羯鼓，贺怀智击方响，郑观音弹琵琶，张野狐吹筚篥，演唱起来。杨贵妃在旁手执花枝笑领歌意，非常高兴。玄宗兴致一来，也拿起玉笛吹着伴奏。

唱毕，玄宗命贵妃执七宝杯，赐李学士一满杯西域产的葡萄酒。在我国唐代，还不会酿造酒精含量高的白酒，一般人喝的是用糯米或黄米（黏小米）酿成的米酒，相当于现代的醪糟酒，酒熟以后，不是用蒸馏法而是用过滤法取酒。因此，李白才敢说"百年三万六千日，一日须倾三百杯"。要是六十度的白酒，一天喝三百杯，恐怕谁也受不了。对于爱喝酒的人来说，这种酒自然不太过瘾。因此，当时人们认为酒味愈辣愈佳，太甜的酒是没人爱喝的。

因此，含有特殊香味，同时酒精含量较高的葡萄酒，是当时人们喜爱的酒类。尤其直接从西域运来的葡萄酒，质量比较高，更为人们所珍视。故玄宗在李白赋《清平调》后，特赐西域葡萄酒以示宠幸。

诗人杜甫在他写的七言古诗《饮中八仙歌》中，描绘了当时先后在长安的八个爱喝酒的名人的生活和醉态，其中就有上面所说的李白的故事：

▶ 饮中八仙歌　　[杜甫]

知章骑马似乘船，眼花落井水底眠。
汝阳三斗始朝天，道逢曲车口流涎。
恨不移封向酒泉。左相日兴费万钱，
饮如长鲸吸百川，衔杯乐圣称避贤。
宗之潇洒美少年，举觞白眼望青天，
皎如玉树临风前。苏晋长斋绣佛前，
醉中往往爱逃禅。李白一斗诗百篇，
长安市上酒家眠，天子呼来不上船，
自称臣是酒中仙。张旭三杯草圣传，
脱帽露顶王公前，挥毫落纸如云烟。
焦遂五斗方卓然，高谈雄辩惊四筵。

　　此诗中关于李白的四句，正是写的李龟年奉圣旨到酒楼上找李白，李白酒醉睡了置之不理的故事。诗中其他七个人是贺知章、汝阳王李琎、李适之、崔宗之、苏晋、张旭和焦遂。

　　贺知章是唐代诗人，李白的好友，前面已经谈到。李琎是唐玄宗哥哥宁王李宪的长子。杜甫在长安时曾参加过他举行的酒宴。诗中说李琎连去朝见皇帝时都要先喝三斗酒，路上碰见拉酒曲的车闻到酒味直流口水，恨不得被封到酒泉（今日甘肃酒泉，传说城下有金泉，水味美如酒）去当酒泉王。李适之在唐玄宗天宝元年，与李林甫同时当宰相，名望很高。李林甫嫉妒他，在皇帝面前诬告他因而免官。他为了排解烦闷，每天在家开宴席喝酒，可是过去的客人因为怕得罪李林甫而不敢上门了，于是他吟诗说："避贤初罢相，乐圣且衔杯，为问门前客，今朝几个来。"后来李适之被贬为宜春太守。天宝五年，李林甫大杀贤臣，李适之也被迫服毒自杀。《饮中八仙歌》中说他一天花上万钱开宴，喝起酒来像巨鲸吸干了多少条大河，衔杯句指他吟的诗。崔宗之做过侍御史的官。诗中说他长得漂亮，喝醉后摇摇晃晃好像一株洁白的玉树被风吹动。苏晋官至太子左庶子，信奉佛教，诗中说他喝醉酒后就忘了佛教的戒律。焦遂是一个平民，口吃得厉害，可是在酒醉之后却高谈阔论，使得四座客人都吃惊。

此诗中的张旭，是我国历史上著名的大书法家，以草书见长，被尊称为草圣。据说张旭写草书时，经常先喝得大醉，脱帽露顶（在当时是很不礼貌的事），狂跑大喊。然后拿起笔来疾书，甚至用头发沾墨水写，所写的草书都极其精采。他酒醒后，自己也惊奇怎么能写出这样好的字。这就是《饮中八仙歌》诗中写的脱帽露顶（露出头发）王公前，挥笔写出的草书状如云烟。

唐玄宗天宝十四年（公元755年），李白在宣城（今安徽宣城）一带漫游。这时，泾川（今安徽泾县）有位豪士汪伦，久慕李谪仙的大名，于是专门写信邀请诗仙，信中说："先生您不是喜欢游览吗，这里有十里桃花。先生不是喜欢喝酒吗，这里有万家酒店。"

李白接信后，非常高兴，立即前往。汪伦请李白住在自己家中，然后对诗仙说："十里桃花是说这里有一个桃花潭，距此十里，不过并无桃花；万家酒店是这里仅有的一家酒店，老板姓万，不是说有一万家酒店。"胸怀豁达的李白听罢，不禁哈哈大笑。

几天之后，李白告辞了，汪伦赠送他名马八匹，官锦十端，同时组织了一批村民，在汪伦的带领下手拉着手，以脚踏地为节拍，齐声唱歌欢送。诗人见此情景，异常感动，当场写下了一首七绝送给汪伦，这就是李白的著名作品《赠汪伦》。

▶ **赠汪伦** ［李白］

李白乘舟将欲行，忽闻岸上踏歌声。
桃花潭水深千尺，不及汪伦送我情。

［**译文**］李白我上了船正要启程，忽然听见岸上来欢送的人

们踏地歌唱的声音。你看那桃花潭虽然水深有千尺，可也比不上汪伦送别我的情意深。

关于汪伦，后代有人认为他是农民，但根据他与唐代许多诗人有交游的记载可知，汪伦应该是一位读书人或隐士，唐代宗时诗人刘复，就写有一首五言诗《送汪伦》。

在今安徽省泾县城西南二十公里处，有桃花潭，潭东岸有踏歌古岸，建有踏歌岸阁，相传这里就是汪伦及村民们欢送诗人李白的渡口。有趣的是，在安徽宿松县城南的南河口，也有桃花潭，并有汪村，传为汪伦后裔居住之地。当地人并传说，汪伦是私塾教师，在桃花潭边南台寺教书，李白临别时，汪伦带着学生在岸上踏歌相送。可实际上宿松县的桃花潭，是由于李白的《赠汪伦》一诗广泛流传后，经后人附会而成。汪伦的真正老家，应该在泾县而不是别处。

慈恩塔下题名处

唐太宗贞观二十二年（公元 648 年），太子李治（后来的唐高宗）为纪念他的母亲长孙皇后的"慈母之恩"，在长安城南的晋昌坊修建了一座宏大的佛寺，取名为"慈恩寺"。在唐时寺有十三个院落，一千九百间房屋，僧侣三百余人。

玄奘法师从印度归国后，主要就在慈恩寺翻译佛经。后来，玄奘向朝廷建议在慈恩寺内按印度佛塔形式兴建雁塔，用来贮藏从印度带回的佛经。唐高宗永徽三年（公元 652 年），玄奘亲自参加设计建造。初建时，雁塔为五层，高六十米，砖面土心，因此不能攀登。武则天长安元年（公元 701 年）重建雁塔，增高为十层，并由实心改成空心，内砌石台阶，使人们可以登临塔顶远眺。唐代诗人章八元，写有《题慈恩寺塔》一诗，描述了这时的十层雁塔景色：

▶ 题慈恩寺塔　　[章八元]

十层突兀在虚空，四十门开面面风。

却怪鸟飞平地上，自惊人语半天中。

回梯暗踏如穿洞，绝顶初攀似出笼。

落日凤城佳气合，满城春树雨蒙蒙。

[译文] 十层的雁塔高耸在天空，四十座门都打开了，风从四面吹入。从塔顶往下看，鸟儿好像在平地上飞，塔下的人却惊讶怎么半空中有人说话。踏着塔内回旋的石阶上登好像穿洞，攀上塔顶一看，顿时心胸开朗如出牢笼。夕阳西下长安渐隐没在暮霭中，蒙蒙细雨润湿于满城的春树。

唐时游览慈恩寺和大雁塔的人们，不少都在寺内题诗于"诗版"上留念，章八元这首诗也写在诗版上。大约在二十多年后，大诗人白居易和好友元稹到大慈恩寺游览，诵读诗版上所题诗句后，叫人将其他人的作品全都除去，唯独留下章八元这首写得非常高明的好诗。

后来由于还不太清楚的原因，雁塔最晚在唐玄宗天宝十一年（公元752年）又变成七层。直到唐亡后五代时，后唐长兴年间（公元930年至933年），西安留守安重霸又修了一次雁塔，目前雁塔大致就是这次修后的样子。

在唐代，慈恩寺中还一年一度的盛举，那就是"雁塔题名"。原来唐代进士非常难考，参加考试的常多达千人，每次不过录取十余人至三十人。因此考取进士在当时是极为荣耀的事情，录取之后，皇帝要在曲江赐宴，然后全体新进士登大雁塔，在塔内题名留念。诗人白居易在唐德宗贞元十六年（公元800年）考中进士，当时年二十九岁，在录取的十七名进士中，是年龄最小的一个。因此，白居易曾有"慈恩塔下题名处，十七人中最少年"的诗句。

唐玄宗天宝十一年（公元752年）秋天，著名诗人杜甫、岑参、高适、储光羲和薛据，到长安城南的慈恩寺游览，并且登上大雁塔眺望长安的秋景，正像大诗人李白所描述的那样，北眺所见的景色是："隐隐五凤楼，峨峨横三川。"

诗人岑参当年三十八岁，在五人中最为年轻。他随同唐军驻守西域刚刚归来，边塞上的生活，使得他的诗笔雄浑豪放。

▶ 与高适薛据同登慈恩寺浮图　　[岑参]

塔势如涌出，孤高耸天宫。
登临出世界，磴道盘虚空。
突兀压神州，峥嵘如鬼工。
四角碍白日，七层摩苍穹。
下窥指高鸟，俯听闻惊风。
连山若波涛，奔凑似朝东。
青槐夹驰道，宫馆何玲珑。
秋色从西来，苍然满关中。
五陵北原上，万古青蒙蒙。
净理了可悟，胜因凤所宗。
誓将挂冠去，觉道资无穷。

[译文] 雁塔好似从地下涌出，高高地直插天空。沿着在塔内盘曲钩楼梯，一直登到塔顶端。这宝塔压在大地之上，高峻的样子犹如鬼斧神工。从塔下仰望，塔的四角遮住了太阳，七层的塔顶碰到了天。从塔顶向下看，飞得高高的鸟儿却在脚下；俯身倾听，呼啸的风声不绝于耳。那远处山岭好似水的波涛，急忙地向东海奔去。天子专用的驰道（宽广的大路）两旁槐树青青，远眺宫馆楼阁，多么的玲珑美丽。秋天从西方来了，整个关中一片肃杀景象。北边有着汉代五个皇帝陵墓的咸阳原，千秋万代总笼罩在青蒙蒙的雾气之中。佛教的道理我又有所领悟，胜因（佛教的善道因缘）是我一贯崇信的。我真想挂冠归隐，去研究那无穷的佛法啊！

诗人杜甫也写了一首《同诸公登慈恩寺塔》。这首诗不仅描写了塔的自然景色，更重要的是诗人已预感到社会的动荡不安，危机可能随时爆发。他怀念唐太宗时的贞观之治，宛转地批评了唐玄宗只顾享乐不理朝政的荒唐生活。

▶ 同诸公登慈恩寺塔　　　[杜甫]

高标跨苍穹，烈风无时休。
自非旷士怀，登兹翻百忧。
方知象教力，足可追冥搜。
仰穿龙蛇窟，始出枝撑幽。
七星在北户，河汉声西流。
羲和鞭白日，少昊行清秋，
秦山忽破碎，泾渭不可求。
俯视但一气，焉能辨皇州？
回首叫虞舜，苍梧云正愁。
惜哉瑶池饮，日晏昆仑丘。
黄鹄去不息，哀鸣何所投？
君看随阳雁，各有稻粱谋。

[译文] 高耸的雁塔顶着苍天，强劲的秋风无休止地吹来。我没有那旷达者的宽广胸怀，登上这塔顶反而百忧交集。我这才懂得佛教的力量，是要将人们的思想引到深远而难以捉摸的地方。穿过塔内弯弯曲曲的楼梯，从支撑着木栏杆的幽暗底层登到塔顶。天已黄昏，北斗七星好像就挂在塔的北门前，连那银河西流的水声好像都听到了。太阳神的御者羲和不停地鞭打着给太阳神拉车的天马，催促时光流逝，秋神少昊随着凉风又归来了。在朦胧的暮色中，远处山势错杂，好像破碎了，连那浑浊的泾河和清澈的渭河也没法区分。景物已雾朦胧一片，哪还能看得清楚长安城呢？眼看着当前的国事日坏，多么地怀念像舜帝一样的太宗皇帝啊！可我见到的，只是遮蔽着昭陵的云

雾（昭陵为唐太宗的陵墓）。你看那骊山华清宫的游宴，一直喝到太阳落到昆仑山下还不罢休。朝廷中贤臣正人像黄鹄（传说中的神鸟）一样不断地离开，可到哪儿去才能排解心中的苦闷呢？你看那些趋炎附势拍马钻营的家伙吧！各有一套寻求升官发财的歪门邪道啊！

惟有牡丹真国色

在上古时代，没有"牡丹"的名称，通称芍药。到唐代时，才将木本芍药称为牡丹。牡丹因其花大，艳丽，且易于栽培，受到整个唐代社会的喜爱。在皇宫中，就种了很多牡丹，而在长安郊区的骊山则有专门的牡丹园，种牡丹万株以上。

在咏牡丹的唐诗中，名气最大的可能要数下面这首七绝了。

▶ **赏牡丹**　　[刘禹锡]

庭前芍药妖无格，池上芙蕖净少情。

惟有牡丹真国色，花开时节动京城。

[**译文**] 庭院里的芍药花虽然妖艳，但格调不高；池子里的荷花虽然洁净，但缺少风情。只有牡丹真是天下最美的花卉，它国色天香，自然生成，在盛开的时候使整个长安城的人为之倾倒。

在刘禹锡的这首七绝中，最著名的是第三句，经常为人们所传诵，因为他称赞牡丹为"国色"而别具新意。可是据另一段记载说，唐文宗爱好诗歌，在大和年间一次赏牡丹时，文宗问大臣程修己说，如今京城中所流传的咏牡丹诗，哪一首最佳？程回答说：中书舍人李正封的诗。那么，李正封的诗是怎样的呢？遗憾得很，它仅残存下两句：

天香夜染衣，国色朝酣酒。

▶ 买花　　[白居易]

帝城春欲暮，喧喧车马度。
共道牡丹时，相随买花去。
贵贱无常价，酬直看花数。
灼灼百朵红，戋戋五束素。
上张幄幕庇，旁织笆篱护。
水洒复泥封，移来色如故。
家家习为俗，人人迷不悟。
有一田舍翁，偶来买花处。
低头独长叹，此叹无人谕。
一丛深色花，十户中人赋。

[译文] 京城长安的春末，街上喧闹的车马疾驰而过。原来正是牡丹盛开的时节，大家都买花去了。花价的贵贱不固定，要根据花的品种和花朵数量来付款。盛开的百朵大红牡丹，要值二十五匹精好的白绢（唐代时，丝绢可以作为货币使用。"戋戋"为众多之意；"一束"为五匹；"素"指精好白绢，五束素在当时对于平民百姓是一小笔财产）。为了保护盛开的鲜花，上面搭上布制帐幕遮住强烈的阳光，旁边再竖上笆篱挡住大风。买好运走时又是洒水又是封泥，运到家里鲜花毫无损伤。长安城里家家都这么喜欢牡丹，已经成了难以改变的习俗，那些喜爱牡丹的人都爱得着了迷。这时有个老农民，偶然来到买花的地方。他低下头一人长长地叹息。这个叹息无人明白。原来一丛深色牡丹花的价格，抵得上十户中等人家交纳的赋税啊！

人面桃花相映红

贞元二十一年（公元 805 年）唐德宗死去，太子李诵即位，即唐顺宗，改元永贞元年。顺宗想有所作为，任用亲信王伾、王叔文，他们又联络了大臣中的名士柳宗元、刘禹锡、韩泰等，对朝政中的弊病进行了大刀阔斧的改革。例如免去民间对官府旧欠的捐税，停止地方官贿赂皇帝的所谓"进奉"钱和"月进"钱，降低官卖食盐价格，惩办著名的贪官京兆尹（相当长安市长）李实等，当时很得民心。为了能彻底推行这些新政策，必须从宦官手里夺回神策军的兵权，但这却失败了。宦官联合反对王伾、王叔文等朝臣，拥立顺宗的长子李纯为皇帝，即唐宪宗，迫使顺宗退位，当了有名无权的太上皇。

宪宗即位后不分是非，将王伾、王叔文贬逐外地，接着杀了王叔文。并将与他们合作过的刘禹锡、柳宗元、韩泰等八人定为王叔文党，全都贬官到边远州郡任闲散小官司马。诗人刘禹锡原来贬到连州（今广东连县）任刺史，赴任途中经荆南（今湖北江陵）时，又接到诏书再次贬为朗州（今湖南常德）司马。十年之后，有执政的当朝宰相赏识他的才干，将他召回长安。这时有不少谏官上书说刘某人不能在朝中任职，皇帝唐宪宗和另一宰相武元衡也讨厌他，正好在这时，发生了一件有关诗歌的事件。

原来刘禹锡回长安后，听见很多人说长安朱雀大街旁崇业坊有一座玄都观，观内有道士种植的桃树多株，初春时开花繁茂如红霞。于是他前去观赏，看后，诗人有所感，于是写了一首七绝：

▶ 元和十年自朗州承召至京，戏赠看花诸君子

[刘禹锡]

紫陌红尘拂面来，无人不道看花回。
玄都观里桃千树，尽是刘郎去后栽。

[**译文**] 长安大街上车马卷起的飞尘迎面扑来，所有的人都说是去看花回来。那玄都观里的上千棵桃树，都是我刘禹锡贬官出长安后所栽种的啊！

此诗题中诸君子指和刘禹锡一道被贬又同时召回长安的朋友柳宗元、韩泰、韩晔、陈谏等四人。

从诗题中"戏赠"的"戏"字就可以想到，刘禹锡写这首诗更有进一层的深意。原来诗的最后两句可以这样理解：玄都观暗指朝廷，桃千树指朝内众多的大官。因此，最后两句可解释为：现在朝廷里众多的现任大官，都是我刘禹锡被贬出京十年内由执政的宰相们提拔上来的。

刘禹锡的这首诗写出后，在长安城内广泛流传。有平日嫉妒他的人，将诗抄了送给当朝宰相看，并且加油添醋地说刘有怨气等等。不久宰相召见刘禹锡，接待很客气，临告别时对刘说："您近来新写的那首诗，可惹了麻烦了，真没办法啊！"不几天，刘就接到命令将他又一次外放为播州（今贵州遵义）刺史。在唐代，播州是条件最差的边远州。刘禹锡的好友柳宗元，与刘同时召回长安，现在又同时外放为柳州（今广西柳州）刺史。柳宗元认为刘禹锡有一个年老的母亲，播州交通极其困难，怎么能带母亲去上任，如果让其母留在长安，那就是永别了。因此柳宗元向皇帝上书，请求让刘禹锡去柳州而自己去播州。正好御史中丞裴度也上奏刘的困难，于是改任刘为连州（今广东连县）刺史。

刘禹锡在外调任了好几个州的刺史，十四年之后，到唐文宗大和二年（公元828年），才由于裴度向皇帝建议而再次召还长安，任主客郎中官职。这年三月，刘又一次游览玄都观，这时景色和十四年前大不一样了。当时的满观桃树已荡然无存，只见有兔葵、燕麦在春风中摇动。刘禹锡感慨之余，连想到自己的两次外贬又召回京的遭遇，于是写了一首语意双关的七绝：

▶ 再游玄都观绝句 [刘禹锡]

百亩庭中半是苔，桃花净尽菜花开。
种桃道士归何处？前度刘郎今又来。

[译文] 百亩庭院中有一半都长了青苔，桃花全没了而菜花正在盛开。当年种桃的道士到哪里去了？前次看桃花的刘郎现在又来了。

此诗后三句有着另种含义，讽刺了一朝天子一朝臣的政局变迁。桃花暗指当年朝廷内执政宰相的亲信官员们，菜花指现在朝内官员。种桃道士指当年的执政宰相。由此可知，后三句可解释为：当年朝内那些大官们一个也不剩而换了一批新人，提拔那些大官的宰相到哪里去了！我刘禹锡今天可又回到长安来了。

三百多年之后，玄都观连废墟都没有了，留下的只有地基而已。长安已在金国的占领下，金宣宗兴定元年（公元1217年），金国诗人元好问写了一组七绝《论诗三十首》，评论了自汉魏至唐和北宋的主要诗人及其作品，其中的许多见解，是非常精辟的。《论诗三十首》中，有一首即议论了刘禹锡两次到玄都观游览，感慨咏诗之事。我们可以看看元好问是怎么想的：

▶ 论诗三十首 [金 元好问]

乱后玄都失故基，看花诗在只堪悲。
刘郎也是人间客，枉向东风怨兔葵。

[译文] 战乱之后玄都观连它的废墟都没有了，只有刘禹锡的两首看玄都观桃花的诗歌流传，想来使人悲伤。刘禹锡本人也是人间的一位匆匆过客，何必在见到桃花变成兔葵时，要向东风埋怨这人间的沧桑呢！

桃花不仅是唐代人们观赏的对象，而且曾经成就过才子的美满姻缘。唐德宗贞元初年，博陵（今河北定县）的年轻举子崔护，到长安考进士未被录取。清明节那天，他一人到城南去游玩，时间长了口渴，想找点水喝。走到一个农村庄院，非常幽静，里面草木繁茂，桃花盛开。崔护敲了半天门，里面有个姑娘从门缝里问说是谁，崔护回答了自己姓名，并说："我一个人出来春游，走渴了想要点水喝。"姑娘于是开门让他进去，给他端来椅子坐后，再倒了一杯水。崔喝水时，姑娘靠着一棵桃树脉脉含情地望着他。崔护一看，这姑娘长得非常可爱，她那洁白光润的面庞映着娇红的桃花，简直是一幅极美的图画。崔喝完水告辞时，她送到门口，低声道别，又互相对望了好久。

　　第二年清明，又是桃红柳绿时节，崔护忆起了去年那幅人面桃花相映红的图画，对姑娘想念不已。于是特地去寻找，到了那家庄院，见花木与去年无异，但大门紧锁，悄无一人。崔护惆怅不已，于是在门的左扉上题了一首七绝。下面并署了自己的名字：博陵崔护。

▶ **题都城南庄**　　［崔护］

　　去年今日此门中，人面桃花相映红。

　　人面只今何处去，桃花依旧笑春风。

　　过了几天，崔偶然经过城南，又去找那所庄院，听到其中有哭声，于是敲门询问。有一个老翁出来，崔护问他怎么回事。老翁反问他说："你是崔护吗？"回答说："是我。"老翁大哭说："你杀了我的女儿了！"崔护大吃一惊，不知说什么才好。老翁说："我女儿从小就懂诗书，长大后还没有婆家。自从去年春天以来，她精神恍惚，常一个人坐在那里呆想。前几天我和她一道出门，回来时见门左扉有诗，读完以后她就哭病了，几天没吃东西，现在眼都闭了，人也死了。我老汉孤身一人，想找个好女婿有所依靠，现在女儿读你的诗而死，不是你杀了她吗？"说着又哭了起来。崔护也忍不住哭了，请求让他进去看一下。只见姑娘躺在床上，双眼紧闭，已没有气了。崔护抱着她的头，一面哭一面叫道："崔护在这儿！崔护在这儿！"过了一会，姑娘居然睁开了眼睛，发现自己在日夜思念的人儿的怀中，病顿时好了大半，不几天姑娘的病就痊愈了。老翁也看上了这个有才学的年轻人，就把姑娘嫁给了他。贞元十二年（公元796年），崔护考中了进士。《题都城南庄》诗第三句的"只今"，有的版本作"不知"。

根据上面这个故事，从古代起就编了很多戏曲和杂剧。例如《人面桃花》《借水赠钗》等，一直到现代，仍是人们喜爱的剧目之一。

拾得红蕖香惹衣

早在一千多年前的唐代，诗人李商隐在他的《赠荷花》诗中，就赞美了荷花的花叶相映之美。

▶ **赠荷花** ［李商隐］

世间花叶不相伦，花入金盆叶作尘。

惟有绿荷红菡萏，卷舒开合任天真。

此花此叶长相映，翠减红衰愁杀人。

［译文］世界上人们对待花和叶可不一样，把花栽在美观的盆中，叶子却让它落在地上成为尘土。只有荷花是红苞绿叶相配，荷叶有卷有舒，荷花有开有合，衬托得那么自然。荷花和荷叶长期互相辉映，当荷叶减少，荷花也衰落时，使人是多么惆怅啊。

李商隐这首《赠荷花》，据传是写给他恋人的，她的名字或小名就叫做荷花。后不久荷花去世或被有权势人家强娶去，李又写了下面这首深情的七绝：

▶ **暮秋独游曲江** ［李商隐］

荷叶生时春恨生，荷叶枯时秋恨成。

深知身在情长在，怅望江头江水声。

[译文]春天时荷叶初生生气盎然，深秋时荷叶枯萎一片凄凉。我这才知道只在它繁茂时才那么有风情，现在只能惆怅地在曲江池边听着那无穷尽的流水声。

由诗题可知，此诗是李商隐在深秋一个人游曲江时见景生情所写。其中第三句最为凄婉，如果不是亲身经历，诗人是很难有这种感情的。如果将此诗当作诗人悼念他的意中人的作品，则可以解释为：在那春日荷叶初生时与你相遇，现在你像荷花一样地凋谢了，只剩下一片凄伤。只要我身在人世，对你的情意就永不会消失。那曲江池头无穷尽的流水声啊，给人带来了多少惆怅！

唐德宗贞元年间，湘潭县县尉郑德璘家住在长沙，在江夏（今武昌）有个亲戚，每年去探望一次，去时必然要过洞庭湖。湖中常遇见一个老翁划船卖菱角。郑喜喝酒，常约老翁同饮。一次郑在江夏将回长沙时，船停在黄鹤楼下，旁边停有大盐商韦某的船。韦有个女儿，长得非常美，正与邻家另一少女在一起谈笑。时间已快夜半了，可月正当空。这时邻近的一只小船中有个秀才崔希周，正在赏月时，觉得有东西碰在船边上，捞起来一看，原来是一束芳香扑鼻的莲花，于是崔写了下面这首七绝：

▶ 江上夜拾得芙蓉　　[崔希周]

物触轻舟心自知，风恬浪静月光微。
夜深江上解愁思，拾得红蕖香惹衣。

[译文]正在风和浪静月光暗淡的时候，我知道有东西碰到船边。拾得的这束红莲使我满身芳香，在深夜的江上，它解了我多少的愁闷啊！

崔写毕后反复朗诵，被盐商船中两位姑娘听见。邻女就取一张红纸写了下来。第二天一早，郑的船与盐商船同时启航，傍晚又同时停泊在洞庭湖畔。韦氏姑娘出来钓鱼，被德璘看见，非常喜欢她，可没法交谈。于是德璘取了一尺红绸，在其上题了一首七绝：

▶ 投韦氏　　[郑德璘]

纤手垂钩对水窗，红蕖秋色艳长江。

既能解佩投交甫，更有明珠乞一双。

[译文] 秀美的小手在水窗中垂下了钓钩，你像初秋的红莲，艳丽惊动了长江。江水中的女神能解下自己的玉佩赠给郑交甫（古代传说：天帝二女均为水神，一天在江边遇到郑交甫，解玉佩赠他），我求你能送给我一对明珠吧！

写毕挂在韦女的钓钩上。姑娘拿到后，反复诵读，可不懂得诗的含义。她想回答德璘，可又不太会写书信。无奈之下，将昨晚邻女记在红纸上的诗，钩在钓竿上扔给郑德璘。德璘细吟诗意，正是回答自己的诗，并且隐示对自己的好感，于是非常高兴，可仍是无法来往。

郑德璘此诗的言外之意很清楚，是向韦氏姑娘求爱。在这种情况下，韦氏将《江上夜拾得芙蓉》诗扔给郑德璘，那诗的含义就有些改变了，应该解释为：正在风和浪静月光暗淡的时候，我知道有东西（你的红绸诗）碰到船边。在深夜的江上，这柔情的诗歌给了我多少安慰，真像是拾得了美艳的红莲使我满身芳香啊！

郑德璘觉得韦氏姑娘这样赞美自己的情诗，那她的心情也就不言而喻了。

韦女非常珍爱郑写的这幅红绸诗，将它系在手臂上。天还没亮，韦的船张帆启航。这时开始刮风，湖中涌起巨浪，郑的船小，不敢在风浪中同航，只好眼望着心爱的姑娘渐渐远去。当天傍晚，有渔人来告诉郑说："一早开走的那只盐商大船，已在风浪中沉没了，全家没有一人得救。"郑听后悲痛不已，神思恍惚，当天晚上，他写了两首悼念的七绝：

▶ 吊江姝　　[郑德璘]

(一)

湖面狂风且莫吹，浪花初绽月光微。

沉潜暗想横波泪，得共鲛人相对垂。

(二)

洞庭风软荻花秋，新没青蛾细浪愁。

泪滴白蘋君不见，月明江上有轻鸥。

[译文一]　湖面上的狂风别再吹了，浪涛渐大月光暗淡。姑娘她沉在水底后，应该和龙宫的鲛人相对流泪不止。

[译文二]　洞庭湖上风小了，荻花带来了秋意。刚淹没了一个年轻貌美的姑娘，湖面的细浪也充满了悲愁。我的眼泪洒在白蘋上你看不见，江上一片月光，只有鸥鸟在轻飞，可却见不到你的踪影。

诗写成后，在船头上朗诵遥祭，然后将诗篇投入湖水中。郑的诚心感动了巡湖的水神，拿着这两首诗呈送给洞庭府君。府君看后，将被淹死的几个姑娘都召来问道："谁是郑德璘心爱的人？"韦氏姑娘不知郑的名姓，也不敢承认。后有人看见她手臂上系的红绸诗，暗告府君是她。于是府君说："德璘以后将任我这个地区的长官，而且过去曾多次款待我，这次让他心爱的人活命吧！"说毕让水神将韦氏姑娘送到郑处。韦氏注意看这个洞庭湖的众神之长，原来是个普普通通的老头儿。水神带着姑娘急跑，至路尽头见一大池，水神突然将韦推入水中，半沉半浮而去。

当天半夜，郑因思念不能入睡，反复吟红纸上写的《江上夜拾得芙蓉》诗，正在悲苦时刻，忽然觉得有东西碰到船边。郑用烛光一照，见有彩绣衣服，好像是个人，于是拉上船来，原来正是自己思念的姑娘，手臂上还系着那题了情诗的红绸。姑娘苏醒后，告诉郑说洞庭府君为了感谢郑而放她活命，郑想了好久，始终不知府君是谁。于是郑德璘就娶了她为妻。

后来郑任巴陵县（今湖南岳阳）县官，派船去接韦氏，船上有五个船工，其中有一老头儿拉纤好像不用力，韦氏骂了他一句。老头儿说："我那年在水府让你活命，你不感谢，反而骂我。"韦氏才想起老头儿是洞庭府君，于是请他上船款待，并叩头问说："我父母都在水府吧！我可以去探望他们吗？"老头儿说："可以。"转眼之间，整个船就沉入水底，姑娘见到父母谈了一会儿，府君催她快走。临行时，老头儿在韦氏的纱巾上题了一首七绝，让她带给她丈夫：

▶ **题韦氏巾上**　　[水府君]

昔日江头菱芡人，蒙君数饮松醪春。

活君家室以为报，珍重长沙郑德璘。

一瞬间，韦氏乘的船又从湖底浮出。韦氏至巴陵告知丈夫此事，郑看了老头儿题的诗以后，才想起洞庭水府君原来是洞庭湖中划船卖菱的老翁，由于自己多次招待他饮酒，得到了府君这样珍贵的报答。

冲天香阵透长安

菊花是我国最著名的观赏花卉之一。早在两千多年前，著名文学家屈原在他的杰作《离骚》中，就写到了秋菊。农历九月九为我国重阳节，从汉代起，就有在这一天赏菊并喝菊花酒的习俗。晋代诗人陶渊明特别爱菊，他的名句"采菊东篱下，悠然见南山"，千百年来一直脍炙人口。

在唐代，菊花同样是不少诗人吟唱的对象。诗人孟浩然在他的一首五言律诗中，谈到了唐代重阳节赏菊的习俗：

▶ 过故人庄　　[孟浩然]

故人具鸡黍，邀我至田家。
绿树村边合，青山郭外斜。
开轩面场圃，把酒话桑麻。
待到重阳日，还来就菊花。

[译文] 老朋友准备了丰盛的饭菜，邀我到农村他家做客。茂密的绿树在村边连成一片，村外远处青山横斜绵延。打开窗户面对着场院和菜园，端着酒杯闲谈桑麻的长势。等到重阳节那一天，我还要到您这里来赏玩菊花。

在咏菊花的诗方面，黄巢也是很有名的。唐末政治极其腐败，例如食盐为政府专卖，收购价格每斗盐十文，一转手就卖一百一十文，价格暴增十倍。因此，贩卖私盐很盛行，黄巢从小就从事贩私盐活动。他武艺很好，又通诗书，并且行侠仗义，得到一些贫民的拥护。

相传黄巢五岁时，他的祖父和父亲在家一起作菊花诗，在谁也没写出时，黄巢随口吟道："堪与百花为总首，自然王赐赭黄衣。"他父亲气他说的句子有些怪，想要打他。祖父说："让他再赋一首。"于是黄巢高声吟了下面这首七绝：

▶ 题菊花　　[黄巢]

飒飒西风满院栽，蕊寒香冷蝶难来。
他年我若为青帝，报与桃花一处开。

[译文] 在秋天飒飒的西风中院内栽满了菊花，蝴蝶早已随着夏日逝去，哪能来欣赏这寒蕊冷香。如果有一天我当了主管春季时令的青帝，一定要让这美丽的菊花和桃花同时开放。

从这首诗的最后两句看，具有更深刻的含义。可以认为诗人说：倘若我能掌握政权，就要使百姓从充满肃杀的寒秋回到温暖而又生意盎然的春天。因此，由诗意来看，认为是黄巢五岁时所作恐怕不大可靠。

黄巢在起义前，曾参加过唐王朝的进士考试，但未被录取。他在落第之后，曾写了一首《菊花》诗：

▶ **菊花** [黄巢]

待到秋来九月八，我花开后百花杀。
冲天香阵透长安，满城尽带黄金甲。

[译文] 待到秋天九月初（农历九月九为重阳节，传统为登高、赏菊的日子），菊花盛开时百花凋谢。浓烈的菊香弥漫长安，满城都是像穿着黄金甲的菊花。此诗也是语意双关，可以解释为：待到我的时节到来时，那些统治者们就会像百花一样凋落了。瞧我率兵进入长安吧，满城都将是穿着金色盔甲的将士。

由黄巢这两首菊花诗可以看出，他很早就有着强烈的反抗意识，想要推翻唐末的腐朽统治。唐懿宗咸通十四年（公元873年），河南、河北、山东和淮北一带遭受极严重的旱灾，无数百姓死于饥荒。当时曹州（今山东菏泽南）流行一首民谣："金色蛤蟆争努眼，翻却曹州天下反。"黄巢于唐僖宗乾符元年（公元874年）七月，率领几千人起事，很快就发展到几万人。几年之后，达到五六十万人，其锋锐已不是腐朽的唐王朝所能抵御的了。

唐僖宗广明二年（公元881年）一月，黄巢军队攻入唐都长安，实现了他在《菊花》诗中"冲天香阵透长安，满城尽带黄金甲"的豪语。

第二章 唐玄宗与杨贵妃

唐玄宗和杨贵妃的故事与传说，在唐代即已流传得非常广泛。很多诗人从各个角度写了大量有关的诗篇，其中艺术水平最高而且记述又比较完整的，应该是白居易所写的长篇七言古诗《长恨歌》。下面我们就以《长恨歌》为主线，配合其他有关的诗篇叙述唐玄宗和杨贵妃的故事。同时并谈一点白居易在诗歌上的成就和影响。

童子解吟长恨曲

唐代三大诗人之一的白居易，所写的诗以通俗易懂著称。在唐代，传说他的诗连平民老太婆都能听懂。虽然如此，白居易的诗却又是经过千锤百炼，有着高度的艺术水平。

白居易的诗歌在他生活的当时，即已广泛流传。诗人在给他的好友元稹的信中写道："自长安抵江西三四千里，凡乡校、佛寺、逆旅、行舟之中，往往有题仆诗者；士庶、僧徒、孀妇、处女之口，每每有咏仆诗者。"不仅在国内如此，就在当时的国外，白居易的诗也非常著名。如日本的嵯峨天皇，当时是日本著名的书法家，曾抄写大量的白诗吟诵；鸡林国（即新罗，地在今朝鲜）宰相更出重金搜购白居易的新诗；契丹国王甚至亲自将一些白诗译成本国文字，令臣民诵读。

白居易至迟在十五岁时即已写诗。十五六岁时，就写出了

"野火烧不尽，春风吹又生"的名句。他在七十五岁时逝世，整整六十年，从未间断过创作，给我们留下了近三千首诗歌。其中像《长恨歌》《琵琶行》一类名篇，一千多年来一直脍炙人口。

就在白居易逝世那一年（公元846年）的三月，唐武宗死了，宦官们拥立皇太叔李忱当皇帝，即唐宣宗。李忱很欣赏白居易的诗和才能，想任命他当宰相，可白居易在八月就去世了。李忱在听到白居易去世的消息后，非常悲伤，写了一首悼念他的七律：

▶ 吊白居易　　[李忱]

缀玉联珠六十年，谁教冥路作诗仙。

浮云不系名居易，造化无为字乐天。

童子解吟长恨曲，胡儿能唱琵琶篇。

文章已满行人耳，一度思卿一怆然。

在这首诗中，李忱对白居易的一生，作了一个很好的概括。头两句说诗人所创作诗篇中的每一个字，都像珠玉一样的可贵，整个诗篇像是用珠玉穿缀而成，诗人就这样辛勤的工作了六十年，可是他现在却去到阴间当了诗仙。三、四句说白居易由于诗写得好，到哪里都受人欢迎，正像他的名字"居易"一样，在任何地方居住都很容易；诗人的性格又是那样的开朗，正像他的字叫"乐天"一样，以至于命运之神对他也无可奈何。第五、六两句是全诗的精华，它不仅写出了白居易当时已名满天下，而且诗句的对仗工稳，形式也非常优美。它告诉我们就在唐代当时，不仅小孩能背诵《长恨歌》，连外国人也会吟唱《琵琶行》。对于一个诗人，这真是人民对他的最高褒奖啊。结束两句说，诗人你的文章已传遍天下，现在你离开了人间，使我每一次想起你来都非常悲伤。

唐代首都长安以西五十多公里的周至县南，有一座仙游寺。它位于秦岭北麓的黑水峪口。寺附近有仙游潭，亦称五龙潭，潭水深而发黑，每逢天气变化时，随着阴晴云雨，潭中的水光山色变化万端，成为人们游览的好地方。

唐宪宗元和元年（公元 806 年）十二月，诗人白居易被任命为周至县尉。此后，他曾几次到仙游寺游览，最有意义的一次是他和友人陈鸿及王质夫的同游。那次他们在仙游寺的酒宴上谈起了五十年前唐玄宗和杨贵妃的故事，大家非常感叹。王质夫举起酒杯对白居易说："这样少见的故事，如果不由有奇才的人记述，时间长了会消逝无闻。您是善于写诗而又情感丰富的人，请您专门为唐玄宗和杨贵妃的故事写一首记述的诗歌吧！"

就在这种情况下，白居易写出了不朽的杰作《长恨歌》。同时，陈鸿还专门为之写了一篇小说《长恨传》。

▶ 长恨歌　　[白居易]

汉皇重色思倾国，御宇多年求不得。
杨家有女初长成，养在深闺人未识。
天生丽质难自弃，一朝选在君王侧。
回眸一笑百媚生，六宫粉黛无颜色。
春寒赐浴华清池，温泉水滑洗凝脂。
侍儿扶起娇无力，始是新承恩泽时。
云鬓花颜金步摇，芙蓉帐暖度春宵。
春宵苦短日高起，从此君王不早朝。
承欢侍宴无闲暇，春从春游夜专夜。
后宫佳丽三千人，三千宠爱在一身。
金屋妆成娇侍夜，玉楼宴罢醉和春。
姊妹弟兄皆列土，可怜光彩生门户。
遂令天下父母心，不重生男重生女。
骊宫高处入青云，仙乐风飘处处闻。
缓歌慢舞凝丝竹，尽日君王看不足。

渔阳鼙鼓动地来，惊破霓裳羽衣曲。
九重城阙烟尘生，千乘万骑西南行，
翠华摇摇行复止，西出都门百余里。
六军不发无奈何，宛转蛾眉马前死。
花钿委地无人收，翠翘金雀玉搔头。
君王掩面救不得，回看血泪相和流。
黄埃散漫风萧索，云栈萦纡登剑阁。
峨嵋山下少人行，旌旗无光日色薄。
蜀江水碧蜀山青，圣主朝朝暮暮情。
行宫见月伤心色，夜雨闻铃肠断声。
天旋日转回龙驭，到此踌躇不能去。
马嵬坡下泥土中，不见玉颜空死处。
君臣相顾尽沾衣，东望都门信马归。

归来池苑皆依旧，太液芙蓉未央柳。
芙蓉如面柳如眉，对此如何不泪垂。
春风桃李花开日，秋雨梧桐叶落时。
西宫南内多秋草，落叶满阶红不扫。
梨园弟子白发新，椒房阿监青娥老。
夕殿萤飞思悄然，孤灯挑尽未成眠。
迟迟钟鼓初长夜，耿耿星河欲曙天。
鸳鸯瓦冷霜华重，翡翠衾寒谁与共。
悠悠生死别经年，魂魄不曾来入梦。

临邛道士鸿都客，能以精诚致魂魄。
为感君王展转思，遂教方士殷勤觅。
排空驭气奔如电，升天入地求之遍。
上穷碧落下黄泉，两处茫茫皆不见。
忽闻海上有仙山，山在虚无缥缈间。

楼阁玲珑五云起，其中绰约多仙子。

中有一人字太真，雪肤花貌参差是。

金阙西厢叩玉扃，转教小玉报双成。

闻道汉家天子使，九华帐里梦魂惊。

揽衣推枕起徘徊，珠箔银屏迤逦开。

云鬓半偏新睡觉，花冠不整下堂来。

风吹仙袂飘摇举，犹似霓裳羽衣舞。

玉容寂寞泪阑干，梨花一枝春带雨。

含情凝睇谢君王，一别音容两渺茫。

昭阳殿里恩爱绝，蓬莱宫中日月长。

回头下望人寰处，不见长安见尘雾。

唯将旧物表深情，钿合金钗寄将去。

钗留一股合一扇，钗擘黄金合分钿。

但教心似金钿坚，天上人间会相见。

临别殷勤重寄词，词中有誓两心知。

七月七日长生殿，夜半无人私语时。

在天愿作比翼鸟，在地愿为连理枝。

天长地久有时尽，此恨绵绵无绝期。

《长恨歌》完成后，立即获得了广大人民的喜爱，不仅文人学士，就连当时社会底层的人如歌妓，也以能吟诵《长恨歌》为荣。

《长恨歌》这首诗，从内容看可以分成四大段：第一段由“汉皇重色思倾国”至“尽日君王看不足”；第二段由“渔阳鼙鼓动地来”至“东望都门信马归”；第三段由“归来池苑皆依旧”至“魂魄不曾来入梦”；第四段由“临邛道士鸿都客”至全诗结束。

下面即以《长恨歌》为主线，配合其他有关诗篇，讲述唐玄宗和杨贵妃的故事。

六宫粉黛无颜色

《长恨歌》由开始至"始是新承恩泽时",写杨玉环如何被唐玄宗挑中,因而进宫的情况。这十二句的意思是:唐玄宗爱好女色,想得到有倾城倾国美貌的女人,可是他当了多年皇帝都找不到。这时杨玉环长大了,被唐玄宗看中选进宫里。杨玉环是如此的美貌,她回头一笑,那百种妖媚千种风情,使得皇宫里所有的妇女都不值得一看了。皇帝让她在华清池里洗澡,温泉的水洗着她像凝结着的脂肪一样洁白细腻的肌肤。皇帝看见她出浴时娇美的样子非常喜欢,这就是她受到宠爱的开始。

诗中"汉皇"原指汉武帝,这是借汉喻唐,用以指唐玄宗。因为当时的皇帝是唐玄宗的后代,白居易直接写"唐皇"有所不便。诗第四段中"汉家天子使"实际也是指唐家天子使;"倾国"指美女。

实际上,白居易在《长恨歌》开始时所写的杨贵妃进宫情况,不完全是真实的,其中故意隐去了一段宫廷秽史。

杨贵妃名叫杨玉环,唐时蒲州永乐(今山西芮城)人。可是陕西民间却传说她是陕西米脂人,因此有"米脂的婆姨绥德的汉"的谚语,意思是米脂的姑娘美而白,绥德的汉子英俊魁梧。杨玉环的父亲杨玄琰早死,她小时寄养在叔父杨玄珪家,开元二十二年(公元734年)十一月她十六岁时,被册封为寿王李瑁(唐玄宗的儿子)的妃子。

唐玄宗名李隆基(公元685年至762年),小名阿瞒,宫中常叫他三郎。他是唐睿宗的第三子,女皇帝武则天的孙子。先天元年(公元712年),睿宗让位,李隆基当上了唐王朝的第七位皇帝,即唐玄宗。因死后被谥为至道大圣大明孝皇帝,故亦称唐明皇。唐玄宗即位初年,励精图治,任用了姚崇、宋璟等贤臣为宰相,崇尚节俭,整顿吏治,发展经济,形成了我国封建王朝的鼎盛时期之一——开元盛世。

可是，唐玄宗在做了三十年的太平皇帝后，暮气沉沉，国家大事全交给大奸相李林甫，自己则一心一意讲究享乐。当时宫中虽有妇女上千人，但他都看不中。于是下了一道密旨给总管太监高力士，让他在宫外注意搜求美女。高力士向玄宗推荐了杨玉环，由于她是玄宗的儿媳妇，直接招进宫来有碍面子，于是搞了一个过渡。在开元二十八年（公元740年）正月前后，先让杨玉环当了女道士，同年十月接入宫内，住在太真宫，取道号为太真（因此杨玉环有时亦称杨太真或太真妃）。杨玉环就这样当了玄宗六年的情妇。到了天宝四年（公元745年），玄宗先为寿王娶了左卫中郎将韦昭训的女儿，然后在凤凰园册封杨玉环为贵妃，这样，才算是名正言顺了。这一年，杨贵妃二十七岁，而唐玄宗则已六十岁了。

杨贵妃的进宫，虽然搞了掩人耳目的过渡，其实谁都看得很清楚。在《长恨歌》中，虽然含糊过去，可在其他诗人的一些作品中，却对此事进行了无情的嘲讽。

大约在唐玄宗之后一百年，诗人李商隐写了两首讥刺此事的七绝。

▶ 骊山有感　[李商隐]

骊岫飞泉泛暖香，九龙呵护玉莲房。

平明每幸长生殿，不从金舆惟寿王。

[译文]　骊山下飞进出的温泉泛起了温暖的气息，华清宫九龙殿旁的皇家浴池中，玉石雕刻的莲花漂浮在水面。每次玄宗皇帝一早来到长生殿，只有寿王没随从皇帝前来。

由诗题可知，此诗是李商隐在途经骊山下，有所感触而写的。其他皇子亲王都能随父皇前来骊山的温泉中沐浴，为何只有寿王不能来呢？道理一想就明白了，因为有杨贵妃在皇帝的旁边呀！

三千宠爱在一身

　　由"云鬓花颜金步摇"至"不重生男重生女"这十四句的意思是：玄宗让梳着膨松如云的鬓发，像花一样美貌的杨贵妃戴着金步摇，天天从早一起游乐到深夜，因为每天起床太晚，玄宗早上再也不坐朝处理政事了。杨贵妃一年四季，白天晚上，都陪着皇帝寻欢作乐，忙着上妆侍宴，简直一点闲工夫也没有。宫里虽然有几千妇女，可皇帝就宠爱着贵妃一人。住在极其华美宫殿中的贵妃，妆扮得美艳无比侍候皇上，在高楼上欢宴，喝得醉醺醺的，真永远是春意盎然啊！贵妃的兄弟姊妹，全都封了大官，杨家出了这么一位娘娘，简直荣耀极了，使得天下做父母的都觉得，生个美丽的女儿远比男孩子更有出息。

　　"金步摇"为古代妇女戴在头上的首饰，用金丝制成花枝状，上有成串的珠玉垂挂，插在发髻上，人走时珠玉串随之摇动，谓之步摇。"金屋"指杨贵妃住的宫殿。源出汉武帝小时候，他姑母抱他在膝上问他，想不想娶媳妇，他说想，姑母指左右百余人，都说不要。后来指自己女儿陈阿娇问好否，武帝笑着说，若得阿娇，当建金屋给她住。

　　唐玄宗在杨贵妃入宫后，简直高兴极了，曾对宫中人说："我得到杨贵妃，如获至宝。"于是专门制了一个乐曲《得宝子》。不仅对杨贵妃宠爱无比，杨家亲戚能拉上关系的，通通升官发财。贵妃有三个姊妹，都长得很美，由于贵妃的关系，经常出入皇宫，玄宗称呼她们为姨。并在同一天封大姨为韩国夫人，三姨为虢国夫人，八姨为秦国夫人。每人每月赐钱十万做脂粉费（当时米价每石不到二百钱，十万能买五百石米）。可虢国夫人自己以为长得美，常常不施脂粉，素面见玄宗。因此诗人张祜写了一首七绝记此事。

▶ **集灵台** ［张祜］

虢国夫人承主恩，平明骑马入宫门。

却嫌脂粉污颜色，淡扫蛾眉朝至尊。

[译文] 虢国夫人得到了皇帝的深恩厚爱，黎明就骑马入宫。她讨厌脂粉这类化妆品，认为会遮掩了她的天生丽质；于是不施脂粉，素面朝见唐玄宗。

诗题《集灵台》，即骊山下温泉宫中的长生殿。贵妃的堂兄杨合銛、远房哥哥杨钊，都封了大官。杨钊本是无赖赌徒，玄宗和贵妃姊妹们赌博消遣，他在旁边给算赌账，据说又快又准。这样的人居然得到玄宗的赏识，并且觉得"钊"字由金刀组成不吉利，赐他改名杨国忠。当然，人不是改个名字就改得了品质的，虽然改名国忠，仍是奸佞无比，最后还是死在义愤士兵们的刀下，这是后话。

杨国忠因为善于逢迎拍马，又善于搜刮民财，因此深得玄宗信任，青云直上，不久竟在奸相李林甫病死后接任了宰相职位。他当宰相后，身兼四十余职，大权独揽，广收贿赂，家里积累的缣就有三千多万匹。他曾对别人说："我不过是碰上了机会，现在不捞它一把，谁知道日后有什么下场。想来我也不会有什么好名声，不如眼前尽情快活。"玄宗用这种人掌握大权，政治的腐败可想而知了。

玄宗在宫中，几乎一天到晚都在歌舞游宴中过日子。一次新丰市送进宫一个善舞的女伶谢阿蛮，于是由宁王吹玉笛，玄宗亲自敲羯鼓，贵妃弹琵琶，马仙期打方响，李龟年吹筚篥，张野狐弹箜篌，贺怀智弹琴伴奏，从早一直跳到中午。观众呢！就秦国夫人一个人。演完后，玄宗还和秦国夫人开玩笑说："我今天当演员，特为你表演，请多给赏钱。"秦国夫人说："我大唐天子的阿姨，还能没钱。"立即赏赐三百万钱。

就在杨国忠做宰相的当时，诗人杜甫写了一首七言古诗《丽人行》，讽刺了杨家这些人的所作所为。

▶ 丽人行　　[杜甫]

三月三日天气新，长安水边多丽人，
态浓意远淑且真，肌理细腻骨肉匀。
绣罗衣裳照暮春，蹙金孔雀银麒麟。
头上何所有？翠为匌叶垂鬓唇。
背后何所见？珠压腰衱稳称身。
就中云幕椒房亲，赐名大国虢与秦。
紫驼之峰出翠釜，水精之盘行素鳞。
犀箸厌饫久未下，鸾刀缕切空纷纶。
黄门飞鞚不动尘，御厨络绎送八珍。
箫鼓哀吟感鬼神，宾从杂沓实要津。
后来鞍马何逡巡，当轩下马入锦茵。
杨花雪落覆白蘋，青鸟飞去衔红巾。
炙手可热势绝伦，慎莫近前丞相嗔。

[译文] 农历三月三日，正是游春的好天气。在长安东南郊外的水边（指游览胜地曲江）有很多贵妇人游玩。她们肌肤细腻胖瘦适中，神态娴静高贵。刺绣的绸衣在暮春的阳光下闪耀，上面绣着金线的孔雀和银线的麒麟。她们头上戴着什么呢？是翠鸟羽毛做的首饰一直垂到鬓边；从背后看，后襟镶珍珠的衣服显出美丽的身段。在游春的贵妇人中，最尊贵的当然是杨贵妃的姊妹们，也就是皇帝亲自封的虢国夫人和秦国夫人。看看她们在曲江举行的豪华宴会吧！从那华美的翠色锅中，盛出烹好的骆驼峰，水晶盘中装着烧好的鲜鱼。显然她们早都吃腻了，那犀牛角做的筷子动都不动，但在旁边侍候的人还在不停地用鸾刀（带小铃的刀）细细地切肉，准备继续往席上送。远处有太监飞马而来，皇帝的厨房还在向这宴席上不停地送珍贵食物。宴席上的音乐是如此美妙，以至于都感动了鬼神。众多的客人全是各方面的大官。你看那最后的客人来得这么晚，可一点也

不客气，不等主人招呼就坐在锦绣地毯上。原来他就是丞相杨国忠啊！你看他那趾高气扬不可一世的样子，暗地里还和虢国夫人有着见不得人的暧昧勾当。可是杨家的权势正热得烫手啊！我劝你小心点别靠近，免得惹杨大宰相生气。

杨国忠在天宝十一年（公元752年）十一月当宰相，杜甫可能在次年写的此诗。

蹙金是唐代一种刺绣工艺，用金线在丝绸上绣出凸起的花样，蔼（音è）叶为古代妇女戴在发髻上的花叶状饰物；腰衱（音jié）的解释不一，指衣后襟，或说是裙腰、裙带，应为一种缠在腰上的宽腰带。

"杨花雪落覆白蘋，青鸟飞去衔红巾"两句，历来有各种解释。从字面看，可认为这两句写景。即杨国忠一到，车马杂乱，从人众多，闹腾得杨花像雪一样的落到水里，覆盖在白蘋上。红巾是唐代妇女的饰物和手帕，因人多拥挤失落地上，被飞鸟衔去。另一种解释认为，这两句写杨国忠和虢国夫人私通的暧昧关系。因为杨国忠权势熏天，故不避人，不仅下朝后公开到虢国夫人家去，出游时并马而行，途中言笑戏谑，毫不避讳，因此，这件丑事当时是尽人皆知。由于杨国忠是正当权的宰相，杜甫只好写得非常隐晦。传说杨国忠本不是杨家子孙，是武则天面首张易之的儿子，后随其母到杨家，成为贵妃的远房哥哥。因此说他像杨花一样是没有根的，而白蘋指虢国夫人。也有人认为杜甫在此处用杨花影射男女私通的典故：南北朝时北魏胡太后和杨华私通，后来杨华怕事情败露活不了，逃到南方去了，太后思念他，作了《杨白华歌》，令官人唱着跳舞，歌词有"杨花飘荡落南家"，"愿衔杨花入窠里"等。青鸟是传说中神仙西王母旁的神鸟，经常作为西王母的使者飞来飞去传递消息。红巾为妇女用品，故"青鸟"句可解释为杨国忠与虢国夫人之间经常暗传消息。关于青鸟为男女暗传消息一说，唐诗中常有用到。如李商隐在《无题——相见时难》诗中，最后一句"青鸟殷勤为探看"也是这个意思。

华清宫殿郁嵯峨

《长恨歌》由"骊宫高处入青云"起以下四句的意思是：骊山上的宫殿高耸入云，美妙的音乐随风从山上阵阵飘来。原来是杨贵妃在乐队的伴奏下跳着《霓裳羽衣舞》，那唐玄宗从早欣赏到晚也没个够啊！

骊山位于今西安市东临潼县，传说周朝时少数民族骊戎在这里居住，因而得名。骊山的风景非常优美，陕西八景之一"骊山晚照"，就是指晴天夕阳西下时，在峰顶所观看的景色。

在骊山脚下广布温泉，自远古以来就是沐浴和游览胜地。到了唐代，以温泉为中心的骊山附近，进行了大规模宫苑修建。唐太宗贞观十八年（公元 644 年），诏令著名建筑家阎立德在骊山山麓营建了汤泉宫，到唐高宗咸亨二年（公元 671 年），改名为温泉宫。

到了唐玄宗天宝六年（公元 747 年），对温泉宫大加扩充，将温泉水引到专门砌成的一系列皇家浴池中，这些浴池有莲花汤、九龙汤、海棠汤，以及龙汤等十六所；同时，在骊山的上上下下，修建了大量的宫殿楼台，著名的有长生殿（即集灵台）、斗鸡殿、朝元阁、飞霜殿、芙蓉园等。并在宫殿周围筑了城墙，同时将这个地方改名为华清宫，又因宫殿环绕着温泉，故又称华清池。

在中唐诗人张继所写的七律《华清宫》中，记述了宫内的某些建筑及当时欢歌曼舞的情况。

▶ **华清宫**　[张继]

天宝承平奈乐何，华清宫殿郁嵯峨。
朝元阁峻临秦岭，羯鼓楼高俯渭河。
玉树长飘云外曲，霓裳闲舞月中歌。
只今唯有温泉水，呜咽声中感慨多。

[译文] 玄宗皇帝的天宝年间，天下太平，寻欢作乐。华清宫的殿堂高大雄伟。朝元阁建在陡峻的秦岭支脉骊山的北山岭上；阁东的羯鼓楼高高地俯视着渭河。类似《玉树后庭花》（陈后主制的舞曲，著名的亡国之音）的乐曲声飘上九霄；传说来自月宫中的《霓裳羽衣舞》悠闲曼妙。可如今华清宫人去楼空，只余下流溢的温泉水声呜咽，给人们带来了多少世事变迁的感慨。

唐代时，骊山下的温泉不仅供沐浴之用，而且设置了机构"温汤监"，监的主管官员监丞负责用温泉水种瓜和蔬菜。因此，当时在冬天也有少量类似现在的温室瓜果蔬菜。中唐诗人王建，在他名为《华清宫》的七绝中，就清晰地描绘了早在农历二月中旬，就已经向皇帝进贡成熟的瓜果了。

▶ 华清宫　[王建]

酒幔高楼一百家，宫前杨柳寺前花。
内园分得温汤水，二月中旬已进瓜。

[译文] 华清宫附近酒旗高挂的酒楼足有上百家，初春时宫前的杨柳新绿，宫旁官署前鲜花已盛开。宫内的园里得到了温泉水的灌溉，早在二月中旬就向皇帝进贡成熟的瓜果了。

每年十月一日，玄宗到华清宫去避寒，杨铦、杨国忠和秦国夫人、韩国夫人及虢国夫人一共五家都跟随而去。每家的随从人马各自组成一队，穿一种颜色的衣服和装饰，五家队伍一合，五彩缤纷。队伍经过的道路上，连妇女们的首饰都满地乱扔。几位国夫人又比车，各做一牛车，用金翠装饰，加上各种珠玉，一辆车子要花几十万贯钱（一千个铜钱为一贯，当时米价每斗不过十几个铜钱，几十万贯钱是多大的一笔财产可想而知），结果车太重了，牛都拉不动。对这种奢侈浪费，长安的百姓们背后都悄悄地咒骂。

晚唐诗人杜牧，在他写的三首七绝《过华清宫》的第三首中，就描述了玄宗在华清宫通宵达旦的享乐生活。

▶ **过华清宫（其三）** [杜牧]

万国笙歌醉太平，倚天楼殿月分明。

云中乱拍禄山舞，风过重峦下笑声。

[译文] 唐玄宗认为天下太平，处处笙歌，可以尽情享乐了。骊山上几乎摩着天的楼殿里，月光是分外的明亮。肥胖的安禄山在这云端的宫殿中跳起了胡旋舞，他那迅疾如风的舞步，使旁边鼓掌打拍子的人连拍子都打乱了。从华清宫下面经过的人们，哪能知道宫里的这种荒唐生活，只是听见随着风从层层山峰上飘下来的欢笑声。

一千多年过去了，不仅唐代当年的华清宫早已荡然无存，连清代修建的浴池，也都已毁坏了。1956年，在华清宫旧址，按唐代的原名新建了华清池公园，其中有重修的飞霜殿、宜春殿、飞霞阁、贵妃池等数十座宫殿式建筑；同时又修建了九龙汤、莲花汤、海棠汤等浴池。

根据现代地质学的研究，华清池温泉的热水来自地下一千五百米的深处。这些热水沿着岩石中的断层和裂隙上升，从四个温泉水眼涌出，每小时总流量一百一十二吨，水温常年不变，为四十三摄氏度。水质滑腻，其中含有硫、钙、镁、钠、钾、锰等多种元素，可以治疗某些疾病。

一骑红尘妃子笑

杨贵妃生于四川，小时候就吃过四川产的荔枝，她非常喜爱这种美味的水果。荔枝必须吃新鲜的，愈新鲜愈佳。古人曾称荔枝为"离枝"，即它不能离开树枝。一离树枝，则一日色变，二日香变，三日味变，四五天以后即使不腐烂，也什么好味道都没了。

荔枝主要产于福建和广东。因为荔枝性喜温暖，冬天在较冷的地区会冻死。可是，广东、福建距离长安太远了，在唐代的交通条件下，即使用快马日夜飞奔，也不可能在几天之内将鲜荔枝送到长安。因此，唐代向长安进贡的荔枝都来自较近的四川。

根据古气象学的研究，我国在公元600年至1000年，是一个气候温暖时期。也就是说，唐代的气候比现在温暖。在唐朝时，四川成都就有荔枝。唐代诗人张籍在他的《成都曲》一诗中就写出了这种情况。

▷ **成都曲** [张籍]

锦江近西烟水绿，新雨山头荔枝熟。

万里桥边多酒家，游人爱向谁家宿。

[**译文**] 成都南郊的锦江上烟雾蒙蒙水波碧绿，新雨之后，山头上的荔枝红熟了。万里桥（成都附近锦江上的桥）边有着众多的酒家，游客到此，得看哪家的酒好招待又殷勤，就在哪家住下了。

在唐代，荔枝产地离长安最近的是涪州（今四川涪陵），其次是成都、眉山、戎州和泸州一带。杨贵妃要吃新鲜荔枝，唐玄宗一声令下，下属当然要想一切办法尽快送到。唐代交通工具最快的是马。于是利用当时传递公文和军事情报的驿站，站上备快马，送荔枝的差人骑马日夜飞奔，到驿站后立即换马（或人马同时换），像接力赛跑一样向长安飞驰。

晚唐诗人杜牧，在他写的三首《过华清宫》第一首中，就讽刺了这件事。

▷ **过华清宫（其一）** [杜牧]

长安回望绣成堆，山顶千门次第开。

一骑红尘妃子笑，无人知是荔枝来。

[译文] 从长安回望骊山华清宫，只见宫殿、花木、苍翠山色，宛如一堆锦绣。山上华清宫上千扇宫门缓缓地打开。远处一骑卷起红尘的快马朝着华清宫飞驰而来，杨贵妃在宫里遥遥望见，不禁嫣然一笑。她知道这是送荔枝的来了，百姓们看见这跑得火急的驿马，还以为是传送重要公文或军事情报呢。

唐代荔枝产地涪州，距长安约六七百公里，眉山则更远些，约一千公里。用快马日夜接力飞奔传送，如果每昼夜能跑三百公里，送到长安快则两天，长则三天，荔枝虽不如刚采下的好，但还基本保持新鲜。

马嵬坡下泥土中

《长恨歌》由"渔阳鼙鼓动地来"至"东望都门信马归"这二十六句，叙述了杨贵妃的死和唐玄宗逃难时的悲伤情况。意思是：安禄山在渔阳发动了叛乱，那震动大地的战鼓声，吓坏了正在欣赏《霓裳羽衣曲》的唐玄宗。战乱到来，长安城烟尘滚滚，在大批禁卫军的保护下，皇帝带着贵妃和杨家的人向西南逃跑了。可只出了长安一百多里，皇帝的仪仗队就停了下来，护卫的军队坚决不走了，他们要求杀掉误国的祸首杨国忠和杨贵妃，皇帝眼看着贵妃缢死在马前。她头上戴的各种首饰，都散乱地扔在地下。玄宗虽然舍不得可也无法相救，只能遮住脸暗暗流泪。夏日的旱风卷起漫天黄尘，沿着回环曲折高入云端的栈道经过剑阁，蜀地的高山是那么荒凉少见行人，暗淡的太阳照着零乱不整的旌旗。蜀地的青山绿水，只是勾起皇帝对贵妃的日夜思念。旅途上的月亮看了倍觉伤心，淅沥夜雨中传来的铃声更使人愁肠寸断。长安收复了玄宗回去，途经贵妃的死处马嵬坡时，久久不忍离去。这里再也见不到贵妃了，只空余下她死去的地方。皇帝和随从们哭泣着，无精打采地回到长安。

诗中所说的渔阳即今天津市的蓟县，当时归安禄山管辖；翠华为皇帝仪仗队用翠鸟羽毛装饰的旗子；六军指玄宗的卫队；蛾眉为美女代称，此处指杨贵妃；翠翘为形状如翠鸟尾上长羽毛一样的妇女首饰，金雀为制成鸟形的金钗，玉搔头为玉制的簪，花钿总指妇女所戴的各种首饰；峨眉山在今四川峨眉县境内，玄宗到今四川成都就住下了，并未再向南到峨眉，诗中用峨眉山泛指蜀地的高山；天旋日转比喻国家倾覆后得到恢复，此处指叛军败退唐军收复长安。

　　唐玄宗天宝十四年（公元 755 年）十一月，平卢、范阳、河东三镇节度使安禄山在范阳起兵叛乱。天宝十五年六月，安禄山打进潼关直逼长安。玄宗惊慌失措，带着杨贵妃、杨国忠和杨氏姊妹，在禁军的护卫下仓皇西逃。只走到离长安约一百多里的兴平县马嵬坡时，饥饿疲困的禁军将士对造成当前的局势非常愤怒，不肯再前进，包围了玄宗和贵妃等住的马嵬驿，要求杀掉人人痛恨的奸贼杨国忠。正好杨国忠出来，有吐蕃国使者二十余人挡住他的马，要求发给食物。杨国忠尚未答话，军士大叫：杨国忠与胡虏谋反。并用箭射他，杨国忠逃入西门内，被追上的军士杀掉，并将尸体砍成肉泥。玄宗无法，拄着拐棍出驿门慰劳军队，并命令归队，可兵士们不听，仍围着不走。玄宗让高力士问为什么，禁军将军陈玄礼回答说：杨国忠谋反，贵妃不宜再待奉皇上，希望陛下割爱正法。玄宗说：我会处理此事。说完进到门内，呆站着久久不决。京兆司录韦锷说：现在众怒难犯，安危就在顷刻之间，希望皇上速决。玄宗说：贵妃住在深宫里，怎么会知道杨国忠的造反阴谋。高力士回答说：贵妃是没有罪，但现在将士已杀了杨国忠，贵妃是他妹妹，常在皇上的身边，将士们怎么能放心。希望皇上考虑，将士们放心了。皇上你也就安全了。玄宗实在被逼得没有办法了，将贵妃叫出，命令高力士赐死。力士送罗巾给贵妃，遂在佛堂前梨树下自缢而死，时年三十八岁。

　　贵妃刚死，从四川进贡的荔枝送到了。玄宗一见忍不住哭了。这时军队仍围着不散。玄宗只好让人将贵妃尸体放在床上，抬到院子中，叫领兵的将军陈玄礼等人进来看。玄礼细看确实死了，出去向军队宣布,军队才解围同意西进。贵妃的尸体就草草地葬在马嵬坡。

虢国夫人和杨国忠的妻子裴柔等,先到了陈仓(今宝鸡市之东)的官店。杨国忠被杀消息传来,县官薛景仙亲自带人追捕她们。虢国夫人杀了自己的儿子、女儿,然后杀国忠妻及女,最后自杀未遂,死在县监狱中。

唐玄宗在马嵬坡被迫杀了杨贵妃之后,准备继续西逃入蜀地,这时当地的父老群众遮住马头对玄宗说:"长安的宫阙是陛下的家,原上的陵寝是陛下祖宗的坟墓,陛下抛弃了这些,要往哪儿逃呢?皇上还是留下,率领我们保卫家乡抵抗叛军吧!"七十一岁、满头白发的玄宗早已失去勇气,一心只想逃命,在群众的挽留下不得已只好将太子李亨留下主持军国大事,自己则逃到成都去了。

这时政权实际上已交给了太子李亨。在少量军队的护卫下太子转到灵武(今宁夏灵武县),在灵武自作主张即皇帝位,即唐肃宗。玄宗在成都知道后也无可奈何,只好派人将传国玉玺送到灵武去,承认李亨是正式皇帝,自己则当了有名无权的太上皇。

贵妃死后,玄宗非常悲伤,日夜思念。在进入蜀地时,遇到久雨不停,同时又经过栈道。在栈道最险处,道旁有铁索供行人攀扶,索上挂有铃铛。人走时手扶索,铃声前后相应,以便互相照顾。

玄宗在雨中听见断断续续的铃声,因悼念贵妃而有所感触,写了一首乐曲《雨霖铃》寄托自己的思念。这就是后来词牌《雨霖铃》的起源。当时有梨园乐工张徽在玄宗身边。玄宗将《雨霖铃》曲让他练习。回长安后,玄宗常叫张徽演奏此曲,听后想起往事,常凄然泪下。

唐代诗人张祜,为此写了一首题名为《雨霖铃》的七绝:

▶ **雨霖铃**　　[张祜]

雨霖铃夜却归秦,犹见张徽一曲新。
长说上皇和泪教,月明南内更无人。

[译文] 在又一个久雨闻铃的夜晚，上皇回归长安。乐工张徽带来了一个新乐曲，他说这是太上皇（即玄宗）含着眼泪亲自教他的。在月光明亮的兴庆宫内却是寂静无人啊！

另一个说法是，在今四川梓潼县有一个上亭，里面有一些碑刻，据说这是唐玄宗夜雨闻铃之处。玄宗旅途中在上亭的驿站过夜，雨中听见牛铃声，玄宗有所感触，起来问随从的黄幡绰铃声在说些什么？黄答道："说陛下您吊儿郎当。"玄宗听后一笑，就作了《雨霖铃》曲。因此，上亭驿又名郎当驿。

一年多以后，长安收复，玄宗从成都回来，想将贵妃遗体迁出隆重改葬。这时他儿子已当了皇帝，即唐肃宗，实权在肃宗手中。礼部侍郎李揆对肃宗说：禁卫军因为杨国忠谋反，所以杀了他，现在如果改葬贵妃，恐怕禁军将士们不能安心。于是肃宗不同意改葬。当了太上皇的玄宗无奈，只好密令宦官偷偷地移葬。

贵妃初葬时，裹的紫褥，这次移葬挖开一看，尸体肌肤已坏了，只是胸前佩戴的一个丝织香囊还完好无损。主持移葬的宦官高力士取了香囊，同时又向马嵬坡的钱老太婆买下了贵妃遗留的袜子，将这两件纪念物献给了唐玄宗。玄宗见后，睹物思人，悲伤不已，对高力士说：这香囊是特殊的冰蚕丝织的，其中又装着异香，所以没有坏呀！

中唐诗人张祜写了一首七绝，咏叹上面这一段往事。

▶ ## 太真香囊子　　[张祜]

蹙金妃子小花囊，销耗胸前结旧香。
谁为君王重解得，一生遗恨系心肠。

[译文] 贵妃这个金线绣的小花香囊，还在她胸前装着原来的异香。是谁给皇帝又一次解下来，使他看着这香囊抱恨终生哪！

陕西兴平县西十二公里处，就是著名的马嵬坡，再往西不远，紧靠西宝公路北侧，便是贵妃墓。陕西民间相传，在妇女的搽脸粉中混上一点杨贵妃墓上的黄土，会使皮肤特别白嫩。因此，经常有很多人到贵妃坟头上包一包黄土带走，后来，甚至专门有人在坟前收钱卖土。这样，坟头就越来越低，不得不经常培土加高。

现存的杨贵妃墓，是20世纪80年代重修的，它是一座小小的陵园，外有围墙，里面除贵妃那砌了砖的坟墓外，还有唐代著名诗人白居易、刘禹锡、李商隐等的诗石刻及其他碑刻，陵园西北角还有唐代风格的石马二尊。

月明空殿锁香尘

《长恨歌》由"归来池苑皆依旧"至"魂魄不曾来入梦"这十八句，以思念杨贵妃为主线，描述了玄宗孤寂凄凉的处境和心情。这十八句意思为：回长安后见到水池林苑还是原样，太液池的荷花和未央宫的垂柳依然那么繁茂。娇艳的荷花多么像贵妃的脸庞，细长的柳叶好似她的眼眉，看到这些怎么不让人伤心落泪。度过了桃李花开的春日，又是秋雨连绵梧桐叶落的时候。太极宫和兴庆宫内都那么荒凉，枯草遍地，凋落的红叶满阶。梨园弟子新长出了白发，宫内的太监和宫女们也都老了。黄昏时殿堂中的流萤使人倍感凄凉，一盏孤灯挑尽了灯草还无法入睡。听着更鼓声长夜慢慢过去，一直熬到那银河回转天将黎明。寒冷的鸳鸯瓦（两片瓦一仰一俯构成一对，叫做鸳鸯瓦）结满霜华，冰凉的翡翠衾中没有谁来陪伴。贵妃啊！和她死别已好几年，怎么从没见到她的魂魄来到梦中。

唐玄宗虽然不在位了，但毕竟还是太上皇，照说应有优裕的生活环境和享受，不应该有上面诗中描述的那种凄凉的心境。原来，回长安后，这位太上皇与他儿子唐肃宗之间矛盾重重，失掉了权力的玄宗后来实际过着类似软禁的生活。《长恨歌》这一段中描述的心情意境也就不足为怪了。

玄宗在回长安后，住在南内兴庆宫。这时杨贵妃已死了，他感到很寂寞凄凉，正像晚唐诗人罗邺在七绝《驾蜀回》所写的那样：

▶ **驾蜀回** [罗邺]

上皇西幸却归秦，花木依然满禁春。
唯有贵妃歌舞地，月明空殿锁香尘。

[译文] 太上皇逃难到成都现在回来了，禁苑里的花木仍是那样茂盛。只有当年杨贵妃表演歌舞的地方，凄凉的月光照着那紧锁的尘封殿堂。

《长恨歌》中说贵妃的"魂魄不曾来入梦"，可实际上呢？我们可以看看唐玄宗李隆基自己所写的一首七绝：

▶ **幸蜀回居南内，梦中见妃子于蓬山太真院，
作诗遗之，使焚于马嵬山下** [李隆基]

风急云惊雨不成，觉来仙梦甚分明。
当时苦恨银屏影，遮隔仙姬只听声。

唐玄宗在诗题中说，他逃难到成都（皇帝到了叫做"幸"，"幸蜀"即到蜀地）回长安后，住在南内兴庆宫，一天晚上梦见自己到了蓬莱仙山上的太真院，他宠爱的杨贵妃就在这里。醒来后久久难忘，特地写了一首诗，抄好后派人送到马嵬坡去烧了，以寄给贵妃的灵魂。

那么，唐玄宗在梦中又见到了什么呢？从此诗的意思就可以知道：急风劲吹，乌云惊飞，可这场雨始终未下。一觉醒来，梦中的一切仍记得那样分明。当时，那座闪光的屏风影子有多么可恨啊！是它遮住了艳美如仙的妃子使我看不清楚，只听见了她那可爱的声音。

御柳无情依旧春

《长恨歌》由"临邛道士鸿都客"至全诗结束这四十六句，叙述了唐代即已广泛流传的有关杨贵妃的神话故事。虽然这个故事纯属虚构，但内容曲折宛转，尤其经过白居易的艺术描写，更是情深意长，真挚感人。

这一段《长恨歌》的意思是：有一个来到长安的临邛（四川县名，出道士）道士，说他有办法找到死者的魂魄。由于君王的辗转思念，他用尽方法四处找寻。道士升空驾云快如闪电，天上地下都找遍，上面到天顶下至阴曹地府，两处都没有找到。忽然听说海上有座仙山，山在虚无缥缈的地方；五色祥云环绕着玲珑的楼阁，其中住着很多美丽的天仙。内中有一人名叫太真，洁白的皮肤花一样的容貌大约就是她。道士来到金阙的西边轻轻敲着玉石院门，请侍女小玉、双成转报太真。听说是大汉天子派来了使者（此处借汉喻唐），把她在九华帐里从梦中惊醒。忙穿上衣裳推开枕头起来，珍珠帘子和闪着银光的屏风逐层打开，由于刚刚睡醒发鬓还半偏斜，歪戴着花冠就走下堂来。风吹着她的衣袖轻轻飘动，像是昔日《霓裳羽衣舞》的美姿。她美丽的脸上流着眼泪，像一枝带着春雨的梨花。含着无限的深情感谢君王，分别以后音容笑貌都再也见不到了，在昭阳殿里割舍了恩爱，我独自一人在蓬莱宫中度着漫长的时光。回头下望那遥远的人间，茫茫的尘雾遮蔽了长安。只有拿当年的纪念物品表达情意，请将钿盒金钗带给君王。钗我留一股，盒我留一扇，擘断了金钗分开了钿盒。只要爱心像金钿一样的不变，天上人间总有一天会相见。临别时再告诉这位使者一桩只有两人知道的誓言，当年七月七日在长生殿，在静悄悄的夜半立了这样的盟誓："在天愿做比翼双飞的鸟儿，在地上愿为缠绕在一起的连理树。"天虽长地虽久也有穷尽的时候，可这件悲伤的恨事啊！却永远也不会完结。

据唐代传说，为玄宗升天入地寻找贵妃魂灵的道士是来自临邛的杨通幽。像《长恨歌》中所述的一样，他在见到贵妃后，贵妃让他带金钗一股钿盒一扇（都是玄宗在和贵妃定情时送的纪念物）给玄宗，以作为见到了她的凭证。道士临走时说：这两样东西为凭还不够，因为可能是从别处弄到的。希望能告诉我一件当时没有外人知道的事，这样才能使太上皇相信。贵妃想了一会儿说：在天宝十年，和太上皇一起到骊山华清宫中，七月七日牛郎织女相会的晚上，我独自一人陪上皇在院中，谈起了牛郎织女的故事很感动，于是我们秘密地发誓："愿世世为夫妇。"说完后拉着手都哭了，此事只有太上皇知道。这就是《长恨歌》诗中结束时写的"在天愿作比翼鸟，在地愿为连理枝"两句誓言的来历。

唐玄宗和杨贵妃的故事，在唐代即已成为很多诗人的题材。在后代，不少的诗词、戏曲乃至小说，都采用它作为内容。诗人李商隐在七律《马嵬》一诗中，用宛转的笔法，谴责了酿成祸乱的主要负责人唐玄宗。

▶ **马嵬二首（其二）** ［李商隐］

> 海外徒闻更九州，他生未卜此生休。
> 空闻虎旅鸣宵柝，无复鸡人报晓筹。
> 此日六军同驻马，当时七夕笑牵牛。
> 如何四纪为天子，不及卢家有莫愁。

［**译文**］唐玄宗白白地听说死去的杨贵妃住在海外的仙山上，他和贵妃"愿世世为夫妇"的誓言来生能否实现很难说，可今生是彻底完了。在西逃的旅途上，夜晚只能听见禁军打更的梆子声，再也不像在深宫中有专职的鸡人给皇帝报天晓了。想当年七月七日笑牛郎织女只能一年一度相会，而皇帝和贵妃却能永世相守，没想到在马嵬坡禁军不肯前进，逼杀了杨贵妃。唐玄宗他虽然当了四十多年皇帝（一纪为十二年），但还比不上一个普通老百姓能和自己的妻子白头偕老啊！

诗中的"更九州"意思是九州之外还有九州。远古时代将中国分成九个州，故九州即代表中国。海外更九州说海外像中国这样大的地方还有九处，在诗中实际上指《长恨歌》中道士见到杨贵妃的仙山。鸡人为皇宫中给皇帝报晓的人，古代宫中不养报晓鸡，用人代替，鸡人头包红色头巾象征鸡冠，手执更筹敲击报晓，故称"晓筹"。莫愁为唐以前洛阳少女，据南北朝梁武帝萧衍的诗《河东之水歌》："河中之水向东流，洛阳女儿名莫愁。"李商隐在诗中用以借指民间妇女。

在《马嵬》这首诗中，讽刺的对象是唐玄宗。诗中所提到的一些事件，没有一件不是玄宗自作自受。尤其最后两句写得更为深刻。玄宗贵为天子，当了四十五年的所谓太平皇帝，到头来连一个心爱的宠妃的性命都保护不了。这一切，都是这位皇帝荒废朝政，讲究享乐，拒纳忠言等等造成的。

唐僖宗广明元年（公元 880 年）冬天，黄巢率领大军攻入长安，皇帝唐僖宗沿着唐玄宗西逃的老路，又一直逃到成都。公元 881 年元月，诗人韦庄写了一首七绝咏此事。

▶ **立春日作**　[韦庄]

九重天子去蒙尘，御柳无情依旧春。
今日不关妃妾事，始知辜负马嵬人。

[译文] 住在深宫里的皇帝被迫逃难了，可长安的柳树依旧带来了春意。这一次逃难可是与宫中的妃妾们无关，其实当年也是冤屈了在马嵬被杀的杨贵妃啊！

一篇长恨有风情

唐宪宗元和十年（公元 815 年），诗人白居易因上书言事得罪当权者，被贬为江州（今江西九江）司马。到江州后，他将自己过去写的诗整理后，编成了十五卷诗集，约包括八百首诗。诗集完成后，诗人心里很高兴，在卷末题了一首非常有趣的七律。

▶ 编集拙诗成一十五卷，因题卷末，戏赠元九、李二十 [白居易]

一篇长恨有风情，十首秦吟近正声。
每被老元偷格律，苦教短李伏歌行。
世间富贵应无分，身后文章合有名。
莫怪气粗言语大，新排十五卷诗成。

[译文] 我的一篇《长恨歌》充满深挚的感情，十首《秦中吟》发出正大的声音，经常被老元学去了我作诗的风格韵律，硬是使短李对我的乐府诗心悦诚服。人世间的富贵看来我没有份，死后我的文章会赢得声名。别怪我口气太大不谦虚，那是因为最近我的十五卷的新诗集刚刚编成呀！

诗中老元指白居易最要好的诗友元稹，他是著名传奇小说《会真记》的作者。诗虽然比不上白居易，但写得也不错。在本书中即选用了他的长诗《连昌宫词》。白居易在诗句"每被老元偷格律"下自注："元九向江陵日，尝以拙诗一轴赠行，自后格变。"意思是说唐宪宗元和五年（公元810年），元稹（"元九"指元稹在包括叔伯的兄弟姐妹中排行第九）被贬官去江陵（今湖北江陵）时，白居易送给他一卷自己写的诗，元稹读后受了很大影响，自此之后在作诗的立意、措辞等风格方面，都变得与白居易相近。在唐代当时，元、白二人诗作的风格被称为"元和体"，对后代诗歌的发展有很重要影响。

短李指李绅，是元、白的好友，因为他长得短小精悍，当时人称他"短李"。李绅在元稹、白居易写作《新乐府》之前，曾写了《新题乐府》二十首（已失传），送给元稹，元稹和作了十二首，白居易看了以后，创作了五十首，题名为《新乐府》。李绅经常认为自己那二十首《新题乐府》写得好，可是在见到白居易写的这五十首

《新乐府》后，感到实在不如而非常佩服。因此白居易在诗句"苦教短李伏歌行"下自注道："李二十（李绅排行第二十）尝自负歌行，近见予乐府五十首，默然心伏。"李绅的诗流传下来最著名的是《悯农二首》。

▷ 悯农二首　　[李绅]

（一）

春种一粒粟，秋成万颗子。
四海无闲田，农夫犹饿死。

（二）

锄禾日当午，汗滴禾下土。
谁知盘中餐，粒粒皆辛苦。

〔译文一〕春天种下一粒粟的种子，秋天将会收获万颗粮食。四海之内的田地都种满了庄稼，可是农夫仍免不了会饿死。

〔译文二〕烈日炎炎的中午在地里锄草，汗水不停地滴在禾苗下的土地上。城里的人有谁知道盘中的饭食，一粒一粒都是来之不易啊！

据说，李绅当年准备考进士时，曾拿着自己的诗文请当时的官员吕温评赏。吕温读了这两首悯农诗后，对另一官员齐煦说："从李二十秀才的诗文看，他将来必然会当卿相。"李绅后于唐宪宗元和元年（公元806年）中进士，三十五年后，在唐武宗执政期间，李绅果然当了几年宰相。

第三章　安史之乱

安史之乱指唐玄宗天宝十四年（公元 755 年）安禄山和史思明发动的叛乱。这次叛乱遍及整个中国北部，规模很大，破坏严重，影响深远，实际上成了唐朝由兴盛走向衰落的转折点。

安史之乱前后共经历七年，在此期间，大诗人杜甫、李白、王维等都亲身经历了整个过程。诗人们将他们所见、所闻、所感受的事件，写成了大量的精彩诗篇。尤其是杜甫，他的诗连接起来几乎可以当作一部安史之乱的历史来读，因此被后代人们赞赏为"诗史"。当然，杜甫的诗被人赞誉为"诗史"，不仅是描写安史之乱的诗歌，但这是主要组成部分。这实在是唐诗中极高的成就。

明年十月东都破

安史之乱和唐玄宗与杨贵妃的故事，是密切相关的。安史之乱后的诗人们，利用这些题材写了大量的诗篇。除了仅描写某一件事或某一片段的诗，叙述较全面的长诗就有三首。一是诗人白居易写的《长恨歌》，第二首是白居易好友元稹写的《连昌宫词》，第三首则是元、白之后的诗人郑嵎写的《津阳门诗》。从艺术上看，《长恨歌》最佳，《连昌宫词》次之，《津阳门诗》则较差。《长恨歌》主要叙述的是唐玄宗和杨贵妃的故事，而《连昌宫词》所记述的历史事实却比《长恨歌》多。下面介绍《连昌宫词》，使我们对安史之乱前后情况有一个概略了解。

连昌宫位于唐代河南郡寿安县（今河南宜阳县境内），是唐代皇帝由长安到东都洛阳途中旅居的行宫之一。《连昌宫词》借一个虚构的宫边老人之口，叙述了安史之乱前后政治上兴衰的现象和原因。

▶ 连昌宫词　　[元稹]

连昌宫中满宫竹，岁久无人森似束。
又有墙头千叶桃，风动落花红蔌蔌。
宫边老翁为余泣，小年进食曾因入。
上皇正在望仙楼，太真同凭栏杆立。
楼上楼前尽珠翠，炫转荧煌照天地。
归来如梦复如痴，何暇备言宫里事。
初过寒食一百六，店舍无烟宫树绿。
夜半月高弦索鸣，贺老琵琶定场屋。
力士传呼觅念奴，念奴潜伴诸郎宿。
须臾觅得又连催，特敕街中许燃烛。
春娇满眼睡红绡，掠削云鬟旋装束。
飞上九天歌一声，二十五郎吹管逐。
逡巡大遍凉州彻，色色龟兹轰录续。
李谟擫笛傍宫墙，偷得新翻数般曲。
平明大驾发行宫，万人歌舞在途中。
百官队仗避岐薛，杨氏诸姨车斗风。

明年十月东都破，御路犹存禄山过。
驱令供顿不敢藏，万姓无声泪潜堕。
两京定后六七年，却寻家舍行宫前。
庄园烧尽有枯井，行宫门闭树宛然。
尔后相传六皇帝，不到离宫门久闭。
往来年少说长安，玄武楼成花萼废。

去年敕使因斫竹，偶值门开暂相逐。

荆榛栉比塞池塘，狐兔骄痴缘树木。

舞榭欹倾基尚在，文窗窈窕纱犹绿。

尘埋粉壁旧花钿，乌啄风筝碎珠玉。

上皇偏爱临砌花，依然御榻临阶斜。

蛇出燕巢盘斗拱，菌生香案正当衙。

寝殿相连端正楼，太真梳洗楼上头。

晨光未出帘影动，至今反挂珊瑚钩。

指似傍人因恸哭，却出宫门泪相续。

自从此后还闭门，夜夜狐狸上门屋。

我闻此语心骨悲，太平谁致乱者谁？

翁言野父何分别，耳闻眼见为君说。

姚崇宋璟作相公，劝谏上皇言语切。

燮理阴阳禾黍丰，调和中外无兵戎。

长官清平太守好，拣选皆言由至公。

开元之末姚宋死，朝廷渐渐由妃子。

禄山宫里养作儿，虢国门前闹如市。

弄权宰相不记名，依稀忆得杨与李。

庙谟颠倒四海摇，五十年来作疮痏。

今皇神圣丞相明，诏书才下吴蜀平。

官军又取淮西贼，此贼亦除天下宁。

年年耕种宫前道，今年不遣子孙耕。

老翁此意深望幸，努力庙谟休用兵。

[译文] 连昌宫中长满了竹子，年深日久无人砍伐，长得又高又密。墙头伸出了碧桃花，风一吹红花瓣纷纷落下。宫边一位老人流着眼泪和我说起了往事，少年时因向皇帝进食进过宫里。太上皇（指玄宗）正在望仙楼上（望仙楼实际在骊山华清宫，此处系借指），贵妃和他一起靠着栏杆。楼上楼前站满了

佩戴着珍珠翡翠的宫女，珠宝闪烁的光彩照耀得四处通明。回家后觉得简直像做梦一样人都傻了，宫里事事都那样的新奇，哪能一一地说清楚。冬至节后第一百零六天，正是小寒食节（寒食节的第二天），家家都没有烟火，宫树已开始绿了。半夜月儿高照的时候，宫里奏起了音乐，贺怀智的琵琶压住了阵脚。宦官高力士奉圣旨召歌妓念奴，念奴正伴着年轻的宫廷乐师歇宿。找到以后催她快进宫，皇帝特许准在街上燃烛照明（因当时正是小寒食，按习惯全国禁止举烟火）。念奴带着满脸睡意从红纱帐中起来，轻拢头发赶紧妆扮。进到宫中为皇帝唱歌，一声飞上九天，二十五郎所吹的小管音在后相追逐（二十五郎指邠王李承宁，善吹小管）。整套的凉州乐曲随着舒缓的节拍，响亮的龟兹乐曲在轮番奏出。少年李谟拿着笛子靠宫墙，偷学到了几首新制的乐曲。天刚亮皇帝由行宫出发，成千上万的人在路上歌舞。文武百官的队伍都避开皇亲岐王和薛王，杨家几姊妹的车马跑得快如疾风。

第二年十二月，东都洛阳被安禄山的叛军攻破，洛阳到长安的大道上不断地有叛军经过。他们强迫供给食宿四处骚扰，百姓们不敢做声只有暗暗地流泪。洛阳和长安从叛军手中收复六七年以后，我回来找自己在连昌宫边的家舍。村庄已烧尽只剩下没水的井，宫门关着只看见树木。此后共经过六位皇帝（指唐肃宗、代宗、德宗、顺宗、宪宗和穆宗），都不曾来过连昌宫。路过这里的年轻人说到长安，在德宗时大明宫里新盖起了玄武楼，可玄宗时建在兴庆宫内的花萼楼却荒废了。去年使者奉皇帝命令来砍竹子，在宫门开时我跟着进去看看。荆棘灌木丛生塞满了池塘，狐狸野兔绕着树丛转也不怕人。楼阁都倾倒歪斜只剩下房基，雕花的窗子还那么美，窗纱还有绿色。灰尘堆积在粉墙上挂着的妇女花钿上（花钿为妇女佩戴的装饰品），乌鸦啄着房檐上的风筝，发出碎玉般的声音。太上皇最爱台阶旁的花，皇帝的床仍然横斜在台阶附近。蛇从燕子窝中爬出盘在房子的斗拱上，宫殿正门的香案已腐朽得长出蘑菇了。和寝殿相连的端正楼（本在骊山华清宫，此处系借指），当年杨贵妃在楼上梳洗打扮。那时候天还没亮帘子就挪动了，现在只有珊瑚做的帘钩一直反挂在那里。在把宫中遗迹指给别人看时，我自己忍不住哭了，直到出宫门后眼泪还在不断地流。从那次以后又一直锁着宫门，每天晚上只有狐狸爬到门上头。

我听见老人说这一番话后非常悲伤，问老人说，过去使天下太平的及使天下动乱的都是谁呢？老人说我这个乡下老头哪说得清楚，只将听到和见到的告诉你吧。当年姚崇宋璟当宰相，劝谏皇帝道理说得透彻。政治清明五谷丰登，中外都安定没有战乱。地方官员廉洁奉公，选用人才都秉公办理。开元末年姚宋死去，朝廷渐渐听杨贵妃的了。安禄山受到宠信，并在皇宫里将他作为贵妃的养子，虢国夫人等杨家亲戚门前，来结交、钻营的人络绎不绝，热闹如市集。专权乱政的宰相记不清名字，大约是杨国忠和李林甫。国家大事弄得乌七八糟，天下动荡不安，一直五十年了，还留下这种残破的局面。现在的皇帝（指唐宪宗）神圣，宰相贤明，很快就平定了吴蜀的叛乱。朝廷大军又抓住了淮西叛乱的头子吴元济，清除了他天下得以安宁。我家年年耕种连昌宫前的大道，今年我有意不让子孙去耕种，老头儿的意思是现在洛阳已经没有威胁了，希望皇帝去洛阳时能到连昌宫来。同时祝愿朝廷早日结束战事，不再用兵。

元稹之所以写上述的《连昌宫词》，实际上是受到白居易的《长恨歌》与陈鸿的《长恨歌传》的影响。根据近代学者陈寅恪的研究，元稹此诗并非他途经连昌宫时有所感触而写，而是于唐宪宗元和十三年的暮春，在通州（今四川达县）司马任上时所作。元稹曾多年在洛阳任职及居留，对连昌宫的实际情况以及各种史实都很清楚，从而写出了长篇巨作《连昌宫词》。由于唐朝廷于前一年平定了淮西镇（今河南汝南）的叛乱，生擒了叛乱首领吴元济，这在《连昌宫词》的结尾有所反映。

诗中引用了一些典故和故事："进食"指唐玄宗时，贵戚和宠臣们盛行给皇帝进贡食品。宫中还特设有检校进食使的官员，专门评比各家食品的精美程度。每一次进食，多达几十盘，一盘食品价值等于十户中等人家的财产。这种恶习不知浪费了多少百姓的劳力和血汗。寒食节在唐宋时代很盛行。诗中所写的半夜三更叫高力士去找名歌妓念奴进宫演唱，因为一下子找不到，于是在全城街巷中大呼小叫，将很多居民从梦中惊醒，知道宫里又是深夜行乐，并且寒食节不许举火的习惯也不管了，为了找念奴进宫，街上点燃了通亮的蜡烛，这有什么办法呢，是皇帝圣旨特许的呀。

李谟是唐玄宗时一个善于吹笛的少年。有一年正月十四日，玄宗在上阳宫半夜曾吹了一首新制乐曲。第二天晚上，皇帝偷偷出宫看灯，忽然听见酒楼上有人吹笛，奏的就是昨夜宫中的新曲。玄宗大吃一惊，第二天派人秘密捉来了吹笛人，亲自审问从何而知新曲。吹笛人答到："我就是善吹笛的少年李谟，前晚在天津桥赏月，听见宫中演奏新乐曲，于是我在桥上插小棍记下了谱，所以学会演奏此新曲。"玄宗听后感到很惊讶，就将李谟释放了。

唐朝自发生安史之乱后，整整五十年国无宁日，到处都是拥兵的军阀割据，国家实际是分裂的。唐宪宗元和十二年（公元817年），唐军在贤相裴度的指挥下，平定了淮西镇的叛乱，生擒首领吴元济。其他割据军阀也纷纷归顺唐朝廷，国家暂时获得了统一。这时，元稹在通州任司马，他在元和十三年，根据上述背景写作了《连昌宫词》一诗。与此同时，他结识了在地方上当监军的宦官崔潭峻。唐宪宗死后穆宗即位，崔潭峻受到穆宗的宠幸，将《连昌宫词》抄给穆宗看，并将诗中"尔后相传五皇帝"改成"尔后相传六皇帝"，即加上了穆宗。穆宗看后非常欣赏，立即提升元稹为皇帝的亲信秘书——知制诰。从此宫中都叫元稹为元才子。

《连昌宫词》中写的很多地名和有关人物活动，不完全符合事实，而常是借用。例如唐玄宗和杨贵妃并未到过连昌宫，诗中所写的许多宫中建筑名称，也是借自骊山华清宫。虽然如此，诗中所写的历史事件却都是真实的。

忆昔开元全盛日

唐玄宗是经历了两次宫廷政变后，才登上皇帝宝座并掌握实权的。他登基后用过两个年号，头一个是"开元"，历时二十九年；第二个是"天宝"，历时十五年。唐玄宗在开元年间，年轻有为，励精图治，他和太宗一样，能做到两点：一是任用贤明人才，二是能纳谏。他先后所用的宰相，像《连昌宫词》中提到过的姚崇、宋璟，还有张说、韩休、张九龄等，都是著名有才能的贤相，政治比较清明，经济迅速发展，这样，使唐朝在开元时期达到兴盛的顶点。"开元盛世"不仅是唐朝人永远怀念的好日子，也是历史上封建时代兴盛的典范之一。

唐代宗广德二年（公元764年），大诗人杜甫在阆州（今四川阆中）写了两首七言长诗《忆昔二首》，由其中第二首，我们可以见到"开元盛世"的概貌。

▶ **忆昔二首（其二·摘录）** ［杜甫］

忆昔开元全盛日，小邑犹藏万家室。
稻米流脂粟米白，公私仓廪俱丰实。
九州道路无豺虎，远行不劳吉日出。
齐纨鲁缟车班班，男耕女桑不相失。
宫中圣人奏云门，天下朋友皆胶漆。
百余年间未灾变，叔孙礼乐萧何律。

［译文］回忆起开元年间全盛的好日子，人口众多，小小的村镇中也有着上万户人家。农业连年丰收，油光光的稻米和

洁白的粟米满仓满囤，官府私人都很富足。全国到处都很安全，没有豺狼虎豹（实指盗匪）拦路伤人，出远门用不着选择吉利的日子。齐鲁地区运送丝织品的车子一辆接着一辆（古代齐鲁地区，即今山东一带的丝织品非常著名，即诗中的齐纨鲁缟，实际上是泛指唐代当时的手工业很发达），男的种田女的养蚕各得其所。天下太平，皇帝按时祭祀天地，演奏《云门》乐舞，祈求降福（"云门"为乐舞名，据说是黄帝时所作）；天下的朋友们情谊像胶漆一样不能分开。开国一百多年来没有大灾害变乱，其原因是用叔孙通制定的礼乐教化人民，并且严格执行了萧何主持制定的法律。

据历史记载，唐开元天宝年间，粮食是很充裕的。当时全国只有五千多万人口，可在天宝八年（公元 749 年），仅政府的仓储粮食就多达一亿石，而且粮价也非常低廉。从开元十三年（公元 725 年）至天宝元年（公元 742 年）近二十年中，长安和洛阳米价始终保持在每斗十五文至二十文钱之间，贱时只有十三文。青州、齐州一带一斗米五文，最贱时仅三文，可见社会生活是安定而富裕的。

中唐诗人李涉，在唐文宗大和年间（公元 827 年至 835 年），途经骊山下的温泉宫，诗人回想起一百年前的"开元盛世"，于是写下了七绝《题温泉宫》，诗中盛赞了开元年间的君臣相得，认为这是天下太平四十余年的主要原因。

▶ **题温泉宫**　　[李涉]

能使时平四十春，开元圣主得贤臣。
当时姚宋并燕许，尽是骊山从驾人。

[译文] 能使开元至天宝年间四十余年天下太平百姓安居乐业，是因为圣明的玄宗皇帝任用了大批的贤臣。例如当时的著名贤相姚崇、宋璟，还有被封为燕国公的张说和许国公苏颋等等，他们全都是先后随从玄宗皇帝到骊山华清宫的大臣。

武皇开边意未已

唐玄宗在做了二十几年皇帝，看见天下太平以后，便逐渐骄傲自满起来，不仅过去那种不听反面意见就睡不好觉的习惯没有了，甚至不愿再理朝政，一心只想享乐。当时老奸巨猾的李林甫当宰相，他一方面勾结宫中的宦官、妃嫔，打听皇帝的动静，摸透玄宗的心理，一切顺从意旨；另一方面是堵塞玄宗的耳目。他公开地向谏官们说："现在皇帝圣明，你们用不着多说话。看看立仗马就知道，它吃的马料相当于三品官的待遇，但是若要嘶叫一声，就斥出不再用，那后悔就来不及了。"立仗马是朝廷仪仗队的马匹，站立在宫门外，不许嘶叫。李林甫要谏官们像立仗马一样紧闭尊口，谁要敢上书议论朝政，第二天立即降级外调，这样一来，没有人再敢讲话了。

开元末年的一天，唐玄宗在大同殿对亲信太监高力士说："如今天下太平，中外无事，我想深居于宫内，专门从事道家的修仙活动，军国大事，全部委托李林甫去办，你看如何？"高力士回答说："治理国家的大权，是不能借给别人的，如果他用权造成威势，不管好坏，谁还敢说他个不字。"玄宗一听这种不同意见，很不高兴，说："你十年来都很少议论政事，可今天说的，不合我的心意。"吓得高力士连连叩头请罪，说自己因为有疯病，言辞荒谬，罪该万死等。其实，李林甫的威势早已养成了。

晚唐诗人李商隐，写了一首五律《思贤顿》，讽刺唐玄宗不理朝政，贪图享乐，把励精图治早抛到一边的昏庸状态。

▶ **思贤顿**　　[李商隐]

内殿张弦管，中原绝鼓鼙。
舞成青海马，斗杀汝南鸡。
不见华胥梦，空闻下蔡迷。
宸襟他日泪，薄暮望贤西。

[译文] 唐玄宗在皇宫里奏乐享乐，自以为天下太平，不会有战乱了。训练青海产的名马跳舞，为了玩乐，公鸡都不知斗死了多少。皇帝他连做梦也不会再想到励精图治了，成天迷恋在杨贵妃身旁。哪能想得到有这么一天，他会逃难坐在望贤驿的树下，忧郁流泪，几乎都不想活了呢。

思贤顿即陕西咸阳东的望贤驿。安史之乱时，玄宗向四川逃走时经此驿准备住宿，可地方官已逃散，玄宗只得在驿外树下休息。传说他当时心情忧郁，几乎不想活下去。华胥指华胥国，是古代传说中一个理想的国家，诗中借指太平世界。下蔡迷形容美色迷人，把下蔡的人都迷惑了。

李林甫当了十七年宰相，于天宝十一年（公元752年）病死。接着是杨国忠当宰相，情况更坏了。这里我们谈一个当时著名的事件。

唐代时我国现在的云南，有一个南诏国。在玄宗时代，本来是归附唐朝，关系很友好的。天宝年间，南诏王阁罗凤带着妻子谒见都督，路过云南时，唐地方官云南太守张虔陀勒索贿赂，并且侮辱了他的妻子。这样，迫使阁罗凤于天宝九年起兵，杀了张虔陀。次年，张的上级剑南节度使鲜于仲通，带了八万军队攻打南诏。阁罗凤派人解释起兵原因，请求停战讲和。鲜于仲通不许，进军至西洱河，结果被南诏打得大败，死了六万人，鲜于单身逃回。这时唐朝廷正是杨国忠当权，他和鲜于原来就有勾结，于是将打败仗的事隐瞒起来，反而说鲜于有战功。同时，另外又招募军队攻打南诏。老百姓早已听说云南有很多流行性疾病，不习惯水土的多病死，而且反对这种不义的战争，不肯应募当兵。杨国忠命令御史们四出抓人，戴上枷锁送到军中。军队出发之日，士兵们的父母妻子相送，哭声震天。

杜甫当时住在长安，亲眼见到了这个悲惨的情景。诗人怀着满腔的同情，代替被征发的士兵诉出冤苦，写下了著名的诗篇《兵车行》。

▶ **兵车行**　　[杜甫]

车辚辚，马萧萧，行人弓箭各在腰。

耶娘妻子走相送，尘埃不见咸阳桥。
牵衣顿足拦道哭，哭声直上干云霄。
道傍过者问行人，行人但云点行频。
或从十五北防河，便至四十西营田，
去时里正与裹头，归来头白还戍边。
边庭流血成海水，武皇开边意未已，
君不闻汉家山东二百州，千村万落生荆杞。
纵有健妇把锄犁，禾生陇亩无东西。
况复秦兵耐苦战，被驱不异犬与鸡。
长者虽有问，役夫敢申恨！
且如今年冬，未休关西卒。
县官急索租，租税从何出。
信知生男恶，反是生女好；
生女犹得嫁比邻，生男埋没随百草！
君不见，青海头，古来白骨无人收，
新鬼烦冤旧鬼哭，天阴雨湿声啾啾。

[译文] 车声辚辚，马嘶萧萧，出征的士兵们腰上挂着弓箭战刀。在那灰尘蔽天的咸阳桥畔（咸阳桥在陕西咸阳西南五公里的渭河上，为唐时由长安向西行的必经之路），父母妻子拉着士兵们的衣裳，捶胸顿足地痛哭，那悲惨的哭声啊！一直上冲到高高的云霄。过路的人问士兵怎么回事，士兵回答说这是又一次点兵出征。我们有的十五岁就被征发到北边防守黄河，一直到四十岁还在西部边境屯田。刚离家乡时年纪小，还要村长替我裹上头巾，回来时头发都花白了，可现在又被征发去边疆打仗。边境上士兵们的鲜血流得像海水一样，可我们皇上开拓疆土的野心还大着呢。您难道没听说潼关以东二百余州的土地上，成千上万的村子里都长满了荆棘野草。即使有些健壮的妇女能锄田犁地，倒底比不上男人，庄稼长得乱七八糟。我们关中的士兵因为肯吃苦能打仗，一次又一次地被征调，简直像驱使鸡狗一样。虽然蒙

您老人家关心询问，我这服役的人哪敢多说自己的冤苦。就拿今年冬天说吧，不让我们关中士兵休假，县官紧急地催促交租，家里哪来钱交租税啊？真是生男孩还不如养个女儿，女儿可以嫁给街坊邻舍，男儿早晚得战死沙场，埋骨荒草间。您看看那青海边上，自古以来征战死者的白骨哪有人收埋。在天阴下雨的时候，听那新旧鬼魂们啜泣的啾啾声吧。

天宝后期，不仅征南诏连连战败，而且国内从天宝十一年（公元752年）开始，关中长安一带水旱灾相继，不少老百姓没有吃的。天宝十三年，秋天连雨两个多月，不仅庄稼受灾，房屋也倒塌了不少。天灾加上人祸，人民生活痛苦不堪。宰相杨国忠挑了长得好一点的秋禾，献给玄宗说："雨虽然下了很长时间，并不损害庄稼。"杜甫在他的三首《秋雨叹》及李白在五言古诗《书怀赠南陵常赞府》中，记述了当时长安城的情况和人民的痛苦。

▷ **秋雨叹（其二）**　　　[杜甫]

阑风伏雨秋纷纷，四海八荒同一云。
去马来牛不复辨，浊泾清渭何当分。
禾头生耳黍穗黑，农夫田妇无消息。
城中斗米换衾裯，相许宁论两相直。

[译文] 秋风带着秋雨下个不停，好像四海之内普天之下都躲不开这漫天的乌云。阴沉的天色使人连牛马都分不清，那浑浊的泾河与清澈的渭河更是混在一起。谷粒生芽黍穗都长了黑霉，农民们今年可是一点收成也没有了。长安城中米贵到一斗就可以换一套被褥，明知道这个交易不合算，可饿急了又有什么办法？

▷ **书怀赠南陵常赞府（摘录）**　　　[李白]

云南五月中，频丧渡泸师。
毒草杀汉马，张兵夺秦旗。

至今西洱河，流血拥僵尸。

将无七擒略，鲁女惜园葵。

咸阳天下枢，累岁人不足。

虽有数斗玉，不如一盘粟。

[译文] 在五月的云南，渡泸水打南诏的军队多次全军覆没。那里的毒草杀死了唐军的马匹，南诏的士兵夺去了唐军的大旗。在唐军两次覆灭的西洱河（今云南大理县一带）畔，堆满了染血的尸体。大将又没有诸葛亮七擒孟获的谋略，人民哪能安居乐业。长安是天下的中心，接连几年人们的粮食不够吃。在这个时代，即使有几斗玉石，也不如一盘粮食重要啊！

诗中的"鲁女惜园葵"是指这样一个典故：鲁国有个未嫁的姑娘靠着柱子叹息。邻妇说："你是想嫁人吧！我给你找一个对象。"姑娘说："不对，我是担忧鲁国国王老了，但王子又太小。"邻妇笑着说："这是鲁国大官们考虑的事，我们女人管它干啥。"姑娘说："有一次山西客人住我家，将马拴在菜园里，马跑了，踩坏了葵菜，使我一年没吃上葵菜。如今国王老糊涂了，王子小而不懂事，鲁国一旦有患难，不仅王公大臣，老百姓也不能免祸，所以我才这样忧虑。"三年后鲁国果然大乱，齐和楚国都攻打它，全国人民都受到战乱的祸害。

从天宝十年到十三年，两次进军攻打南诏，都以全军覆没而告终。前后战死和患病而死的士兵有二十多万人。当时老百姓为了躲避抓兵，甚至故意把自己弄成残废。这次战争的恶劣影响，五十多年以后，犹记在人们的心中。诗人白居易在他的新乐府诗《新丰折臂翁》中，记述了一个残废老人对他的倾诉，并以此作为教训来规劝当时的皇帝。

▶ 新丰折臂翁·戒边功也　[白居易]

新丰老翁八十八，头鬓眉须皆似雪；

玄孙扶向店前行，左臂凭肩右臂折。

问翁臂折来几年？兼问致折何因缘？

翁云贯属新丰县，生逢圣代无征战。
惯听梨园歌管声，不识旗枪与弓箭。
无何天宝大征兵，户有三丁点一丁。
点得驱将何处去？五月万里云南行。
闻道云南有泸水，椒花落时瘴烟起。
大军徒涉水如汤，未过十人二三死。
村南村北哭声哀，儿别爷娘夫别妻；
皆云前后征蛮者，千万人行无一回。
是时翁年二十四，兵部牒中有名字，
夜深不敢使人知，偷将大石锤折臂。
张弓簸旗俱不堪，从兹始免征云南。
骨碎筋伤非不苦，且图拣退归乡土。
臂折来来六十年，一肢虽废一身全。
至今风雨阴寒夜，直到天明痛不眠。
痛不眠，终不悔，且喜老身今独在。
不然当时泸水头，身死魂飞骨不收，
应作云南望乡鬼，万人冢上哭呦呦。
老人言，君听取。
君不闻开元宰相宋开府，不赏边功防黩武。
又不闻天宝宰相杨国忠，欲求恩幸立边功。
边功未立生人怨，请问新丰折臂翁。

[译文] 新丰的老头儿八十八岁了，头发眉毛胡须都似白雪，玄孙扶着他在店前走着，老头儿左臂扶着玄孙的肩膀，右臂却已经断了。我问老头儿手臂是怎样断的，断了几年了？老头说自己是新丰县人（新丰为唐时县名，以产美酒著名），生在太平的开元盛世。从小就听惯了梨园的音乐与歌唱，不懂得军旗、刀枪和弓箭。谁知道天宝末年大征兵，一户有三个壮丁就要抽一个。征集的军队准备派到哪儿去呢？要跋涉万里在五月

到达云南。听说云南有一条河叫泸水，在花椒花落的时候，毒人的瘴气烟雾来了。大军徒步趟过热汤似的泸水，还没见到敌人士兵就中毒病死了一半。在征兵的时候，全村一片悲哀的哭声，孩子和爷娘、丈夫和妻子都知道这是死别，因为前后几次去征伐云南的人，成千上万没有一个回来。当时我二十四岁，应征者的名册中有我的名字，只好在夜深人静的时候，偷偷用大石头砸断了手臂。这样既不能拉弓也无法打旗，才算没被送到云南去。为了能够留在故乡，只好忍住那骨碎筋伤的痛苦。我这手臂已断了六十多年，人虽然残废可总算活了下来。直到现在每逢天阴下雨，这断臂痛得我整夜不能安眠。虽然这样我也绝不后悔，因为我现在还能活着。不然当时就会死在泸水边上，连尸骨也不会有人收埋。只能做云南的望乡鬼，在那乱坟堆上绝望地哭泣。尊贵的皇上啊，您听听这老头儿的话吧！想当年开元的贤明宰相宋璟，故意不赏在边境上立了战功的将军，以防止他们为了报功升官而故意挑起边境上的战争。而天宝年间那个奸相杨国忠呢，却为了得到皇帝的欢心而企图在边境上作战建功，谁知道不仅仗没打胜，把老百姓可坑害苦了。这个八十多岁的折臂老头儿，就是很好的见证啊！

诗人杜甫在唐玄宗天宝十四年（公元755年）十一月，从长安出发到奉先县（今陕西蒲城）去探望他的妻儿。路上经过骊山，当时唐玄宗带着杨贵妃等正在骊山华清宫过冬，每天饮酒作乐。这时安禄山已在范阳起兵叛乱，由于古代交通困难，消息尚未传到长安，大家还不知道。杜甫将旅途和归家后的见闻感想，写成了一首五言古诗《自京赴奉先县咏怀五百字》。诗中有一段记述经过华清宫时的情况和感慨，深刻地表现了当时统治者的醉生梦死和广大人民的痛苦，使读者感到唐王朝当时危机四伏，动乱即将发生，事实上安史之乱已经爆发了。杜甫在这首诗中，可以说是作了一个预言。

▶ 自京赴奉先县咏怀五百字（摘录）　　[杜甫]

凌晨过骊山，御榻在嵽嵲。

蚩尤塞寒空，蹴踏崖谷滑。

瑶池气郁律，羽林相摩戛。

君臣留欢娱，乐动殷胶葛。

赐浴皆长缨，与宴非短褐。

彤庭所分帛，本自寒女出。

鞭挞其夫家，聚敛贡城阙。

圣人筐篚恩，实欲邦国活。

臣如忽至理，君岂弃此物。

多士盈朝廷，仁者宜战栗！

况闻内金盘，尽在卫霍室。

中堂舞神仙，烟雾蒙玉质。

暖客貂鼠裘，悲管逐清瑟。

劝客驼蹄羹，霜橙压香橘。

朱门酒肉臭，路有冻死骨。

荣枯咫尺异，惆怅难再述。

[译文] 诗人一早经过骊山脚下，唐玄宗正住在山上。天下着大雾，山谷中的路很滑。山下温泉水热气腾腾，大量的禁卫军保卫着华清宫，使皇帝妃子和大臣们能安心地享乐，奏乐的声音从山上飘到山下。在温泉里洗澡的都是达官贵人，参加欢宴的也没有穿粗布短衣的老百姓。朝廷赏赐大臣亲信的绢帛，本是穷人家妇女所织成。用刑法威逼她们的夫家，搜刮后送到京城去。皇帝赏赐的这种恩典，是要大臣们忠心尽力治理好国家。臣子们如果不懂得这个道理，那皇帝的赏赐就等于白扔了。朝廷中这么多的大臣，有良心的应感到惶恐惭愧。现在皇帝赏赐极滥，听说皇家仓库里的财宝几乎全搬到杨家去了。看看杨家宴会的豪奢吧！大厅里音乐齐奏，裹着轻烟样薄纱的舞女们

表演着轻歌曼舞。主人怕客人冷了，请他们披上名贵的貂皮衣。丰盛的宴席上，山珍海味不算，还有着希奇的驼蹄羹，饭后是经霜后愈加甜美的橙子和香橘。在达官贵人们的家里，酒肉堆积得都腐臭了，可大路边上，却有着冻饿而死的尸骸。眼看着这骇人的荣华富贵和饥饿贫困，我还能说些什么呢。

嵽嵲（音 dié nì），形容山高峻；蚩尤为古代一个部落首领，传说他能作大雾，此处借指大雾；瑶池为神仙西王母居住之处，此处借指华清池；气郁律形容热气腾腾；羽林即羽林军，为皇家卫队；摩戛形容卫队人多，兵器互相碰撞；殷胶葛指声音大广泛传播；缨为帽带，长缨指达官贵人；短褐为粗布短衣，借指平民百姓；彤庭，指朝廷；城阙指首都；圣人指皇帝；筐篚为竹器，皇帝用来盛放绢帛等赏赐给臣子；卫霍指汉武帝时代的大将军卫青和霍去病，他们都是汉武帝皇后卫子夫的亲属，这里用以借指杨贵妃的亲属；神仙此处指舞女；烟雾形容轻薄的丝织舞衣。

由上述诗歌我们可以知道，在天宝末年，政治腐败，民不聊生。表面上虽是太平景象，可一场巨大的动乱马上就要发生了。唐玄宗不但不了解形势的危急，在天宝十年，居然还对亲信宦官高力士这样说："我现在老了，朝政交给宰相（杨国忠），边境事务交给将军们（安禄山等），这样就可以安享清福了。"高力士还有点见识，他答道："臣听说云南几次打败仗，北方边境上将领（实指安禄山）的兵权又太大，一旦发生变乱，恐怕不可收拾。"玄宗听后，大约心中也有所警觉，便说道："你别再说了，我将会考虑的。"

舞破中原始下来

安史之乱的祸首安禄山，原是营州（今辽宁朝阳）胡人。他出身贫寒，年轻时曾因偷羊而几乎被杀。后来他在范阳节度使张守珪部下从军，逐渐升到了将军。唐玄宗开元二十一年（公元 733 年），安禄山奉派来长安奏事，当时的中书令张九龄看见他那蛮横傲慢的样子后，对另一宰相裴光庭说："以后在幽州作乱的，一定是这个胡人。"开元二十四年，安禄山因对契丹作战失败，按罪当斩，张九龄已在文书上批了："禄山不宜免死。"可唐玄宗怜惜他的骁勇，特赦不杀，张九龄说："禄山狼子野心，有逆相，应该现在就按他的罪杀掉，以绝后患。"玄宗听后不大高兴，说："你别以为自己像王衍一样，能识别石勒而残害忠心的禄山。"强行免了禄山的罪。安史之乱发生后长安陷落，玄宗逃亡到成都，悔恨当年没有听张九龄的忠告。

玄宗所说的王衍，是西晋的大臣，他一次在集市上见到卖柴的胡人石勒长啸，说："将来祸乱中原的，必是此胡。"后来石勒果然起兵攻打西晋，消灭了王衍率领的大军并且杀了他。

此后，安禄山在军队中逐渐升迁。由于他善于逢迎并且大量使用贿赂，不少人在玄宗前夸奖他有才干，因此深得玄宗信任。玄宗常在兴庆宫的勤政务本楼下举行宴会招待百官。皇帝自己坐在楼上，而在御座之东特设一金鸡大障，让安禄山坐在障前。有时禄山拨开帘子出来，楼下的百官还以为是皇帝出来了，纷纷起立准备行礼。玄宗的太子李亨觉得太过分了，于是对玄宗说："自古以来，正殿上是不能坐人臣的，今陛下与安禄山并排而坐，这样宠信他，会使他过分骄纵。"玄宗对太子说："这个胡儿骨状怪异，我这是借此厌胜（用咒诅的方式使人降服）。"

晚唐的诗人崔橹写了一组七绝《华清宫三首》，其中第二首对唐玄宗这种所谓"厌胜"的说法，进行了无情的嘲讽。

▶ 华清宫三首（其二） [崔橹]

障掩金鸡蓄祸机，翠华西拂蜀云飞。

珠帘一闭朝元阁，不见人归见燕归。

[译文] 巨大的金鸡障遮掩着祸乱的阴谋，安禄山终于发动了叛乱，玄宗皇帝仓皇西逃到蜀地成都。饰有珍珠的帘子放下，华清宫的朝元阁永远关闭了，玄宗皇帝和他的妃嫔宠臣们再也没有回来，只有燕子依旧年年飞入空寂无人的殿堂中。

安禄山为人狡猾，善于揣摩人意，可在皇帝面前，却故意装作诚朴不懂的样子，以获得皇帝的信任。玄宗一次命皇太子见安禄山，禄山不跪拜行礼，皇帝的左右责问为何不拜，禄山说："臣是胡人，不懂朝廷规矩，不知太子是什么官职。"玄宗说："太子是继承人，我百岁之后，传位给太子。"禄山说："臣愚笨，心里只有皇上，不知有太子，罪该万死。"于是才向太子行礼。当时正是杨贵妃特别得宠的时候，安禄山请求当贵妃的儿子。以后行礼时，总是先拜贵妃而后拜皇帝，玄宗奇怪而问他，禄山回答说："我们胡人的习惯是先母而后父。"这些故意的做作，居然使玄宗认为是诚朴而大为高兴。

天宝十年正月一日，是禄山的生日，皇帝和贵妃赏赐了大量的金银和各种器物。后三天，杨贵妃召禄山入宫，把他当做婴儿似地脱去衣服，裹在襁褓中，让宫人抬着在宫中大笑大闹。玄宗听见后派人询问，说是贵妃给禄山作三日洗儿，洗了又包在襁褓中，所以欢笑。玄宗也跑来看热闹，非常高兴，并且赏赐宫人洗儿金钱和银钱各十千。此后，宫中都称禄山为禄儿，并且准他随便出入。由这时起，传闻杨贵妃与安禄山有了勾搭私情。

当时唐朝从东北到西北边境上共有六个军事重镇，安禄山竟担任其中三镇（范阳、平卢、河东）的军事长官——节度使，掌握了大量的军队。他看见皇帝沉湎于酒色之中，昏庸无能，又任用一些奸臣如杨国忠之流，政治非常腐败，于是认为可以乘机夺取天下。他在范阳积极扩充力量，招兵买马，积草屯粮，提拔重用胡人将领做心腹，撤换汉人军官等等。

安禄山的叛乱阴谋，朝廷中很多人早已觉察，并积极上书玄宗。连太子李亨和宰相杨国忠，也多次上告玄宗说禄山必反。玄宗对杨国忠的鬼话是一向听从的，唯有这一次对杨正确的话却反而不相信。后来对安禄山竟然信任到这种程度：凡是有告禄山将反叛的人，玄宗就将他捆起来送到范阳，让安禄山亲自处置。这种自己堵塞自己耳目的做法，真是愚蠢已极。

天宝十四年（公元755年），杨国忠等向玄宗献计，召安禄山回长安当宰相，另派三名可靠将领分别掌管范阳、平卢、河东三镇的兵权，这样就安全了。玄宗同意了，可写好诏书又不发出。而是派宦官辅璆琳带了大柑去赐给禄山，实际上让他暗中打听禄山可靠否。禄山早知来意，给辅璆琳送了很多贿赂。辅璆琳回长安后，当然说禄山的好话，杨国忠的妙计也就告吹了。就在这一年的十一月，安禄山起兵反叛了。

安史之乱七八十年后，晚唐诗人杜牧在途经华清宫时，回想起唐玄宗派宦官辅璆琳到范阳探听安禄山动静的往事，写了下面的嘲讽的七绝《过华清宫》。

▷ 过华清宫（其二）　[杜牧]

新丰绿树起黄埃，数骑渔阳探使回。
霓裳一曲千峰上，舞破中原始下来。

[译文] 新丰市绿树丛中的大道上黄尘滚滚，皇帝派到渔阳探听安禄山动静的宦官回来了。华清宫中的《霓裳羽衣曲》在骊山群峰上荡漾，那供皇帝享乐的歌舞啊，直到叛军打破中原方才罢休。

鸬鹚楼前放胡马

天宝十四年（公元755年）十一月九日，蓄谋已久的安禄山叛变了，率领十五万大军从范阳（今北京一带）长驱南下，向唐朝统治中心洛阳和长安进攻。当时天下太平日久，国内已一百多年不曾有过大的战乱。一些州县没有武备，连盔甲兵器都锈烂了。加上朝政腐败，不少地方官都是贪生怕死之徒。在这种情况下，叛军一路没有遇到甚么抵抗，不到一个月就渡过黄河进攻洛阳。

唐玄宗听到叛乱消息时，先以为是谣言不信，等到证实时，又惊慌失措。派封常清和高仙芝二人为大将，临时招募凑了几万人马去镇守洛阳，同时不放心，又派宦官边令诚当监军，监督二将作战。封和高是当时有名的将军，足智多谋，能征善战。无奈部下军队全是乌合之众，和叛军一触即败，被迫于十二月十二日放弃洛阳退守潼关。

盛唐时代的诗人冯著，在洛阳做官时，正好遇到安史之乱。洛阳被叛军攻占后，他将自己的所见所闻，用乐府旧题《洛阳道》写了一首记述的诗歌。

▶ 洛阳道　　[冯著]

> 洛阳宫中花柳春，洛阳道上无行人。
> 皮裘毡帐不相识，万户千门闭春色。
> 春色深，春色深，君王一去何时寻。
> 春雨洒，春雨洒，周南一望堪泪下。
> 蓬莱殿中寝胡人，鸂鹈楼前放胡马。
> 闻君欲行西入秦，君行不用过天津。
> 天津桥上多胡尘，洛阳道上愁杀人。

[译文] 洛阳的皇宫中花柳争艳春意盎然，可洛阳的大道上却渺无行人。有的只是人们不认识的穿皮裘住毡帐的胡兵，百姓们千家万户门窗紧闭不见春色。春深了，春深了（洛阳于天宝十四年十二月十三日被叛军攻占，到春深时，应该是已被占领两三个月之后），玄宗皇帝离开洛阳不再回来。春雨在飘洒，春雨在飘洒，眺望洛阳使人泪下。皇宫中躺着入侵的胡兵，鸂鹈楼前放牧着胡兵的马匹（"蓬莱殿"在长安的大明宫中，诗中用以借指洛阳的皇宫）。听说您准备西去秦地，您千万不要过天津桥，

天津桥上有着大量的胡兵，这通向洛阳的大道真是愁死人啊！

洛阳失陷后，唐军的监军宦官边令诚和高仙芝有私仇，乘机向唐玄宗进谗言，说二将无故退却，失地数百里，并且捏造说他们克扣军饷。玄宗一听大怒，也不调查，立即下令叫边令诚在军中杀掉二将。高仙芝临死时说："天在上，地在下，说我克扣军饷实在冤枉！"兵士们也大叫主将冤枉，可要报私仇的边令诚哪管这些，立即杀掉二将，替敌人办了想办而办不到的事。

接着，派哥舒翰镇守潼关。哥舒也是久经战阵的统帅，天宝十二年他当陇右节度使时，统兵打败吐蕃，收复了西北大片失地，因而威名远震，在民间流传着这样一首民歌：

▶ 哥舒歌　　[无名氏]

北斗七星高，哥舒夜带刀。

至今窥牧马，不敢过临洮。

[译文]　哥舒带刀在夜里巡察，像高高的北斗七星一样威震远方。敌人再也不敢越过临洮（今甘肃岷县附近，当时有兵驻守）到内地来骚扰劫掠了。

但是，哥舒翰守潼关统率的十几万军队，大多是未经训练的新兵，同时哥舒翰本人又患有中风病，战局形势仍是极其严重。为了每天向长安迅速报告军情，当时采用举烽火的办法。即每天傍晚在潼关上点燃烽火，一座座相距不远的烽火台看见后相继点火西传，很快就会传到长安。这个烽火叫做"平安火"，唐玄宗和朝臣看见平安火以后，就可以放心睡觉了。

哥舒翰知道叛军远来，利在速战，自己的军队是杂凑的，没法和叛军硬拼，因此坚守潼关不出，使叛军无法前进，想等到有利时机再说，这个方案是很正确的。这时，安史叛军形势迅速恶化。唐将颜真卿、李光弼、郭子仪多次击败叛军。天宝十五年（公元756年）五月，郭子仪和李光弼又在恒阳大破史思明，六万叛军被杀了四万多，史思明几乎被俘。河北有十几个郡县杀掉叛军守将，归顺唐朝廷，从而切断了在河南的叛军与河北老巢的联系，迫使叛军主力龟缩在河南洛阳一带，前进过不了潼关，后退路已切断。安禄山困守洛阳，急得将他的主要谋士严庄和高尚找来大骂道："你们怂恿我起兵反唐，说是一定能成功，如今四面兵马包围着我们，成功在哪里？你们这是在害我。"

就在这个时候，唐玄宗又干了一件愚蠢到了极点的事。原来他怀疑哥舒翰坚守潼关不出是别有企图，杨国忠更怕哥舒翰利用兵权干掉他。于是，昏君结合奸臣，不停地催促哥舒翰出战。这时不仅哥舒上书说不可出战，郭子仪、李光弼也上书说潼关必须固守，由他们率军进攻叛军老巢范阳，这样使河南叛军士气瓦解，不战自溃。可是玄宗哪里听得进去，反而更加怀疑。派宦官拿了诏书去命令哥舒翰进兵。哥舒翰明知出战必败，但如不执行，封常清、高仙芝就是榜样，只好捶胸痛哭，带兵出关，在河南灵宝附近与叛军会战。结果是全军覆没，哥舒翰本人也被叛军俘虏。

哥舒兵败，潼关失守，当天晚上长安见不到平安火，顿时乱作一团，这是天宝十五年六月九日的事。杨国忠怂恿唐玄宗向四川逃跑，可又公开撒了一个大谎，命令禁军（皇帝的警卫部队）将军陈玄礼调集人马，说是皇帝要御驾亲征。十六日晨，玄宗带着杨贵妃姊妹和杨国忠等少数亲信出皇宫西面的延秋门，向西逃走了。

唐肃宗乾元二年（公元759年）冬，李白在流放夜郎途中遇赦，来到了江夏（今湖北武昌），他写了一首五言长诗，赠给当时的江夏太守韦良宰。诗中有一段记述了安史之乱的爆发和哥舒翰失陷潼关被俘、长安陷落及皇帝逃奔他方的经过。

▶ **经乱离后，天恩流夜郎，忆旧游书怀赠江夏韦太守良宰（摘录）** ［李白］

炎凉几度改，九土中横溃。
汉甲连胡兵，沙尘暗云海。

草木摇杀气，星辰无光彩。

白骨成丘山，苍生竟何罪。

函关壮帝居，国命悬哥舒。

长戟三十万，开门纳凶渠。

公卿如犬羊，忠谠醢与菹。

二圣出游豫，两京遂丘墟。

[译文] 夏去冬来年复一年地过去，在中国的土地上不幸发生了大乱。唐军和安史叛军在激烈地争战，战尘纷飞，天色暗淡无光。连草木都露出了杀气，星辰失去了光彩。叛军的残杀，使得白骨堆积如山，百姓们有什么罪过？险固的潼关捍卫着京城（诗中用函谷关代表潼关，实际上二关相连），国家的命运掌握在镇守潼关的哥舒翰手中。守关的军队多达三十万，可最后却大开关门将叛军放了进来（"凶渠"即罪魁祸首，指叛军）。大臣们像犬羊一样被屠杀，忠诚正直的人被剁成肉酱。玄宗和肃宗两位圣人只好逃难（"游豫"是游乐的意思），东都洛阳和西京长安都被叛军攻占，破坏得成了废墟。

唐玄宗逃离长安的事，绝大多数文武官员都不知道，一早照常上朝。谁知宫门一开，无数宫女太监拿着包袱四散奔逃，皇帝早已无影无踪了。这时不仅长安城，连皇宫内也没有人管了。一些不肖之徒乘机抢掠，不少人骑驴进宫，运载宫殿里积存的财物。许多皇亲国戚也不知道皇帝的逃亡，来不及跟随而留在长安。

天宝末年，诗人杜甫原在长安做一员小官，因长安米贵，于天宝十三年（公元754年）他把家属送到奉先居住。天宝十五年五月，杜甫又带领全家由奉先到白水（今陕西白水县），六月初长安失陷。他们向北逃亡，后来把家属安置在鄜州（今陕西富县）。七月唐肃宗在灵武（今宁夏灵武县）即位，杜甫一人奔赴灵武，途中被安禄山的军队俘虏，带到长安。因他官小而未被囚禁，他就在长安暂住。这年秋天的一个月夜，杜甫想念他的妻儿，写下了名作《月夜》。

▶ 月夜　　[杜甫]

今夜鄜州月，闺中只独看。
遥怜小儿女，未解忆长安。
香雾云鬟湿，清辉玉臂寒。
何时倚虚幌，双照泪痕干。

[译文] 今天晚上鄜州的月亮，只有我妻子一人独看了（意思是不仅杜甫不在身边，而且孩子们尚小不懂事）。可怜我那几个年幼的孩子们，他们还不懂得想念远在长安的父亲。夜间的雾气湿润了我妻子的头发，清凉的月光又给她裸露的手臂带来寒意。什么时候才能和她一起靠着那柔薄的帷幕，让月儿同时照着我们泪痕斑斑的眼睛啊！

安禄山的军队占领长安后，借口百姓拿了皇家的财物而大肆抢掠，并且搜杀皇族。前后杀了皇孙、公主、驸马等百余人，采用了挖心击脑等极野蛮的手段。王孙们为了活命，四处隐藏逃窜。诗人杜甫在长安写了一首七言古诗《哀王孙》记述此事。

▶ 哀王孙　　[杜甫]

长安城头头白乌，夜飞延秋门上呼。
又向人家啄大屋，屋底达官走避胡。
金鞭断折九马死，骨肉不得同驰驱。
腰下宝玦青珊瑚，可怜王孙泣路隅。
问之不肯道姓名，但道困苦乞为奴。
已经百日窜荆棘，身上无有完肌肤。
高帝子孙尽隆准，龙种自与常人殊。
豺狼在邑龙在野，王孙善保千金躯。
不敢长语临交衢，且为王孙立斯须。
昨夜东风吹血腥，东来骆驼满旧都。
朔方健儿好身手，昔何勇锐今何愚！

窃闻天子已传位，圣德北服南单于。

花门剺面请雪耻，慎勿出口他人狙，

哀哉王孙慎勿疏，五陵佳气无时无。

[译文] 象征巨大不祥的凶鸟白头乌鸦，半夜飞到延秋门（长安唐宫苑西门）上大叫：长安城的百姓们，大祸降临了，等待着你们的是烧杀抢掠，赶快逃命吧！白头乌又飞到高官的大屋上报警，这些大官们慌忙地逃避胡人。皇帝逃走得是那么匆忙，打折了马鞭，跑死了马匹，连皇家的亲骨肉也没能同时带走。那大路边上有人在哭泣，腰下带着玉佩和珊瑚，看样子像是皇家的王孙。问他不肯说出姓名，只是请求收留他当奴仆。他已在荆棘中躲避了好多天，身上没有一处完好的地方。皇帝的子孙有他特殊的相貌，和普通人不一样，一看便知。现在是豺狼掌权（指安禄山在洛阳称帝），真龙天子反而逃亡在外。王孙啊！你好好保重吧。这里在大街边上，不便长时间说话，只能和你说一会儿。昨天晚上东风带来了血腥，叛军由东边拉来好多骆驼，满载着在长安劫掠的财宝运往老巢范阳。由哥舒翰带领镇守潼关的朔方军，过去和吐蕃作战非常勇猛，可现在怎么会一败涂地。听说皇上已传位太子，回纥又来和新皇帝结好。他们割面流血发誓，要帮助唐朝消灭叛军。我告诉你这些消息，不要和别人讲，免得遭坏人告发。王孙啊，王孙！你要特别小心别大意，我们唐朝的中兴是大有希望的。

唐玄宗西逃到成都去了。新登位的皇帝唐肃宗在灵武指挥，主要依靠郭子仪和李光弼的军队与叛军继续作战。至德元年（公元756年）十月，宰相房琯请求带兵讨贼，肃宗同意了。房琯是书生，不懂得打仗，在咸阳的陈陶斜与叛军相遇，结果几乎全军覆没，死亡了四万多士兵。当时杜甫还在长安，痛心官军的惨败，见到叛军得胜后的骄纵样子极为愤恨，写了五言诗《对雪》。

▶ **对雪**　[杜甫]

战哭多新鬼，愁吟独老翁。
乱云低薄暮，急雪舞回风。
瓢弃樽无绿，炉存火似红。
数州消息断，愁坐正书空。

[**译文**] 战场上多少新鬼在哭泣，我这个孤独的老头在愁闷中吟诗。黄昏时杂乱的乌云低垂，雪片随着迅急的旋风飞舞。坛子里没有酒，盛酒的瓢也扔了，炉子虽然没有火，放在那里也像有些热气。陈陶斜一败各处消息断绝，我愁坐着连纸都没有，只好用手在空中比划着写下诗句。

唐肃宗至德二年（公元 757 年）三月，杜甫在长安已困居半年多。这时已是春回大地，万物更新。可是诗人因感伤国事心情悲痛，结合当时春天的景色，写下了极其著名的五言律诗《春望》。

▶ **春望**　[杜甫]

国破山河在，城春草木深。
感时花溅泪，恨别鸟惊心。
烽火连三月，家书抵万金。
白头搔更短，浑欲不胜簪。

[**译文**] 国家残破了，可山河景色依旧，春天降临到长安，草木繁茂生长。见到灿烂的鲜花反而使人伤心流泪，鸟儿的叫声使我这久别亲人的老头惊心动魄。在今年这头三个月里战争不断，一封家信真不知有多么珍贵。忧愁使我的白头发越抓越稀疏了，恐怕都要梳不成发髻，插不住簪子了。

这首诗是杜甫被叛军俘虏后困居长安时的代表作。诗人将自然风景和自己的心情交织在一起。长安的春景是优美的，可这在诗人眼中反而更引起悲伤。他用极其精练的字句，表达出了这种思想感情，使我们现在读了以后，仍激起深深的共鸣。

三年笛里关山月

　　杜甫在安史叛军占领的长安住了八个多月后，听说唐肃宗在至德二年（公元757年）二月由彭原（今甘肃宁县西北的西峰镇）进驻凤翔（今陕西凤翔），离长安只有一百五十多公里。于是在这年四月，杜甫由金光门逃出长安，冒着生命危险，从小路走到凤翔，朝见了唐肃宗，杜甫被任命为左拾遗，这是一个八品官，职责是对政事提意见。在此期间，杜甫写了一首五言古诗《述怀》，记述了从长安逃亡到凤翔的经过以及对家庭的担心。

▷ **述怀**　　[杜甫]

　　去年潼关破，妻子隔绝久。
　　今夏草木长，脱身得西走。
　　麻鞋见天子，衣袖露两肘。
　　朝廷愍生还，亲故伤老丑。
　　涕泪授拾遗，流离主恩厚。
　　柴门虽得去，未忍即开口。
　　寄书问三川，不知家在否？
　　比闻同罹祸，杀戮到鸡狗。
　　山中漏茅屋，谁复依户牖？
　　摧颓苍松根，地冷骨未朽。
　　几人全性命，尽室岂相偶？
　　嵚岑猛虎场，郁结回我首。
　　自寄一封书，今已十月后。
　　反畏消息来，寸心亦何有？
　　汉运初中兴，生平老耽酒。
　　沈思欢会处，恐作穷独叟。

　　[译文]　自从去年潼关陷落，我就和妻儿分别了。今夏草

木繁茂时，才脱身西逃凤翔。穿着麻草鞋见天子，衣袖破得露出两肘。朝廷同情我的生还，亲友为我又黑又瘦而悲伤。含着泪水接受左拾遗的任命，真感谢皇上的恩典。虽然想回家探望，刚受任命不好开口。托人带信去鄜州三川，不知我的亲人们是否还健在。听说长安附近一带同时遭到灾祸，杀得简直鸡犬不留。我妻儿住在山中的破茅屋里，不知道还剩下谁靠着门边在想念我？村子里折腾得连松树根都翻了个儿，新死的人尸骨未寒，活下来的能有几个，要一家人都安全无恙简直不敢想。叛军像虎狼，到处烧杀掳掠，回想起真叫人气愤填膺。自从上次写信给家里，已过去十个月了。现在反害怕家信带来坏消息，心中总惦记着放不下。国家是开始中兴的气象，我这爱酒的人也许可以喝几杯高兴一下。可想起家庭音信毫无，与亲人团聚的希望也许会彻底破灭，只剩下我这个穷困孤独的老头儿了。

根据历史记载，安史之乱爆发的天宝十四年，全国总人口为五千二百多万人。而在五年之后，人口锐减到一千七百万人，可见百姓们死亡的惨重。

唐肃宗至德二年，安史叛军内部发生了巨大的变乱。安禄山原患有眼病，起兵反叛后，眼病加剧，几乎全瞎了，同时，他身上又长了严重的疽疮。因此，安禄山的脾气变得越来越暴躁，动不动就鞭打部下及左右，甚至杀人。他又特别宠爱妾段氏，想立段氏生的儿子安庆恩为继承人，代替大儿子安庆绪。安庆绪很怕自己被废去继承人的身份，惶惶不安，于是找禄山的主要谋士严庄商量对策，严庄认为，只有刺杀禄山一法，庆绪同意了。严庄又找来安禄山的贴身小太监李猪儿说："你侍候皇帝，挨的鞭子可是无数，你要是不听我说的，很快就会被皇帝杀掉。"至德二年正月五日，严庄和安庆绪手执武器，立在安禄山住处的帷帐外，李猪儿手执大刀直入帐内，举刀猛砍熟睡中的安禄山腹部，安禄山的左右见这种情况，无人敢动。禄山惊醒后，因为眼睛看不见，手摸枕头下的佩刀也没有，只能手摇帐竿大叫说："作乱的就是严庄。"接着就死在床上。安庆绪自立为帝，大小政事全决定于严庄。

　　经过这样一番变乱，叛军元气大伤，形势对唐军非常有利。就在至德二年（公元757年）秋，唐军在郭子仪等大将的率领下，在长安西郊香积寺北大破叛军，乘胜收复了长安。接着郭子仪又率军出潼关进攻洛阳，安庆绪再次大败，被迫放弃洛阳，逃到邺城（又名相州，今河南安阳）困守。

　　诗人杜甫，看到这种形势后，认为胜利在望，叛乱即将结束，因此，他于唐肃宗乾元元年（公元758年）三月，即郭子仪收复洛阳之后，唐军大举围攻邺城之前，写下了七言长诗《洗兵马》。

▶ 洗兵马·收京后作　　[杜甫]

中兴诸将收山东，捷书夜报清昼同。
河广传闻一苇过，胡危命在破竹中。
祇残邺城不日得，独任朔方无限功。
京师皆骑汗血马，回纥喂肉葡萄宫。
已喜皇威清海岱，常思仙仗过崆峒。
三年笛里关山月，万国兵前草木风。

成王功大心转小，郭相谋深古来少。
司徒清鉴悬明镜，尚书气与秋天杳。
二三豪俊为时出，整顿乾坤济时了。
东走无复忆鲈鱼，南飞觉有安巢鸟。
青春复随冠冕入，紫禁正耐烟花绕。
鹤驾通宵凤辇备，鸡鸣问寝龙楼晓。

攀龙附凤势莫当，天下尽化为侯王。
汝等岂知蒙帝力，时来不得夸身强。
关中既留萧丞相，幕下复用张子房。
张公一生江海客，身长九尺须眉苍。

征起适遇风云会，扶颠始知筹策良。

青袍白马更何有，后汉今周喜再昌。

寸地尺天皆入贡，奇祥异瑞争来送。

不知何国致白环，复道诸山得银瓮。

隐士休歌紫芝曲，词人解撰河清颂。

田家望望惜雨干，布谷处处催春种。

淇上健儿归莫懒，城南思妇愁多梦。

安得壮士挽天河，净洗甲兵长不用。

[译文]　使我大唐中兴的诸位将军（指郭子仪、李光弼、王思礼等），收复了华山以东的失地，胜利的捷报昼夜不断。黄河虽然宽广，官军毫不费力就已渡过（"一苇过"即用一根芦苇就渡过了），我军节节胜利，势如破竹，叛军即将全面败亡。只剩下邺城负隅顽抗，不久即将被我收复，只要专任郭子仪率领的朔方军就能成大功。长安的官员们，出入都骑着西域产的名马（"汗血马"系汉代的西域大宛国产的千里马，诗中借指西域骏马），助战有功的回纥兵在宫廷中备受优待，大吃大喝（"葡萄宫"原为汉代宫殿，汉元帝曾在此宴请匈奴的首领单于）。使人高兴的是，一直到东海之滨的叛军都已扫清，希望皇上不要忘了在崆峒山一带来往时的艰危（"仙仗"指唐肃宗出行时的仪仗）。三年来，为了平定叛乱，士兵们饱受征战之苦（"关山月"为用笛子吹奏的乐曲名，其歌词多半写戍守边塞之苦和伤别怀乡之情）；全国各地都受到战乱的惊忧，人心惶惶，几乎是草木皆兵。

唐军主帅成王李俶（唐肃宗的太子，即后来的唐代宗），在建立了巨大功勋之后，变得更加小心谨慎；身任中书令的大将郭子仪，他的谋略弘深，古来少有。官衔加检校司徒的大将李光弼，识见明察，犹如明镜；兵部尚书王思礼，气度像秋天一样高远爽朗。这些英雄豪杰应时而出，整顿好了天下，革除了当代的弊端。时局已趋安定，做官的人不必再有所顾虑，像晋代的张翰那样，弃官避祸东归，还故意说自己是想念家乡的鲈鱼味美而弃官的。流落在外的百姓也可以回家过安定生活了，好像鸟儿有巢可归。美丽的春光又随着百官进入朝廷；紫禁城内正在烟花缭绕中举行朝贺。肃宗皇帝的车驾连夜就备好了，在鸡鸣天刚亮时就到龙楼去向太上皇玄宗问安。

宦官李辅国之流以拥立肃宗为帝有功，又勾结嫔妃，权势炙手；他们这一伙蒙皇帝的重赏提拔，都变成了侯与王。应该明白这都是皇帝的恩典，你们不过是赶上了时机，另夸耀自己好像有什么真本事。皇上既已重用才比萧何的房琯留守关中，又任命谋略如同张良的张镐为宰相（房琯在写此诗的前一年，就已被罢免了宰相职务，由张镐接替；而在杜甫写此诗时，房琯还在关中，诗中有希望肃宗能复用房琯的意思）。张镐大半生浪迹江海，身高九尺须眉灰白仪表堂堂，在天宝十四年（公元755年，即爆发安史之乱这一年）应皇帝召见出任左拾遗，在这动乱时期贤臣遇到了明君，为挽救国家的危难出谋划策，平定安史的叛乱不会有困难。当今皇上像后汉光武帝和周宣王，定会使我大唐中兴。

全国各地争先恐后地向朝廷进贡，献上的都是象征祥瑞的器物。不知道是哪位人物献上了白环，又有献媚的人说在某山得到了银瓮。（"白环"和"银瓮"，都是所谓中的祥瑞之物。相传虞舜时，西王母来朝，献白环玉块；银瓮则有不必灌水而会自满的神奇功能。）隐士们不必再隐居避世，文人们都知道要写歌颂太平的诗文了（"紫芝曲"是秦末隐士商山四皓所作的歌，借指隐居；"河清颂"指南朝宋文帝时，黄河水清，诗人鲍照认为是太平吉兆而写的颂文）。农民们正眼巴巴地盼望下雨解除春旱，布谷鸟又叫了，催促人们快快耕种。在邺城附近的士兵们，将会早日胜利归来，他们的妻子正在思念久别的亲人。到哪里能找到壮士，能够力挽天河之水，洗净人间的兵器甲仗而永不再用呢！

《洗兵马》这首诗，既是杜甫预祝唐军平息叛乱，取得全面胜利的颂歌，又是一篇时政评论，评论了当时政治措施的得失。因此，诗人对它经过特别的构思，在艺术形式上作了精心的安排。全诗四次换韵，每韵十二句，整齐而富于变化；虽然是七言古诗，却在诗句中用了许多工稳的对仗，显示出一种华丽的形式美。

南朝梁武帝时，有童谣唱："青丝白马寿阳来"，后来侯景叛梁，乘白马，以青丝为马勒。后世遂常用青丝白马代表叛乱，杜甫在诗中用"青袍白马"指安史叛军。

就在写《洗兵马》诗后不久，即乾元元年（公元758年）六月，房琯被贬为邠州（今陕西彬县）刺史，杜甫因曾上书替房琯辩护而触怒肃宗，同时被贬为华州司功参军。

乾元元年九月，唐肃宗命郭子仪、李光弼等九个节度使，率军六十万人讨伐安庆绪。这一仗不仅唐军兵力占绝对优势，而且其他条件也比较有利，取胜应该是没有问题的。可偏偏那个糊涂的唐肃宗，非常害怕将帅权力太大没法控制，于是对这样庞大的一支队伍，居然不设元帅，而是命他的亲信宦官鱼朝恩为观军容宣慰处置使，监视诸将行动，实际上用鱼朝恩当统帅。此人主要是靠吹牛拍马，搞政治阴谋害人爬上高位的，什么本事也没有，哪能指挥这样庞大的军队。而且一些大将们感到受宦官的指挥，简直是非常耻辱的事，战争前途可以想象。

当时，安庆绪虽困在邺城，可叛军的另一大头目史思明，却率领了十余万军队据守在老巢范阳（今北京西南），与安庆绪遥相呼应，随时可以来援救。当时有很多人认为，邺城中的安庆绪势孤力穷，是瓮中之鳖，而史思明才是主要的。因此，唐军主力应该挥师北上，直捣叛军老巢范阳，则邺城会不攻自溃。

乾元元年十一月，九位节度使率领的唐军步骑六十万人，围攻仅几万叛军困守的邺城。安庆绪从邺城向史思明求救，说愿将皇帝位子让给他。史思明立即率军十三万人南下，这时，唐将李光弼向鱼朝恩提出建议，主张唐军兵分两路，一路由郭子仪和李光弼率领，围攻史思明作为牵制，其余军队则围攻邺城，等邺城打下后，集中全部兵力消灭史思明。这本是万全之计，可鱼朝恩既不懂也不愿听，让六十万唐军全部停在邺城周围。从乾元元年十一月攻到次年三月，也未能攻下邺城，这时城中严重缺粮，一只老鼠卖四千个铜钱，可唐军也已相当疲惫，士气低落。就在这时，史思明率军到邺城下，与唐军决战。唐军没有统一指挥，士无斗志，结果大败，六十万大军只剩下几万残兵逃回河阳（今河南孟县南）。史思明进邺城，杀安庆绪，并吞了他的土地和人马，自称大燕皇帝，叛军势力大盛。

在这种形势下，杜甫根据自己的见闻，写下了极其著名的杰作"三吏"和"三别"，即《新安吏》《潼关吏》《石壕吏》和《新婚别》《垂老别》《无家别》。在诗中，诗人用高度的艺术手法，记述了安史之乱时人民的苦难。这里选介两首。

▶ 石壕吏　　[杜甫]

暮投石壕村，有吏夜捉人。老翁逾墙走，
老妇看出门。吏呼一何怒，妇啼一何苦！
听妇前致词：三男邺城戍。一男附书至，
二男新战死。存者且偷生，死者长已矣！
室中更无人，惟有乳下孙。有孙母未去，
出入无完裙。老妪力虽衰，请从吏夜归。
急应河阳役，犹得备晨炊。夜久语声绝，
如闻泣幽咽。天明登前途，独与老翁别。

[译文] 黄昏在石壕村（在今河南陕县东）投宿，半夜有差役来抓人。老头子吓得翻墙逃走，老太婆开门去招呼。差役嚎叫得非常凶，老太婆哭得非常悲痛。只听见老太婆说："我三个儿子都到邺城打仗去了。一个才捎信回来，两个刚战死在外。活着的只能听天由命，死了的就这样完了；家里再也没男人了，只

有一个吃奶的小孙子。孙子他妈还没走，可连条完好的裙子也没有，哪能见人。我老太婆虽然没甚么力气了，还是让我跟你去吧！连夜赶到河阳的军营里，还可以给军队做做早饭。"夜深了，说话的声音没了，可听见隐隐的哭泣声。天亮我动身时，只见到老头儿一个人与我告别。

▶ 新婚别　　[杜甫]

兔丝附蓬麻，引蔓故不长。嫁女与征夫，
不如弃路旁。结发为君妻，席不暖君床。
暮婚晨告别，无乃太匆忙！君行虽不远，
守边赴河阳。妾身未分明，何以拜姑嫜？
父母养我时，日夜令我藏。生女有所归，
鸡狗亦得将。君今往死地，沉痛迫中肠。
誓欲随君去，形势反苍黄。勿为新婚念，
努力事戎行。妇人在军中，兵气恐不扬。
自嗟贫家女，久致罗襦裳。罗襦不复施，
对君洗红妆。仰视百鸟飞，大小必双翔。
人事多错迕，与君永相望。

[译文]　兔丝（一种缠绕在其他植物上生长的蔓生植物）缠在低矮的蓬和麻上，蔓怎么长得了。姑娘嫁给当兵的，还不如生下来就扔在路旁。做了你的妻子，连床上的席子都未焐暖。昨天晚上结婚，今天一早就出发，怎么这样的匆忙。你去的地点虽说近在河阳，但同样是上战场，我刚结婚一天，身份不明，怎好拜见公婆（古礼：结婚三天后，告庙上坟，礼仪完毕，新媳妇名分才定）。当我在娘家时，父母把我日夜都藏在闺房里。姑娘既然嫁了人，那就得嫁鸡随鸡，嫁狗随狗。你现在到那么危险的地方去，使我真是痛断肝肠。我发誓想和你一起去，可又怕事情弄得更糟。别挂念你新婚的妻子，专心一意去打仗吧！妇女要是混在军队中，那士兵还怎么作战呢。可怜我是穷人家

的姑娘，好容易才做了结婚穿的绸缎衣裳。从今起，我再也不穿这些衣裳了，当你的面，我把脸上的脂粉洗光。你看那天上的鸟儿，大大小小飞时都成对成双。人世间的事情虽然多半不如意，但我和你一定要互相等待，哪怕地久天长。

剑外忽传收蓟北

唐肃宗急于平定叛乱，觉得自己的军力不行，尤其是骑兵不如叛军。于是不顾后果，向当时的回纥借兵。回纥怀仁可汗派儿子叶护率骑兵四千余人来助战。唐肃宗居然和回纥兵订下这种条约："攻克长安、洛阳时，土地、士庶归唐，金帛、子女皆归回纥。"这等于说唐朝廷只要土地，城内其他一切回纥兵都可抢走。

至德二年（公元 757 年）九月，唐军元帅李俶（唐肃宗的太子，后来的唐代宗）、副元帅郭子仪率军十五万，包括回纥骑兵，自凤翔出发，在长安城西大破叛军，收复了长安。叶护要按条约在长安城内大肆抢掠，元帅李俶考虑自己将来要在长安当皇帝，现在让回纥兵抢掠，将永远挨人民的咒骂。于是跪在叶护马前，求他到洛阳再践约，叶护勉强答应，下令回纥兵不准进城，长安人民才免除一场大难。

可是洛阳的百姓遭了殃。半个多月后，唐军攻克洛阳时，回纥兵在全城大抢三天还不罢休，洛阳百姓们又凑了一万匹绢送给他们，才算结束这场灾难。此后，回纥兵没有被遣送回去，而是让他们留住在沙苑（今陕西大荔县南）。可以想象，凶悍的回纥兵，把当地糟塌得不成样子。

唐肃宗乾元二年（公元 759 年）九月，即唐军在邺城大败后半年，史思明又派军由范阳（今北京市西南）南下，唐朝廷内朝政被宦官李辅国、皇后张良娣把持，无法抵抗，十月洛阳又被叛军攻陷。

史思明在取得一些胜利后，逐渐变得喜怒无常，残忍好杀，部下小有不如意，动辄灭族，弄得人心惶惶。同时，他又偏爱小儿子史朝清，一次酒后曾对部将表示，有机会要除掉大儿子史朝义，立史朝清为太子。史朝义听说后，既愤恨又害怕，正好他又接连打了好几个败仗，史思明说要用军法处置他。这样，父子二人矛盾激化到顶点。

唐肃宗上元二年（公元761年）三月，史朝义联络了史思明的一些部将发动政变，杀了史思明，自立为大燕皇帝。可是，河北一带的安史旧将不听他的号令，这样一来，叛军的败亡是指日可待了。

可是，在唐朝廷内情况也不妙。原本大宦官李辅国勾结肃宗皇后张良娣专权。宝应元年（公元762年），张、李发生矛盾，张皇后阴谋除掉李辅国，但事机不密，反被李辅国率兵入宫，将藏在肃宗卧室内的皇后强行拖出，肃宗当时病危，经此惊吓，立即毙命。李辅国遂将张皇后及其党羽都杀掉，拥太子即位，是为代宗。李辅国勾结另一大宦官程元振，把持了全部朝政。

宝应元年（公元762年）十月，唐代宗任命长子李适为天下兵马大元帅，又派宦官向回纥借兵。回纥登里可汗亲自率兵前来，在会见时，可汗狂妄地要李适对他行跪拜的君臣大礼。李适是太子，未来的皇帝，随从的官员力争不同意。回纥可汗竟然下令鞭打这些力争的官员各一百下，说李适年幼无知，免其行礼。被打的官员们受了重伤，当晚就死去了二人。李适回到唐军大营后，唐军听说此事愤怒已极，要求发兵攻打回纥，李适认为安史叛军尚未消灭，因此没有同意。唐朝廷受了这种侮辱，照样还要用回纥兵。

三年之后，即唐代宗永泰元年（公元765年），杜甫在云安旅居，听说回纥和吐蕃联合入侵，大军临近长安。回想起唐朝廷过去使用回纥兵所受的侮辱，写了下面这首五律：

▶ **遣愤** [杜甫]

闻道花门将，论功未尽归。

自从收帝里，谁复总戎机。

蜂虿终怀毒，雷霆可震威。

莫令鞭血地，再湿汉臣衣。

[译文] 听说回纥领兵的头目们没全回去，还留下一些在长安论功争赏。自从收复长安后，不让有大功又有将才的郭子仪当统帅，反而任用那个只会害人的宦官鱼朝恩。回纥兵虽然帮我们打过仗，可毕竟像蜂蝎一样有着毒刺。使用得当可以增加我军的威力，处置不当时反而要遭受祸殃。三年前回纥可汗鞭打唐臣血流满地的惨剧，再也不能让它重演了。

宝应元年（公元762年）十月，唐军再度攻克洛阳。对于洛阳一带人民，这是一次更大的浩劫。不仅回纥兵烧杀掳掠了十几天，连唐朝廷的所谓官军，认为洛阳一带是贼境，也放纵士兵大抢财物。老百姓连衣裳也被抢光，只得穿纸糊的衣服遮身。

唐代宗广德元年（公元763年）正月，史朝义兵败自缢而死。叛军在河北的余部投降。经过八年之后，安史之乱才算在表面上结束了。诗人杜甫当时住在梓州（今四川三台县），听见这个消息后，惊喜交集，在极其兴奋的心情中写成了下面这首著名的七律。

▶ 闻官军收河南河北　　[杜甫]

剑外忽传收蓟北，初闻涕泪满衣裳。

却看妻子愁何在，漫卷诗书喜欲狂。

白日放歌须纵酒，青春作伴好还乡。

即从巴峡穿巫峡，便下襄阳向洛阳。

[译文] 在剑外忽然听说官军收了蓟北（剑门以南称剑外，即今四川，蓟北泛指唐时幽州、蓟州一带，位于今河北北部，为安史叛军老巢所在），刚听见后激动得泪水湿了衣襟。看着我的妻儿，所有忧愁都抛到九霄云外，胡乱地收拾诗书，简直欣喜若狂。白天里放声高歌开怀痛饮，在这春光明媚的日子正好动身返回故乡。真想马上乘船由巴峡穿过巫峡（巴峡指渝州

附近长江上的石洞峡、铜锣峡和明月峡；巫峡为长江三峡之一，位于四川巫山县东），一直到襄阳再奔向洛阳的家园。

这首诗是诗人在极其兴奋欣喜的心情下，一挥而就的。此诗作为七律，有三联对仗，除了第三、四两句和五、六两句各为一联外，最后两句也对仗，用了四个地名，但对得工稳自然，充分显示出了老杜诗艺的高超。诗人杜甫一生遭遇坎坷，多半在艰难困苦中生活，但他忧国忧民的思想却并不因为自己境遇不顺而减弱。在他的诗作中，大多数都是情调低沉，意境悲苦或有所讽喻的。这首《闻官军收河南河北》，历来被称为老杜生平第一快诗。

李杜文章在

被后人赞誉为"诗仙"的李白，在安史之乱即将结束的这一年，即唐代宗宝应元年（公元 762 年）去世了。而"诗圣"杜甫，在安史乱后一直过着颠沛流离的生活。李白去世的八年之后（公元 770 年），在贫病交迫之中，杜甫也离开了人间。

杜甫在晚年到处漂泊，他身体不好，心情忧郁，但仍忧国忧民，盼望太平，这时他的艺术更加成熟。公元 767 年秋，他在夔州（今四川奉节）写了一首著名的七律《登高》，诗中意境悲凉。

▶ **登高** ［杜甫］

风急天高猿啸哀，渚清沙白鸟飞回。
无边落木萧萧下，不尽长江滚滚来。
万里悲秋常作客，百年多病独登台。
艰难苦恨繁霜鬓，潦倒新停浊酒杯。

［译文］我登高远望，高天疾风劲吹，悲哀的猿啼声声传来。江心发白的沙洲上，鸟儿在急风中飞旋。无边无际的树叶在秋风

中萧萧（树叶被风吹下落的声音）落下，无穷无尽的长江水滚滚而来。我离乡万里，深秋更感身在异地的悲凉，一生多病，在这里独自登高。可恨这艰难的时日使我鬓发更加斑白，已经是这样穷愁潦倒，偏偏这肺病使我不得不放下了酒杯。

　　一千多年以来，李白和杜甫的诗篇，受到无数人的赞赏和喜爱。可在唐代，就有一些人对李、杜的诗妄加贬低。大约在杜甫逝世四十年后，著名的文学家兼诗人韩愈写了一首五言古诗《调张籍》，严厉驳斥了某些人的荒谬看法，高度评价了李白、杜甫诗歌的成就。

▶ **调张籍**　　[韩愈]

李杜文章在，光焰万丈长。
不知群儿愚，那用故谤伤！
蚍蜉撼大树，可笑不自量。
伊我生其后，举颈遥相望。
夜梦多见之，昼思反微茫。
徒观斧凿痕，不瞩治水航。
想当施手时，巨刃磨天扬。
垠崖划崩豁，乾坤摆雷硠。
惟此两夫子，家居率荒凉。
帝欲长吟哦，故遣起且僵。
剪翎送笼中，使看百鸟翔。
平生千万篇，金薤垂琳琅。
仙官敕六丁，雷电下取将。
流落人间者，太山一毫芒。
我愿生两翅，捕逐出八荒。
精诚忽交通，百怪入我肠。
刺手拔鲸牙，举瓢酌天浆。
腾身跨汗漫，不着织女襄。
顾语地上友：经营无太忙！

乞君飞霞佩，与我高颉颃！

[译文] 李白和杜甫的诗篇，光芒万丈。你们这帮愚笨的家伙，何必要故意诽谤。就像蚂蚁想摇大树一样，真是不知自量。我生在李杜之后，伸长了脖子遥遥相望。晚上常梦见他们，可白天回想梦境，反而感到迷茫。他们的精美诗篇，好像夏禹治水的成果，只能看见斧凿开河的痕迹，却见不到当时治水的航线。看来他们写诗也像夏禹开山那样，挥舞巨斧擦天而过，悬崖被劈开，天地间震响着雷鸣般的声音。李白杜甫二人，生平都很不得意。这是上苍想要他们不断地写出好诗，故意使他们经受坎坷磨难。剪去他们的翎毛锁在笼中，让他们看着外面的百鸟飞翔。李杜一生写下的千万首诗歌，像金玉珠宝一样美不胜收。仙官命令天将，在雷电轰鸣声中将他们的诗作收归天上。流传在人间的诗歌，只是极少的一部分了。我愿意长出两个翅膀，飞向四面八方去追逐李杜诗歌的精华。由于我的诚心，思想忽然与李杜诗的精神相通，许多新奇的构思都涌上了心头。我现在转手就能拔下鲸鱼的牙齿，举起瓢来就可以舀到天上的酒浆。飞身到太空中，用不着穿织女织的衣裳。我那在地上的朋友张籍啊！不要匆忙地构思写诗。还是和我一起先到云霞中上下飞翔吧！

这首诗的题名中"调"字是调侃，即开玩笑的意思。张籍为韩愈友人，在朝中任水部员外郎官职。

唐宪宗元和十年（公元 815 年），诗人白居易被贬到江州（今江西九江）任司马。他在读李白杜甫诗集后，写了一首五言诗，诗中感叹李白杜甫的生平遭遇，并对他们的诗作表示了自己的看法。

▶ **读李杜诗集，因题卷后**　　[白居易]

翰林江左日，员外剑南时。
不得高官职，仍逢苦乱离。

暮年逋客恨，浮世谪仙悲。

吟咏流千古，声名动四夷。

文场供秀句，乐府待新辞。

天意君须会，人间要好诗。

[译文] 李翰林在长江左岸一带漫游（李白曾在长安供奉翰林。"江左"指长江下游左岸，即今江苏、浙江一带），杜工部（杜甫曾任检校工部员外郎）在剑阁以南（今四川成都一带）漂泊，他们不仅没有得到高官，反而遇到了苦难的离乱时代。暮年的杜甫在贫病中流浪，像浮云一样的李谪仙在悲伤中去世。可他们的诗篇却将千古流传，他们的声名已震动海外邻邦。在文坛上提供了秀美的诗句，乐府等待着他们的新诗歌演唱。老天爷的意图你应该明白，他故意使李杜遭遇乱离的时代，过着困苦的生活，这样，他们才可能写出那样多的反映人民苦难和意愿的好诗啊！

第四章　九曲黄河

黄河全长五千四百六十四公里，流经青海、四川、甘肃、宁夏、内蒙古、陕西、山西、河南和山东等九省（区）。黄河流域是我国开发最早的地区，在陕西省蓝田县发现的蓝田猿人化石证明，至少在八十万年以前，在黄河流域就有了原始人的足迹。

黄河是在何时得名的？在秦汉及其以前，称江、淮、河、济为"四渎"，而且"河"为四渎之宗（之首）。所谓"渎"，指有独自的源头，并且直接流入海洋的河流。四渎中的"江"指今长江，"淮"指今淮河，"河"指今黄河，而"济"则指原在今山东济南附近流过的济水（由于历史上黄河改道时，夺济水河道入海，故济水被淤塞而不再存在）。从远古直到西汉时，都没有黄河这个名称，人们都称它为"河"。大约在东汉的时候，才出现了"黄河"这个名称。

唐太宗李世民，写了一首五言长诗《黄河》，对黄河作了全面的描绘。

▶ **黄河**　　[李世民]

河源发昆仑，连乾复浸坤。

波浑经雁塞，声振自龙门。

岸裂新冲势，滩余旧落痕。

横沟通海上，远色尽山根。

勇逗三峰折，雄标四渎尊。

弯中秋景树，阔外夕阳村。

沫乱知鱼呴，槎来见鸟蹲。

飞沙当白日，凝露接黄昏。

润可资农亩，清能表帝恩。

雨吟堪极目，风渡想惊魂。

显瑞龟曾出，阴灵伯固存。

盘涡寒渐急，浅濑暑微温。

九曲终柔胜，常流可暗吞。

人间无博望，谁复到穷源。

[**译文**] 黄河之源出自昆仑山，河水上接天空下浸大地。浑浊的波浪流经雁门关，奔腾的河水冲过龙门峡谷，声震如雷。河滩上还残留着水退后的痕迹，可新来的急流又冲裂了河岸。它像是一条直通大海的东西向横沟，河床远达山根之下。黄河波涛汹涌，冲开了砥柱的三座大门，它那雄浑的气魄，真不愧为四渎之首。河弯中秋日树木的景色，宽阔的河面对岸夕阳斜照的村庄，美妙使人难忘。河中水沫零乱上浮，知道这是鱼儿在吐泡（"呴"，原为嘘吹之意，鱼吹即吐泡），顺流而来的木筏上，站立着歇脚的鸟儿。飞舞的尘沙遮挡了太阳，黄昏之后凝结的雨露降下。这黄河水啊！它滋润着农民的田地，难得的"河清"表示皇帝政治措施正确，恩泽惠及天下。黄河边雨中远眺，景色真堪咏入诗句；大风中渡河，惊涛骇浪使人回想起都魂不附体。作为吉祥象征的神龟，曾背着洛书从洛水中出现，驮着河图从黄河中出来的龙马，它的神灵至今依然存在。冬天漩涡处的水流愈来愈急，夏季浅滩水都带着暑热。河床多次的弯曲回转，说明主导终究是柔和的流水，可在地表流动的河水，常常潜入地下被吞没（指唐代时认为，黄河河源是潜入地下的塔里木河）。人间现在再也没有博望侯张骞了，还有谁会去穷追河源在何处呢。

"三峰"，指黄河中砥柱的三个石岛。"砥柱"在今河南三门峡市附近的黄河中，为急流中的石岛，由坚硬的闪长玢岩构成。河水至此分流为三股，由石岛隔成的三座门中流过，三门南为鬼门，中为神门，北为人门。三门共约宽一百米，唯有人门可以行船，鬼门最险，舟筏误入极易翻沉。在修建三门峡水库时，砥柱被炸毁并淹没在水库中。诗中"显瑞龟曾出，阴灵伯固存"，用的黄河及其支流洛水在古代的神话。相传在伏羲氏时，有龙马从黄河中出现，背负"河图"，又有神龟从洛水出现，背驮"洛书"。伏羲氏根据河图和洛书画出了八卦，逐渐形成了后来的著名书籍《周易》。诗中的"伯"指天上的天驷房星之神，房星代表龙马，即龙马之神。

黄河的河源在哪里？古代有着模糊的说法和优美的神话。由前述唐太宗李世民的《黄河》诗首句可知："河源发昆仑"，即黄河的源头在昆仑山中。而昆仑山，则是泛指积石山更西面的大山，可见，这是对黄河源的一种模糊说法。

根据《史记》，西汉时张骞出使西域回来后，在给汉武帝的奏章中谈到，当时西域地区的人们传说，塔里木河流入蒲昌海（今罗布泊），而蒲昌海的水渗入地下，到东面一千多公里之外的积石山（即位于今青海省东南部的阿尼玛卿山）又重新流出地面，成为黄河。当然，这种说法缺乏任何根据。

唐代诗人刘禹锡在他写的一组九首《浪淘沙》诗中，就涉及到黄河河源。

▶ 浪淘沙（其一）　　[刘禹锡]

九曲黄河万里沙，浪淘风簸自天涯。

如今直上银河去，同到牵牛织女家。

[译文] 有九曲十八弯的黄河挟带着万里泥沙，在狂风巨浪的簸淘中自天边滚滚而来。现在我将沿河而上直到银河去，一直去到牛郎织女的家中。

诗记述的有关黄河河源的神话：传说汉武帝派张骞去探寻黄河河源，张骞乘船沿河而上航行了一个多月，在迷茫之中到了一处地方，有城池建筑，在一所房子内见有女郎织锦，又见一青年男子牵牛到河边饮水。张问他们说："这是什么地方？"织锦女郎拿出一块石头给张，说你回去问严君平就知道了。张骞回来后，找到在成都给人算命的严君平，严看见石头后非常惊奇，说："这是天上织女的支机石，你从哪里得到的？"张把经过说了一遍，严说："怪不得前些日子有一天我观察天象，看见客星犯牛斗，原来是你乘船顺着黄河进入了天上的银河，遇见牛郎织女，而使得造成了这样的天象。"

1952年曾进行了详细的科学考察，认为青海省的约古宗列曲是黄河正源。1978年，再次对河源进行考察后，发现卡日曲比约古宗列曲长三十公里，汇水面积多七百余平方公里，流速也大二倍以上，因此，应以卡日曲为黄河正源。卡日曲发源于巴颜喀拉山北麓的各恣各雅山，山脚下几个泉眼流出的清水，就是黄河的源头。

欲穷千里目

唐代河中府（即蒲州，今山西永济）所管辖的范围，基本上是一片平原，仅在南端及东南，有着较大的山脉中条山，它的主峰雪花山，位于今山西永济东南十余公里处，海拔1994米。从北面的平原上南望中条山，显得非常高峻。它与西面奔腾南流的黄河一起，构成河中一幅雄伟的山川图景。

唐代蒲州最有名的去处，要算是鹳雀楼了，而咏鹳雀楼最著名的诗篇，就是下面这一首：

▶ **登鹳雀楼**　[王之涣]

白日依山尽，黄河入海流。
欲穷千里目，更上一层楼。

[译文]　明亮的阳光照耀在中条山上，它一直延伸到目力

所及的尽头；北来的黄河水滔滔不绝地流向大海。要想把千里之内的壮丽山河景色尽收眼底，那就请再上一层楼吧！

　　诗题中的鹳雀楼，为北周将军宇文护镇守蒲州时所造。楼位于蒲州城西南的高岗上，高三层，因经常有鹳雀（形状类似白鹤的一种鸟）栖息其上，因而得名。在鹳雀楼东南，横亘着中条山，距楼不足十公里。在楼西面约十余公里处，就是奔腾南流的黄河。因此，登上鹳雀楼时，高山大河的雄伟景色，可尽收眼底。

　　唐玄宗开元初年，王之涣曾任冀州衡水县（今河北衡水）的主簿，不久因被人诬陷而罢官。不到三十岁的王之涣，就过起了访友漫游的生活。鹳雀楼的大名，他是早已知道的，推测他来到蒲州时，曾专门登楼极目远眺，同时结合自己的感慨，写出了上面这首五绝。

　　王之涣是盛唐时最著名的诗人之一，他的名作七绝《凉州词》，早已脍炙人口，甚至被誉为唐诗七绝的压卷作之一。说他又写出了杰作《登鹳雀楼》，似乎是顺理成章，理所当然。可是，经过近年的研究后发现，这首《登鹳雀楼》的作者很可能另有其人。历代对此推测和分析颇多，这里就不涉及了。

　　鹳雀楼在唐代是非常著名的，唐代诗人到此楼登临游览并吟咏赋诗的甚多，据前人意见，除王之涣那首堪称绝唱外，还有畅当和李益的鹳雀楼诗亦系佳作。

▶ 同崔邠登鹳雀楼　[李益]

　　鹳雀楼西百尺樯，汀洲云树共茫茫。
　　汉家箫鼓空流水，魏国山河半夕阳。
　　事去千年犹恨速，愁来一日即为长。
　　风烟并起思乡望，远目非春亦自伤。

　　[译文]　鹳雀楼西的黄河中船帆高耸，河中小洲上薄雾绕树隐约可见。汉武帝当年在汾河中泛舟时的箫鼓乐声，早已随着流水逝去；在这块土地上建立的魏国政权（鹳雀楼所在地蒲

州，战国时属魏国领土，靠近魏都安邑），也一去不复返了。往事虽已过去千年，可仍使人感到是那么短暂；忧愁来时，一天也叫人觉得漫长难耐。远处的风尘烟雾，勾起我对故乡的思念，登高极目遥望，虽然不是容易使人忧伤的春天，可也因思归而倍感惆怅。

李益此诗除头两句写景外，其他是表述怀古、感慨及思乡之情。畅当的诗《登鹳雀楼》，则是全文写景之作。

▶ **登鹳雀楼**　　[畅当]

迥临飞鸟上，高出世尘间。
天势围平野，河流入断山。

[**译文**] 鹳雀楼高耸在飞鸟之上，仿佛已超尘出世。从楼上俯视，天空四望相连，将宽广的大地围在其中；滔滔的黄河水，从群山的断缺处奔泻而出，汹涌南流。

岱宗夫如何

在我国，最著名的山大约要算泰山了。泰山位于曲阜北约七十公里的泰安县侧，是"五岳"之首，因为它位于我国东方，故称东岳。

泰山由于地理位置优越，处于我国开发较早、文化礼乐之邦的齐鲁地区；同时山势雄伟壮丽，使人惊叹。因此从远古以来，不仅是人们登临游览的胜境，而且是历代帝王们朝拜的圣地。

唐玄宗开元二十四年（公元 736 年），杜甫离开洛阳到齐赵一带漫游，前后共约五年。在此期间，杜甫写下了咏泰山的五律《望岳》。

▶ **望岳**　　[杜甫]

岱宗夫如何，齐鲁青未了。

造化钟神秀，阴阳割昏晓。

荡胸生层云，决眦入归鸟。

会当凌绝顶，一览众山小。

[译文] 五岳之长的泰山是怎么样的呢？它是如此的高大苍翠，青郁的山色一直延伸到齐鲁地区之外（齐鲁指齐国和鲁国，它们的国境以泰山为界）。天地和大自然把灵秀之气集中地给了泰山，使得它的山势奇异，景色秀美；高峻的泰山山南已朝阳照耀，山北仍阴暗昏黑。山中云雾叠出层生，使人心胸为之开朗。凝神远望，几乎睁裂眼眶，才见到飞入山中那极远且小的飞鸟。将来我一定要登上泰山的绝顶，遥望那些匍匐在泰山脚下的群峰。

杜甫在写此诗时，年约二十五六岁，可他已显露出了卓越的诗才。诗中不仅使我们领略到泰山的宏大雄伟，更使人感受到盛唐时代年轻人的蓬勃朝气。

杜甫的这首《望岳》诗，历代为人们广泛传诵，几乎成了咏泰山的第一绝唱。在今泰安岱庙的碑廊里，有着清代何人麟书写的《望岳》诗石碑。

唐代宗大历二年（公元 767 年）杜甫又写了《又上后园山脚》的诗。

▶ 又上后园山脚（摘录）　[杜甫]

昔我游山东，忆戏东岳阳。

穷秋立日观，矫首望八荒。

[译文] 当年我在山东漫游，回想起在东岳泰山之南的日子，在深秋时登上了泰山日观峰，昂首向四面八方眺望。

唐玄宗天宝元年（公元 742 年）四月，诗仙李白来到山东准备攀登泰山，他一早在山脚下的王母池畅饮甘泉之后，便沿着玄宗皇帝登山封禅的御道上山。沿途的奇峰异石、飞瀑流泉等美景使诗仙目不暇给，而松涛鸟语又使诗仙陶醉，诗仙飘飘然想象自己真进入了仙境之中，与神仙玉女相见交往。沉浸在这种境界之中，李白写出了一组六首五言诗《游泰山》。

▶ 游泰山（选三）　　[李白]

（一）

四月上泰山，石平御道开。
六龙过万壑，涧谷随萦回。
马迹绕碧峰，于今满青苔。
飞流洒绝巘，水急松声哀。
北眺崿嶂奇，倾崖向东摧。
洞门闭石扇，地底兴云雷。
登高望蓬瀛，想象金银台。
天门一长啸，万里清风来。
玉女四五人，飘飘下九垓。
含笑引素手，遗我流霞杯。
稽首再拜之，自愧非仙才。
旷然小宇宙，弃世何悠哉。

（三）

平明登日观，举手开云关。
精神四飞扬，如出天地间。
黄河从西来，窈窕入远山。
凭崖览八极，目尽长空闲。
偶然值青童，绿发双云鬟。
笑我晚学仙，蹉跎凋朱颜。
踌躇忽不见，浩荡难追攀。

（六）

朝饮王母池，暝投天门关。

独抱绿绮琴，夜行青山间。

山明月露白，夜静松风歇。

仙人游碧峰，处处笙歌发，

寂静娱清辉，玉真连翠微。

想象鸾凤舞，飘飖龙虎衣。

扪天摘匏瓜，恍惚不忆归。

举手弄清浅，误攀织女机。

明晨坐相失，但见五云飞。

[译文一] 四月里我登泰山，沿着山石平坦的御道前行。皇上的车驾当年越过千沟万谷，随着曲折的山涧迂回。青翠的山峰上曾留着皇帝及其随从们的马迹，而今盛况不再，昔日所到之处都长满了青苔。瀑布从绝顶上飞流直下，湍急的水声，伴着阵阵松涛，似乎为现在的寂寞而忧伤。向北眺望，高耸的山峰像奇丽的屏障。东斜的悬崖仿佛就要倾倒。山上仙人洞府的石门紧闭，云雾和雷声在山下密布作响，似从地底升起。我登高远眺，东海中的仙岛蓬莱、瀛洲在望，连仙境金银台的奇幻风光也可以想象。在南天门上一声长啸，阵阵清风随之而至。忽然有四五位女仙，飘飘地从九重天上下来。仙女含笑向我招手，送我一杯流霞仙酒。我向她们稽首行礼，惭愧自己不是能成仙得道的人。登上泰山，使我心胸无比开阔，足以容纳下整个宇宙，如果能抛弃世俗凡尘的一切，那该是多么地逍遥自在啊！

[译文三] 天亮时登上日观峰，举手拨开拥聚如门关的云雾。我精神焕发意气飞扬，好像自己超越了天地之间。黄河犹如一条金带，蜿蜒西来，隐没在远山之间。靠着山崖眺望八方，目光一直消失在无穷尽的长空之中。偶然遇见一个仙童，他头发乌黑梳着两个圆环形的发髻。笑我学仙度光阴，不知不觉中红润的面颜已经失去华彩。我正在犹豫之间，他已倏忽不见，只余下海天茫茫，踪迹难寻。

[译文六] 早上饮了王母池（位于泰山东南山下，岱宗坊东北）的甘泉，傍晚到了天门关。我独自抱着名贵的古琴，夜间在青山之间穿行。月光之下山色明亮，露水晶莹；风停了松林无声，夜更寂静。仙人在翠碧的山峰上游玩，只听见到处都是音乐和歌唱。静夜里望月，使人心情愉快，远看道观（"玉真"为道观名）与翠绿的山峦连成一片。想象我穿着绣有龙虎图案的道袍，欣赏着青鸾凤凰的飞舞。在这高耸的泰山之巅，伸手可以摸到天，摘下星辰赏玩（"匏瓜"为我国古星名，又名"天鸡星"），恍恍惚惚地忘了归路。举手戏玩清浅的银河水，没想到攀倒了织女的布机。次日清晨，上述的奇幻景象全消失了，只见五色的彩云在天空中飞扬。

洛阳宫中花柳春

公元 604 年底，隋炀帝准备将首都由长安迁到洛阳，他命令大臣杨素和著名建筑家宇文恺营建新洛阳城，每月征调民工二百万人，在不到一年的时间，在涧河之东，邙山之南，洛河两岸，建起了周长二十七公里的新洛阳城，这就是隋唐的东都城。它包括皇宫所在地宫城，文武百官办公机构所在地的"皇城"，以及百姓们住宅集中的外郭城。城内像长安一样，划分成一百多个四四方方的坊。由考古勘查可知，新洛阳城东墙长七千三百二十一米，南墙七千二百九十米，西墙六千七百七十六米，北墙六千一百三十八米，整个城为南宽北窄的梯形。

唐代时以长安为首都，而洛阳则先后被称为洛阳宫、东都、神都、东京等，有的皇帝经常来到洛阳主持政务，前后达四十余年，可见唐朝实际上是以长安和洛阳为首都的。

洛阳是唐代的中央政权所在地之一，高官聚居于此，各种科举考试也常在这里进行。洛阳又是经济中心,商业繁盛,城市人口众多,每年消费大量的产品。因此,洛阳在唐代一直就是追求名利之人集中的地方。晚唐诗人于武陵,在他的五律《过洛阳城》中,就记述了这种情况和他个人的感叹。

▶ 过洛阳城　　[于武陵]

古来利与名,俱在洛阳城。

九陌鼓初起,万车轮已行。

周秦时几变,伊洛水犹清。

二月中桥路,鸟啼春草生。

[译文] 自古以来人们想要获得的功名和财富,在洛阳城里都有。大街上过了半夜的更鼓刚敲响,乘人的、运货的成千上万辆车辆,已经在道路上奔忙。历史上从周朝到秦王朝再到今天,发生过多少次重大的变化啊!可伊水和洛水(洛水穿隋唐洛阳城而过,伊水在洛阳城南郊)还是那么清澈。那些为追名逐利而终日忙碌不堪的人们啊!你们可知道,二月份到中桥(洛水上的一座桥)的路上,鸟儿啼鸣春草丛生,景色有多么美妙啊!

在唐代洛阳的宫城之西,有一座上阳宫,它的范围南达洛水,北为禁苑,东抵宫城,西界谷水(今涧河),是洛阳最为豪华壮丽的宫殿。

上阳宫建于唐高宗乾封二年(公元667年),武则天又曾大加扩建,当年宫内殿堂楼阁连绵不断,洛水碧流穿宫而过,轻波荡漾,花木繁茂,远望如锦绣。上阳宫因南面为洛水,故宫的正门提象门、正殿观凤殿全都朝东。在上阳宫之西过谷水,又建有西上阳宫,为了来往方便,在谷水上悬起了吊桥,连接两座宫殿。

唐高宗在晚年时,常住在上阳宫听政。武则天则经常住在上阳宫中处理政务。神龙元年(公元705年),当武则天在上阳宫卧病时,宰相张柬之发动政变,拥立武则天的第三个儿子李显恢复帝位,即唐中宗，并将国号由武则天改成的"周"改回为"唐"。不久，武则天就病死在上阳宫中。

中唐诗人王建用一首七律《上阳宫》，描述了上阳宫的优美景色和宫中奢侈的生活。

▶ 上阳宫　　[王建]

上阳花木不曾秋，洛水穿宫处处流。
画阁红楼宫女笑，玉箫金管路人愁。
幔城入涧橙花发，玉辇登山桂叶稠。
曾读列仙王母传，九天未胜此中游。

[译文] 上阳宫的花木总是那么繁茂，好像永远没有秋天。洛河穿过宫内四处分流。红漆彩绘的楼阁上，传来宫女们的笑声；箫管奏出的悠扬乐声飞出宫外，勾起路上行人的无限愁思。涧水边上用帐幔围成的小城中，橙花在初夏开放；在茂密桂叶的芳香中，宫妃们坐着华美的辇（古代人拉的车。"玉辇"指皇帝或宫妃们所乘的车，亦指小轿）登山游览。我也曾读过神仙传和王母娘娘的传说，可觉得他们住的九重天上也不如上阳宫好啊！

在隋唐洛阳城中，有一条河流穿城而过，将城市分割为南北两部分，这就是洛河。

洛阳城内因为有着活水不断地流过，不仅解决了人们的用水和交通运输，而且为城市的景色增添了无数的丰采。自汉魏以来，据说洛河是桃李夹岸，杨柳成荫，长桥卧波，帆樯林立，一年四季，风景如画。特别是秋风初起时的洛河岸边，更是充满诗情画意，这就是由古流传至今的洛阳八大景之一——洛浦秋风。

唐高宗时，诗人上官仪担任宰相的职务，当时国家继承了太宗时贞观之治的余风，天下太平无事。上官仪一个人独自掌握国家大政，真是心满意足，趾高气扬。一天清早，上官仪进宫上朝，当时天犹未明，月亮还高挂在天空，他骑着马沿着洛河大堤缓辔徐行，一面咏着下面这首五言绝句：

▷ **人朝洛堤步月**　　[上官仪]

脉脉广川流，驱马历长洲。
鹊飞山月曙，蝉噪野风秋。

[译文] 广阔的洛河缓缓流过，我骑在马上沿着长长的河堤走着。月亮即将落山喜鹊惊飞天色欲明，蝉儿在清凉的秋风中鸣叫。

据说，当上官仪用清亮的音韵吟着此诗，以宰相大人的威仪一个人沿大堤缓缓走去，使得许多同时上朝的官员们羡慕不已，认为上官仪简直像是一位活神仙了。上官仪此诗，咏的就是"洛浦秋风"的景色，上官仪在咏此诗时虽然是志得意满，飘飘欲仙，可他的下场却并不妙。不久他得罪了想专权的武则天，后又被人告发与被废太子李忠合谋，因而被杀。

下面，我们看一下春季洛水的晚景又是如何的。

▷ **归渡洛水**　　[皇甫冉]

暝色赴春愁，归人南渡头。
渚烟空翠合，滩月碎光流。
澧浦饶芳草，沧浪有钓舟。
谁知放歌客，此意正悠悠。

[译文] 正是愁人的春季，天色又渐渐晚了。急着归家的旅客正在南边的河岸上等待渡船。江上升起雾霭，青翠山色慢慢消失。月儿升起，在浅滩的杂乱水流上，闪烁着散碎的银光。江中小洲上青草长得那么茂盛，江中平静的水波中，有小船正在垂钓。你看那在此欣赏晚景高唱的客人，他正在兴头上呢！

中唐诗人皇甫冉的这首五律，给我们描绘了一幅唐代洛河傍晚的美景。诗的首句"暝色赴春愁"用得奇妙，引人入胜，而"滩月碎光流"描绘浅滩上因水流湍急杂乱，把一团明月变成了散碎的闪光，又是那么的逼真。

遗憾的是，皇甫冉诗中所描绘的洛河景色，现代人是再也见不到了。今天的洛河水浊如泥汤，流动缓慢，河中全是淤泥。那有着湍急杂乱流水的浅滩，长满绿草的洲渚，全都消失了。

中唐诗人韦应物，在唐代宗广德元年至永泰元年（公元763年至765年）任洛阳丞，在此期间一年的冬天，他乘船沿洛河而下，自巩（今河南巩县）东行入黄河。旅途上他将所见的风光写成了一首七律，寄给在洛阳的同僚们。

▶ 自巩洛舟行入黄河即事寄府县僚友　[韦应物]

夹水苍山路向东，东南山豁大河通。
寒树依微远天外，夕阳明灭乱流中。
孤村几岁临伊岸，一雁初晴下朔风。
为报洛桥游宦侣，扁舟不系与心同。

[译文]　两岸苍翠的青山夹着洛河奔向东方，东南方山口处豁然开朗汇入黄河。寒云笼罩着的林木，在舟中遥遥望见依稀可辨；洛河水面上闪烁着夕阳，在波浪的摇曳下忽明忽灭。那孤村在伊水岸边，已有几年了（伊水为洛河支流，在巩县注入洛河。此句含义是说，由于河水冲刷河岸变迁，伊水岸边的孤村能存在几年呢），在寒冷的北风中，一只孤雁盘旋而下。告诉我那些在洛阳当官的朋友们，我的心像这只不系缆绳的小船一样，对官场的一切无所眷恋。

韦应物在这首七律中，对洛河中行舟所见的景色描写得非常精彩，从苍山、大河、寒树、夕阳，到孤村与独雁，其中尤以"夕阳明灭乱流中"用"明灭"二字写波光闪烁，异常逼真。

在隋唐洛阳城的宫城正南门端门外的洛河上，由隋代起就建有桥梁，因它有天河上津梁的气势，故名天津桥。在唐代，出宫城过天津桥往南，是洛阳最重要的端门大街，它一直通往洛阳的南城门定鼎门。由此可知，天津桥是当时交通的咽喉之处。

在隋代，天津桥是一座浮桥。在两岸固定大铁链，然后将许多大木船栓在铁链上，铺上木板就可以通行了。隋末时，浮桥被李密派军烧毁。唐代初年修复天津桥，还是建的浮桥。由于浮桥多次被洛河涨水冲坏，于是在唐太宗贞观十四年（公元640年）改建成石桥。虽然如此，可一直到唐玄宗开元二十九年（公元741年）的一百年间，石桥也被洪水冲坏又修复了多次。

唐代天津桥一带，是洛阳最繁华的地区，而且这里风景优美，无论早晚，也不管四季，各有它的迷人之处。特别是在凌晨时分，月亮还斜挂在天空，星河隐约，宫殿楼阁半笼在烟雾中，说不尽的诗情画意，由此而产生了洛阳的八大景之一——天津晓月。

在描绘天津桥景色的诗歌中，最精彩的大约要算是白居易所写的七律《天津桥》了。

▶ **天津桥**　　[白居易]

津桥东北斗亭西，到此令人诗思迷。
眉月晚生神女浦，脸波春傍窈娘堤。
柳丝袅袅风缲出，草缕茸茸雨剪齐。
报道前驱少呼喝，恐惊黄鸟不成啼。

[**译文**] 从天津桥的东北到斗门亭之间（在天津桥东不远，洛河分出一渠，分流处建斗门控制水流量，上有桥及亭，即斗门亭）。景色的优美使人涌生出无限的诗情画意，为之心乱目迷；弯弯如眉的新月，晚上从洛河边冉冉升起（"神女浦"指洛河，由曹植的《洛神赋》而来），窈娘堤下水波澄明，好似美丽的眼睛中光彩流动（"窈娘堤"为天津桥附近堤岸名，"脸波"在唐宋诗中用以指美丽流动的眼睛）。袅袅的柳条，好似春风缲出的

柔丝;茸茸的绿草,被春雨剪得齐如茵毯。我特别嘱咐开道的随从少呼喝,别惊吓了黄莺使它不敢啼鸣。

唐文宗大和五年(公元 831 年),白居易任河南尹。春天绿草茸茸的时候,他排着仪仗过天津桥。由于他是主管河南的大官,仪仗队前呼后拥,随从的人员吆喝着开道,驱逐路上的行人让出道路。白居易自己在马上看见这种样子,也觉得与大好春光太不协调,于是叫前面开路的人不要大声呼喝,使自己能保持悠然而来的"诗思"。

洛阳的冬天,冰雪覆盖,一片萧瑟肃杀景象。孟郊的《洛桥晚望》即描绘了这一情景。

▶ 洛桥晚望　　[孟郊]

天津桥下冰初结,洛阳陌上行人绝。
榆柳萧疏楼阁闲,月明直见嵩山雪。

[译文] 天津桥下开始结冰了,洛阳郊外田间小路上已没有行人。榆树柳树只剩下光秃的树枝,富贵之家楼阁上的歌舞欢宴也暂时休止了。你看! 在明月的照耀下,高耸在东南,满布积雪的嵩山就在眼前。

龙门位于今洛阳市城南十二公里处,伊水在这里北流,劈山而过,两岸对峙好似门阙,故古称"伊阙",至汉魏时又称"龙门",到隋唐时则主要称为龙门了。龙门两山对峙,翠柏成林,伊水清澈,两岸柳丝随风,唐诗人白居易曾说:"洛阳四郊山水之胜,龙门首焉。"可见,"龙门山色"被誉为洛阳八大景之首,是有它道理的。

佛教自从西汉末年传入中国后,在北魏时大大地兴盛起来。北魏孝文帝太和年间(公元 477 年至 499 年),开始在龙门开凿石窟,雕刻佛像。经过东魏、北齐、北周、隋、唐、五代及北宋等朝代,在龙门长约一公里的山崖上,总共开凿了石窟佛龛两千多个,佛像近十万尊,远远望去,稠密的窟龛简直像蜂窝一样。

一年秋天,白居易与张、舒两位友人同游龙门,醉中写了一首长达二百三十八字的七言诗，其中所描述的由唐洛阳城至龙门的秋季美景，使我们读后犹如浮现在眼前。

▷ 秋日与张宾客舒著作同游龙门，醉中狂歌凡二百三十八字（摘录） [白居易]

秋天高高秋光清，秋风裛裛秋虫鸣。
嵩峰余霞锦绮卷，伊水细浪鳞甲生。
……
南出鼎门十八里，庄店逦迤桥道平。
不寒不热好时节，鞍马稳快衣衫轻。
并辔踟蹰下西岸，扣舷容与绕中汀。
开怀旷达无所系，触目胜绝不可名。
荷衰欲黄荇犹绿，鱼乐自跃鸥不惊。
翠藻蔓长孔雀尾，彩船橹急寒雁声。

[译文] 秋日天高气爽空气清明，轻吹的秋风送来秋虫的鸣声。远处嵩山峰顶的云霞，犹如舒卷的锦缎；伊水水面泛起细浪，好似鳞甲丛生。……出洛阳定鼎门（唐洛阳南城正门）南去十八里，一路尽是庄户人家，道路平坦。天气不冷不热，衣衫轻薄，正是最好的时节，骑马旅游安稳快速。马头并行缓缓地下了西岸，下得船来沿河而行。顿时胸襟开阔无所拘束，触目皆是说不出名字的胜景奇绝。荷叶已败即将变黄，可荇菜还那么碧绿；戏乐的鱼儿自水中跃起，鸥鸟习惯见而不惊。水藻翠绿色的长蔓好似美丽的孔雀尾，彩绘船上摇橹的声音，犹如寒空中孤雁的鸣叫。

龙门石窟规模最大，艺术水平最高的，要推"奉先寺"，它开凿于唐高宗初年，于上元二年（公元 675 年）完成，历时约十五年。为建造奉先寺，武则天还捐了脂粉钱两万贯。奉先寺崖壁上雕刻的主佛为卢舍那佛，高十七米，据说，这尊卢舍那佛是按照武则天的面容雕制的，看来的确是一个雅丽端庄，富有智慧的中年贵妇人形象。卢舍那佛旁边有脚踏魔鬼的天王，它左手叉腰，右手托塔。天王边上为力士，身上肌肉突起，是勇力的象征。唐代时，奉先寺是有楼殿房屋遮蔽这些巨大佛像的，现房屋已完全无存。

四海齐名白与刘

唐敬宗宝历二年（公元826年）冬天，诗人刘禹锡在和州刺史任上，接到朝廷的命令，要他卸任回洛阳去。刘禹锡到扬州时，遇到由苏州返回洛阳的诗人白居易，两位老朋友相见，既喜且悲，两人谈起了彼此在过去十几年甚至二十多年间政治上受到的打击，感慨万端。白居易在会见的酒宴上，即席赋了一首七律《醉赠刘二十八使君》。诗中对刘禹锡的遭遇充满同情，并指出这与刘的声名和诗才有关，从刘被贬谪的原因看，的确有些关系。

▶ 醉赠刘二十八使君　　[白居易]

为我引杯添酒饮，与君把箸击盘歌。
诗称国手徒为尔，命压人头不奈何。
举眼风光长寂寞，满朝官职独蹉跎。
亦知合被才名折，二十三年折太多。

[译文] 请给我杯子里添满酒，我用筷子敲着盘子，为您唱歌。您的诗才堪称国手，可有什么用呢，命运压在您头上毫无办法。抬头四望，到处是繁华景象，只有您孤孤单单。满朝人都升了官职，只有您多年如故不变。我知道这是因为您诗才太高，名声太大，才使您在政治上遭受这样的磨难。可这磨难一直延续了二十三年也太长了啊！

刘禹锡在读了白居易的赠诗后，深有感触。他一方面感激老朋友的劝慰，同时又从自身的遭遇想到这些年来去世的友人，又联想到自己应该怎样对待个人的挫折。诗人将这些丰富的内容，都写入了他在扬州酒宴上给白居易的答诗中。

▶ 酬乐天扬州初逢席上见赠　　[刘禹锡]

> 巴山楚水凄凉地，二十三年弃置身。
> 怀旧空吟闻笛赋，到乡翻似烂柯人。
> 沉舟侧畔千帆过，病树前头万木春。
> 今日听君歌一曲，暂凭杯酒长精神。

[译文]　在巴山楚水这些荒凉边远的地方，我度过了二十三年被贬谪的生活。我只能和晋代的向秀一样，空吟《思旧赋》悼念死去的友人。回到故乡，人事已非，像晋人王质一样恍然有隔世之感。在沉船的近旁，成千的船只飞驶而过；病萎的枯树前，万木在春天竞相生长。今天听了您为我即席吟了一首好诗，使我思绪万端，只能凭借喝酒忘去忧愁，增长精神了。

此诗的头两句，指刘禹锡自唐顺宗永贞元年（公元805年）被贬为朗州（今湖南常德）司马，一直到唐敬宗宝历二年（公元826年）诗人才被从和州召回洛阳，共经历了二十二年的贬谪生活。诗第三句中的向秀是西晋人，与嵇康是好友，嵇因不满司马氏阴谋篡夺曹魏政权而被司马昭所杀。后来向秀路过山阳，在嵇康旧居听见有人吹笛，笛声清亮激昂，向秀想起死去的友人，因而写了《思旧赋》，诗中"闻笛赋"即指此。第四句中的"烂柯人"指晋代人王质。传说他到石室山（后改名烂柯山，位于今浙江衢州南）去砍柴，见两个童子下棋，他在一旁观看。一局终了，放在身边的斧柄已经腐烂，回家一看，原来已过去百年了。

诗人白居易在写给好友诗人元稹的信《与元九书》中，有这样一段话："古人云：穷则独善其身，达则兼济天下，仆虽不肖，常师此语。"纵观白居易的一生，确是这样做的。他早年怀着"兼济天下"

的雄心，写了大量议论朝政，揭露官僚们巧取豪夺，抨击宦官残害人民等等的"讽喻诗"，因而遭到当权者的忌恨，由此受到重大的政治打击，被贬为江州司马。此后，诗人的兼济天下的想法有所减弱。在这时，唐朝廷中宦官专权，甚至连皇帝的生杀废立也由他们决定。而大官僚们分成以李德裕为首的李党和牛僧孺为首的牛党，为争权夺利而互相倾轧。白居易处于这种政治局势中，感到很难有所作为，于是想退出政治漩涡，以达到独善其身。

唐文宗大和三年（公元829年）春天，白居易请求离开长安，分司东都，即到东都洛阳去当一个不管事的闲官。朝廷同意了，于是诗人以太子宾客的官职分司东都，时年五十八岁。此后，诗人一直住在洛阳。

唐文宗开成元年（公元836年），刘禹锡在同州（今陕西大荔县）刺史任上患了足疾，因而改任为太子宾客，分司东都。当时诗人白居易早已在洛阳，曾平定藩镇叛乱的著名贤相裴度时任东都留守，他们都是刘禹锡的好友。刘回洛阳后，正好参加白、裴经常举行的"文酒之会"，会上饮酒赋诗为乐。

刘禹锡任太子宾客分司东都时，年已六十五岁，诗人白居易和他同年。两人虽然过着悠闲的生活，可分司东都是一种无权不管事的职务，所有的政治抱负是无法实现了。同时，人都老了，更加使诗人们感到惆怅不已。白居易首先写了一首咏老诗赠刘禹锡。

▶ **咏老赠梦得**　　[白居易]

与君俱老也，自问老何如？
眼涩夜先卧，头慵朝未梳。
有时扶杖出，尽日闭门居。
懒照新磨镜，休看小字书。
情于故人重，迹共少年疏。
唯是闲谈兴，相逢尚有余。

[译文] 我和您都老了，老了会怎么样呢？眼皮老是发困，晚上睡得早，早上起来也懒得梳头。成天是闭门家中坐，偶尔出门也要拄着拐杖。新磨的镜子虽然明亮，可也懒得去照，眼花了别看小字的书籍。对老朋友情义特别重，与少年们的交往很少。只有那闲谈的兴致，在我们相见的时候是越来越浓啊！

刘禹锡在读了白居易的赠诗后，和了一首咏老诗，表示了他自己的一些看法。

▶ **酬乐天咏老见示**　[刘禹锡]

> 人谁不顾老，老去有谁怜。
> 身瘦带频减，发稀冠自偏。
> 废书缘惜眼，多炙为随年。
> 经事还谙事，阅人如阅川。
> 细思皆幸矣，下此便翛然。
> 莫道桑榆晚，为霞尚满天。

[译文] 哪个人不顾惜自己的年老，而人老了又有谁去关心他呢？人瘦了，腰带一次又一次的减短，头发越来越稀，帽子自然就偏斜了。为爱惜眼睛只好丢下了书本，年老体衰了，多烤制些肉干保养身体。经历的事情多，办事也就更熟练。人世的变迁像大河流水一样，无穷无尽，看多了阅历会更深广。细想这一切，不都是年老的优点吗，想通了心情也就愉快了（"翛"，音 xiāo，意为无拘无束，自由自在）。不要说我年纪老了，我还想尽自己能力做一些事业呢！

诗最后两句中的"桑榆"，意思是人到暮年。其来历可能是说太阳已落到桑树和榆树之间，即太阳已经很低，即将落山了。旧说桑榆指位于西方的桑榆二星，此说不好解，因为天上的恒星其位置随季节而变，没有固定在日落时总位于西方的。而且在太阳落山时因天空太亮，肉眼看不见星。

唐武宗会昌二年（公元 842 年）秋天，晚年多病的刘禹锡去世了，享年七十一岁。刘在分司东都时，朝廷曾赐给他检校礼部尚书，秘书监等虚衔，故后世人们常称他为刘尚书或秘书刘尚书。这时，裴度已在公元 839 年去世，诗人元稹在公元 831 年即已去世。诗人白居易面对着老友们不断故去，心情十分悲伤，在刘禹锡去世时，他写了两首悼念的七律。

▶ 哭刘尚书梦得二首（选一）　　［白居易］

四海齐名白与刘，百年交分两绸缪。
同贫同病退闲日，一死一生临老头。
杯酒英雄君与操，文章微婉我知丘。
贤豪虽殁精灵在，应共微之地下游。

［译文］ 四海之内诗名互相匹敌的是我和你，我们之间的多年交情有多么深厚亲密。你我是一样的贫困，都由于疾病而退隐到东都洛阳，现在老了却一生一死的分别了。你我的互相看重就像当年的曹操和刘备，从你的诗文中委婉而又深刻的含意，使我更加了解你。贤明的文豪刘禹锡啊！你人虽死了可精灵长存，现在应该和元微之（即诗人元稹）一起在九泉之下交游吧。

第五章　诗意长江

　　我国有一条雄伟壮丽而又富饶的大河，它长六千三百多公里，流域面积一百八十万平方公里，几乎占全国总面积的五分之一。在它的流域中，虽然耕地面积只占全国的四分之———四亿多亩，可粮食产量却占全国的百分之四十以上，此外，还蕴藏着无数的自然资源，这就是长江。

　　唐代初期，长江下游一带，即所谓江南地区，经济发展很快。到了安史之乱时，黄河流域战争频繁，大量人口南逃避乱。因此在安史之乱结束后，原来繁华富庶的陕西、河南一带，人口非常稀少，荒凉不堪。而江南却没有直接遭受战乱的影响，同时人口激增，如长江边上的武昌，户口在两年内增加了三倍。实际上，唐朝廷的财政收入和粮食供应，已主要依靠江南了。

　　初唐诗人张若虚，流传下来的诗仅有两首，其中一首七言古诗《春江花月夜》，是被历代人们广泛传诵的名作，诗中描绘了长江月夜那优美而又带有梦幻意味的景色：

▶ 春江花月夜　　[张若虚]

　　春江潮水连海平，海上明月共潮生。
　　滟滟随波千万里，何处春江无月明。
　　江流宛转绕芳甸，月照花林皆似霰。
　　空里流霜不觉飞，汀上白沙看不见。
　　江天一色无纤尘，皎皎空中孤月轮。

江畔何人初见月？ 江月何年初照人？

人生代代无穷已，江月年年只相似。

不知江月待何人，但见长江送流水。

白云一片去悠悠，青枫浦上不胜愁。

谁家今夜扁舟子？ 何处相思明月楼？

可怜楼上月徘徊，应照离人妆镜台。

玉户帘中卷不去，捣衣砧上拂还来。

此时相望不相闻，愿逐月华流照君。

鸿雁长飞光不度，鱼龙潜跃水成文。

昨夜闲潭梦落花，可怜春半不还家。

江水流春去欲尽，江潭落月复西斜。

斜月沉沉藏海雾，碣石潇湘无限路。

不知乘月几人归，落月摇情满江树。

[译文] 近海处的长江，水面是那么辽阔，春日潮水高涨江海连成一片。一轮明月在海上随着潮水缓缓升起。在绵延千万里的大江上，银色月光在波面闪耀。岂只是长江，天下哪一条江河在这春夜里，不是月明如昼啊！江水弯弯曲曲地流过长满花草的平野，繁花丛生的树林在月光照耀下，像是挂满了雪珠。那月光像空中流下的白霜，可又不见它飞舞。江中小洲上的白沙，全隐没在浓霜似的月光中了。江水天空浑然一色毫无纤尘，只见空中一轮皎洁的明月。这江边是谁第一次见到月亮啊？而这江上的月亮又是哪一年初次照耀了人间？人生一代代没有穷尽，江上的月亮年年看来却都相像。不知这江月在等待着谁，只见长江水不断地滚滚东流。他像一片白云似地离开了，住在青枫浦（今湖南浏阳县，但从诗意看，系泛指长江边上）上的她，愁思万端。今夜那江中小船上是谁家的儿郎，在那遥远他方同一明月照耀的楼上，有着思念他的姑娘。这月光好像在她住的楼上徘徊，照到了梳妆台上。这勾人愁思的月光

啊！怎么这样无赖，你卷上还是放下帘子，它总要钻进来。那
光滑的捣衣石上无论她怎么拂拭，总抹不掉月儿的光彩。今夜
虽然我们望着同一轮明月，可听不见彼此的呼唤，真想随着这
月光将我的情意带到你的身旁。可远飞的鸿雁却不能把月光捎
去，水底的鱼龙只会暗暗跳动，激起层层波纹。她昨夜梦见春
花凋谢落到江潭中，春日已经将尽，他为何还不回家。东流的
江水带着春天要过去了，月儿已经西斜即将落入江潭。一片迷
茫的海雾升起，再也不见月亮的踪影。可这世间离别的人们啊！
有的远在碣石（山名，在河北北戴河附近），有的隔着潇、湘（湖
南的两条河流），真是天南海北，难以相聚啊！真能在这美好的
月夜中归家的能有几人，只有那江畔的树丛中，像是还挂满着
落月的余辉，勾动着人们无限的情思。

　　《春江花月夜》是唐代以前就有的乐府诗题，据说是陈朝荒淫
的亡国之君陈后主所创立。不过陈后主所写的诗早已失传了，推测
主要是供宫廷饮宴时助兴所唱的歌曲。上面这首《春江花月夜》，
与为宫廷享乐而写的宫体诗是大不相同的。

　　《春江花月夜》头十句写长江春夜优美的景色，中间一段感慨
人生的短暂而江月长存，同时描述了在同一月光下离别人们的思念
和悲伤。结束时，将景与人合写，成为一个整体。这样写来，全诗
富于变化，最后是情景交融，使读者感受到的不仅是一幅长江春夜
美景的单调图画，而是注入了深沉的感情，使全诗变成了活的艺术
品了。

三峡连天水

　　由渝州（今重庆市）乘船沿长江东下，经忠州（今四川忠县）、
万州（今四川万县）可达夔州（今四川奉节）。由此再往东，即进入
景色绮丽的长江三峡。

三峡由夔州的白帝城开始，至峡州（今湖北宜昌）的南津关结束，全长约二百公里。长江在此切过陡峻的巫山山脉，在悬崖绝壁中奔驰而过，形成很多的急流险滩。三峡包括瞿塘峡、巫峡和西陵峡。

三峡真是名副其实的峡谷，它又深又窄，两岸峭壁和山峰高为五百米至一千多米，而江面最窄处却不足一百米，因此水流湍急，最大流速可达每小时三十公里。

唐宪宗元和五年（公元810年），诗人元稹因不畏权势，得罪了执政的大官，因而被贬官为江陵府（今湖北江陵）士曹参军。江陵是古代楚国的领土，元稹到江陵后，用《楚歌十首》为题，写了一组十首五言诗，记述了江陵及其附近的名胜、古迹和景色秀丽的风光，其中第九首就描绘了三峡。

▶ 楚歌十首·江陵时作（其九）　　[元稹]

三峡连天水，奔波万里来。
风涛各自急，前后苦相推。
倒入黄牛漩，惊冲滟滪堆。
古今流不尽，流去不曾回。

[译文] 三峡的长江水连着天，奔腾汹涌万里而来。江风卷起波涛，后浪推着前浪，急急忙忙地向东流去。这急流倒着进入了黄牛峡的漩涡；冲上滟滪堆使人惊心动魄。人世间的时光不也是这样的吗！从古至今永远流逝不尽，流去的时光再也不会回还。

三峡的猿啼声，早在唐代以前就已经非常著名。在距今约一千五百年前的北魏时，科学家郦道元就在他的《水经注·江水》中写道：自三峡七百里中，两岸连山，……每至晴初霜旦，林寒涧肃，常有高猿长啸，属引凄异，空谷传响，哀转久绝。在唐人的诗歌中，三峡的猿啼声更是常见，例如李白的"两岸猿声啼不住"、刘禹锡的"清猿啼在最高枝"等等。根据描述，猿啼声非常悲哀（或人们听来很悲哀），而且常在晚上啼叫。乘船过三峡的诗人们听见猿啼后，会引起各种各样的别思离情，写入他们的诗篇。

▶ 巴江夜猿　[马戴]

日饮巴江水，还啼巴岸边。
秋声巫峡断，夜影楚云连。
露滴青枫树，山空明月天。
谁知泊船者，听此不能眠。

[译文] 那巴江边的猿猴啊！每天喝着巴江的江水，又在巴江的岸边啼叫。高耸深邃的巫峡遮断了秋天的声音；夜间峡谷浓重的阴影，与楚（今四川东部及湖北西部，为古楚国之地）天的长云相连。凝结的露珠滴在青枫树叶上，明亮的月光照着空无所有的山峰。有谁能知道，停船在这里的人们，听见这悲哀的猿啼声无法入眠。

从气候上看，三峡地区在一千多年前的唐代，不可能生存有猿类。古代人是猿猴不分的，唐代三峡地区的猿啼，看来应为"猴啼"。现代由于森林消失，长江三峡两岸连猴子也见不到了。著名的"三峡猿啼"，只能在唐代的诗歌中留给我们一个美好的梦境。

三峡中最为雄伟壮观而又险峻的是瞿塘峡，它西起夔州的白帝城，东达巫山县的大溪，全长约八公里。峡谷两岸悬崖高出江面五百至七百米，而山峰则高达一千四百米，船行其中，宛如进入一条巷道。

在白帝城下瞿塘峡入口处的江中心，有一块川江船工望而生畏的巨石，名叫滟滪堆。冬季时滟滪堆出水长约三十米，宽约二十米，高达四十米，夏季水涨时则几乎全部没入水中。石的周围水势险急，激成漩涡，形成多股紊乱的水流。古代船工驾船至此，不知顺哪股水漂过去才安全，因而常犹豫不决，滟滪即犹豫的音转，因而得名。1958年冬，为了航行的安全，将滟滪堆全部炸掉。

乘船沿江而下过了滟滪堆后，就将进入瞿塘峡的大门——夔门，夔门两侧，为绝壁如削的高山，南为"白盐山"，北曰"赤甲山"，绝壁高达五百米，在临江的南崖壁上，刻有"夔门天下雄，舰船轻轻过"、"巍哉夔门"等字样。由于此处江宽仅一百余米，而长江在戎州、泸州、渝州等地，会合了岷江、沱江、涪江、嘉陵江和乌江之后，浩荡奔腾的江水争先恐后地冲入夔门，正像诗人杜甫在他的五律《长江二首》中所写的那样。

▶ 长江二首（选一）　[杜甫]

众水会涪万，瞿塘争一门。

朝宗人共挹，盗贼尔谁尊。

孤石隐如马，高萝垂饮猿。

归心异波浪，何事即飞翻。

[译文] 众多的支流在涪州、万州等地会合，注入浩荡的长江，奔腾的江水争先恐后地冲入瞿塘峡的入口夔门。众水汇流入海，好像拥戴朝廷的臣子，大家都尊敬；而叛乱的盗贼，谁也瞧不起。夔门附近的滟滪堆隐没在洪水之下，只有马那么大了，高崖上长长的藤萝，吊着垂到江中饮水的猿猴。我思归的心不是波浪，为什么老是翻飞不息呢？

唐宪宗元和十二年（公元817年），诗人白居易在江州司马任上，这时他的一位友人应东川节度使的征召出任辅佐的官职，即将乘船上行过三峡，为此，白居易写了下面这首五言长律给友人送行。

▶ 送友人上峡赴东川辟命　[白居易]

见说瞿塘峡，斜横滟滪根。

难于寻鸟道，险过上龙门。

羊角风头急，桃花水色浑。

山回若鳌转，舟入似鲸吞。

岸合愁天断，波跳恐地翻。

怜君经此去，为感主人恩。

[译文] 听说在那瞿塘峡的门口，有着生根于江底的滟滪堆横斜。在这里行船，比寻找鸟飞的道路还要困难，其危险超过了黄河著名的险滩龙门。在瞿塘峡中，回旋的羊角风劲吹；春季桃花开时，暴涨的洪水浑浊无比。迂回的大山犹如海中的怪鳌（传说中的大海龟）在转身；驶入峡中的小舟，好像被吞入了巨鲸的腹中。两岸似乎要合在一起，使人害怕它将遮断了青天；汹涌的波涛好像会使大地翻滚。你现在要经过如此险恶的旅途赴任，实在是为了感谢征召你的大官的情意。

白帝城在夔州城东的白帝山上，西南方下临长江。西汉末年王莽统治时期，公孙述占据此地，在今白帝山上筑城，取名"子阳城"。子阳城中有一口白鹤井，常冒出一股白色雾气，宛如一条白龙腾空，公孙述认为是白龙出井，是预示自己要当皇帝的祥瑞。于是将子阳城改名"白帝城"，自己在此称"白帝"，白帝山也因此而得名。

唐代宗大历元年（公元 766 年），诗人杜甫由云安（今四川云阳）去夔州（今四川奉节）。约在春末到夔州时，诗人登上白帝城中最高的楼上眺望，见到壮丽的峡中景色，想起自己的身世，无限伤感，写了下面这首拗体的七律：

▷ **白帝城最高楼**　　[杜甫]

城尖径仄旌旆愁，独立缥缈之飞楼。

峡坼云霾龙虎卧，江清日抱鼋鼍游。

扶桑西枝对断石，弱水东影随长流。

杖藜叹世者谁子？泣血迸空回白头。

[译文] 白帝城依山而建直到山尖，城内道路倾斜不平，连驻军的旌旗也带有愁色（"愁色"既指地势险峻，也指有战乱）。我独自一人站在这凌空入云的高楼上。从楼上下望夔门，只见

江峡中开，云雾弥漫，无数怪石像龙虎在酣睡。那阳光照射下的江流中，急水回旋犹如鼋（yuán，大鳖）和鼍（tuó，扬子鳄，俗称猪婆龙）在游动。向东远眺，日出之处的扶桑神树正与瞿塘峡的石壁相对；向西遥望，昆仑山下的弱水似与长江流水相随。那挂着拐杖叹息世事的老人是谁呀，在高楼上悲伤哭泣，血泪洒在空中，低下了他那白发苍苍的头。

诗中第五句"扶桑"是古代传说中的东方神树，长数千丈，每天太阳从这里出来，后来一般称日本为扶桑国。第六句"弱水"是传说中昆仑山下的一条河，任何东西在它的水中都会下沉，连羽毛都浮不起来，故称弱水。

唐肃宗至德二年（公元757年），诗人李白因为参加永王李璘的幕府，涉嫌叛逆获罪。次年被判长期流放夜郎（今贵州桐梓一带）。唐肃宗乾元二年（公元759年），李白在赴流放地途中到达白帝城，唐朝廷由于册立太子及天大旱而宣布大赦，李白也在赦免之内。

李白遇赦后，心情是比较愉快的。他于乾元二年三月从白帝城出发，乘船经三峡东下，大约就在此次旅途中，写下了千古传诵、被赞誉为神品的七绝《早发白帝城》：

▶ **早发白帝城**　　　[李白]

朝辞白帝彩云间，千里江陵一日还。
两岸猿声啼不住，轻舟已过万重山。

[**译文**] 一早告别高在云端的白帝城，晚上就到了千里之外的江陵。听着两岸不停的猿啼声，轻快的船儿不知不觉已越过万重山峦。

从白帝城到江陵，古代传说有一千二百里，船顺水而下迅疾如风，朝发白帝，暮至江陵。实际上白帝城距江陵只有三百多公里，但是古代的木船走得怎样快，一天也是到不了的。诗人在这里采用了古代夸张的传说，表现了船行的轻快和自己的兴奋心情。

据小说《三国演义》的记载，吴将陆逊在大败蜀军后，追赶刘备直到白帝城附近的夔关，忽见江边上一阵杀气，以为有大军埋伏。令军士探听，结果并无一人一骑，只在江边有乱石八九十堆，杀气从中而起。当地人告诉陆逊，此地名鱼腹浦，乱石是诸葛亮当年入川时在沙滩上摆的战阵，分成天、地、风、云、龙、虎、鸟、蛇八阵，叫做八阵图。陆逊认为这个石阵是吓唬人的，于是大胆地骑马入阵中观看，结果遇到飞沙蔽天，刀剑般的怪石塞路，江上浪涌声如战鼓急敲，陆逊差一点被困死在这不起眼的乱石堆中。

诗人杜甫对这著名的八阵图，曾题诗咏叹。

▷ 八阵图　　[杜甫]

功盖三分国，名成八阵图。

江流石不转，遗恨失吞吴。

[**译文**] 诸葛亮辅佐刘备形成了蜀、魏、吴三国鼎立的局势，功业盖世。神奇的八阵图更使他威名远震。八阵图的石堆，在几百年的长江水冲击下巍然不动。最大的恨事是刘备发兵攻打吴国这一失策啊！

诗的最后一句包含意思更多，因为蜀汉刚一建立时，诸葛亮分析形势后，就定下了东和孙吴，联合对付魏国的方针，这是完全正确的。由于刘备急于报关羽被攻杀之仇，又想乘机吞并东吴，倾全国之力向东吴进攻，最后全军覆没。蜀汉因此国力大为削弱，虽有诸葛亮的筹划，也难以恢复元气，最后还是亡于魏，这真是当年攻打吴国导致的最大恨事啊！

从历史事实看，八阵图的故事应该是确无其事。因为当年吴国军队追赶刘备，只到归州（今湖北秭归）石门山就没能再前进。归州离八阵图所在地夔州（今四川奉节）有一百多公里，陆逊当然不可能在此被困。

经过一千六百多年的岁月，八阵图的遗迹几乎被江水全部冲蚀破坏了。不过在每年洪水季节，遗址上可能生成新的砂石堆，这类堆积出现快，消失也快。

　　出瞿塘峡后，长江进入一个宽大的河谷，宽处可达三十公里。到今四川巫山县的大宁河口时，长江流入第二个峡谷——巫峡。巫峡又称大峡，正位于今四川湖北两省交界处，至湖北巴东县官渡口出峡，全长约四十五公里。

　　在巫峡两岸，有着著名的巫山十二峰，它们都由石灰岩构成，挺拔陡峻，高出江面达两千米。这十二峰的名称为登龙、圣泉、朝云、神女（望霞）、松峦（又名帽盆峰）、集仙（又名剪刀峰）、飞凤、翠屏、聚鹤、净坛、起云和上升。

　　巫山十二峰中，以"神女峰"最为秀丽。自从楚国文学家宋玉在他的著作《高唐赋》中写了一段有关巫山神女的故事后，经过后人的渲染，逐步形成了动人的神话。

　　传说神女是王母娘娘的小女儿瑶姬，她早晨散云布雾，傍晚主持下雨。当时三峡所在地是没有河谷的大山，河水流不出去而泛滥成灾，同时巫山上又有一群孽龙兴妖作怪。瑶姬经过这里时，仗剑斩杀了孽龙，并且帮助大禹凿通三峡，使长江水得以顺利流出。最后，她自己化为神女峰，为来往的船只导航。

　　巫峡的绮丽风光和神话传说，激发了唐代很多诗人的灵感，写下了大量咏唱的诗篇。可也有些诗人，觉得巫峡虽美却难写，而看了前人一些成功的作品更使自己难以下笔，于是过巫峡而不作。白居易曾对人说："诗人刘禹锡，在白帝城当了三年地方官，想在这里写一首诗，可又胆怯而没敢写。到他调动经过这里时，将历来人们题的诗一千多首全部涂去，因为都太没意思，只留下四首。这四首诗都是绝唱，我在这里怎么再敢写诗呢！"

　　那四首有关巫山的杰作分别是诗人沈佺期、张循之、皇甫冉和李端所写的五言诗《巫山高》。

▶ 巫山高（一）　　[沈佺期]

神女向高唐，巫山下夕阳。

徘徊作行雨，婉娈逐荆王。
电影江前落，雷声峡外长。
霁云无处所，台馆晓苍苍。

▷ 巫山高（二） [张循之]

巫山高不极，合沓状奇新。
暗谷疑风雨，幽崖若鬼神。
月明三峡曙，潮满二江春。
为问阳台客，应知入梦人。

▷ 巫山高（三） [皇甫冉]

巫峡见巴东，迢迢出半空。
云藏神女馆，雨到楚王宫。
朝暮泉声落，寒暄树色同。
清猿不可听，偏在九秋中。

▷ 巫山高（四） [李端]

巫山十二峰，皆在碧虚中。
回合云藏日，霏微雨带风。
猿声寒过水，树色暮连空。
愁向高唐望，清秋见楚宫。

[译文一] 巫山上夕阳西下的时候，那神女往高唐去了。她来来回回主持着下雨，温柔主动地与楚王交好。闪电照耀的阴影落在江前，隆隆的雷声一直传到峡外。云消雨止时再也不见神女，只有那高台在拂晓中一片苍翠。

[译文二] 那巫山高得没有顶，复杂的形状异常新奇。深暗的峡谷像总是在刮风下雨，幽僻的悬崖犹如鬼斧神工。明月升起时犹如给三峡带来曙色，春潮涨满了长江。请问阳台上的

客人（指巫山神女），你应该知道这次做梦的是谁吧！

[译文三] 那巫峡在巴东，高峻的巫山似乎在半空中。云雾遮蔽了神女庙，雨水洒到了楚王的离宫。从早到晚都能听见泉水的声音，无论冬夏树色总是那样苍翠。那悲哀的猿啼声本来就使人不忍听，偏偏在这深秋时又不断地传来。

[译文四] 著名的巫山十二峰，都高耸在云霄之中。太阳常藏在回旋密合的云雾中。迷蒙的细雨夹着阵阵山风。寒秋的猿啼声传过江面，傍晚树色与天空苍茫一片。带着愁思向着高唐眺望，只有这清秋时节的楚王离宫历历在目。

上述诗中两次提到的"高唐"，是楚国的楼台，位于云梦泽中（大致在今湖北南部）。楚国的文学家宋玉在他写的《高唐赋》中，叙述了一段与高唐楼台有关的神话。赋中说，楚襄王与宋玉在云梦之台上游览，眺望高唐，见其上有云气，上下变化不停。楚王问宋玉说："这是什么气？"宋玉回答说："这是朝云，过去楚怀王（襄王的父亲）曾到高唐游玩，因疲倦而睡了一会儿，梦见一个妇女对他说，我是巫山神女，是高唐的客人，听说您到这里来游玩，愿和您交好。神女走时说："我住在巫山之阳那高峻的山峰上。早上为朝云，傍晚下雨，每天都在阳台的下面。"楚襄王早上起来看，果然如宋玉所说，因此在巫山下建了神女庙，叫做"朝云"。

前面说诗人刘禹锡在夔州做了三年刺史，白居易说他一首有关三峡或巫山的诗都未写，其实并非如此。他在这期间写作的著名诗歌有《蜀先主庙》《观八阵图》《竹枝词》《浪淘沙词》等。前两首是咏巫山一带三国古迹的，《竹枝词》两套共十一首，《浪淘沙词》一套九首，是专为民间歌唱所写，富有民歌风味。此外，在此期间写的七律《巫山神女庙》，则是一首直接描述巫山风光的好诗。

▶ **巫山神女庙**　　[刘禹锡]

巫山十二郁苍苍，片石亭亭号女郎。

晓雾乍开疑卷幔，山花欲谢似残妆。

星河好夜闻清佩，云雨归时带异香。

何事神仙九天上，人间来就楚襄王。

[译文] 你看那巫山十二峰郁郁苍苍，林木茂密。神女峰亭亭玉立，多么的秀美俏丽。晨雾忽然消散，犹如卷起了神秘的帷幔；山花将要凋谢，好似艳妆半残的美丽姑娘。在那星光灿烂，银汉分明的夜晚，遥遥传来神女衣上玉佩的清脆丁当响；她行云布雨归去，留下了满天的芳香。她这九天上的神仙，为何要到人间来找楚襄王交好呢？

西陵峡自湖北秭归县的香溪至宜昌的南津关，是三峡最后一个峡谷，长达七十六公里。它包括四个著名的小峡，即"兵书宝剑峡"、"牛肝马肺峡"、"崆岭峡"及"灯影峡"，其实，其他不太著名的小峡很多，甚至连在江上航行多年的老船工也说不清。西陵峡峡险滩多，滩上滩下水位相差很大，滩上波平浪静，可下滩时水势湍急，易出危险。

唐代诗人王维到蜀地旅行时，一天早晨船进西陵峡，见到景物与北方相异，引起了对故乡的怀念，因而写了下面这首五言长律：

▷ **晓行巴峡** [王维]

际晓投巴峡，余春忆帝京。

晴江一女浣，朝日众鸡鸣。

水国舟中市，山桥树杪行。

登高万井出，眺迥二流明。

人作殊方语，莺为故国声。

赖多山水趣，稍解别离情。

[译文] 天刚亮时进入西陵峡，在这暮春的时候想起了长安。大江边有一个姑娘在洗衣，朝日初升众鸡啼鸣。水乡的人在船上进行集市贸易，山腰间桥上的人们好像在树梢上行走。登高

一望，山谷中的村落人家（万井指村落人家）历历在目；远眺东西，长江上下流尽入眼底。这里的人们讲着难懂的异乡语言，可莺儿的歌声却和故乡没有两样。幸好这里有着美妙的山水让我欣赏，而稍稍解除了我远别故乡的思念之情。

船经过西陵峡中最后一个小峡灯影峡后，不远即到南津关，这是西陵峡的东口，也是整个长江三峡的终点。长江出南津关后，向南转一个近九十度的大弯，进入宽广的丘陵地带，险滩恶浪随即消失了。

诗人李白在唐玄宗开元十二年（公元724年）二十四岁时，离开他长大的蜀地，乘船沿长江东下，在长江中下游一带度过了十几年的漫游生活。李白在船出三峡后，写下了下面这首五律。

▶ 渡荆门送别　　[李白]

渡远荆门外，来从楚国游。
山随平野尽，江入大荒流。
月下飞天镜，云生结海楼。
仍怜故乡水，万里送行舟。

[译文] 我出蜀远行，船向荆门山之外驶去，准备到古楚国故地（今湖北、湖南一带）游览。三峡绮丽的群山延续到荆门，已变成平坦的郊原。浩荡的长江流入了广阔无际的平野。月影映入江中，好像空中飞下的明镜；江上涌起了变幻的云彩，犹如不可捉摸的海市蜃楼。从我故乡流来的长江水啊！不远万里一直送着我的小船。

前人评论说：诗的三、四句"山随平野尽，江入大荒流"与杜甫《旅夜书怀》诗中的"星垂平野阔，月涌大江流"相似，李白写的是白天景色，杜甫写的夜景；李白是在行驶的船中眺望，而杜甫是停舟江畔细看，因此各有其妙。

遥望洞庭山水翠

长江由江陵南流，那弯弯曲曲、回肠九转的河道延伸了二百多公里后，到了唐代时我国第一大湖——洞庭湖。

在远古时代，我国有一个巨大的湖泊，名叫云梦泽。它的面积可能占据了今湖北省南部和湖南省北部。由地质学可以知道，湖泊的寿命是很短的，大多数不超过一两万年，甚至只经过几千年就被完全淤平。云梦泽也不例外，在距今两千多年前的春秋战国时代，它已经不是一个连成一片的大湖了，变成许多星罗棋布的较小湖泊，其间被沼泽地带隔开。

洞庭湖物产丰富，沿湖一带更是我国著名的鱼米之乡。可由于长期以来不注意生态平衡，滥伐森林，加上不合理的围湖造田，以及长江及湘、资、沅、澧水上游水土流失严重，大量泥沙带入湖中沉积淤塞，使湖面迅速减小。据记载，1825 年湖面积六千二百七十平方公里，1949 年为四千三百五十平方公里，到 1979 年，湖面积仅为二千七百四十平方公里，并已被分割成七里湖、目平湖、南洞庭湖和东洞庭湖四个部分。按目前淤积速度，约一百年后，洞庭湖将会从地图上消失。

在唐代，洞庭湖比现在要广阔得多，如按周长四百公里计算，则其面积将在一万平方公里以上。当时湖上烟波浩渺，一望无际，人们泛舟其中，引起无限遐想，许多神话传说也随之产生。

在广阔的洞庭湖上，日出、日落和月夜的美景，是十分迷人的。唐玄宗时的宰相张说，在开元四年（公元 716 年）贬官为岳州刺史。岳州在洞庭湖畔，张说公余之暇，常在湖中泛舟游览。下面这首七绝，就很好地描写了湖中日落时的美妙情景。

▷ **和尹从事懋泛洞庭**　　[张说]

平湖一望水连天，林景千寻下洞泉。
忽惊水上光华满，疑是乘舟到日边。

［译文］平广的湖水远接天边，在夕阳西下、树林阴影长达千寻的时候来湖中泛舟（"寻"为古长度单位，每寻约为2.6米）。忽然水面上波光粼粼光华耀眼，使人怀疑是否船儿来到了太阳的旁边。

唐代时洞庭湖的秋水，分外清澈，我们可以看看诗人唐温如在他所写的七绝《题龙阳县青草湖》中的描述。

▶ 题龙阳县青草湖　　［唐温如］

西风吹老洞庭波，一夜湘君白发多。

醉后不知天在水，满船清梦压星河。

［译文］秋日的西风，不断掀起洞庭湖的波涛。时光的流逝，使水神湘君在一夜之间，竟添了更多的白发。我喝醉了，不知道天空倒映在湖水中，醉后梦中只觉得我的船儿漂浮在布满星星的银河上。

诗题中的龙阳县，为今湖南省汉寿县。青草湖因湖的南面有青草山，且湖中多青草而得名，它与洞庭湖自古相通，常二湖并称，故题青草湖而咏洞庭。这首诗写洞庭秋景别出心裁，深秋夜空晴朗，银河和群星倍加明亮，它们倒映在清澈的湖水中。喝醉了的诗人在朦胧的梦境中，真觉得自己是泛舟于银河之上，飘飘欲仙了。

在洞庭湖中，唐代时有一个小岛君山，又名洞庭山。由于有了它，使洞庭风光更加美丽。

▶ 望洞庭　　［刘禹锡］

湖光秋月两相和，潭面无风镜未磨。

遥望洞庭山水翠，白银盘里一青螺。

［译文］秋天的澄月和湖光交相辉映，平静无风的湖面在朦胧的夜色中，犹如尚未磨亮的铜镜。远眺洞庭湖山水是那样青翠，湖中的君山真像是白银盘中一只用青螺壳雕成的酒杯啊！

诗人在此诗中，将秋月照耀下，平静无风的湖面比作白银盘，见过这种夜景的人，都会知道它是多么地贴切啊！

唐穆宗长庆四年（公元 824 年）八月，诗人刘禹锡自夔州刺史调任和州刺史，他由蜀地沿长江东下赴任，途中经过洞庭湖，写下了《望洞庭》诗。

开元四年（公元 716 年），张说贬官到岳州，他在岳州西城门上修了一座城楼，最初取名为"南楼"，后定名为"岳阳楼"。

唐代宗大历三年（公元 768 年）腊月，杜甫泊舟在岳州城下，登岳阳楼远眺，面对洞庭风光，联系到当时的频繁战乱，写下了著名的五律《登岳阳楼》。

▶ 登岳阳楼　　[杜甫]

昔闻洞庭水，今上岳阳楼。
吴楚东南坼，乾坤日夜浮。
亲朋无一字，老病有孤舟。
戎马关山北，凭轩涕泗流。

[译文] 很早就听说洞庭湖有着广阔的水面，今天真登上了岳阳楼来眺望，在湖的东南方，春秋时吴楚两国的土地被湖水所隔开（坼，分开的意思；此外，此句还有另一种解释，即洞庭湖是那样广阔，好像把东南方的吴和楚的土地打开了个大缺口）。湖面是那样广阔无边，天地日月好像都浮在湖水上。我的亲戚朋友一封信也没有，只有我这个病老头子一个人伴着这孤独的小船。国家西北的边疆还在打仗，靠着岳阳楼的窗口，想起国难和个人身世，我忍不住泪如雨下。

宋朝人方回，在一次上岳阳楼游览时，见楼右壁写了杜甫的五律《登岳阳楼》，左壁写孟浩然的五律《临洞庭湖》，不禁感慨地说："岳阳楼天下壮观，孟、杜二诗尽之矣。"又说："后人自不敢复题也。"由此可见，孟、杜这两首诗自古以来就被人们认为是咏洞庭湖的绝唱。

唐宪宗元和十四年（公元 819 年）春天，诗人白居易由江州司马调任忠州刺史。诗人乘船沿长江而上，在经过岳州时，登上岳阳楼游赏，题了下面这首七律：

▶ 题岳阳楼　　[白居易]

岳阳城下水漫漫，独上危楼凭曲栏。
春岸绿时连梦泽，夕波红处近长安。
猿攀树立啼何苦，雁点湖飞渡亦难。
此地唯堪画图障，华堂张与贵人看。

[译文] 岳阳城下湖水无边无际，我独自登上高耸的岳阳楼倚着栏杆眺望。春天湖岸绿时，大水连着云梦泽，看见夕阳落下的西方，使我想起长安。猿猴攀着树站立，啼声是多么悲苦，大雁贴着湖面飞行，要渡过也很困难。这块美丽的地方真应该绘成图画，张挂在豪华的厅堂上让贵人们欣赏。

白居易诗第四句用了一个典故。晋明帝为元帝之子，在他才几岁时，很得元帝的喜欢。一次他坐在元帝膝前，正好有使臣从长安来，于是元帝问这个才几岁的儿子说："你说太阳与长安哪个远？"回答说："太阳远，因为从没听说有人从太阳边上来，由此就可知了。"元帝听后很高兴。第二天，设宴招待群臣，元帝又问这小家伙太阳和长安哪个远。回答说："长安远。"元帝一听小家伙改了口，以为他答错了，不禁吃了一惊，就问他说："怎么和昨天说的不一样？"回答说："抬头可以看见太阳，可看不见长安，所以长安远。"元帝听罢大为高兴。白居易这第四句诗据说也有这个意思：即自己官职由江州司马升为忠州刺史，不仅地理位置近了长安一步，由于升官而与皇帝关系也更亲近了。

经洞庭湖沿长江东下，不久可到今湖北蒲圻，蒲圻西北四十多公里处的长江南岸，就是赤壁，是三国时著名的赤壁之战的战场。

当年曹操的二十余万大军，在这里被东吴杰出统帅周瑜指挥的仅四万人的孙权刘备联军彻底打败，奠定了三分天下的基础。

唐代诗人杜牧，在一次经过赤壁古战场时，回想起三国时代那场决定性的战役和年轻统帅周瑜的功绩，写了下面这首著名的七绝：

▶ **赤壁**　［杜牧］

折戟沉沙铁未销，自将磨洗认前朝。

东风不与周郎便，铜雀春深锁二乔。

[**译文**] 在水底沙中沉埋了六百多年的一支断铁戟，还没有完全锈蚀掉，现在挖掘了出来。我拿它来磨洗了一番，认出了这是赤壁之战的遗物。当年若没有东风助周瑜火攻成功，那大乔和小乔就不免被掳，关到曹操建来享乐的铜雀台上了。

据《吴志·周瑜传》载，桥公有两个极其漂亮的女儿，大桥嫁给了孙权的哥哥孙策，小桥嫁给了周瑜（古代"桥"字与"乔"字通用）。铜雀台是曹操在建安十五年（公元210年）建的高台，因楼顶铸有大铜雀而得名。故址在邺城（今河北临漳县西）。

在当年赤壁大战的地方，有一座南屏山，临江的一侧岩壁上，刻着"赤壁"二字，每个字长一米半，宽一米。相传是周瑜在江上举行庆功宴时所写。山石呈赭色，传说是火烧赤壁时，连山上石头都烧焦了。南屏山上建有武侯宫（又名拜风台），据说是诸葛亮当年作法借东风的地方。在文物陈列室中，陈列了两千多件当年的文物，如赤壁大战使用过的箭镞、刀枪剑戟等兵器以及铜钱等。

此地空余黄鹤楼

唐代鄂州（今湖北武昌）的名胜黄鹤楼，位于长江之滨，蛇山的黄鹄矶头。据记载，它始建于三国东吴大帝孙权黄武二年（公元 223 年），距今已有一千七百多年。

关于黄鹤楼名称的来历，传说是因为有仙人王子安曾骑仙鹤经过此地而得名；也有说三国时蜀国大臣费文伟成仙以后，曾骑黄鹤到此地休息。不过据研究一般认为，黄鹤楼起源于黄鹤山，即今蛇山的古名。

一千多年来，黄鹤楼历经兴废，它曾多次重建，又多次在战乱中被毁。最近的一次重建在清同治七年至八年间（公元 1868 年至1869 年），可在十六年后，即清光绪十年（公元 1884 年），它又被烧成一片废墟。

传说诗人李白在壮年时一次游黄鹤楼，从楼上见到长江美景，诗兴大发，正想题诗留念时，忽然抬头看见诗人崔颢题在黄鹤楼上的一首七律：

▶ 黄鹤楼　　[崔颢]

昔人已乘黄鹤去，此地空余黄鹤楼。

黄鹤一去不复返，白云千载空悠悠。

晴川历历汉阳树，芳草萋萋鹦鹉洲。

日暮乡关何处是，烟波江上使人愁。

[译文] 古代的仙人王子安已骑黄鹤飞走了，这里只空余下一座黄鹤楼。黄鹤一去再也不回来，千百年来，白云飘浮，依然如故。晴天眺望对岸，汉阳的树历历在目，江心鹦鹉洲上的春草多么繁茂。暮色来临，我的故乡在哪里？在这烟波弥漫的江上使人愁思萦回。

李白一看崔颢的《黄鹤楼》诗写得太精彩了，自己写出来也不如他，只好搁笔，并叹道："眼前有景道不得，崔颢题诗在上头。"

李白在游黄鹤楼时，虽然因有崔颢题诗在上，因而发出了"眼前有景道不得"的感叹，可是，李白一直记住此事，总想有机会写一首诗和崔颢的这首《黄鹤楼》媲美。唐玄宗天宝六年（公元747年），李白在游金陵凤凰台时，用崔颢这首诗的韵写了下面这首七律。

▶ **登金陵凤凰台** ［李白］

凤凰台上凤凰游，凤去台空江自流。

吴宫花草埋幽径，晋代衣冠成古丘。

三山半落青天外，二水中分白鹭洲。

总为浮云能蔽日，长安不见使人愁。

李白这首诗也是历来传诵的名作。凤凰台在今南京市城西南花露岗仓顶一带，相传南朝刘宋元嘉年间。有三只凤凰飞集此处，当时的人就在这里修了凤凰台，山也因此得名。诗第三、四句说吴国（三国时吴国首都建业即今南京）王宫内种满花草的园林已成为荒凉的小路，晋代（东晋也建都在金陵）的王公贵人都死去了，只留下一座座古坟；第五、六句写在凤凰台上遥望，长江东岸的三山矶半隐在天外云雾中，挡在秦淮河口的白鹭洲将河流一分为二（唐代时，在秦淮河流入长江的河口有白鹭洲，将秦淮河水分为两股流入长江，诗中二水亦作一水，意思一样）；最后两句说奸臣们蒙蔽了皇帝，就像浮云遮住太阳一样，我在凤凰台上看不见长安，使人是多么的忧愁。

唐代安史之乱时，诗人李白因永王李璘事获罪，被流放至夜郎（今贵州桐梓一带）。李白在去流放地途中经过江夏（今武昌）时，又一次与友人史钦游历了黄鹤楼，诗人此时心情忧郁，思念家乡，借眼前之景，吟成了下面这首七绝：

▶ **与史郎中钦听黄鹤楼吹笛** ［李白］

一为迁客去长沙，西望长安不见家。

黄鹤楼中吹玉笛，江城五月落梅花。

［译文］我像西汉的贾谊一样，被流放到南方去（"迁客"指西汉文帝时的贾谊，他被贬为长沙王的太傅，李白在诗中用

以自比）。故乡是那么遥远，从江夏是望不见了。有人在黄鹤楼上吹起了笛子，那《梅花落》的忧伤旋律，传遍了这五月中的江畔城市江夏（《梅花落》是著名的笛子乐曲，悲凉而忧伤，与李白当时心情相应）。

绿净春深好染衣

汉江，亦称汉水，全长一千五百三十多公里，从长度上看，它是长江最大的支流。汉水发源于陕西宁羌的嶓冢山，因为首先流经历史名城汉中而得名，而在它汇入长江处的城市，也得名为"汉口"——汉水之口。

不过"汉口"这个地名，是在20世纪初年才使用的，在古代时，这里主要称作"夏口"。

汉水的中上游，水色清澈碧绿，风景秀丽。唐代大诗人杜牧，于唐文宗开成四年（公元839年）由宣州（今安徽宣城）出发，到浔阳（今江西九江）后，乘船溯长江而上，入汉水，经南阳、武关、商州至长安。在船经汉水时，诗人有感于江上的春色，写了下面这首七绝：

▶ **汉江**　　[杜牧]

溶溶漾漾白鸥飞，绿净春深好染衣。
南去北来人自老，夕阳长送钓船归。

[**译文**] 汉江里水波荡漾漾白鸥掠飞，碧绿的春水好像能够染衣。沿着汉水人们南去北来，时光就这样过去了（汉水由西北向东南流，故说南去北来），每天那西下的夕阳都送着捕鱼的船儿归去。

唐代诗人王维，写有一首五律《汉江临眺》，精彩地描绘了汉江的优美景色。

▶ 汉江临眺　　［王维］

楚塞三湘接，荆门九派通。

江流天地外，山色有无中。

郡邑浮前浦，波澜动远空。

襄阳好风日，留醉与山翁。

　　[译文]　汉江经过楚国的地界（今湖北为古楚国领土）连接着三湘（此处三湘指湘江与它的支流蒸水、潇水和漓水的总称。不过现代漓江流入珠江的上游西江，不再是湘江的支流），西连荆门东达九江。极目远眺，汉江水无边无际，好像流出了天地之外，远山若隐若现，似有似无。宏大的水势，使城镇也好像浮于其上。汹涌的波涛，在天际远空还翻滚不停。襄阳的风光太美了，真想与山翁一起，留在这里喝它一醉。

　　此诗的题名也作《汉江临泛》，即在汉江上泛舟的意思，从诗意看，用"临眺"（登高望远）似乎更好一些。这首诗描写汉江的景色非常逼真，历来为人们传诵，唐代诗人权德舆在他写的五言诗《晚渡扬子江却寄江南亲故》中，有"远岫有无中"的句子，显然是化用了"山色有无中"；北宋著名文学家欧阳修所写的词《朝中措·平山堂》，头两句就是："平山栏槛倚晴空，山色有无中。"直接引用了王维的诗句。

　　《汉江临眺》最后一句的山翁，指晋代的山简，他是竹林七贤之一山涛的儿子，在任征南将军镇守荆州襄阳一带时，常去当地豪族习氏的园林习家池宴饮，每饮必至沉醉。

日照香炉生紫烟

　　庐山位于江西九江与鄱阳湖之间，最高峰海拔一千五百多米。庐山山势雄伟，景色秀丽，尤其是它在夏季时那凉爽的气候，正好和山下的武汉、九江一带火炉般的酷热成对比，因此庐山成为著名的避暑和游览胜地。

　　元和十二年（公元 817 年）四月九日，白居易与河南元集虚等十七人在庐山游览。从遗爱寺及草堂出发，登香炉峰，在大林寺住宿。大林寺位置偏僻在山深处，附近景色优美，有清流苍石，短松瘦竹。同时，寺中时节比山外晚得多，四月了还像正月二月一样，梨花桃花刚开，好像到了另一世界，于是作者诗兴大发，写了一首非常精彩的七绝《大林寺桃花》。

▶ **大林寺桃花**　　[白居易]

　　人间四月芳菲尽，山寺桃花始盛开。

　　长恨春归无觅处，不知转入此中来。

　　[**译文**]　四月天人世间春天过去花已凋谢，可大林寺中桃花刚刚盛开。经常恨春天归去了无处寻找，谁知她转到了大林寺中。

　　唐玄宗开元十三年（公元 725 年）春三月，诗人李白初次出蜀地漫游，他来到庐山，登上香炉峰，欣赏峰南的瀑布，写下了两首著名的《望庐山瀑布》。

▶ **望庐山瀑布**　　[李白]

（一）

　　西登香炉峰，南见瀑布水。

　　挂流三百丈，喷壑数十里。

　　欻如飞电来，隐若白虹起。

初惊河汉落，半洒云天里。
仰观势转雄，壮哉造化功。
海风吹不断，江月照还空。
空中乱潈射，左右洗青壁。
飞珠散轻霞，流沫拂穹石。
而我乐名山，对之心益闲。
无论漱琼液，且得洗尘颜。
且谐宿所好，永愿辞人间。

（二）

日照香炉生紫烟，遥看瀑布挂前川。
飞流直下三千尺，疑是银河落九天。

〔**译文一**〕我登上庐山西北部的香炉峰，向南看见了瀑布。它从三百丈的高处流下，冲的坑谷广达数十里。它犹如突然闪现的电光，又像是隐约起了一条白虹。使人惊异是否银河从天上落下，在半空中四向飞洒。仰看气势更加雄伟，大自然的力量可真够了不起的。强烈的海风吹它不断，江上的月亮照着它好像空而无物。空中水流杂乱喷射（"潈"音 cóng，"潈射"即喷射），冲洗着左右青色的峭壁。飞散的水珠犹如轻盈的云霞，落下的水带着泡沫流过大石。我因为爱这名山，对着这飞泻的瀑布内心变得更为安闲适意。这瀑布水虽不是神仙的琼液，但至少可以洗涤脸上的尘垢。这正适合于我自己原来的爱好，永远脱离人世间的俗事。

〔**译文二**〕在阳光的照射下，香炉峰升腾起紫色的烟雾。老远就看见瀑布挂在山前。它从三千尺的高处飞流直下，使人怀疑是否银河从天空最高处落下来了。

此诗的第一句，也有人将"日照"解释成庐山日照峰，于是这句意思变成："日照峰和香炉峰升腾起紫色烟雾"。不过从诗的意境看，以及从第一首诗头两句看，日照还是解释成阳光照射下为佳。另外据目前所知，日照峰在庐山的牯岭附近北方，而香炉峰远在牯岭之南，二者相距十余公里，不可能同时望见。李白在诗中所写的瀑布，现代一般认为是香炉峰之东的开先瀑布。它在枯水季节细流泪涓，宛如一线。可一到汛期，则飞流猛泻，如同一匹白绢悬在空中，在阳光照耀下，更加壮观。

在唐人描述庐山瀑布水的诗歌中，下面这首五律，是被认为能够和李白的作品媲美的名篇。

▶ 湖口望庐山瀑布水　　　[张九龄]

万丈红泉落，迢迢半紫氛。
奔飞下杂树，洒落出重云。
日照虹霓似，天清风雨闻。
灵山多秀色，空水共氤氲。

[译文] 在阳光映照下，五彩缤纷的瀑布从万丈高处落下，溅起的水雾犹如紫烟。远眺它好似从高高的杂树顶上奔流而下，又像是从半天的重重云雾中洒落。太阳照射这瀑布水，像是彩色的虹霓，晴朗的天空听见了风雨的声音。庐山景色多么秀丽，飞扬的水雾和烟云混成一片，布满了晴空。

诗的作者张九龄，是唐玄宗开元年间的著名贤相。诗题中的湖口是唐代地名，位于鄱阳湖与长江连通处。春夏季雨水多时，庐山瀑布水量丰富，因此在鄱阳湖便可远远望见。

滕王高阁临江渚

在鄱阳湖南面赣江的东岸，有着唐代时赣江流域的政治、经济和文化中心洪州（今江西南昌）。洪州因地处鱼米之乡，水陆交通比较发达，唐代时南来北往的客商都要过此，大量货物在此集散，因而成了热闹非常的商业城市。

洪州在远古时代叫做"豫章"，后又用过"南昌"、"钟陵"等名称，因而在唐诗中都有见到。豫章在春秋时属吴，吴灭于越而属越，越灭于楚而成为楚国的属地。

唐太宗李世民有亲兄弟二十余人，最小的弟弟李元婴，于贞观十三年（公元639年）封为滕王。太宗死后，滕王仗着自己是皇帝高宗叔父的身份，经常胡作非为，例如出猎时用弹弓弹人，冬天将人脱光衣服埋在雪中取乐等等，因此，曾受到唐高宗专门下诏书申斥。唐高宗显庆三年（公元658年），滕王被任命为洪州都督，次年，为了与僚属一起登高宴乐，修建了一所高阁，这就是历千年而不衰的滕王阁。

唐高宗龙朔三年（公元663年）秋天，初唐四杰之一的王勃年方十四岁，但已因文才过人而闻名于世。这年，他父亲任六合县令。王前去看望父亲，旅途中经过洪州。当时洪州都督是阎伯屿，他的女婿吴子章善写文章。阎想显示女婿的才华，于重阳节在滕王阁上大摆宴席，计划让吴在席上写一篇滕王阁序，以在宾客面前夸耀。王勃也应邀参加了宴会，因为年纪太小，坐在末座。

宴会开始后不久，阎说希望在席上有人写一篇滕王阁序，叫人拿来笔墨，依次在宾客中传送。客人们都知道阎的意思是叫自己女婿露一手，因此都谦让说不行。谁知笔墨传到王勃面前时，小小年纪的王勃居然毫不推辞，接下了笔墨。阎伯屿很不高兴，借口上厕所离开了宴席，派一个部下看王勃下笔，随时禀报。一开始，部下报告说王勃写的头两句是："南昌故郡，洪州新府。"阎一听笑道："这是老生常谈。"第二次报告说写的："星分翼轸，地接衡庐。"阎听后说："这是旧事。"又报来说："襟三江而带五湖，控蛮荆而引瓯越。"阎不做声了。接着又报了多句，阎连连点头；到报至"落霞与孤鹜齐飞，秋水共长天一色"时，阎不禁拍案而起，赞叹道："这篇文章可以不朽了。"他立即回到宴会上，用大杯向王勃敬酒，以表祝贺。

就是因为王勃写了这篇传世而不朽的文章《滕王阁序》，使滕王阁名闻天下，历千年而不衰。在《滕王阁序》的最后，王勃附了一首七律《滕王阁》，这也是咏滕王阁的名作。

▶ **滕王阁** [王勃]

滕王高阁临江渚，佩玉鸣鸾罢歌舞。
画栋朝飞南浦云，珠帘暮卷西山雨。
闲云潭影日悠悠，物换星移几度秋。
阁中帝子今何在，槛外长江空自流。

[译文] 高高的滕王阁对着赣江中的小沙洲；阁上的宴席已散，歌舞停歇，客人们在佩玉和车上响铃的声中归去了。早上，南浦吹来的云在彩画的梁上飞舞；傍晚，卷起阁上华美的帘子，可以遥望西山（在今南昌市西郊）的细雨。一天又一天，深潭上总是映着自由自在飘浮的云影；事物变换，星宿运移，岁月消逝，许多年过去了。当年在阁中欢宴听歌看舞的滕王，如今到哪里去了？只有长长的赣江在栏杆外缓缓北流。

中唐诗人李涉，青年时曾登临过滕王阁，二十年后，诗人来到洪州，再次登上此阁，想起自己在官场中的坎坷遭遇，感慨不已，写了下面这首七绝：

▶ **重登滕王阁** [李涉]

滕王阁上唱伊州，二十年前向此游。
半是半非君莫问，西山长在水长流。

[译文] 我在滕王阁上唱起了伊州（"伊州"是曲调名称。唐代在天宝年间以后，乐曲常以地方为名，如凉州、甘州、伊州。伊州旧址在今新疆哈密），二十年前就曾登临游览。回想起这半辈子一会儿升迁，一会儿又贬官，真不值得一谈；像当年一样不变的，只有洪州西郊的青山长在，赣江的绿水长流。

唐代滕王阁的旧址，在今江西南昌市章江门和广润门之间。一千多年以来，滕王阁毁而重建达二十八次。清代末年，在唐代旧址不远处又一次重建。1926 年，这座清代建的滕王阁被北洋军阀邓如琢烧毁。六十年后，1985 年在南昌市的赣江和抚河的交汇处，又新建了滕王阁。新阁背城临江，距东侧唐代旧址百余米，离南边的清代旧阁址约三百米。新阁参照宋代画的滕王阁图设计，为一座宋式古建筑。阁高五十四米半，共九层，雄伟壮观而又瑰丽典雅。

唐玄宗开元十三年（公元 725 年），李白初次出蜀漫游到当涂，他曾经远眺长江上险峻的天门山，并写下了一首极其精彩的七绝《望天门山》。

▶ 望天门山　　[李白]

天门中断楚江开，碧水东流至此回。
两岸青山相对出，孤帆一片日边来。

[译文] 汹涌的长江水，从中冲断了天门山。东流的江水至此，被天门山绝壁所阻，折向北流。两岸青山相继映入眼帘，旭日东升，一片白帆从日边缓缓驶来。

天门山在哪里？它就位于今安徽芜湖至当涂之间的长江岸上，在当涂县西南约十余公里处。它是东西两山夹长江对峙，宛如山被长江冲断。根据古书的记载，隔江相对的二山东叫博望山，西叫梁山，也叫天门。现代则称东边当涂县境的山为东梁山，西边和县境的山为西梁山，二者合称天门山。东西梁山并不高，海拔仅八十多米至一百多米，但临江处壁立陡削，非常险峻。

位于天门山下游不远处的当涂，在唐诗爱好者中是久负盛名的。首先是因为诗仙李白多次来此游览，留下了众多的古迹与佳作，最后诗仙就长眠在这里。

六朝如梦鸟空啼

南京，在我国历史上曾作为十个朝代的首都，前后近四百五十年。它与西安、洛阳、北京合称我国的四大古都。在古代，它不叫南京，而是有着很多名称：战国时楚国称它"金陵"、秦汉时称"秣陵"、东吴时称"建业"、晋代称"建康"或"江宁"、唐代叫过"白下"、唐及宋时又曾改称"升州"，直到公元 1368 年，明太祖朱元璋以开封为北京，此地为南京，于是才第一次有了"南京"的名称。由这个名称的变迁我们也可以知道，在唐诗中此地被称为金陵、建业、建康、江宁等，公元 212 年的三国时代，东吴孙权在金陵邑的废墟上建了一座石头城，并定都于此，因此石头城有时也作为南京的别名。

南京的地理形势，素有"虎踞龙蟠"之称。三国赤壁之战时，诸葛亮到东吴去，途经秣陵，骑马登石头山（今清凉山）眺望，见东南有钟山像龙一样地蟠曲在原野上，而西边又有石头山如猛虎似地蹲踞在长江边。因此在见到孙权后，曾用"钟阜龙蟠，石头虎踞"来形容南京地势的雄伟险峻，建议孙权迁都秣陵。

唐穆宗长庆年间（公元 821 年至 824 年），诗人元稹、刘禹锡和韦楚客三人，在白居易家中聚会。大家谈论起三国和晋代的兴亡史，很有感慨，于是商议各赋一首有关金陵的怀古诗。刘禹锡给自己斟了一满杯酒，慢慢地喝着，酒饮完，一首七律就写出来了。白居易拿来一看，惊叹道："我们四个人一起去探骊龙（黑龙），你一个人首先得了龙珠，那我们要龙鳞龙爪有何用处呢！"于是白、元、韦三位诗人都搁笔不再写了。

刘禹锡这首使白居易赞叹为龙珠、使三位诗人心服而不敢再写的好诗，就是七律《西塞山怀古》。

▶ 西塞山怀古　　[刘禹锡]

王濬楼船下益州，金陵王气黯然收。

千寻铁锁沉江底，一片降幡出石头。

人世几回伤往事，山形依旧枕寒流。

今逢四海为家日，故垒萧萧芦荻秋。

[译文] 西晋大将王濬率领的战船从益州（今四川成都）顺流东下，金陵的王霸之气黯然消歇，东吴政权处在风雨飘摇之中。封锁长江险处的千寻（寻为古长度名，一寻长八尺）铁链，被烧断沉到江底，东吴朝廷只好从石头城中举起白旗投降了。人们常常为在金陵建都的几个王朝的灭亡而伤感，可西塞山却还是依旧伴着长江，没有变化。现在已经是四海一家，天下统一了，旧日的堡垒已荒凉不堪，只有那芦荻在秋风中萧萧作响。

刘禹锡此诗，写的西晋王朝灭亡东吴的故事。公元280年，晋武帝司马炎下令灭吴，发兵二十余万，分六路进攻。益州刺史王濬造了高大的战船，率水军八万沿长江而下。东吴造了长长的铁链，将长江险要处拦住，同时在江心安了一些大铁椎，企图阻止战船通过。王濬用大木筏为先锋，木筏触铁椎即将椎带走。又用粗数十围，长十余丈的大火炬烧熔了拦江铁链。据《资治通鉴》记载，王濬烧断铁链后，占领了夷陵（今湖北宜昌），然后再继续东下进攻东吴首都建康。由此可知，东吴用长铁链锁江的地方，必定在南津关之西的三峡中。因为三峡江面狭窄，有可能用铁链拦江，同时有水浅的险滩，滩上可以安大铁椎，如果在出三峡后，长江变宽而且没有浅滩，以古代的技术条件，用铁链锁江及在江底安大铁椎阻船，都是不可能的。三月，西晋大军直抵石头城下，东吴国君孙皓被迫自己反缚住双手，抬着棺材向西晋军队投降。

建都于金陵的东晋灭亡后，接着立国的四个短暂王朝宋、齐、梁和陈，总称南朝。南朝时，皇帝居住和办公的地方，即宫廷，叫做禁省，又称做台，故禁城亦称台城。

南朝一些奢侈无度的帝王们，像比赛一样，一个个在台城中造起豪华的宫殿。东晋后期，就曾建造宏伟的建康宫；南朝的宋孝武帝和宋明帝，则造了更奢华的玉烛殿和紫极殿。更甚的是齐朝的亡国之君东昏侯，他建造的芳乐殿、永寿殿、玉寿殿和神仙殿的华美，超过了前朝所有的宫殿。东昏侯又将台城内的阅武堂改为芳乐苑，种上花卉树木，连山石都涂上彩色。金陵城的老百姓编了歌谣骂道："阅武堂，种杨柳，至尊（即皇帝）屠肉，潘妃沽酒。"这样荒唐的统治者，当然长不了，不久即被梁武帝灭亡。

梁武帝为加强防务，把台城城墙增为三重，又大肆扩建建康宫的太极殿。可是，由于他盲目信任的野心家侯景叛变，将他围在坚固的台城中，最后被饿死。可见，再坚固的城池，也保护不了这帮昏庸帝王们的性命。

南朝台城的多次兴衰变迁，成为唐代诗人吟咏的好题材。很多诗人都曾用《台城》这个诗题写过诗歌，其中最著名的应是唐末诗人韦庄的七绝。

▷ **台城**　　[韦庄]

江雨霏霏江草齐，六朝如梦鸟空啼。

无情最是台城柳，依旧烟笼千里堤。

[译文] 长江上细雨霏霏，长江之滨野草长得那样茂盛。六朝（六朝指先后建都于金陵的东吴、东晋和宋、齐、梁、陈）时代的繁华，像梦境一样地消逝了，剩下的只有鸟儿在白白地啼叫。那台城的杨柳对这人世间的兴亡是最无动于衷了，一到春天，它仍旧长条拂地飞絮漫天，将十里长堤笼罩在青翠的烟雾之中。

此诗一名《金陵图》，系唐僖宗光启三年（公元 887 年），作者五十二岁经过金陵时所作。韦庄是唐末的诗人，他亲眼看到了唐王朝的灭亡。此诗表面上看虽是吊古，慨叹金陵的盛衰变迁，实际上却是伤今，对唐王朝的衰亡寄以深深的哀思。这在他的一些其他作品中，也常有所流露。

东晋初年，在金陵的北湖（今玄武湖）南岸，修了一条长约五公里的堤，东起履舟山北麓，西达幕府山。这条长堤大约就是韦庄这首七绝中所指的"十里堤"。

唐穆宗长庆四年至唐敬宗宝历二年（公元824年至826年），诗人刘禹锡任和州刺史，离金陵不远，可他一直没有去过，很感遗憾，甚至恨不得踮起脚跟远眺一番。正好有客人写了一组诗《金陵五题》送给他看，刘读了这组诗后，有所启发，也写了一组《金陵五题》，共五首七绝，即：《石头城》《乌衣巷》《台城》《生公讲堂》和《江令宅》。这五首诗都写的是金陵的古迹，诗人通过对这些古迹的吟咏，感叹六朝繁华的消逝，并使人们联想起这几个朝代兴亡的历史教训。

刘禹锡的《金陵五题》中，最佳的是第一首《石头城》。据说诗人白居易对《金陵五题》曾反复吟诵，赞赏不已。第二首《乌衣巷》，同样是传诵的佳作。石头城即南京的别名，乌衣巷是东晋时，掌握朝廷政权的王导、谢安等豪门贵族的聚居之地，位于秦淮河南，离朱雀桥不远。乌衣巷在东吴时，为军队"乌衣营"的驻地，此营军士全穿黑衣，由此而得名。

▶ **石头城** ［刘禹锡］

山围故国周遭在，潮打空城寂寞回。
淮水东边旧时月，夜深还过女墙来。

［译文］ 故都金陵依旧在群山环抱之中，长江潮水的浪花拍打着荒凉的空城。那看过六朝时繁华景象的月亮，又在秦淮河的东边升起，夜深时孤零零地照着残破的城头短墙。

石头城在唐初时被废弃，到刘禹锡写《金陵五题·石头城》时，已荒废了二百年。因此在《石头城》诗中，充满了惆怅与感伤。

▶ **乌衣巷** ［刘禹锡］

朱雀桥边野草花，乌衣巷口夕阳斜。

旧时王谢堂前燕，飞入寻常百姓家。

[译文] 朱雀桥（当时秦淮河上的一座浮桥）边长满了正在开花的野草，暗淡的夕阳斜照着荒凉残破的乌衣巷。东晋时在王、谢两大家族华贵厅堂上筑巢的燕子，如今只好飞入寻常的百姓家里筑巢了。

秦淮河是一条流经南京的小河，全长约一百余公里。从六朝起，流经金陵的秦淮河南岸，酒楼和娱乐场所林立，河中船只往来如梭，灯火密集，每晚丝竹之声喧天，通宵达旦，是历代达官贵人、豪客富商们寻欢作乐的地方。

六朝只知荒淫享乐的陈后主，作有艳曲《玉树后庭花》在宫中演唱，最后陈朝被隋所灭。唐诗人杜牧在夜泊秦淮时，听到对岸传来歌女所唱的《玉树后庭花》的歌声，不禁忧国伤时，写下了脍炙人口的杰作七绝《泊秦淮》。

▶ **泊秦淮** [杜牧]

烟笼寒水月笼沙，夜泊秦淮近酒家。
商女不知亡国恨，隔江犹唱后庭花。

[译文] 迷茫的雾气笼罩在凉冷的水面上，朦胧的月色笼漫洒沙洲。船儿在秦淮河畔一家酒店附近停泊了。你听对岸正传来歌女唱的《玉树后庭花》呢！她哪里知道这是亡国的靡靡之音啊！

唐朝诗人杜牧还写有一首非常著名的描述江南春天景色的七绝《江南春绝句》。

▶ **江南春绝句** [杜牧]

千里莺啼绿映红，水村山郭酒旗风。
南朝四百八十寺，多少楼台烟雨中。

[译文] 千里江南，莺啼燕语，嫩绿的垂杨映着艳红的鲜花。依山有城郭，临水有村庄，酒店的旗子迎风招展。在这景色秀丽的江南，南朝留下来了四五百所寺院，那些宏伟富丽的楼阁，有多少都峙立在朦胧的烟雨之中啊！

佛教虽在西汉哀帝时即已传入中国，可在二百五十年后，即公元247年，江南才由东吴孙权在建业（即今南京）建立了第一座建初寺。到南朝时期，由于帝王们的大力支持提倡，佛寺数目迅速增长，据记载，梁武帝时，建康一带的佛寺总数超过了五百所。由此可知，杜牧《江南春》中的"南朝四百八十寺"确有其事，并非诗人的夸张。

两三星火是瓜洲

盛唐诗人、当时即被誉为"诗家天子"、"七绝圣手"的王昌龄，写有极其著名的七绝，这就是任何唐诗选本必选的《芙蓉楼送辛渐》。

▶ 芙蓉楼送辛渐二首　　[王昌龄]

（一）

寒雨连江夜入吴，平明送客楚山孤。

洛阳亲友如相问，一片冰心在玉壶。

（二）

丹阳城东秋海深，丹阳城北楚云阴。

高楼送客不能醉，寂寂寒江明月心。

〔译文一〕深秋寒凉的夜雨洒下长江，我和老友同赴吴地（润州春秋时属于吴国）；晚上在芙蓉楼饯别，次日清晨送友上路，我像那孤峙的楚山一样，伫立在江边不能随他前去。老朋友，洛阳的亲友们如果问起我的情况如何，你告诉他们，我的心像晶亮纯洁的冰，放在澄明剔透的玉壶中，清澈无瑕。

〔译文二〕丹阳（即润州）城东面，秋天的大海是那样深不见底；丹阳城的北面长江彼岸，楚天阴云密布（润州一带战国时为楚国领土，故称"楚云"、"楚山"）。在这高耸的芙蓉楼上饯别好友，我怎么会喝醉呢？你看！那寂静寒冷的长江上映着的一轮明月，就像我的心一样，澄澈清明，洁净无瑕。

此诗实际上是一组两首，因为第一首太著名了，第二首便相对不为人所知。诗题中的"芙蓉楼"在哪里？它在唐代时的润州（今江苏镇江市）。润州位于江宁（今江苏南京市）之东的长江南岸，与江北的著名繁华都市扬州隔江遥遥相对。自古以来，润州一直是水陆交通枢纽及江防要地。

唐玄宗天宝元年（公元742年）春天，王昌龄被任命为江宁丞。秋天，他的好友辛渐准备到洛阳去，想先从润州渡过长江，取道扬州北上。于是王昌龄陪同辛渐从江宁到润州。当时已是凉冷的深秋了，一路上阴雨连绵，充满寒意。到润州后头天晚上，诗人在芙蓉楼设酒宴为好友饯别，第二天一早到长江边为辛渐送行。上面这两首七绝，就分别记述了这两个动人的场面。

是什么原因才使诗人向洛阳的亲友如此表白呢？综合众多前人的意见，大致有两种看法：一种认为诗人对自己所担任的小官已毫无留恋，表明自己如一片冰心储存在玉壶中，清澈明净，无所牵挂；另一看法认为，诗人由于不拘小节，使得有很多人说他的坏话，处在一种随时可被贬官的环境中。因此他向洛阳亲友表白，自己问心无愧，清白无瑕，可以告慰关心他的人们。

唐代时，长江入海口附近的海岸线，和现代大不一样。当时的长江口像一个大喇叭，润州离海比现代近得多，上诗第一句"丹阳城东秋海深"的海，就指的长江入海口处的海。

中唐诗人张祜，晚年住在曲阿（今江苏丹阳），曾多次在润州和扬州之间往来。一次夜间，张祜寄宿于润州金陵渡头的小山楼，在月亮西斜时眺望大江，朦胧中见到潮水渐落，对岸瓜洲有几点灯火在闪烁，一首七绝就这样形成了，这就是名作《题金陵渡》。

▷ 题金陵渡　[张祜]

金陵津度小山楼，一宿行人自可愁。

潮落夜江斜月里，两三星火是瓜洲。

[译文] 我在金陵渡的小山楼借宿，在这个孤寂难眠的夜晚，旅行在外的愁闷油然而生。黑暗的大江上月光斜照，潮水在回落，远处那三三两两似星的灯火，不正是北岸的瓜洲吗！

在唐诗中，“金陵”多半指江宁（今江苏南京市），但唐代时润州也称金陵，此处诗题金陵渡即指润州北面的长江渡口。

几天之后，张祜从金陵渡过江，到了瓜洲暂住。在次日天将破晓之际，从临江楼上吹起的号角声，打破了江上的宁静，此时此景，促成了诗人的一首七绝《瓜洲闻晓角》。

▷ 瓜洲闻晓角　[张祜]

寒耿稀星照碧霄，月楼吹角夜江遥。

五更人起烟霜静，一曲残声送落潮。

[译文] 寒凉的月光，照着星星稀疏的澄碧天空；高楼上有人在吹号角，角声沿着暗黑的江面远传。我在五更天起来，江上烟雾茫茫地面落满寒霜，四周一片寂静。只有最后的号角声送那回落的潮水归去。

在唐诗中，描绘长江最著名的作品不过几首，其中之一就是盛唐诗人王湾写的五言律诗《次北固山下》。

▷ 次北固山下　[王湾]

客路青山外，行舟绿水前。

潮平两岸阔，风正一帆悬。

海日生残夜，江春入旧年。

乡书何处达，归雁洛阳边。

[译文] 旅客要走的路程，还远在青山之外（也可释为：旅客往来的道路从山中蜿蜒而出，又延伸到青山之外），船儿在水面疾驰，赶过了东流的绿水。潮水涨平了江岸，江面看来无比宽阔，小船顺风前进，一帆高挂。在残存夜色笼罩的江面上，远处一轮红日已缓缓升起。一年还没有过尽，这江南的春天就来到了。我的家信怎样捎回去呢，还是请这北飞的大雁带到洛阳去吧。

此诗还有一个诗题，叫做《江南意》。诗题中的"次"，是旅途中停宿的意思。"北固山"在唐代润州（今江苏镇江市）东北，三面临长江（现在因泥沙淤积成陆地，地形已改变），它与附近的金山、焦山合称"京口三山"。北固山高五十八米，它横枕大江，悬崖高耸，山势险固，因而得名为"北固山"。

《次北固山下》这首律诗中间的两联，描述江上风光异常逼真。尤其是第五、六两句，用人们意想不到的方式写出，江面开阔无碍，故天未大亮太阳已升起。而用"入旧年"三个字形容春天来得早，更是别出新意。"海日生残夜，江春入旧年"这两句，在唐代即已极受赞赏，以至于唐代宰相、著名文学家张说，将这两句诗亲手写在办公的政事堂上，让朝内的其他读书人仔细观摩学习。

唐僖宗时的诗人郑谷，写了下面这首论诗的七绝：

▶ 卷末偶题三首（其一）　[郑谷]

一卷疏芜一百篇，名成未敢暂忘筌。

何如海日生残夜，一句能令万古传。

[译文] 我这一卷诗杂七杂八有诗百篇，现在虽然出了名，可也不敢忘了赖以成名的这些诗作。可它们怎么比得上佳句"海日生残夜"，这一句就可以流传万古了。

诗中的"筌"是捕鱼用的竹器，"忘筌"即别在捕得了鱼以后就忘了筌。

姑苏城外寒山寺

唐代诗人张继，写了一首极其著名的七绝《枫桥夜泊》。

▶ 枫桥夜泊　　[张继]

月落乌啼霜满天，江枫渔火对愁眠。

姑苏城外寒山寺，夜半钟声到客船。

[译文] 夜深了月亮即将落山，在满天的霜花中，被惊醒的乌鸦在啼叫（古人认为，霜是从天上落下来的，故云霜满天）。船儿系在江畔的老枫树上，一盏渔灯如豆。带着无穷愁思的旅客啊，怎么能够入眠！你听！苏州城外寒山寺的钟声，在这夜半的时分遥遥地传入了客船中。

《枫桥夜泊》中的"江枫"二字，一般都像上面那样解释为江边的枫树。近来有人认为，"江枫"指苏州城郊寒山寺附近的江村桥和枫桥。如按此释，则诗第二句的意思应为："船儿停泊在江村桥和枫桥间，一盏渔灯如豆……"这样解释"江枫"，未免太实了一些。

《枫桥夜泊》诗中所写的寒山寺，位于今苏州城西郊五公里处的枫桥镇。寺前有条上塘河，跨河对着寒山寺院下门有一座高高的拱桥，这就是江村桥，建于 1880 年。在江村桥不远，有一座近年建的石拱桥，名叫枫镇桥。

《枫桥夜泊》诗的最后一句"夜半钟声到客船"，宋代著名文学家欧阳修曾认为与事实不符，他在著作《六一诗话》中评论说："诗人贪求好句而理有不通，亦语病也。"意思是说半夜不是寺院敲钟的时候。其实这是欧阳修弄错了，寺院半夜敲钟，在唐代是常事，有大量的唐诗可以为证，例如："夜半隔山钟"（皇甫冉《秋夜宿严维宅》），严维宅在会稽，可知唐时会稽寺院也半夜敲钟；此外还有"隔水悠扬半夜钟"、"遥听缑山半夜钟"、"半夜钟声后"等句。宋代人陈正敏在过苏州时，住在一寺中，夜半听见敲钟，陈问和尚，和尚说："这是分夜钟，有何奇怪。"

枫桥据说本名封桥，它和寒山寺过去都不有名，就因为张继这首杰作《枫桥夜泊》，才使封桥改称枫桥，而与寒山寺一起名闻天下。不过，从下面这两首诗看，枫桥这一名称在张继生活的当时就已有了。

▶ 泊枫桥　　[张继]

江上年年春草，津头日日人行。

借问山阴远近，犹闻薄暮钟声。

[译文] 长江岸边年年春草丛生，长江渡口天天人来人往不断。要问山阴（今浙江绍兴）离这有多远，傍晚好像能听到那里传来的钟声。

张继的《枫桥夜泊》诗，影响非常深远，它很快就传到了日本，并被广泛诵读，几乎成了日本妇孺皆知的好诗。在我国历史上，称赞、化用此诗的作品络绎不绝。

唐代时在寒山寺半夜敲的那口钟早已不存在了。明朝嘉靖年间，又铸造了一口巨钟，并专筑钟楼悬挂。可这口钟在明末时流入日本，目前也不知在何处。日本明治三十八年（公元1905年），日本人士募捐铸了一口小型铜钟，赠送给寒山寺，目前悬挂在大殿右侧。

余杭形胜四方无

唐穆宗长庆初年（公元821年），诗人白居易在首都长安任职。

穆宗是宦官拥立的皇帝，受宦官操纵，只知奢侈享乐，根本不关心朝政。朝内的一些大臣为争权夺利，或者与宦官勾结，或者互相排斥。白居易虽然向穆宗提过改进政治的建议，可不被采用，因而有些灰心，于是请求外放。长庆二年（公元822年）七月，他被任命为杭州刺史。

长庆三年（公元823年）夏天，白居易到杭州刺史任上约半年，对杭州的自然景色、名胜古迹，已经有些熟悉了。这时，诗人写了一首七律《余杭形胜》，概括地描述了杭州的优美风光。

▶ **余杭形胜**　　［白居易］

余杭形胜四方无，州傍青山县枕湖。
绕郭荷花三十里，拂城松树一千株。
梦儿亭古传名谢，教妓楼新道姓苏。
独有使君年太老，风光不称白髭须。

[译文] 杭州优美的山水名胜为四方所无，杭州依傍着青山，钱塘县就在西湖之滨（唐代的杭州，下辖钱塘、余杭等八县）。湖中茂盛的荷花绕着城郭连绵三十里，自行春桥至灵隐寺，成千株青翠的苍松夹道迎人。灵隐山上有着古梦谢亭，教妓楼是名妓苏小小的旧居。只有我这当刺史的年纪太大，斑白的胡须与杭州的美好风光真是不相称啊！

这首诗第五句，指晋代时名诗人谢灵运的父亲怕他儿子长不大，要求寄养在高僧杜明禅师处。杜明在头天晚上梦见东南有贤人相访，果然第二天谢灵运来了。于是杜明在杭州城西的灵隐山建了个亭子以作纪念，取名为梦谢亭，又名客儿亭（谢灵运小名"客儿"）。第六句"苏"指苏小小，她是南齐时住在西湖附近的著名妓女，年纪很轻时就死了，西湖的西泠桥畔，原有苏小小的坟墓。

长庆三年（公元823年）秋，一天白居易登上杭州城楼，在傍晚的时刻眺望钱塘江，见到景物鲜明绮丽，于是请人画成图幅，并在画上题了一首七律，然后将此江景图寄给他的好友、当时在长安任水部员外郎的张籍，请张籍分享他欣赏杭州钱塘江美景时的欢乐。白居易题画的七律是这样的：

▶ 江楼晚眺景物鲜奇，吟玩成篇，寄水部张员外

[白居易]

> 淡烟疏雨间斜阳，江色鲜明海气凉。
> 蜃散云收破楼阁，虹残水照断桥梁。
> 风翻白浪花千片，雁点青天字一行。
> 好著丹青图写取，题诗寄与水曹郎。

[译文] 淡淡的烟云，稀疏的微雨，西下的夕阳忽隐忽现，阵阵清凉的海风吹来，这钱塘江上的景色，是多么的鲜明奇幻。云消雾散时，远处海市蜃楼的楼阁人物全破灭了，雨后的彩虹渐渐隐入虚空，映在江水中好似一座断桥。江风掀起白浪，犹如杂花千朵；广阔的碧空中，点点大雁排成“一”字在飞翔。我请人画得了这幅美丽的江景图，题上诗句寄给您这位水部员外郎。

白居易赠给诗画的张籍，也是当时的名诗人，他在长安接到白居易寄来的诗画后，非常高兴。不久，张籍写了一诗回答白居易寄画的盛情，诗中写自己刚见到此画时的惊喜以及宾客们的赞赏，末了说他这位老友当时请求做外官真是有道理。

▶ 答白杭州郡楼登望画图见寄　　[张籍]

> 画得江城登望处，寄来今日到长安。
> 乍惊物色从诗出，更想工人下手难。
> 将展书堂偏觉好，每来朝客尽求看。
> 见君向此闲吟意，肯恨当时作外官？

[译文] 图上画着老友白居易在杭州城楼上眺望的地方，老远寄来今天到了长安。初看惊异这美丽的景色是从您的诗中跳出，再一想画工绘此图时下笔有多困难。想把它挂在厅堂里，又有些舍不得。每次客人来都要求观赏。由此可想见您吟诗的悠闲情景，怪不得您当时愿意外放作地方官。

杭州西湖的春天，景色之美是极其著名的。唐穆宗长庆三年（公元823年）的初春，白居易骑着马沿白沙堤缓缓而行，饱览了西湖的春日风光。他在名作七律《钱塘湖春行》中，对唐代当时的西湖春景，作了生动的描绘。读者可以将今天西湖的春景与之比较，看看一千多年来，西湖的自然风光有些什么样的变化。

▶ 钱塘湖春行　[白居易]

> 孤山寺北贾亭西，水面初平云脚低。
> 几处早莺争暖树，谁家新燕啄春泥。
> 乱花渐欲迷人眼，浅草才能没马蹄。
> 最爱湖东行不足，绿杨阴里白沙堤。

[译文] 在孤山寺的北面，贾亭西侧（孤山是西湖中的一座孤独的小山，上有孤山寺；唐德宗贞元年间，贾全做杭州刺史，在西湖建了亭子，人称"贾亭"或"贾公亭"。五六十年后，此亭即毁）。湖水刚平了湖岸，低低的雨云贴着水面。早来的莺儿争着在向阳的树上栖息，不知哪一家新来的燕子在衔春泥筑巢。茂密的繁花，使人逐渐眼迷目乱，嫩绿的浅草刚能遮没了马蹄。最使我爱的是西湖的东面总也玩不够，尤其是绿色杨柳浓荫中的白沙堤，更使人流连忘返。

诗人白居易描述杭州山水和自然风光的诗歌，明媚秀丽，平易清新。后世诗人所写的西湖诗虽多，可很少有人能比得上他的艺术造诣。下面我们看他另一首写杭州春景的七律：

▷ 杭州春望　[白居易]

望海楼明照曙霞，护江堤白踏晴沙。
涛声夜入伍员庙，柳色春藏苏小家。
红袖织绫夸柿蒂，青旗酤酒趁梨花。
谁开湖寺西南路，草绿裙腰一道斜。

[译文] 望海楼（即古杭州的城东楼）被早上的彩霞照得通明，护江的大堤名叫白沙。钱塘江的波涛声夜里传入伍子胥的祠庙，西湖畔名妓苏小小的家中，藏了多少柳色春光。织绫子的姑娘们，在夸耀有柿蒂花纹的绫子；在梨花盛开时，到挂酒旗的酒店买来梨花春酒痛饮。是谁修造的孤山寺西南的道路白沙堤，它真像系在草绿裙上的一条腰带啊！

"柿蒂"为丝织的绫子上的花纹。最后两句写的白沙堤，在宋代称孤山路，明代又称十锦塘。由最后两句诗可知，白沙堤在白居易到杭州之前就有了，它很可能是西湖尚未完全形成时，古代人造来拦截钱塘江潮水储存在湖中以利灌溉的。由于它的名字也有"白"字，故后世很多人都以为系白居易所建，而称它为"白公堤"。

长庆四年（公元824年），白居易的杭州刺史任期将满（唐代时，地方主管长官刺史三年为一任，任满调职），这年春天，他在游览西湖时，写了一首留恋不已的七律《春题湖上》。

▷ 春题湖上　[白居易]

湖上春来似画图，乱峰围绕水平铺。
松排山面千重翠，月点波心一颗珠。
碧毯线头抽早稻，青罗裙带展新蒲。
未能抛得杭州去，一半勾留是此湖。

[译文] 湖上的春天好似图中所画，在群峰环绕中，湖水平铺如镜。山前苍松成排显出一重重的青翠，一轮皓月映在湖心犹如一颗明珠。茂盛的早稻好似碧毯，齐齐地抽出线头似的

稻穗。新长的蒲草随风摇曳，如同青色的绸裙飘带。我之所以不忍离开杭州，有一半是因为对西湖留恋难舍啊！

唐代武则天当政时，有开国功臣李勣的孙子徐敬业起兵反对。徐请当时的著名才子、诗人骆宾王为他写了一篇文告《讨武氏檄》，文字极其尖锐而又富于煽动性。据说武则天正患感冒卧床，让人给她朗诵檄文，从一开始直至"蛾眉不肯让人，狐媚偏能惑主"时，武则天觉得写得很有趣，一直在微笑。等读到"一抔之土未干，六尺之孤何托"及"请看今日之域中，竟是谁家之天下"时，不禁连声称赞说："写得好！"接着又很不高兴地说："宰相为何失掉了这样的人！"意思是责怪宰相连这样的人才都没有识拔出来。武则天经过这样一番激动，出了一身汗，感冒病也顿时好了。

不久，徐敬业兵败，徐与骆宾王下落不明。有人说死于乱军之中，有人说当时二人逃跑了，讨伐的军队统帅认为跑了为首的罪犯，没法向武则天交代，于是在被杀的几万人中，找了两个与徐和骆相像的，砍下头来送到朝廷，假报说二人已经被杀了。后来徐和骆都削发为僧，徐隐藏在衡山寺中，活了九十多岁，骆则遍游名山。他们二人的踪迹虽然后来为官府所知，但不敢上报朝廷抓捕，因为过去已报告说二人死了，现在又报未死是犯了欺君大罪，就在这种矛盾中二人躲过一劫。

在武则天当政时，有一位诗人宋之问，论诗才不如骆宾王，写的也多半是陪皇帝游乐的所谓"应制诗"。宋原在长安任职，后因罪被贬，在赴江南杭州游览时，爱上西湖美景，遂在灵隐寺中借宿，以便尽情赏玩。在灵隐寺隔溪对面，有一座飞来峰，又名灵鹫峰，高二百余米，传说是从印度的佛教圣地灵鹫山飞来的。据说唐代时登临其上，可以遥遥望见钱塘江的潮水。

当时正是秋天，在一个月色皎洁的晚上，宋之问见山石与树影互相掩映，泉声阵阵传来，难以安眠，遂起来在寺中闲走，但见微微的秋风，带来了凉意。此情此景，一句诗遂脱口而出：

岭边树色含风冷

这一句吟出后，宋之问想再吟一佳句，尽快对上成一联。谁知想来想去，枯肠搜尽，再也想不出来。于是嘴里不停地念着，在大殿前走来走去。这时殿上有一老僧在打坐，看见他苦吟不已，便说道："郎君既要吟诗，风景都是现成的，何必如此苦苦搜寻？"宋一听，这老和尚有嘲笑自己的意思，心里有些不快，便忍住气说："师父您也会吟诗吗？"老和尚说："我虽不会吟诗，不过郎君您这一句已对好了。"只听老和尚念道：

    石上泉声带雨秋

宋之问听后大吃一惊，说："老师父您对得太好了，没想到您也是诗人，弟子失敬了。"于是给老和尚行礼，礼毕说："弟子在此游览，想赋一诗，写出灵隐寺的胜景，可只吟出了头两句，下面怎么也接不好，特向师父请教。"老和尚说："你念来听听。"宋之问念道：

    鹫岭郁岧峣，龙宫锁寂寥

老和尚听后，随口说：

    楼观沧海日，门对浙江潮

宋之问听后，更加敬佩不已，于是说："老师父真是高明，弟子差得太远，这首诗我不敢写了，还是请师父您完成了罢。"

老和尚听后，也不推辞，便又续念了十句，完成了此诗。宋之问更加佩服。于是问老和尚的身世，老和尚只是微微叹息，却不回答。第二天一早再去拜访，已不见老和尚的踪影。寺中其他和尚有知内情的，悄悄告诉宋说："这是骆宾王。"宋这才明白，自己遇见的是当时人称诗坛四杰之一的骆宾王，怪不得诗才不同凡响。

下面我们看看宋之问与骆宾王合吟而成的诗的全文。这是一首五言长律，除最后两句外，其余十二句全都两两对仗，全诗形式华丽，音调谐和。

▶ **灵隐寺** [宋之问]

鹫岭郁岧峣，龙宫锁寂寥。

楼观沧海日，门对浙江潮。

桂子月中落，天香云外飘。

扪萝登塔远，刳木取泉遥。

霜薄花更发，冻轻叶未凋。

夙龄尚遐异，搜对涤烦嚣。

待入天台路，看余渡石桥。

[译文] 飞来峰重叠而峻峭，灵隐寺大门紧锁，空寂无声（"鹫岭"即灵鹫峰，为灵隐寺对面飞来峰名称，"龙宫"此处指灵隐寺）。登上寺楼，可以眺望大海中的日出；灵隐寺的大门，正对着汹涌而来的钱塘怒潮。在寺的庭院中，常可拾到月亮中桂树落下的桂子，秋日桂花的香气，随着白云飘向远方。拉着藤萝爬上山去，攀登远处的古塔；挖木为槽，引来山上的清泉。时虽深秋，有了轻微的霜冻，可仍有鲜花开放，树叶也未凋落。从年轻时起，就爱好登临赏玩山川美景，寻幽探胜，以消除尘世间的烦忧。等踏上进天台山的旅途时，你看我过天台山的楢溪石桥吧！

按上面的传说，此诗除头两句外，其他都是骆宾王所作。因此，这首诗也收入骆宾王的诗集中。还有另一种说法，即此诗仅"楼观沧海日，门对浙江潮"一联是骆宾王所作，后面的十句是宋之问自己续成的。不过纵观全诗，也就是骆宾王吟的一联最精彩而为人传诵，由此也可看出骆、宋二人诗才的高下。

诗中的"桂子月中落"指这样的传说：月亮中有株巨大的桂树，古人吴刚因学仙有过失，被罚砍桂，砍痕随砍随合。灵隐寺的庭院中有很多桂树，据说是月中桂树的种子落下而长出的。传说每逢月圆，月中的桂子还常掉落在寺的庭院中，寺僧常有拾得者。诗最后两句的"天台"，指浙江天台县北的天台山，景色幽胜。相传汉代时刘晨和阮肇入天台山采药，遇到了女仙。"石桥"指天台山楢（yóu）溪上的桥，宽不足三十厘米，长百余米，下为深涧，过桥时异常危险。

第六章 蜀地繁华

在唐代，自长江的河源至蜀地（今四川）西部大渡河一带，由于山峦重叠高耸，气候变化剧烈，是极为荒凉的边远地区，人迹罕至，因此，没有关于这些地区的诗歌流传下来。唐代时，长江上游最西端的人烟稠密地区，是岷江流域，即蜀地最富庶的成都平原。

春流绕蜀城

在蜀地与唐首都长安之间，横着高峻的秦岭、龙门山和米仓山，蜀地的东面，则有大巴山。由于崇山峻岭的阻碍，使得蜀地与外界的交通非常困难。以至于在唐代以前，古乐府诗的《相和歌·瑟调曲》中，就有一个诗题叫做《蜀道难》。在唐代以前，有不少人用此题写过一些作品，但流传不广。只是到了唐代，诗人李白利用这一乐府旧题，写了一首极其精彩的长诗，使蜀地的交通艰难顿时名闻天下。

▷ **蜀道难**　　［李白］

噫吁戏，危乎高哉！
蜀道之难，难于上青天！
蚕丛及鱼凫，开国何茫然。
尔来四万八千岁，不与秦塞通人烟。
西当太白有鸟道，可以横绝峨眉巅。

地崩山摧壮士死，然后天梯石栈相钩连。

上有六龙回日之高标，下有冲波逆折之回川。
黄鹤之飞尚不得过，猿猱欲度愁攀援。
青泥何盘盘，百步九折萦岩峦。
扪参历井仰胁息，以手抚膺坐长叹，问君西游何时还？
畏途巉岩不可攀，但见悲鸟号古木，雄飞雌从绕林间。
又闻子规啼夜月，愁空山。
蜀道之难，难于上青天！使人听此凋朱颜。
连峰去天不盈尺，枯松倒挂倚绝壁。
飞湍瀑流争喧豗，砯崖转石万壑雷。
其险也若此，嗟尔远道之人胡为乎来哉！

剑阁峥嵘而崔嵬，一夫当关，万夫莫开。
所守或匪亲，化为狼与豺。
朝避猛虎，夕避长蛇，磨牙吮血，杀人如麻。
锦城虽云乐，不如早还家。
蜀道之难，难于上青天！　侧身西望长咨嗟。

[译文] 哎呀呀！真高真险哪！蜀地的道路真艰难，简直难于上青天。远古时代蜀国的开国君主蚕丛和鱼凫，他们开国的事迹，已经迷茫不清了。从此以后过了四万八千年，都不曾和秦地互相往来。在秦都咸阳西南的太白山，有一条只有鸟儿才能飞越的道路，可以一直横度过峨眉山顶进入蜀地。山崩地裂死了多少壮士，这才在悬崖陡壁上开出了崎岖小路，架设了栈道。

蜀地上有使羲和驾驶的六龙车都过不去的高峰（羲和是神人，传说他每天赶着六条龙拉的车，装着太阳在天上运行。由于蜀山高，羲和的六龙车过不去，只好折回），下面迂回曲折的河流中，波涛汹涌。连神鸟黄鹄（即黄鹤）都飞不过去，猿猴之类想过去也为攀爬太辛苦而发愁。青泥岭上的山路，曲曲弯弯，百步之内九转弯绕着山峰转。翻越最高处时，紧张得屏住呼吸，手都可以摸到天上的星星井宿和参宿。人们禁不住用手按着胸脯长长地叹息，问自己入蜀后准备何时回去，可怕的道路险峻的山崖无法攀登，只看见叫声凄厉的鸟在古老树木上哀鸣，雌鸟跟着雄鸟在森林间飞绕。又听见杜鹃在月夜里悲啼，使这空旷寂静的山林，气氛更加凄凉。蜀地道路的艰难，真难于上青天啊！使人听见后都要面容失色。连绵的高山离天近得不到一尺，枯萎的松树倒挂在绝壁上。那如飞的急流和瀑布，像在比赛谁的喧闹声更大。它们撞击悬崖掀翻巨石，那声响好像巨雷在深山沟中轰鸣。蜀道险成这样，你这远处的人为何要到蜀地来呢。

蜀地的剑阁峰峦连绵，其间的剑门关高峻奇险，一个人把守关口，万人也攻打不开，守卫蜀地关口的人如果不可靠，就会变成吃人的豺狼。在这里经常早上要躲猛虎，晚上要避长蛇，它们磨牙吃人吸血，杀害的人多如乱麻（"猛虎长蛇"既可是实指，也可指争权夺利的军阀）。锦官城（即成都，成都旧有大城、少城，少城在古代为管织锦的官员所住的地方，故成都亦称锦官城）虽然好，可不如早些回家。蜀地的道路可真艰难啊，真难于上青天。我转身回头西望蜀地，长长地叹息不已。

"地崩山摧壮士死"句，指一个神话故事。据《华阳国志·蜀志》载，秦国想征伐蜀国，因道路不通无法进军，秦惠王知道蜀王好色，于是许嫁五个姑娘给蜀王，蜀王派五名壮士前去迎接。在回到梓潼（今四川梓潼时），见一条大蛇钻进山洞中，一名壮士拉住蛇尾用力向外拽，拉不出来，于是五个人合力，大叫着拉蛇，突然山崩，压死了五个姑娘和五名壮士，同时山分成五岭，蜀地与秦地相通了。

李白的《蜀道难》一诗刚写出，在当时就获得了人们的赞赏。相传唐玄宗开元年间，李白第一次来到长安，住在旅店中。官任秘书监的贺知章听说诗人李白来了，马上去拜访他，要求看看他的作品。李白请他读《蜀道难》诗，贺还没读完，就赞美不已，称李白为"谪仙人"。当时请李白喝酒忘了带钱，于是将官员所佩戴表示官阶的金龟解了下来，押在酒馆里赊酒与李白痛饮。

李白写这首《蜀道难》，是否有什么特殊原因，或含有其他深意，这也是自古以来人们感兴趣的问题。根据唐代人的记载，说当年严武任蜀地长官成都尹，诗人杜甫与严武的父亲严挺之是好朋友，因此严武对杜很好。但严武性格暴烈，动不动就杀人。一次举行宴会，杜甫喝醉了，居然当着众人面对严武说："想不到严挺之有这么个好儿子。"在唐代，当面叫别人父辈名字是极失礼侮辱人的事，因此严武大怒，瞪眼看了杜半天说："杜审言的孙子（杜甫祖父是唐代名诗人杜审言），你想摸老虎胡子吗？"满座客人一看不好，都赔笑脸打圆场。严武说："和大家喝酒是为了高兴，为什么要提父辈的名字呢？"此外，在唐肃宗手下当过宰相的房琯，因战败被贬官在严武手下任地方官州刺史，严武对他很傲慢。诗人李白感到房琯和杜甫在蜀地很危险，所以写了《蜀道难》。

可是从历史上看，这些说法都是不能成立的。因为杜甫得罪严武的事，本身就不可靠，反而有不少诗歌证明他们之间交情很好。严比杜死得早，房也不是被严所杀。此外，严武任成都尹是唐肃宗时（公元757年以后）的事，而李白的《蜀道难》诗曾为贺知章所赞赏，那至少是在公元744年以前写的，比严武镇蜀早了十几年，故不可能与严武的事有关。

另一种说法认为：唐玄宗天宝十四年（公元755年），安史之乱爆发，天宝十五年潼关被破，唐玄宗逃到蜀地成都，随从的官员及六军加起来仅一千三百人。李白认为玄宗躲到成都去是很错误的，因为在蜀地平定叛乱困难，万一闭塞的蜀地内部发生变乱，那更不可收拾。因此李白写了《蜀道难》，讲明蜀地艰险，不宜久留，"锦城虽云乐，不如早还家"，希望皇帝早日离蜀返回长安。这个说法在年代上看同样站不住脚。《蜀道难》的写作不晚于天宝三年，玄宗逃亡到成都是天宝十五年的事，因此《蜀道难》一诗肯定与此无关。

据现代人詹瑛的研究，认为《蜀道难》诗写于天宝二年（公元 743 年），为李白送友人王炎入蜀时的作品，这个说法比较可信。与此同时，送王炎入蜀的送别诗还有下面这首五律：

▶ 送友人入蜀　　[李白]

见说蚕丛路，崎岖不易行。

山从人面起，云傍马头生。

芳树笼秦栈，春流绕蜀城。

升沉应已定，不必问君平。

[译文] 听说前往古代蜀王蚕丛的国家的道路，非常崎岖难走。高峻的山岭几乎紧贴着旅客的脸，云雾就在马头的旁边产生。茂密的树木笼罩着由秦入蜀的栈道，流着春水的江河绕着蜀地的城镇。您的官位升降已由命运决定，用不着向占卜的人严君平询问了。

唐高宗乾封元年（公元 666 年），神童诗人王勃年十六岁，因文名卓著，被唐高宗儿子沛王李贤看中，任命他为府修撰的官职。任职期间，王勃有一位姓杜的友人到蜀地任县尉，在他动身赴任时，王勃写了一首著名的五律为他送行。

▶ 送杜少府之任蜀州　　[王勃]

城阙辅三秦，风烟望五津。

与君离别意，同是宦游人。

海内存知己，天涯若比邻。

无为在歧路，儿女共沾巾。

[译文] 富饶广阔的三秦土地，护卫着长安的城郭宫阙，遥

望你将去的西川，五津隐没在渺渺烟尘之中。在和您离别的时候使我想到，你我都是出门在外的做官人，四海之内只要还有知己的人，即便彼此在天涯海角，因为心心相印，也好像邻居一样（古代时以五家为一比，故"比邻"即很近的邻居）。在你我即将分别的时候，不要像小儿女一样，让眼泪沾湿了衣巾。

诗题中的"蜀州"，治所在今四川崇庆县。根据近代人研究，蜀州为蜀川之误，蜀川指今四川西部岷江流域一带。诗中"三秦"，指秦朝灭亡后，项羽把关中（今陕西中部）分成雍、塞、翟三国，封秦降将章邯等三人为三国王，后人称此为三秦。"五津"指岷江从灌县到犍为这一段中当时的五个渡口，为杜少府将去之处。

花重锦官城

唐肃宗乾元二年（公元 759 年）十二月一日，诗人杜甫由同谷出发赴成都，约在十二月末到达成都。成都给予诗人的新鲜感觉，以及旅途的辛苦忧思，使杜甫写了下面这首五言古诗《成都府》。

▶ **成都府** ［杜甫］

翳翳桑榆日，照我征衣裳。

我行山川异，忽在天一方。

但逢新人民，未卜见故乡。

大江东流去，游子日月长。

曾城填华屋，季冬树木苍。

喧然名都会，吹箫间笙簧。

信美无与适，侧身望川梁。

鸟雀夜各归，中原杳茫茫。

初月出不高，众星尚争光。

自古有羁旅，我何苦哀伤。

[译文] 朦胧的西下夕阳（桑榆日即夕阳），照着我旅途的衣裳。半年来从华州（今陕西华县）、经秦州（今甘肃天水）、同谷（今甘肃成县）到成都，一路山川景物各不相同。没想到竟然到了离长安几千里的另一地方。看见了语言风俗与中原不同的百姓，可不知何时才能返回故乡。岷江在成都边上向东南流去，我这个在外漂泊的人恐怕还要长时期地流浪异乡。重叠的成都城（曾城即层城，指成都有大城、少城）到处是华美的房屋，深冬的时候树木还那么苍翠。在这个热闹的著名都市中，不停地传来箫管笙簧的音乐声。这里虽然很好，可我仍没有个着落。辗转不安地望着河上的桥梁，几时才能重新经过它返回家乡。鸟儿晚上都回巢了，可我故乡所在的中原是那么遥远难见。初出的下弦月尚未高升，群星在天上闪耀。自古以来就有流落异乡难归的人，我何必要过分地悲伤呢？

杜甫到成都第三年，即上元二年（公元761年）春天，诗人住在他新建的成都草堂中，生活比较安定了。四川以常下夜雨著名，诗人杜甫以他细致深入的观察，高超的艺术水平，写了一首五言律诗《春夜喜雨》，诗中描述了春夜细雨的情景和想象中雨后的成都景色。

▶ **春夜喜雨**　　[杜甫]

好雨知时节，当春乃发生。
随风潜入夜，润物细无声。
野径云俱黑，江船火独明。
晓看红湿处，花重锦官城。

[译文] 正当春天万物复苏、草木即将生长的时候，一场好雨应着时节下起来了。它随着风在夜间悄悄地降落，轻柔无声地滋润着万物。乌云覆盖着田野间的小路，在这漆黑的夜晚，

只见江畔船上的灯火在闪亮。待到明天早晨，你看这锦官城的鲜花经雨而红艳湿润，一定更加可爱了。

成都的春天繁花似锦，无比美丽。以下是杜甫在上元二年（公元 761 年）春所写的两首七言绝句。

▶ 江畔独步寻花七绝句（选二）　　[杜甫]

（一）

黄师塔前江水东，春光懒困倚微风。
桃花一簇开无主，可爱深红爱浅红。

（二）

黄四娘家花满蹊，千朵万朵压枝低。
留连戏蝶时时舞，自在娇莺恰恰啼。

[译文] 黄师塔前江水东流，明媚的春光，使人懒困，在微风中傍塔小憩。一簇簇盛开的桃花任君观赏，深红色花和浅红色花随您所爱。

[译文] 黄四娘家的繁花遮满了小路，成千上万朵鲜花压弯了枝条。对花儿留恋不舍的彩蝶上下飞舞，安逸娇小的黄莺站在枝头柔声歌唱。

唐宋时，蜀地人称佛教僧人为师，按佛教习俗，僧人死后其葬处建塔。故第一首寻花诗中的黄师塔是指一个姓黄的和尚的墓塔。第二首寻花诗中的黄四娘，应是一位黄姓排行第四的妇女，一说是杜甫在成都的邻居。

成都的春天，绝不只体现在盛开的鲜花上。杜甫于唐代宗广德二年（公元 764 年）春重回成都草堂时所写的两首绝句，给我们展现出了另一幅成都优美的春景。

▶ 绝句四首（其三）　　[杜甫]

两个黄鹂鸣翠柳，一行白鹭上青天。

窗含西岭千秋雪，门泊东吴万里船。

[译文] 两只黄莺在翠绿的柳枝上鸣叫，排成一行的白鹭直飞上青天。西岭（即四川松潘县南的雪栏山，积雪长年不化）山上的千年白雪映入窗中，门前江岸停泊着从万里之外的东吴驶来的航船。

▶ 绝句二首（其一）　　[杜甫]

迟日江山丽，春风花草香。
泥融飞燕子，沙暖睡鸳鸯。

[译文] 在春天暖洋洋的阳光照耀下，江山是多么美丽。春风阵阵，带来了花草的芳香。在那融化的软泥上，燕子飞来飞去，衔泥筑巢。那温暖的沙窝中，藏着一对熟睡的鸳鸯。

杜甫的这两首绝句，反映了他写这种体裁诗的特点，即古典诗歌的形式美与丰富的内容密切地结合在一起。上面这两首绝句，可以看作是律诗的中间四句。因为它们不仅格律严谨，而且有着工整的对仗。唐诗中的绝句，绝大多数都不对仗或不完全对仗，像杜甫这两首的写法是很罕见的。

在唐代，成都已经是一个美丽繁华的城市。唐玄宗天宝十五年（公元756年）六月，安禄山的叛军攻破潼关逼近长安，玄宗率少数亲信逃到成都。七月太子即皇帝位于灵武，是为唐肃宗。至德二年（公元757年）十月，郭子仪收复长安，肃宗派人迎接在成都的玄宗皇帝，十二月上皇自成都回到长安，将成都定名为"南京"，因为它在长安之南的缘故。

诗人李白，在事后写了一组十首七绝，记述咏叹玄宗皇帝的这一次西行逃难。

▶ 上皇西巡南京歌十首（选二）　［李白］

（二）

九天开出一成都，万户千门入画图。

草树云山如锦绣，秦川得及此间无。

（六）

濯锦清江万里流，云帆龙舸下扬州。

北地虽夸上林苑，南京还有散花楼。

〔译文二〕在高高的九天上有一个成都市，城内繁华的千家万户像图画一样美妙。城郊绿草如茵，树木茂密，云雾绕着山峰，简直如同锦绣。那长安所在的秦川比得上这里吗？

〔译文六〕清澈的濯锦江水在成都城边向万里外流去，江中的帆船龙舟（绘龙的大船）一直驶向扬州。北边的首都夸耀它有上林苑，可南京成都却有个散花楼可以和它媲美啊！

上面诗中的散花楼，在唐代成都城内的摩诃池上，是隋朝末年蜀王杨秀所建，为当时的著名游览胜地。诗人李白在唐玄宗开元九年（公元721年）二十岁时，游历成都并登上了散花楼，写了一首五言诗《登锦城散花楼》。

▶ 登锦城散花楼　［李白］

日照锦城头，朝光散花楼。

金窗夹绣户，珠箔悬琼钩。

飞梯绿云中，极目散我忧。

暮雨向三峡，春江绕双流。

今来一登望，如上九天游。

［译文］太阳照在锦官城头，早晨的霞光射入了散花楼。金色的窗户夹着雕花的大门，珍珠的卷帘挂在玉钩上。散花楼像一架高耸的梯子，飞出了绿树丛中。登楼极目四望，消散了我多少

忧愁。傍晚的细雨，洒向远方的三峡。春天的郫江和流江，绕着成都府的双流县缓缓流过。今天到这散花楼来登临眺望，好像上了九重天游玩。

五载客蜀郡

诗人杜甫于唐肃宗乾元二年（公元 759 年）十二月由同谷到成都后，最初借住在成都西郊浣花溪畔的一座庙宇草堂寺中。当然，在僧寺借住总非长久之计，诗人不久后在浣花溪畔看中了一块不大的荒地，于是在这里建起我国诗歌史上颇有名气的一座茅屋——杜甫草堂。

浣花溪即锦江，又名濯锦江，唐代时江水非常清澈。成都盛产锦缎，称为"蜀锦"，织成之后，都在锦江中洗濯，据说洗过的锦缎颜色会更加鲜艳。唐末诗人高骈，于唐僖宗时任剑南西川节度使，驻节成都，一次他在观赏了锦江两岸的景色后，写了下面这首七绝：

▶ **锦江写望**　　[高骈]

蜀江波影碧悠悠，四望烟花匝郡楼。

不会人家多少锦，春来尽挂树梢头。

[译文] 濯锦江碧绿的水波缓缓南流，在城楼上举目眺望，烟雾中花树环绕在四周。不知道织锦人家有多少锦缎，在这春天里漂洗后全晾在树梢上头。

唐肃宗上元元年（公元 760 年）春天，在亲友的帮助下，杜甫草堂建成了。在各地逃难多年，一直处于颠沛流离状态的诗人，如今暂时有了一个安居的地方，心情是比较愉快的。就在这时，他写了下面这首七律：

▶ 堂成 [杜甫]

背郭堂成荫白茅，缘江路熟俯青郊。
桤林碍日吟风叶，笼竹和烟滴露梢。
暂止飞乌将数子，频来语燕定新巢。
旁人错比扬雄宅，懒惰无心作解嘲。

[译文] 我在城边的草堂建成了，房顶上盖着白茅草。沿草堂边上浣花溪的熟路，可以俯瞰青绿满地的郊野。树叶茂密的桤树林遮着阳光，在轻风吹拂下枝叶沙沙响，好似人们吟啸。大竹林中叶绿如烟，枝梢滴下了露珠。乌鸦带了几只小鸦来这栖止，鸣叫着的燕子来往不停地筑着新巢。别人错把我这草堂比做汉朝扬雄的住宅，我也无心像扬雄那样，专门写篇《解嘲》的文章来解释了。

诗的最后两句，用的汉代文学家扬雄的故事。扬雄的住宅在成都西南角，名为"草玄堂"。汉哀帝时，扬雄在家闭门著《太玄经》，遭到别人嘲笑，于是他写了一篇文章《解嘲》。诗中说别人错把诗人比作扬雄，其实不一样，因为诗人筑草堂只是为了暂时安身，并无久居终老的想法。

草堂建成，杜甫一家在经过几年的颠沛流离之后，现在比较安定了一些。唐肃宗上元元年（公元 760 年）夏天，诗人写了一首七律《江村》，诗中描写了草堂环境的清幽，妻子和孩子都各得其乐的安适生活。

▶ 江村 [杜甫]

清江一曲抱村流，长夏江村事事幽。
自去自来堂上燕，相亲相近水中鸥。
老妻画纸为棋局，稚子敲针作钓钩。
但有故人供禄米，微躯此外更何求。

[译文] 浣花溪清澈的江水，弯弯曲曲地绕村而流。在长长的夏日中，事事都显得安闲。堂上的燕子自来自去，互无干扰。水上的鸥鸟相亲相近，悠然自得。妻子在用纸画棋盘，小儿子敲弯针想做只钓钩。只要有老朋友分给我一些禄米维持生活，此外我还能有什么别的要求呢！

杜甫在草堂由上元元年（公元760年）住到唐代宗宝应元年（公元762年）。就在宝应元年，杜甫好友严挺之的儿子严武，被任命为蜀地最高长官成都尹。严到任后，至草堂访问杜甫，并在生活上多有照顾。当年七月，严奉命入朝，严走后，剑南兵马使徐知道反叛，杜甫逃赴梓州（今四川三台县），后转到阆州（今四川阆中县）。唐代宗广德二年（公元764年），严武又被任命为蜀地长官东西川节度使，几次来信邀杜甫，于是诗人又携家回成都，返回途中写了五首诗寄赠严武。由下面这一首我们知道，草堂内修建有栽种草药的药栏，靠江的岸边有木栏杆，种有松树及大量生长快速的竹子等。

▶ 将赴成都草堂途中有作，先寄严郑公五首（选一）

[杜甫]

> 常苦沙崩损药栏，也从江槛落风湍。
> 新松恨不高千尺，恶竹应须斩万竿。
> 生理只凭黄阁老，衰颜欲付紫金丹。
> 三年奔走空皮骨，信有人间行路难。

[译文] 很长时间不在草堂了，恐怕沙岸崩塌损坏了篱笆（药栏即栏杆或篱笆），水槛（草堂水榭的栏杆）也只能任凭风浪吹打而掉落水中。我心爱的新栽的松树，愿它已长高达千尺，那些讨人厌的竹子密密麻麻，真应把它们都砍掉。回成都后，生活就依靠严武这位大官了（严武以黄门侍郎出任成都尹兼剑南节度使，故称黄阁老），我这衰病之身也应该服药保养一下了

（紫金丹指道士烧炼的长生丹药，此处泛指药物）。自从严武离开蜀地，我这两三年来四处奔走，辛苦劳累，人已瘦得皮包骨，真正体会到了奔波流离的艰难啊！

上诗中提到的水槛，是草堂中临水小房前的栏杆，诗人在草堂居住时，常凭栏眺望。大约在唐肃宗上元二年（公元 761 年）的一个和风细雨的日子里，由水槛向外见到的优美景色，激发了杜甫的诗思，写了下面这首描述风景的精彩五律：

▶ **水槛遣心二首（选一）** 　　[杜甫]

> 去郭轩楹敞，无村眺望赊。
> 澄江平少岸，幽树晚多花。
> 细雨鱼儿出，微风燕子斜。
> 城中十万户，此地两三家。

[译文] 我这位于城郊的草堂地位宽敞，四周没有村落便于向远处眺望。澄清的江水上涨，几乎平了河岸，幽深的树木开花虽晚，却非常繁茂。细雨如丝，鱼儿不时浮出水面，微风无力，燕子斜翅掠地而飞。成都城里的人家虽然多达十万户，可这里却只有两三家，更显得环境的幽静。

"细雨鱼儿出，微风燕子斜"两句不仅对仗工稳，而且写景非常逼真。只有微风才会细雨，唯其细雨，鱼儿才会浮出水面戏游。如果是急风骤雨，不仅鱼儿潜藏水底，燕子也会躲入巢中，哪敢斜翅低飞呢。两句诗中一个"出"字，一个"斜"字，用得十分巧妙。古人称赞杜甫这两句诗"写得自然，巧而没有故意刻削的痕迹"。

唐肃宗上元二年春，锦江水陡涨，水势如海，诗人面对此景，写了一首七律，看来是写洪水景色，其实是杜甫谈自己写诗的创作态度和体会。这时，诗人的水平已经很高了，可他毫不满足，要进一步在艺术上达到更高的境界。

▶ 江上值水如海势，聊短述　　[杜甫]

为人性僻耽佳句，语不惊人死不休。
老去诗篇浑漫与，春来花鸟莫深愁。
新添水槛供垂钓，故著浮槎替入舟。
焉得思如陶谢手，令渠述作与同游。

[译文] 我这人性格和一般人不同，对好的诗句特别入迷。所写的诗句如果不使人惊叹，那至死也不罢休，非改好不可。到了老年却改变主张，写诗简直是随意而成。写得熟了，挥笔立就，用不着在春天对着花鸟而苦吟了。在草堂的水边，新添了栏板可以垂钓，栏外放下木筏便可作为钓舟。怎样才能与陶渊明和谢灵运一样的高手共同切磋，与他们一道写出名篇佳句流传人间呢！

唐肃宗上元二年（公元761年）秋八月，一场暴风袭击了杜甫居住的浣花溪畔的草堂，将房顶上盖的茅草吹走。接着是连绵不断的秋雨，房子漏雨没有干的地方，整夜都不能休息。就在这种情况下，诗人回忆起了战乱以来的痛苦，联想到天下还有多少和自己一样不幸的寒士，于是写下了极其著名的七言古诗《茅屋为秋风所破歌》。

▶ 茅屋为秋风所破歌　　[杜甫]

八月秋高风怒号，卷我屋上三重茅。
茅飞渡江洒江郊，高者挂罥长林梢，
下者飘转沉塘坳。南村群童欺我老无力，
忍能对面为盗贼。公然抱茅入竹去，
唇焦口燥呼不得，归来倚杖自叹息。
俄顷风定云墨色，秋天漠漠向昏黑。
布衾多年冷似铁，骄儿恶卧踏里裂。
床头屋漏无干处，雨脚如麻未断绝。
自经丧乱少睡眠，长夜沾湿何由彻！

安得广厦千万间，大庇天下寒士俱欢颜，

风雨不动安如山！呜呼！何时眼前突兀见此屋，

吾庐独破受冻死亦足。

[译文] 八月的一天秋风怒号，卷走了我房上的几层茅草。茅草飞过浣花溪洒满了江边，有的挂在高大的树梢上，有的沉入了池塘底。南村的孩子们欺负我老而无力，居然当着面做小偷，公开地抱着我房上的茅草跑进竹林。我呼喊得唇焦口燥也没用，只得回来倚着拐杖叹息。转眼风停了乌云遮满天空，好像夜色即将来临。家中那多年的被褥又硬又凉，孩子睡时乱蹬被里都破了。屋里床头到处漏雨没个干的地方，可这雨呀下起来没个完。自从安史之乱后就睡得很少，在这漫漫的长夜中被褥沾湿，如何能挨得到天亮啊！怎样才能得到宽大的房子千万间，让天下的贫穷人都有住处而欢笑，在暴风雨中也安稳如山！唉！如果能够立即在眼前见到这些房屋，就是我的茅草房吹倒冻死了我都心甘情愿啊！

由于杜甫在诗歌上的名气，杜甫在成都居住过的草堂，在唐代时即已很有名。唐代诗人们途经成都时，经常专门前往凭吊，并留下感叹的诗篇，甚至在送友人到蜀地时，也会联想起远在成都的杜甫故居，例如下面这两首诗：

▶ 经杜甫旧宅 [雍陶]

浣花溪里花多处，为忆先生在蜀时。

万古只应留旧宅，千金无复换新诗。

沙崩水槛鸥飞尽，树压村桥马过迟。

山月不知人事变，夜来江上与谁期。

[译文] 在浣花溪里鲜花最多的地方，想起了先辈您（指杜甫）在蜀时的生活。您的旧居草堂应该万古留存；现在即使用千金重价也换不到您的新诗了（指杜甫已经逝去）。锦江沙岸崩

塌，草堂的水槛损毁，鸥鸟也已飞尽；树木已长得那样茂密，遮蔽了村中的小桥，我骑着马只能缓缓而过。从山后升起的月亮不知人世间的变迁，诗人早已逝去，它在这锦江上还等待谁呢？

诗的作者雍陶是晚唐时的诗人，在杜甫之后约一百年。此诗是雍陶到杜甫在成都的草堂凭吊后所作。

晚于杜甫约五十多年的诗人张籍，在送友人赴蜀的七绝中，联想到了杜甫在浣花溪畔的旧居，写了一首《送客游蜀》。

▶ **送客游蜀**　　[张籍]

行尽青山见益州，锦城楼下二江流。
杜家曾向此中住，为到浣花溪水头。

[**译文**]　当您走到青山的尽头一片平原时，见到的就是益州的州治成都。在它的城楼之下，有着岷江和锦江流过。诗人杜甫他一家曾在此处住过，就在那浣花溪水的西岸。

自唐末起，尊敬杜甫的人们经常将草堂旧址加以修葺。明代弘治和清代嘉庆年间，又两次重建，今日的草堂建筑，大都是清代的遗物。草堂内有杜甫塑像及历代所刻的杜甫像，陈列着各种版本和翻译成各国文字的杜诗，以及大量有关杜诗的书法和诗意画等。

唐代宗永泰元年（公元 765 年）四月，成都尹兼剑南节度使严武病逝，杜甫感到失去依靠，在蜀地难以继续安居，同时一向有东下游历的愿望，因此，于这年五月带领全家离开他住了五年的成都草堂，乘船沿岷江而下。这次离开后，诗人就再也没有回成都了。在成都临行时，诗人写了下面这首向蜀地告别的五律：

▶ **去蜀**　　[杜甫]

五载客蜀郡，一年居梓州。
如何关塞阻，转作潇湘游。

世事已黄发，残生随白鸥。

安危大臣在，不必泪长流。

[译文] 我五年在成都作客，一年住在梓州（即今四川三台县）。为什么在这关塞阻隔、行路艰难的时候，反而要到潇湘一带去呢（潇湘指潇水和湘江，都在今湖南，诗中用以泛指蜀地以东长江下游）？我已经是衰朽的老年人，头发都白得发黄了，这剩余的日子想随白鸥四处飘荡算了。国家的安危自有掌权的大臣考虑，用不着我流泪担忧了。

杜甫乘船由成都出发，经岷江入长江至忠州（今四川忠县）。途中，面对滔滔的长江水和江岸夜景的壮丽风光，结合自身长期在外漂泊流离，杜甫写下了著名的杰作五律《旅夜书怀》。

▶ **旅夜书怀**　　[杜甫]

细草微风岸，危樯独夜舟。

星垂平野阔，月涌大江流。

名岂文章著，官应老病休。

飘飘何所似，天地一沙鸥。

[译文] 江岸上微风吹拂着细草，一只落了帆的孤舟夜晚停泊在岸边，只见桅杆高耸。原野是那么辽阔，星星像一串串明珠遥挂到天际。大江中，月光在滚滚波涛上闪耀。

诗的第五句有不同解释，一种认为杜甫觉得自己的诗虽写得好，可并不被世人看重，这样此句可释为：我的声名并没有因为诗文写得好，而为世人看重。另种解释认为杜甫胸怀安邦治国的大志，所以说自己岂能以诗文著称于世。这样此句可释为：我没能施展自己的政治抱负，怎么能以诗文写得好而闻名于世呢？诗第六句说的是反话，虽然杜甫当时年五十四岁，但还不到"老病"的程度，实际上他辞官不做是由于与同僚们意见不合。故此句可释为：我这样又老又病，应该被罢官了吧！诗最后两句见景生情说：在这广阔无涯的天地之间，我多么像一只漂泊无依的小沙鸥啊！

　　唐代宗大历元年（公元766年）春末，杜甫定居于夔州（今四川奉节），住了近两年，可是他念念不忘回到中原地区去，因此在大历三年（公元768年）春天，乘船沿长江顺流东下，回到他日思夜想的中原去。出三峡后到了江陵、公安一带，这里处于长江和汉水之间，因此诗人以《江汉》为题写了一首五言律诗，诗中除叙说了自己的境况外，并且表明了诗人愿为朝廷效力的愿望。

▶ 江汉　　［杜甫］

　　　江汉思归客，乾坤一腐儒。
　　　片云天共远，永夜月同孤。
　　　落日心犹壮，秋风病欲苏。
　　　古来存老马，不必取长途。

　　［译文］我这个身在江汉、思念回归中原的旅客，是天地之间一位不合时代潮流的读书人。多少年来，我一直像云片飘荡天际，像长夜的明月一样孤独无依。我虽已到了类似落日的暮年（诗人时年五十七岁），可仍有着豪壮的报国之心；在肃杀凉冷的秋风中，我的病反而要好了。古代人们养着老马，是要利用它的经验和智慧，并不要它驮着重载长途运输。

　　诗中用了古代"老马识途"的故事。春秋时，齐桓公伐孤竹国后，在返回的途中迷了路，齐桓公的宰相管仲说：老马的智慧可以利用。于是放老马在队伍前面，队伍跟着老马走，果然找着了道路。在上述诗中，杜甫以老马自比。

锦官城外柏森森

　　诗人杜甫于唐肃宗乾元二年（公元759年）十二月到成都后，

第二年春天，他去游览了成都的武侯祠，面对肃穆的祠庙，多所感慨，写出了下面这首极其著名的七律：

▶ **蜀相** ［杜甫］

> 丞相祠堂何处寻？锦官城外柏森森。
>
> 映阶碧草自春色，隔叶黄鹂空好音。
>
> 三顾频烦天下计，两朝开济老臣心。
>
> 出师未捷身先死，长使英雄泪满襟。

　　［**译文**］ 蜀国丞相诸葛亮的祠堂在哪里呢？就在成都城外长了许多高大茂密柏树的地方。丞相他早已逝去，只有石阶下碧绿的芳草，显示出春天的来到。在那浓密的树叶后面，黄莺徒然在婉转地鸣叫。想当年刘备三顾茅庐，与诸葛亮共商天下大计。诸葛亮辅佐刘备和刘禅两代，创业守成，费尽了他的一生心血。丞相多次领军伐魏，没能获得成功，不幸先去世了，使后代的英雄豪杰们回想起来，禁不住会悲伤难忍，泪湿衣襟。

　　公元1128年，宋朝著名的抗金英雄宗泽，由于奸臣当道，阻碍恢复失地的计划，最后忧愤成疾，在病危时，连吟"出师未捷身先死，长使英雄泪满襟"表现他无限的悲痛与惆怅。到临终时，连呼三声"渡河"，表示他至死不忘要渡过黄河收复失地的决心。

　　蜀国皇帝刘备于公元223年在白帝城病逝，葬在成都南郊的惠陵，按惯例在陵旁修庙以便祭祀。大约在六世纪时，在刘备庙的旁边修了武侯祠。诸葛亮生前封武乡侯，死后谥忠武侯，故后世纪念他的祠庙统称武侯祠。

　　由杜甫的《蜀相》一诗可知，在唐代时武侯祠已经是古柏森森，碧草映阶的游览胜地。到明代初年，明太祖朱元璋的儿子朱椿被封为蜀献王，于洪武二十三年（公元1390年）到成都。他看见刘备庙和武侯祠并立，认为不合规矩，就废弃了武侯祠，将诸葛亮的塑像搬入刘备庙的偏殿上。在明末的战乱中，刘备庙全部被毁。到了清康熙十一年（公元 1672 年），重新修建了刘备庙，因刘备死后谥为"昭烈"，故庙的门额为"汉昭烈庙"。在庙后修了武侯祠，这种君臣合庙就是我们今天所见到的形式。

虽然刘备是君，诸葛亮是臣，可是在人们的心目中，刘备无法和诸葛亮相比，因此汉昭烈庙并不为人所知，人们记得的竟是武侯祠。

清代所建的武侯祠，位于今成都市的南郊，占地约五六十亩。在武侯祠内，有着历代人所写的大量诗词和对联、匾额。

唐宣宗大中五年（公元 851 年），诗人李商隐在东川节度使幕府任职，这年冬天，他被派到成都去审案，在成都游览武侯祠时，见到其中的古老柏树有所感，写了五言诗《武侯庙古柏》。

▶ 武侯庙古柏　　[李商隐]

蜀相阶前柏，龙蛇捧閟宫。
阴成外江畔，老向惠陵东。
大树思冯异，甘棠忆召公。
叶凋湘燕雨，枝拆海鹏风。
玉垒经纶远，金刀历数终。
谁将出师表，一为问昭融。

[译文] 武侯祠前的两棵大柏树（相传是诸葛亮亲手种植），现在长得像盘曲的龙蛇一样，拱卫着深闭的祠庙（即閟宫）。古柏繁茂的树荫，长成于岷江之畔。这苍劲挺拔的老树，正对着西边刘备的陵墓惠陵。看到这巨大的古柏，使人追思像冯异一样的诸葛亮的功勋和品德。这古柏又像周成王时的甘棠树，见着它自然会忆念起诸葛亮的政绩。风雨使古柏的树叶凋落犹如石燕飞舞，暴风的摇撼，使古柏的枝条折裂。诸葛亮的巩固蜀地，进而统一中国的规划，多么宏伟远大。可是刘家天下气运已终，诸葛亮生不逢时有什么办法。有谁能拿着那忠诚感人的《出师表》（诸葛亮在公元 227 年出师伐魏时，给蜀后主刘禅上的表文），

去问悠悠的苍天呢?

诗中五、六两句,用了古代的典故。据《后汉书·冯异传》,在每次行军休息时,许多将军们都坐在一起各夸自己的功绩,唯有冯异常一人独坐树下,军中称他"大树将军"。诗中用冯异品德高尚不自夸功绩来比喻诸葛亮。"甘棠"句用的周成王时召公奭的故事。召公巡行南方,推行周文王的仁政,常在甘棠树下听百姓们对他倾诉意见,后人思念他的德政,因而赋了《甘棠》诗。此处是将武侯祠前古柏比做甘棠。

唐代宗大历元年(公元766年),诗人杜甫在夔州,写了一组五首七律《咏怀古迹》,内容不仅记述古迹的情况,更主要的是诗人借古迹抒发自己的感慨。其中第五首即咏的夔州武侯祠,可诗中并没有描述祠庙的情况,全部写的诸葛亮的一生功业,以及诗人的感叹。

▶ 咏怀古迹五首(其五)　　[杜甫]

诸葛大名垂宇宙,宗臣遗像肃清高。
三分割据纡筹策,万古云霄一羽毛。
伯仲之间见伊吕,指挥若定失萧曹。
运移汉祚终难复,志决身歼军务劳。

[译文] 诸葛亮的功业,使他名垂宇宙,这位名重一时的大臣,人们见了他的遗像无不敬仰他的清高。在诸葛亮用尽心计的筹划下,形成了魏蜀吴三国鼎立的局面。他的业绩万古流传,像鸾凤高翔在云霄之中。他的才能和功业,可以和伊尹、吕尚媲美(伊尹辅佐商汤灭夏,建立了商朝;吕尚即姜子牙,辅佐周武王灭商,建立了周朝)。他治理国家从容不迫,胸有成竹,使萧何曹参也望尘莫及。可惜汉朝的气运已终,历史的趋势无法用人力挽回。诸葛亮以坚定的志向辅佐刘备和刘禅,劳累的军国大事使他不幸病逝了。

在成都西北方约五十公里处,有一个灌县,唐代时称灌口镇,这里有着世界闻名的古老水利工程——都江堰。

约在公元前 250 年的秦孝文王时,李冰任蜀郡的太守。为了解除岷江的水患,并灌溉蜀郡的田地,李冰和他的儿子主持修建了都江堰。岷江水经过专门修建的都江鱼嘴后,分流入内江和外江。外江是岷江正流,内江水流经人工开凿的"宝瓶口",进入成都平原。飞沙堰用以调节内江水,过多的江水可溢过飞沙堰流入外江。流入宝瓶口的内江水,自流灌溉了二十七个县市的农田,面积达五十四万公顷,使整个川西平原完全免除了旱涝灾害,年年丰收,成为著名的"天府之国"。

都江堰设计建造得极为成功,虽然已经历了两千二百多年,迄今仍然发挥着巨大的作用。后世人们为了感谢李冰父子的功绩,在内江东岸修建了"二王庙",供奉李冰父子的神像,现已成为著名的古迹和游览胜地。

传说李冰父子在修都江堰时,为了镇压水怪,曾经刻制了五头石犀牛,将它们沉入江水中。在沉石犀牛的地方,唐代设置了犀浦县,即今成都市西北十余公里处的犀浦镇。到了唐代,石犀牛剩下两只,一只放在成都府市桥门,即今石牛门;另一只沉入深水中。

盛唐诗人岑参,于唐代宗大历二年(公元 767 年)在成都时,曾游历了都江堰,对李冰的功绩钦佩不已。于是他利用有关石犀的传说,写了下面这首赞誉的五言诗:

▶ 石犀 [岑参]

江水初荡潏,蜀人几为鱼。
向无尔石犀,安得有邑居。
始知李太守,伯禹亦不如。

[译文] 在岷江水开始泛滥时,蜀郡的人们几乎都变成了鱼。如果没有李冰修都江堰并刻石犀镇压水怪,蜀郡哪里还会

有居民房舍呢。这才知道李冰太守的功绩，连治水的大禹也比不上啊！

唐肃宗上元二年（公元761年），都江堰的所在地灌口镇发生了水灾。当时诗人杜甫正在成都，他对于石刻犀牛镇压水怪可以防止洪水泛滥的说法是不相信的，认为防止水患要组织民众修筑堤坝，加上清明的政治措施，自然能避免水灾。为说明自己的这种看法，诗人写了一首七言长诗《石犀行》。

▶ 石犀行　　［杜甫］

> 君不见秦时蜀太守，刻石立作五犀牛。
> 自古虽有厌胜法，天生江水向东流。
> 蜀人矜夸一千载，泛滥不近张仪楼。
> 今年灌口损户口，此事或恐为神羞。
> 修筑堤防出众力，高拥木石当清秋。
> 先王作法皆正道，鬼怪何得参人谋。
> 嗟尔五犀不经济，缺讹只与长川逝。
> 但见元气常调和，自免洪涛恣凋瘵。
> 安得壮士提天纲，再平水土犀奔忙。

［译文］你看那秦国时的蜀郡太守李冰，刻了五个石犀牛以镇压水怪。虽然自古以来就有这类镇压鬼怪的迷信方法（即"厌胜法"），可是江水天生就是向东流去的。蜀郡的人们夸耀说成都附近一千年来都没有水灾，岷江泛滥时江水不靠近张仪楼（秦惠文王时，张仪建成都城，它的西南城楼即张仪楼，下为岷江）。可如今灌口镇发生水灾淹死了很多百姓，这么说石犀有什么用呢？看来就是要使神明丢脸。预防水灾应该大家出力，用木石修筑起高高的堤防，以备秋季水涝为害。古代的帝王治理天下都采用顺乎天理人情的做法，怎么能考虑那些荒诞的刻石犀镇压水怪的建议呢？那五个石犀牛实际上什么用处也没有，

如今既短了数（唐代时只剩下两只），又移动了地方，洪水漂走的就让它漂走算了。只要国家的政治清明经济发展，自然可以避免洪水的危害。真希望有壮士严申国法，整顿朝纲，使水土各得其所，那没用的石犀只能逃之夭夭了。

在成都，有一处著名的古迹琴台，相传西汉的大文学家司马相如曾在此台上弹琴。司马相如以琴声感动卓文君和她私奔的故事非常著名。在唐代成都西南，有司马相如的旧宅。诗人杜甫到成都后，于唐肃宗上元年间（公元760年至761年）去游览了琴台，想起司马相如和卓文君的往事，写了下面这首五律：

▶ **琴台** [杜甫]

> 茂陵多病后，尚爱卓文君。
> 酒肆人间世，琴台日暮云。
> 野花留宝靥，蔓草见罗裙。
> 归凤求凰意，寥寥不复闻。

[译文] 那司马相如得了病，隐居到茂陵县以后，还是那么爱卓文君。当年恩爱夫妻合开酒店，在人世间传为佳话。今日傍晚的春云下面，只有那寂寞荒凉的琴台。一丛丛鲜艳的野花，好像是卓文君美丽的脸颊。嫩绿的蔓草，使人像见到文君昔日的绿色罗裙。琴台上再也听不到司马相如的凤求凰曲了，余下的只是一片寂寞。

第七章 献诗干谒

唐代大多数读书人的主要出路，是参加科举考试，考取后就有可能进入官场做官。一些高级官员的子弟，虽然可以按照国家规定直接进入仕途，但毕竟是少数人，而且既不荣耀，升迁也慢。

唐朝科举设立的科目很多，其中最主要的是明经与进士两科。明经科主要考贴经，考题是将儒家经典上的文字用纸贴掉几个，叫应考的人添上，这主要靠死记硬背，考不出水平。

进士科则主要考诗赋，形式比较自由，使应考的人能显示自己的才学。同时，明经科录取名额多，约占考生的十分之一二，进士科就难多了，应考的上千人，录取不过二三十人。因此，唐代有"三十老明经，五十少进士"的谚语。意思是说：三十岁考中明经，已经是太老了，可五十岁考中进士，那还算年轻得很。例如，在唐德宗贞元十六年（公元 800 年），诗人白居易考中第四名进士，他当时二十九岁，但在所录取的十七人中年龄最小，因此白居易曾写有："慈恩塔下题名处，十七人中最少年"的诗句。

由于进士难考，所录取的人又都很有才学，做官后升迁也比较快，因此唐代人们特别看重进士。甚至对穿着白麻衣（古代尚未做官的读书人穿白衣）准备参加进士考试的举子，人们已经推重他们为"白衣公卿"或"一品白衫"了。有些人虽然官做到宰相，但由于不是进士出身，自己总觉得是平生一大遗憾。连皇帝唐宣宗也曾在皇宫的柱子上自题："乡贡进士李道龙。"说明他也想过一下进士的荣耀瘾。

下面让我们先看看一首著名的七绝：

▶ 闺意上张水部　　[朱庆馀]

洞房昨夜停红烛，待晓堂前拜舅姑。

妆罢低声问夫婿：画眉深浅入时无？

[译文] 昨天晚上举行婚礼，点上红烛夫妇入洞房（"停红烛"作点燃红烛解），第二天一早要到堂上拜见公婆。新娘梳妆完毕羞答答地低声问她丈夫：我画的眉毛颜色深浅合乎现在的流行式样吗？

如果不知道这首诗的写作背景，谁都以为这是一首描写新婚夫妇闺房乐趣的诗歌。它的确写得很传神，尤其是第三句的"低声"二字和第四句的问话，生动地描绘出了一个新嫁娘的娇羞形象。

可再一细看诗的题名，就可以知道更有其深意。此诗还有另一个题名，叫做"近试上张水部"。意思是：最近要考试，作此诗呈给水部员外郎张籍。张籍是唐代著名诗人，当时又是朝廷的现任官员。因此朱庆馀写这首诗呈送给他，希望得到他的赏识后，在社会上代为宣扬，使考试容易被录取。

在上面这首七绝中，作者自比为新娘，将张籍比喻为新郎，将主考官比作舅姑（公婆）。因此从作者写这首诗的本意看，应该解释成：最近即将参加进士科考试，考完后卷子就要由主考官评阅了。我虽然有信心考好这次试，但是还要向您请教，不知我写的诗文是否适合主考官的口味。

张籍读了这首诗后，立即写了下面的一首七绝，作为自己的回答：

▶ 酬朱庆馀　　[张籍]

越女新妆出镜心，自知明艳更沉吟。

齐纨未是人间贵，一曲菱歌敌万金。

[译文] 你像刚妆扮好的越地美女，出现在镜湖湖心，自己知道非常明媚艳丽可还有点犹豫不定。其实你何必不放心，

即使是穿着齐纨（山东所产的细绢，以质佳著名）的浓妆美人，也并不值得珍贵，最可贵的是越女的风韵天然，歌喉婉转。她唱的一曲菱歌才真是万金不换啊！

由这首答诗可以看出，张籍对朱庆馀的诗是多么地赞赏。

此诗的第三、四两句，也可以这样解释：齐纨并不是人间贵重的东西，而你给我的这首好诗才真是能值万金啊！

越地为春秋时越国故址，在今浙江绍兴一带，唐时为越州。越国因出过西施这样的著名美人，因此在民歌、诗文中，经常用越地姑娘作为美女的代称。朱庆馀是唐越州人，故诗中用越女比喻他。镜湖即鉴湖，在绍兴县南，因湖水澄清如镜而得名。

自此之后，张籍向朱庆馀要来他的新旧诗文二十余篇，经常向人推荐赞扬。当时张籍诗名很大，人们很重视，纷纷传抄诵吟。于是朱庆馀的诗名广泛传播，果然考取了进士。

在唐代，科举考试的试卷不糊名（不密封），这样，哪本试卷是谁的，主考官一看姓名便知。由于姓名公开，主考官在决定录取谁时，除了依据考卷成绩的优劣外，还要考虑举子平时的声望、德行，以及有无有力人士的推荐等等。

应考的举子们为了能被录取，平时就要注意努力提高自己诗文的知名度，为此，常用的方法是"行卷"，亦称"干谒"，即将自己平时的诗文作品汇集起来，抄写成卷轴，在考试前呈送给当时政治上或文坛上有名气地位的人，希望得到赏识，而在社会上或官场中宣扬，以提高知名度；或者直接向主考官推荐，以增加录取的可能性。由于唐代进士一般在正月考试二月发榜，故呈献行卷(或干谒)多数在头一年秋天就开始进行。

不及公卿一字书

唐德宗贞元初年，诗人白居易初到长安。他当时年纪十五六岁，拿着自己的诗文去谒见著名诗人顾况。顾况当时已六十多岁，又是在任的官员，对这个十几岁的后生，自然不大客气。他拿起诗文，看了看前面的名字——白居易，又把面前这个后生打量了一番，然后说："长安的米价很贵，要在这里'居'是大不'易'的。"接着翻阅白的诗文，当他看到"野火烧不尽，春风吹又生"的诗句时，不禁大为赞赏，说："能做这样好的诗，不但在长安，就是天下任何地方要'居'也很容'易'，前面我是和你开玩笑，不要介意。"于是到处为白居易宣扬，使白居易在长安的声名越来越大。

顾况看了大为赞赏的诗，是白居易在十六岁以前写的一首五律。

▶ **赋得古原草送别**　　[白居易]

离离原上草，一岁一枯荣。
野火烧不尽，春风吹又生。
远芳侵古道，晴翠接荒城。
又送王孙去，萋萋满别情。

[**译文**] 那黄土原上草儿长得多么茂盛，一年一度繁荣又枯萎。野火虽然烧掉了枯黄的草叶，在春风的吹拂下嫩芽又开始生长。远处的草一直长到古老的道路上，在那荒凉的小城边，丛生的野草闪耀出一片碧绿的光彩。我送别友人出门远游（王孙本为贵族后代，此处借指出门远游的人），这萋萋的芳草充满了离别的情意。

白居易虽然十几岁就很有诗名，可却在十几年之后，即到他二十九岁时才考中进士。这很可能是由于像顾况这些赏识他的人官职太小没有势力，只能在社会上宣扬赞誉他的诗文，而不能直接在主考官前推荐的原因。

　　盛唐时代的著名诗人王维，在还不到二十岁时，诗文就很有名，同时他又精通音乐，琵琶弹得非常好。在长安，王维经常在一些贵人家出入交游。唐玄宗的弟弟——爱好文学艺术的岐王李范，对王维就十分赏识。

　　当时有另一个读书人张九皋，诗文声名很大，他托熟人走了极有势力的公主的门路，请公主写了一信给长安的主考官，要取他为第一名。王维这时也准备应考，知道此事后，私下告诉了岐王并求他帮忙。岐王对他说："公主势力很大，不可硬争。我替你想个办法，你将旧作的好诗抄录十首来，再专门作一首精彩的琵琶乐曲，过五天来找我。"五天后王维去见岐王，岐王说："你要想见公主，得听我的安排，要化装一下。"王维同意了。于是岐王将王维装扮成演奏琵琶的伶人，穿上华丽的衣服，随同岐王到公主府第参加宴会。宴会上王维站在一队伶人的最前面，他年轻洁白，风姿优美。公主很注意，问岐王说："这是什么人？"岐王答道："是知音人。"于是叫王维用琵琶独奏新曲，满座客人都赞赏不已，公主尤其惊喜。岐王说："他不仅通音乐，所作诗歌也无人相比。"公主更奇怪了，说："有诗文吗？拿来看看。"于是王维呈上所抄录的诗作。公主看后大吃一惊说："这都是我经常阅读的好诗，原以为是古人的佳作，谁知是你写的。"于是请王维换去伶人衣服，作为客人招待。王维多才多艺，谈吐风雅，在座的贵人们都很钦佩。岐王乘机说："如果长安今年录取他当第一名进士，那真是国家的荣誉。"公主说："那就让他应考去。"岐王说："他发誓如不得第一名，就不参加考试，不过听说公主您已推荐张九皋了。"公主说："咳！这是别人托我的，我对张并不熟。"于是回头对王维说："你要是参加考试，我可以帮忙。"王维连忙起来感谢。于是公主派人将主考官召到自己府上，指示他以第一名录取王维。果然王维中了第一名进士。

　　由上面这个故事知道，诗人王维由于找到了极有权势的大后台，能将主考官叫到家中来吩咐一番，因此一干谒就立即中了进士，不像白居易那样等了十几年。

唐代进士科所录取的状元，后来很少真正有什么成就。可这次取王维为第一名，倒是很正确的。王维博学多才，在诗歌、绘画和音乐方面，都有很深的造诣，尤其是诗歌，其声名几可媲美李白和杜甫。王维在诗中善于描写山水风景，被苏东坡赞为"诗中有画，画中有诗"。例如下面这首五律：

▶ 山居秋暝　[王维]

空山新雨后，天气晚来秋。
明月松间照，清泉石上流。
竹喧归浣女，莲动下渔舟。
随意春芳歇，王孙自可留。

[译文] 新雨后空旷的山谷，正是晚秋天气。月光透过松林照到地面，清澈的泉水从石上淙淙流过。竹林间人声喧闹，那是洗衣的妇女们归来了。水面荷叶摇动，有渔船顺流而下。在这深秋虽然没有春天的繁花，可清幽的山景更使人流连忘返啊！

在我国，有一句极其著名的俗语"每逢佳节倍思亲"，它就来自王维的一首七绝。诗中的佳节，是指重阳节。

王维老家原在太原祁（今山西祁县），到他父亲这一辈，迁居于蒲（今山西永济县）。王维十七岁时离家游学，来到长安、洛阳等地。这年的重阳节，洛阳的人们按照节日的习俗，插茱萸，饮菊花酒，并登高游览。王维一个人独在异乡，看见别人忙着过节，自己更加怀念在家乡的亲人。想到家人一定也在想念自己。在这位十七岁才子的脑海中，一首流传千古的佳作形成了，这就是七绝《九月九日忆山东兄弟》。

▶ 九月九日忆山东兄弟　[王维]

独在异乡为异客，每逢佳节倍思亲。
遥知兄弟登高处，遍插茱萸少一人。

[译文] 我一个人在他乡做旅客，每逢遇到佳节会加倍地思念亲人。在这遥远的他乡，想必我的兄弟们登高一个个地插茱萸时，就少我一个啊。

据原注，诗人创作此诗时才十七岁。王维的兄弟们所在的家乡蒲州，位于华山以东，故诗题中称"山东"。

唐宪宗元和年间，诗人李翱任朗州（今湖南常德）刺史，有举子卢储拿着自己的诗文求见，目的是准备考进士，希望李能代为宣扬。李将卢的诗文放在桌上，被他的大女儿看见。这位姑娘反复看了卢的诗文后，对侍女说："按此人的文章，将来必定会考中状元。"李翱知道后很惊奇，把诗文一看，果然不错，于是就让女儿和卢储定了亲。经过李翱的多方活动，卢储在第二年真的中了第一名进士——状元。在衣锦荣归结婚时，那位姑娘在楼上梳妆打扮，迟迟地不下楼，于是，卢储写了一首七绝送上楼去催促。

▶ **催妆** ［卢储］

　　昔年将去玉京游，第一仙人许状头。
　　今日幸为秦晋会，早教鸾凤下妆楼。

[译文] 去年在我准备去长安考进士之前，曾拿着诗文到您家请求评赏，蒙您这第一位的仙女许我考上状元。今日幸运的我俩结为百年之好，请您这只凤凰早一点从妆楼上下来吧！

卢储幸运，找到一位好丈人帮他的忙，对于大多数没有靠山的举子，只有依靠自己的才学努力了。晚唐诗人高蟾，考进士多年都不中第，怨气很大，于是在考试完毕之后，在考场尚书省的墙间题了一首七绝：

▶ **春** ［高蟾］

　　天柱几条撑白日，天门几扇锁明时。
　　阳春发处无根蒂，凭仗东风分外吹。

[译文] 天上几根柱子支撑着明亮的太阳（搘，音 zhí，支撑）；天上有几扇大门锁着圣明的时代。春天的来到是没有什么道理的，全仗着东风额外地吹拂它。

高蟾此诗中的"阳春"，指进士及第，"东风"指主考官。诗的末两句说中进士没什么道理，全凭主考官的照顾。因此，见到此诗的主考官当然很不高兴，于是，高蟾又落第了。

到了唐僖宗乾符二年（公元 875 年），再次落第的高蟾学乖了一点，他向主持考试的高侍郎献上了一首七绝，内容当然是显示自己的才学，请求高侍郎为考试及第帮忙。可是，这种诗要写得不卑不亢，既是求人，又不显得低声下气，辞句华丽宛转，可又要让对方理解自己的用意。我们看看高蟾这次是怎么写的。

▶ 下第后上永崇高侍郎　　[高蟾]

天上碧桃和露种，日边红杏倚云栽。
芙蓉生在秋江上，不向东风怨未开。

[译文] 新考中的进士们像天上的碧桃花一样，由您亲手带着露水种植；又像是太阳边上的红杏花，由您栽培在白云边上。我这不幸落第的人如同生长在秋天江上的芙蓉，它再也无法开放了，只能怨自己为何不生长在东风轻拂的春天里呢！

诗题中的"永崇"，为唐代长安的坊名，高侍郎即住在永崇坊。

高蟾这首诗不仅艺术水平不错，而且的确写得很得体，高侍郎读后，自然明白了高蟾求他帮助的含义。果然在第二年，即乾符三年，高蟾考中了进士。

晚唐诗人杜荀鹤，相传是诗人杜牧的妾所生之子。他虽然早有诗名，可多次考进士都落第，于是走上了干谒权贵之路。一次他路过洛阳，专门去晋见宣武镇节度使朱全忠（即朱温），此人是黄巢农民军的降将，手握重兵野心勃勃，最后灭唐取而代之。杜荀鹤在与朱全忠坐谈时，忽然天上无云而下起了雨。朱全忠说："这是老天爷哭泣，不知是吉是凶？"杜荀鹤一看机会到了，立即写了一首奉承朱全忠的七绝。

▶ 梁王坐上赋无云雨　　[杜荀鹤]

同是乾坤事不同，雨丝飞洒日轮中。

若教阴朗都相似，争表梁王造化功。

[译文] 同样是乾坤中的事物其现象不同，这次是雨丝在明亮的阳光照耀下飞洒。如果在谁的治理之下天阴天晴的现象都相似，那怎能显示出梁王（朱全忠当时被封为梁王）您功勋盖天、治民有方呢！

对唐末为争权夺利而混战，杀人如麻的朱全忠作这样的吹捧，实在令人肉麻。可在当时朱全忠权势熏天，杜荀鹤这首诗也真有效，朱看后大为高兴，给主持考试的礼部打了个招呼，于是在唐昭宗大顺二年（公元891年），四十六岁的杜荀鹤以第八名考中了进士。

由以上叙述可以知道，唐代考进士时走后门、托人情之风极盛。虽然也有凭才学受赏识而考中的，但更重要的是取决于与主考官员的私人关系或所托后门的权势大小。在唐代诗人的作品中，也谈到这个问题。例如白居易写的下面一首七绝：

▶ 见尹公亮新诗，偶赠绝句　　[白居易]

袖里新诗十首余，吟看句句是琼琚。

如何持此将干谒，不及公卿一字书。

[译文] 我袖子里有十几首尹公亮写的新诗，细看句句都像美玉一样地精彩。不过你拿这样的好诗来干谒有什么用呢，须知它远抵不上大官写的一张便条啊！

前面提到的白居易、王维和杜荀鹤在考进士前的干谒活动，方式各有不同。不过总的是走的门路势力越大，成效也就越显著。封建时代最高统治者是皇帝，如果有办法在皇帝面前显示才学得到赏识，那很可能连进士也不用考就能特赐官职了。可是也须要特别注意，如果言词中不小心得罪了皇帝，那就完了，至少在这位皇帝驾崩之前，就再也别想做官了。

唐太宗贞观年间，蜀地有位八岁的小孩李义府，通晓诗文，被人誉为神童。后被推荐至长安见皇帝，唐太宗在上林苑射猎，有人捉住乌鸦献上，太宗赐给李义府，李向太宗献了下面的五言绝句一首：

▶ **咏乌**　　[李义府]

日里扬朝彩，琴中伴夜啼。

上林如许树，不借一枝栖。

[**译文**] 三足乌鸦在太阳里射出清晨的霞光；琴在奏着凄凉的乐曲《乌夜啼》。上林苑有这么多的树，也不借给我一枝栖息。

唐太宗一看诗，就明白了李义府的用意，于是笑着说："我整株树都借给您，岂止是一枝。"诗第一句用了中国古代传说太阳中有三足神鸟的神话。诗第三句中的树，指朝廷中的官位。李义府得到皇帝唐太宗愿"全树借与"的赞许，前途自然很光明，果然，他在太宗朝担任了重要官员，后来在高宗朝还当过宰相。

合著黄金铸子昂

初唐著名诗人陈子昂，是梓州射洪（今四川射洪）人。唐高宗调露元年（公元 679 年），二十一岁的陈子昂初到长安，不为人所知，同时他在长安也不认识有权势或有名气的朋友。为了能迅速提高自己的知名度，他采用了一种极为少见的方法。一次他在街上见有人卖胡琴，价格昂贵，围观的人很多，可谁也不知道这琴有何妙处。陈子昂灵机一动，当着众人将琴买了，并且宣布第二天公开演奏。第二天，他对来听琴的人高声说："我是蜀人陈子昂，善作诗文，现有文百篇，可在长安不为人知。胡琴是乐工用的东西，不值得我们注意。"说完将胡琴当场打碎，将诗文分给众人。由于他的诗文的确写得好，于是一日之内，声名传遍了长安城。

可就是这样，也不一定能使陈子昂考上进士。次年，陈子昂在东都洛阳应进士试，结果落第。

两年之后，二十四岁的陈子昂再次来到长安应试，这次考中了进士。陈子昂是初唐最有成就的诗人，他提出的文艺理论和创作实践，在唐代有深远的影响。他反对词藻华丽、内容空泛、浮艳不实的齐梁诗风，主张诗歌要有"兴寄"、"风骨"，要清新自然。他在自己的诗歌创作中，尽量地做到这两点。唐代宗宝应元年（公元762年）冬，诗人杜甫来到射洪，参观了陈子昂故居，他在所写的五言诗《陈拾遗故宅》中，热情地赞扬了陈子昂。

▷ **陈拾遗故宅（摘录）**　　　　[杜甫]

> 位下曷足伤，所贵者圣贤。
> 有才继骚雅，哲匠不比肩。
> 公生扬马后，名与日月悬。

[译文] 陈子昂的官位低下（右拾遗是从八品上的小官）又有什么关系，值得珍贵的是他那像圣贤一样的品质。他那才气横溢的作品继承了屈原《离骚》及《诗经》中的《大雅》和《小雅》的风格，历史上许多富于智慧而又有才学的人，也不能和他比拟。陈子昂生在大文学家扬雄和司马相如之后，但声名将和日月一样，与世长存。

中唐时的大文学家韩愈，在他的五言长诗《荐士》中称赞陈子昂说："国朝文章盛，子昂始高蹈。"而在后人赞颂陈子昂功绩的诗歌中，金国诗人元好问写的《论诗三十首》中的一首七绝，对他作了极高而又中肯的评价。

▶ 论诗三十首（选一）　　[金　元好问]

沈宋横驰翰墨场，风流初不废齐梁。
论功若准平吴例，合著黄金铸子昂。

[译文] 初唐时沈佺期和宋之问在诗坛上驰骋，可他们的诗风中仍有着齐梁绮靡的余韵。如果像勾践对待平吴功臣范蠡那样对待陈子昂在诗坛上的功绩，应该用黄金铸成陈子昂的像来纪念他。

写到这里，读者一定想看看陈子昂有代表性的杰作是什么，《登幽州台歌》就是其中之一。

▶ 登幽州台歌　　[陈子昂]

前不见古人，后不见来者。
念天地之悠悠，独怆然而涕下。

幽州台即蓟北楼，又称蓟台、燕台，唐时属幽州，所以也称幽州台，故址在今北京市西南。战国时燕国被齐国打败，几乎灭亡，燕昭王筑幽州台，招徕天下豪杰，后来得到名将乐毅，兴兵复仇打败了齐国。武则天时，武攸宜率军征讨侵扰河北的契丹，陈子昂为参谋，他要求分兵万人为前驱，武不听，反而将他降职。因此陈在登幽州台时，吊古伤今，写出了上面那首苍凉悲壮的好诗。

《登幽州台歌》这首诗文字明白如话，甚至无需译成今文即可读懂，可它的情调慷慨悲凉，包括了广阔无垠的背景和往来古今的时光长河，其深远的意境是值得反复吟诵玩味的。

吾爱孟夫子

唐玄宗开元十六年（公元 728 年）冬天，盛唐的著名诗人孟浩然赴首都长安，准备参加次年春天的进士考试。

第二年春天进士考试之前，孟浩然写了一首《长安早春》，其中有这样两句："何当遂荣擢，归及柳条新。"意思是：什么时候才会了却我那荣耀地被选拔为进士的心愿，在柳条还是新绿时衣锦荣归。这表明他对这次进士考试充满了希望和信心。可大约因为孟浩然初到长安名望不够，又没有大官的有力推荐，结果考试落第了。

落第之后，孟浩然仍旧留在长安，他广泛交游，结识名流，寻求有权势者的帮助，作为下一次考进士的准备。他常到文人学士集中的秘书省闲游，一个秋天的夜晚，月色皎洁，孟浩然和秘书省的许多文士一起联句，轮到孟浩然时，他对眼前秋夜景色的描绘是："微云淡河汉，疏雨滴梧桐。"在座的文士一致惊叹这两句的清新高绝，无人敢再举笔续下去。同时，孟浩然与在长安的大诗人王维、丞相张说，以及许多其他的官员来往密切，并成为要好的朋友。这样看来，孟浩然在下一次进士考试中被录取，问题是不大了。没想到，发生了这样的一件事：

有一天，孟浩然在王维办公的官衙内，突然唐玄宗来了，白身的孟浩然不能见驾，又来不及避开，只好藏在床下。王维不敢向玄宗隐瞒，老实说了。玄宗听后很高兴，说："我早就听说此人的诗名，何必要藏起来呢？赶快出来吧。"浩然见皇帝后，皇帝问他："你带诗来了吗？"于是孟浩然在皇帝面前朗诵了一首自己认为的杰作《岁暮归南山》。

▶ 岁暮归南山　　［孟浩然］

北阙休上书，南山归敝庐。

不才明主弃，多病故人疏。

白发催年老，青阳逼岁除。

永怀愁不寐，松月夜窗虚。

[译文] 我对政治活动已经灰心，所以不必再向皇帝上书提出什么意见和建议了（北阙指皇宫），还是回到终南山里我那间破茅屋去隐居吧。自己没有才能，英明的当今皇帝也不会赏识，身体多病来往少，与亲友也疏远了。头上的白发催着我一年年地老去，时光像流水一样（青阳指春天），转瞬又是新年了。想到自己岁月虚度，一事无成，在这晃映着月光松影的窗下，使人真是愁闷难眠啊。

玄宗听见诗中的"不才明主弃"的句子时，心里很不高兴，说道："是你自己这么多年不主动寻求做官，我并没有抛弃你，干吗要在诗中诬赖我。你为何不朗诵'气蒸云梦泽，波撼岳阳城'。"因此叫孟浩然回终南山去。皇帝这一声令下，决定了孟浩然一生只能过隐居生活，再也当不上官了。

孟浩然那一首皇帝欣赏的《望洞庭湖赠张丞相》，倒真是一首请托诗，诗中表示自己不安于隐居生活，希望张说在政治上拉一把。

▶ 望洞庭湖赠张丞相　　[孟浩然]

八月湖水平，涵虚混太清。

气蒸云梦泽，波撼岳阳城。

欲济无舟楫，端居耻圣明。

坐观垂钓者，徒有羡鱼情。

[译文] 八月洞庭湖水涨平了岸，水和天已混成一体不可分辨。蒸腾的水气笼罩着整个云梦泽（云梦泽为远古时代的大湖，包括现在湖北中南部，湖南北部的低洼地区，洞庭湖原为它的一部分），波浪撼动了湖岸边的岳阳城。我想渡过洞庭湖，可又没有船（实际意思是我想参加政治活动，可又没有门路）。如果一直再隐居下去，那又太对不起这个太平的时代。看着湖

边钓鱼的人，我只是空有着羡慕他们能捉到鱼的心情啊！

孟浩然在政治上遭到这次失败后，长安不能再住下去了。他在离开时写了一首诗向当时任侍御史的好友王维告别。

▶ **留别王侍御维**　　[孟浩然]

寂寂竟何待，朝朝空自归。
欲寻芳草去，惜与故人违。
当路谁相假，知音世所稀。
只应守索寞，还掩故园扉。

［译文］ 自己客居长安什么意思也没有了，还有什么可以期待的呢？天天都是空手归家。我想回去再过隐居生活，但又有些舍不得和你离别。现在掌权的人谁能支持帮助我？世界上知音人是那么少，看来只有你了。我是应该回去了，关起故居的门自己寂寞地生活吧。

在孟浩然启程由长安回故乡襄阳（今湖北襄阳）时，王维写了下面这首五言诗给他送行：

▶ **送孟六归襄阳**　　[王维]

杜门不欲出，久与世情疏。
以此为长策，劝君归旧庐。
醉歌田舍酒，笑读古人书。
好是一生事，无劳献子虚。

［译文］你原来闭门隐居不想出山，与人情世故久已疏远。如果以此为长久之计，我劝你回到隐居的旧地去罢。还是过那隐居的生活，喝农家自酿的酒，醉了放声高歌；细读古人的著作，时时发出会心的微笑。像这样自在地度过一生多好，用不着像西汉的司马相如一样，辛苦劳累跑到长安献《子虚赋》，以求得一官半职。

王维的这首送别诗很有意思，其中一点也不说挽留的话，更没有劝慰落第、勉励继续努力再考，预祝将来一定金榜题名等内容，而是通篇劝孟浩然去隐居，在读书饮酒中打发时光。为什么要这样写，原因很简单，孟浩然得罪了皇帝，再要想进入仕途，是彻底无望了。

孟浩然离开长安后，在故乡襄阳及东都洛阳作短暂停留后，转往江淮及吴越一带漫游。大约在唐玄宗开元十八年（公元 730 年）春天，孟浩然与李白在江夏（今湖北武昌市）相遇。不久，孟浩然乘船沿长江东下赴广陵（今江苏扬州），李白在长江边上的黄鹤楼给他钱行。孟浩然登舟出发后，李白一直伫立在黄鹤楼上，望着一叶孤舟消失在远方水天交接之处，这时，一首极为精采的杰作，在李白的脑海中诞生了，这就是七绝《黄鹤楼送孟浩然之广陵》。

▶ 黄鹤楼送孟浩然之广陵　　［李白］

故人西辞黄鹤楼，烟花三月下扬州。
孤帆远影碧空尽，惟见长江天际流。

［译文］老朋友和我在黄鹤楼分别，在轻雾渺江花木葱茏的春天到扬州去。船的帆影在遥远的碧空消失了，只见滚滚长江水向天边流去。

此后，孟浩然一直过着隐居和漫游的生活，多年以后，孟浩然已经老了，他的好友、大诗人李白送了他一首五律，诗中对他终身未进入官场进行了高度的赞扬。

▶ 赠孟浩然　　［李白］

吾爱孟夫子，风流天下闻。
红颜弃轩冕，白首卧松云。
醉月频中圣，迷花不事君。
高山安可仰，徒此揖清芬。

[译文] 我尊敬的孟夫子，你的品德诗才天下闻名。年轻的时候就不愿做官，放弃了功名富贵。即使是到了老年白头，仍然是和松云作伴。花前月下经常喝得醉醺醺的（中圣指酒醉），留恋这种自由自在的生活不愿去侍奉君王。你那高尚的品德像高山一样，真叫我无比的敬仰啊！

在孟浩然的杰作中，有一首五绝《春晓》，它虽然仅二十个字，却描绘了"春困"、"春鸟"、"春风"、"春雨"和"春花"这样众多的事物，而且形象生动，语言流畅清新。

▶ **春晓** [孟浩然]

春眠不觉晓，处处闻啼鸟。
夜来风雨声，花落知多少。

对这首诗如白话的佳作，其含义就无需作者饶舌了。

杜公四十不成名

诗人杜甫的遭遇，是干谒和考试都失败的例子。杜甫被后代尊为"诗圣"，他的诗被赞誉为"诗史"。他在诗歌上的成就，唐代很少有人能与之比拟，可他就是考不上进士，想借诗文显示才学以博一官半职也都不成功。

唐玄宗开元二十三年（公元735年），二十四岁的杜甫在洛阳参加进士考试落第。天宝六年（公元747年），唐玄宗下诏，凡国内有一技之长的人都可到长安应考，杜甫也参加了这次考试。这时正是奸相李林甫当权，他怕应考者录取后会揭露他的罪恶，因此玩弄手法一个也不录取，然后向唐玄宗道贺说："全国的贤才都在朝廷，下面一个也没有了。"对这种骗人的鬼话，玄宗居然深信不疑。

杜甫在天宝六年考试失败后，想离长安远游，但又有些留恋。

在此情况下于次年（公元 748 年）写了一首五言诗，呈给当时的一位大官——尚书左丞韦济，希望能得到他的帮助与推荐。

▶ 奉赠韦左丞丈二十二韵　　[杜甫]

纨绔不饿死，儒冠多误身。

丈人试静听，贱子请具陈。

甫昔少年日，早充观国宾。

读书破万卷，下笔如有神。

赋料扬雄敌，诗看子建亲。

李邕求识面，王翰愿为邻。

自谓颇挺出，立登要路津。

致君尧舜上，再使风俗淳。

此意竟萧条，行歌非隐沦。

骑驴十三载，旅食京华春。

朝扣富儿门，暮随肥马尘。

残杯与冷炙，到处潜悲辛。

主上顷见征，欻然欲求伸。

青冥却垂翅，蹭蹬无纵鳞。

甚愧丈人厚，甚知丈人真。

每于百僚上，猥诵佳句新。

窃效贡公喜，难甘原宪贫。

焉能心怏怏，只是走踆踆。

今欲东入海，即将西去秦。

尚怜终南山，回首清渭滨。

常拟报一饭，况怀辞大臣。

白鸥没浩荡，万里谁能驯！

[译文] 纨绔子弟养尊处优哪会饿死，而正派的读书人反而穷愁潦倒耽误了一生。请您听我谈谈自己的情况吧。我还在

很年轻的时候，就参加过进士考试。读书研究过万卷书的精髓，下笔作文如有神助。写的辞赋可以比得上汉代的扬雄，诗篇不亚于曹植。李邕希望和我相识，王翰愿和我做邻居。我自以为是了不起的人才，可以在京城内马上得到重要的官职，辅佐皇帝像尧舜一样治理天下，再一次使民风淳朴天下太平。谁想到这些幻想都破灭了，只是在长安到处奔走写诗，无法做隐姓埋名的隐士。从年轻到现在十几年未能进入官场，仍在长安过着贫困的旅居生活。早上去敲富贵人家的大门，傍晚跟在达官贵人肥马卷起的尘埃之后。吃着人家的残酒剩饭，不禁使人暗暗悲伤。去年皇上下令征召贤才，我想施展一下自己的才华。谁知道像垂翅的鸟一样从空中掉了下来，又像不能在水中自由遨游的巨鱼，倒霉失意毫无办法。我真惭愧，你那样看得起我，真心想提携我，常在大官们聚会的时候，朗诵夸奖我的新诗。我像汉朝的贡禹一样，因朋友做了大官而暗中欢喜，我也实在不甘心永远像原宪那样贫困下去（原宪是孔子弟子，以家贫著名）。不能总这样心里怨怨不平，在这里无所适从地徘徊。我现在想离开长安，到东海之滨去避世隐居。可我又有些留恋这终南山，舍不得清澈的渭河。我常常想古人受别人一顿饭的好处都要报答，何况要辞别曾给予我很多恩惠的大臣（指韦济）呢。我要像白鸥一样，在浩瀚的海上万里飞翔，自由自在地生活，再也不受别人的管束了。

杜甫为能凭才学博得一官半职，在天宝九年（公元 750 年）向皇帝玄宗进献《雕赋》，十年献《三大礼赋》，十三年又献《封西岳赋》。只是在献《三大礼赋》后，受到唐玄宗的注意，命他待诏集贤院，并且考试他的文章。当时的试官之一，是年届七十的集贤直学士诗人崔国辅，他很欣赏杜甫的文章，经常加以称道。可实际上也没有起什么作用。

唐代宗广德二年（公元 764 年），杜甫在成都严武幕府中任节度参谋，检校工部员外郎，这是杜甫担任过的最高官职，故后人又称他"杜工部"。此时，杜甫回忆起十二年前在长安集贤殿考试时的得意情况，对比当前的遭遇，于是写了一首七言古诗《莫相疑行》。

▶ **莫相疑行（摘录）** ［杜甫］

男儿生无所成头皓白，牙齿欲落真可惜。
忆献三赋蓬莱宫，自怪一日声辉赫。
集贤学士如堵墙，观我落笔中书堂。
往时文采动人主，此日饥寒趋路旁。

[译文] 我枉为男子汉，一生没什么成就，头发已白，牙齿也要掉了，真可悲伤啊。回想起当年向皇宫里的天子献上《三大礼赋》，突然一天之内声名显赫。集贤院的学士们挤得像一堵墙似的，看我在中书堂（宰相们办公的地方）下笔写文章。那时候我的诗文博得了皇帝的赞赏，谁知道今天饥寒交迫流落在路旁。

杜甫献《三大礼赋》后，虽然像他写的那样声名显赫了一时，可由于奸相李林甫的压制，仍旧毫无用处，考完还是得不到任用。只是到了天宝十四年（公元755年），四十四岁的杜甫才被任命当了一个管兵甲器杖的小官——右卫率府兵曹参军。可就在几个月之后，使唐朝由极盛而衰的"安史之乱"便爆发了。

四百多年后，宋代诗人陆游，感叹杜甫在长安的遭遇，写了下面这首诗：

▶ **题少陵画像** ［宋 陆游］

长安落叶纷可扫，九陌北风吹马倒。
杜公四十不成名，袖里空余三赋草。
车声马声喧客枕，三百青铜市楼饮。
杯残炙冷正悲辛，仗里斗鸡催赐锦。

[译文] 长安深秋落叶纷纷，大路上呼啸的北风能将马都吹倒。杜甫四十岁都未成名，袖子里白白地带着《三大礼赋》的草稿。长安城中喧闹的车马声将杜甫从梦中惊醒，他只能带着仅有的三百文钱上酒店喝酒浇愁。达官贵人家的残汤剩饭吃起来可真叫人辛酸哪！瞧那皇宫里斗鸡正热闹，催着给斗胜的发放赏赐呢！

曲终人不见

唐代诗人钱起，是著名的"大历（唐代宗年号）十才子"之一。他生于唐玄宗开元初年，从开元末年他成年之时起，一直到天宝年间，钱起多次参加进士考试，但都未被录取。落第以后的悲伤惆怅情绪和复杂的心情，反映在他写的多首落第诗中。

▶ 下第题长安旅舍　　　[钱起]

不遂青云望，愁看黄鸟飞。
梨花度寒食，客子未春衣。
世事随时变，交情与我违。
空余主人柳，相见却依依。

[译文] 我想考中进士青云直上的希望破灭了，现在看到黄莺飞翔都发愁。又是寒食（清明前后）节了梨花盛开，可我还未换上春衣。世界上的事随时改变，朋友交情也不可靠。只有这旅店门外的柳树，低垂着长条对我依依不舍。

虽然多次落第，可钱起仍继续参加进士考试，并且找机会写诗给大官，显示自己的才学，寻求支持。一次，一位姓李的侍郎被任命为宰相，钱起给他写了下面这首七律。

▶ 乐游原晴望上中书李侍郎　　　[钱起]

爽气朝来万里清，凭高一望九秋轻。

不知凤沼霖初霁，但觉尧天日转明。

田野山河通远色，千家砧杵共秋声。

遥看青云丞相府，何时开阁引书生。

[译文] 凉爽之气一早来到，万里之内一片清明。登上乐游原凭高一望已是轻快的秋天。我不知道皇宫中的凤沼久雨初停，可已觉得天空变得明亮起来了。四方的山河通向苍茫的远方，长安城中千万家在砧上捣棉衣的杵声，与秋声混成一片（唐代时，入秋后人们要在砧石上用杵敲打棉衣，使之柔软疏松。"秋声"指秋风声、落叶声、秋虫鸣声等等）。我遥望在青云中你的丞相府，什么时候才能敞开大门协助我这个书生进入官场呢？

细读钱起的这首七律可知，李侍郎已经被任命为当朝宰相，钱起送他这首诗的目的，并不是请他欣赏乐游原秋季远眺的景色，而是借写此诗显示自己的才学，并在诗中宛转地请求李侍郎在政治上给以帮助。因此，这首诗的第三、四句是很有意思的，它表面上写的秋雨初霁，天色转晴，实际上是说朝廷中的阴雨（政治上的斗争或权位争夺等）已过，李侍郎上了宰相任，象征太平盛世的"尧天"已经来到。这些宛转颂扬李侍郎的话，看来写得还算得体。

唐玄宗天宝九年（公元 750 年），钱起终于考中了进士。考中进士的这一次诗题为《湘灵鼓瑟》，他真不愧是后人称赞的"大历十才子"之首的诗人，在考场中不慌不忙，写成了一首非常精采，甚至连主考官也拍案叫绝的"试帖诗"。

▶ 湘灵鼓瑟　　　[钱起]

善鼓云和瑟，常闻帝子灵。

冯夷空自舞，楚客不堪听。

苦调凄金石，清音入杳冥。

苍梧来怨慕，白芷动芳馨。

流水传潇浦，悲风过洞庭。

曲终人不见，江上数峰青。

[译文] 湘君和湘夫人的神灵，善于弹奏云和宝瑟。河伯冯夷听见乐声起舞，可是那悲伤的曲调啊！使被放逐到南国的人怎能听得下去。那瑟声比金石乐器还要凄苦，清亮的声音散入杳冥之处。在白芷（一种香草）散发的芳香中，哀怨的瑟声悼念着舜在苍梧的逝去。潇水（发源于苍梧山）河口上潺潺的流水声，带来了最后的道别，凄凉的悲风，随流水吹过洞庭。乐曲终了不见人影，只有江上数峰青山，一片寂静。

天宝九年的进士主考官礼部侍郎李玮，在看了钱起的这首《湘灵鼓瑟》后，不禁"击节吟咏久之"，认为"是必有神助之耳"，并赞誉诗的最后两句为"绝唱"。

北宋哲宗绍圣三年（公元 1096 年），著名词人秦观自贬所处州（今浙江丽水县）向南迁到郴州（今湖南郴县），所乘的船又一次经过湘江和潇水，在一个月色皎洁，微风全无的夜晚，词人面对澄清碧蓝的江水，一天星斗好似浸在江底闪烁，幽美的景色使他吟成了一首新词《临江仙》。

▶ **临江仙**　　[宋　秦观]

千里潇湘挼蓝浦，兰桡往日曾经。月高风定露华清，微波澄不动，冷浸一天星。

独倚危樯情悄悄，遥闻妃瑟泠泠。新声含尽古今情，曲终人不见，江上数峰青。

[译文] 绵延千里的潇水和湘江啊，水色澄澈碧蓝。在往昔的日子里，我就曾经乘船来过。如今月儿高挂，微风停息，露水降下。一江清澈的微波凝然不动，满天星斗沉浸在凉冷的碧水中。

我独自靠着船桅，浮起一缕缕的遐想。似乎听见远处传来湘江女神鼓瑟的乐声。那新奇的乐曲啊，诉尽了所有的古今情意。乐曲终了不见人影，只有江上数峰青山，一片寂静。

秦观在这首词中，就一字未变地引用了钱起那两句诗，而且用得毫不露痕迹，非常妥帖，这一方面表明词人对这两句诗的喜爱，"微波澄不动，冷浸一天星"，与"曲终人不见，江上数峰青"遥相呼应，共同描绘出了月夜江面上的寂静，幽美和带有神秘的意境。

一日看尽长安花

中唐诗人孟郊，字东野，他一生穷愁潦倒，经常处于饥寒冻馁之中。在现存的四百多首孟郊的诗作中，大多数是倾诉个人穷愁孤苦的作品，而且描绘手法达到了极顶、出奇的程度。

▶ 赠别崔纯亮（摘录）　　[孟郊]

食荠肠亦苦，强歌声无欢，
出门即有碍，谁谓天地宽。
一饭九祝噎，一嗟十断肠。

[译文] 穷困已极，野菜吃多了连肚肠都是苦的。勉强唱歌，声音中也毫无欢乐。只要我一出门，就必定有阻碍。人们都说天地之间宽广得很，可对我，为何这样的狭窄呢！吃一顿饭九次噎住，一声叹息十次肠断。

由这首诗可以知道，孟郊一直悲叹自己的命运特别坏，连天地都似乎和他作对，以至于达到"出门即有碍，谁谓天地宽"的地步。其实，应该是他自己患得患失之心太重所造成，他平生的经历，并不完全像他在上面这首诗中描绘的那样。

为了能进入官场，孟郊参加过多次进士考试，虽然有大官韩愈、李翱等人赏识他的诗文，曾为他向各方面宣扬，但他却多次落第。根据孟郊这人心地狭窄的特点，他落第之后的失望与悲伤可想而知。

▷ **落第**　　［孟郊］

晓月难为光，愁人难为肠。
谁言春物荣，独见花上霜。
雕鹗失势病，鹪鹩假翼翔。
弃置复弃置，情如刀剑伤。

［译文］清晨的月亮光辉暗淡，愁苦人的肝肠，悲痛使它寸断。谁说春天万物繁荣滋长，我可见到鲜花上落了寒霜。我像病倒的雕鹗（善飞的猛禽，喻人的才力雄健）一样失去了威势，连小小的鹪鹩鸟也在我眼前飞来飞去。我一次又一次地落第，每次都像被刀剑所伤一样的痛苦啊！

可是，时来运转，也许再加上友人们的帮助，孟郊在四十六岁时考中了进士，这时的他变成什么样了呢？

▷ **登科后**　　［孟郊］

昔日龌龊不足夸，今朝放荡思无涯。
春风得意马蹄疾，一日看尽长安花。

［译文］过去的穷愁潦倒不值得一谈了，今日多么欢畅前途无量。在春风中我洋洋得意地骑着快马，一天内和同榜的进士们游遍了长安著名的花园。

对于这首《登科后》，后人多有评论，认为这也是孟为人气量太小的表现，得意之后，毫不含蓄，志得意满溢于言表。尤其末句"一日看尽长安花"，人们认为变成了诗谶，好花既然一日之内看尽，那前程也就到此为止了。果然他后来只当过溧阳尉、协律郎之类的小官。

当然，孟郊也写有一些比较开朗、感情真挚的诗，例如下面这首著名的《游子吟》：

▶ 游子吟·迎母溧上作　　[孟郊]

慈母手中线，游子身上衣。
临行密密缝，意恐迟迟归。
谁言寸草心，报得三春晖。

[译文] 慈母手中的针线，缝着我这个即将远游他乡的孩子身上的绵衣。看她缝得那样密密麻麻唯恐不结实，是怕我回家太迟在外面衣服破了。唉，子女们对母亲的心意，怎么报答得了母爱的万分之一啊！

最后两句从字面上可以解释为：那小草儿怎么能报答得了春天阳光的恩惠啊！

由诗题下面的"迎母溧上作"可知，此诗是孟郊任溧阳（今江苏溧阳）县尉时，到县旁的溧水边迎接他母亲时的作品。

更生贾岛着人间

贾岛是与孟郊同时代，而且诗风相近，均以凄苦瘦硬而著名的诗人。

贾岛从少年或青年时代起，就当了和尚，法名"无本"。唐时，当和尚可以免除赋税，生活比较容易些。但也有不少限制，如洛阳县令就规定僧人中午以后不准出庙门，贾岛为此作诗哀叹说："不如牛与羊，犹得日暮归。"贾岛并不是虔诚的佛教徒，他还是很热衷于功名利禄的。就在唐宪宗元和五年（公元810年）他三十二岁时，于冬天到达首都长安，在大雪中带着自己的诗去见张籍，目的和前述的朱庆馀一样。

▶ 携新文诣张籍韩愈途中成　　[贾岛]

袖有新成诗，欲见张韩老。
青竹未生翼，一步万里道。
仰望青冥天，云雪压我脑。
失却终南山，惆怅满怀抱。
安得西北风，身愿变蓬草。
地祇闻此语，突出惊我倒。

[译文] 我袖子里装着新近写的诗，准备去谒见老前辈张籍
和韩愈。我拄的青竹杖没有翅膀，万里长途也要靠一步步地走去。
抬头望青天，浓云雪片向我头上压来。大雪中终南山也看不见了，
使我多么惆怅。我真想变成蓬蒿（一种野草，根浅，秋冬时被大
风拔出后随风飞滚，故又名飞蓬），得到西北风的助力飞滚而去，
大地之神听见以后突然出现，吓得我几乎倒下。

由此诗可知，贾岛到长安想见张籍和韩愈，他是穷和尚，没有
马驴代步，大雪天走得太累了，才发出愿变成蓬蒿飞滚的奇想。贾
岛见张籍后情况如何，史无记载，但绝不像朱庆馀那样大受赏识，
并得到协助而登进士第。

唐宪宗元和六年（公元 811 年）秋冬之际，贾岛在长安结识
了孟郊，二人互相赠诗。三年之后，孟郊去世，贾岛十分悲伤，
写有悼念的五律《哭孟郊》。

▶ 哭孟郊　　[贾岛]

身死声名在，多应万古传。
寡妻无子息，破宅带林泉。
冢近登山道，诗随过海船。
故人相吊后，斜日下寒天。

[译文] 孟郊虽然死了但声名长在，将会传之万古。只剩

下没有子女的寡居妻子；那破旧的住宅还在树林泉水的旁边。他的墓地虽然靠近登北邙山的道路，而他的诗歌却随着海船传遍了四方，我来到坟前吊祭以后，已是夕阳西下寒气袭人。

大约在孟郊去世后不久，韩愈劝贾岛还俗参加进士考试，并且赠给他一首很著名的七绝。

▶ 赠贾岛　　[韩愈]

孟郊死葬北邙山，从此风云得暂闲。
天恐文章浑断绝，更生贾岛着人间。

[译文] 大诗人孟郊已经死了，葬在洛阳的北邙山上，从此诗坛上再没有孟郊的作品引起轰动，顿时清闲了下来。老天爷唯恐从此断绝了诗文佳作，又生下贾岛到这个人间。

自此之后，贾岛曾几次参加进士考试，但都未被录取，失望之余，贾岛写了五律《下第》。

▶ 下第　　[贾岛]

下第唯空囊，如何住帝乡。
杏园啼百舌，谁醉在花旁。
泪落故山远，病来春草长。
知音逢岂易，孤棹负三湘。

[译文] 我考进士落第之后，余下的只有一个空布袋，身无分文怎么能在百物昂贵的首都居住呢？杏园里百舌鸟在啼鸣，是哪位考中进士的幸运儿醉倒在鲜花旁边。故乡是那么遥远，我只能双眼泪落；春日草长万象更新，可我却在生病。想找到能赏识我的才华的知音真难啊！我只好乘一叶小舟归去，不再赏玩三湘的山水了（三湘泛指洞庭湖一带，山水指进士考试）。

唐穆宗长庆二年（公元 822 年），四十四岁的贾岛又一次在长安参加进士考试，这次不仅没有考取，反而与另一些考生一起被作为"举场十恶"上奏皇帝，从此之后，他再也考不成了。

就在这次考试落第之后，贾岛怀疑是当权的宰相裴度厌恶他，使他不被录取。正好裴度在长安的兴化坊修建住宅，筑亭台，挖池种竹栽花。贾岛知道后，写了下面这首讽刺的七绝：

▶ **题兴化园亭**　　[贾岛]

破却千家作一池，不栽桃李种蔷薇。

蔷薇花落秋风起，荆棘满庭君始知。

[译文] 拆掉成千户人家的房子来开挖一个玩赏的池塘，庭院里不栽桃李却种了很多蔷薇。等到秋风起时蔷薇花落尽，剩下满庭院的荆棘（带刺的灌木，指蔷薇的枝条）你就知道当初种错了。

这首诗实际上是讽刺裴度不会在考进士时选拔人才，选中的都是一些像蔷薇那样的人物，等将来全是荆棘才知道选拔错了。

贾岛此诗流传出去以后，当时的人都认为他太傲慢无礼。他之所以被当作"举场十恶"被逐，也很可能与此诗有关。

十载长安得一第

中唐诗人章孝标，在唐宪宗元和年间，近十年接连去考进士，年年落第。元和十三年（公元818年）应进士试又落第，当时一同落第的许多举子不服气，纷纷写诗讽刺主考，只有章孝标写了一首七绝《归燕》献给工部侍郎庾承宣，内容毫无埋怨讽刺之意，只是坦诚地求助。庾承宣见诗后，既佩服章的诗才，更敬重章的人品。

▶ **归燕词辞工部侍郎**　　[章孝标]

旧垒危巢泥已落，今年故向社前归。

连云大厦无栖处，更绕谁家门户飞。

[译文] 那破敝危险的旧巢泥已掉了，所以今年在春社（古代祭祀土地，祈求丰收的节日，时间在立春后的第五个戊日，大约在立春之后第四十天至第五十天）之前就归来了，长安城内虽然大厦一座连着一座，可是却没有归燕的栖身之地，如今绕着谁家的门户才能觅得栖身地呢？

在上诗中，飞归的燕子指诗人自己，早早地来长安参加进士考试，可是落第了（用"连云大厦"表示长安的政府机构，自己无法进入栖身）。末句实际是问，我现在怎样继续努力呢？言下之意是宛转地请求工部侍郎庾承宣指点前途，即在考进士上助一臂之力。

事有巧合，就在章孝标写此诗的次年，即元和十四年（公元819年），庾承宣奉朝廷之命主持进士考试，章孝标顺利地中了进士，担任校书郎的官职，他想进入"连云大厦"栖身的愿望实现了。

章孝标是经过多年的考场失败，才得以中进士的，诗人的欢欣可想而知，我们可以看一首他当时赠友人的七言诗：

▶ **初及第归酬孟元翊见赠**　　[章孝标]

六年衣破帝城尘，一日天池水脱鳞。

未有片言惊后辈，不无惭色见同人。

每登公宴思来日，渐听乡音认本身。

何幸致诗相慰贺，东归花发杏桃春。

[译文] 六年来我的破旧衣服上积满了长安的尘埃，考中的这一天，使得我像是凡间的鲤鱼，在天池的水中脱鳞成龙。我没有什么成功的妙诀转告后来的考生，见了同榜的进士们我感到有些惭愧。每次参加官方的庆祝宴会，我总要想自己所经过的艰难历程，听见家乡的语音使我倍感亲切（孟元翊可能是诗人同乡）。有幸劳你写诗给我来祝贺，我这次东归故乡（诗人是桐庐，即今浙江一带人）正值鲜花开放，桃杏花在笑迎新春。

鹦鹉才高却累身

唐末著名诗人兼词人温庭筠，也是一个多次参加考试都中不了进士的例子。温不仅诗和词写得好，而且相传他才思敏捷下笔神速。在考试帖诗时，又八次手八韵（十六句）试帖诗就写完了，故外号"温八叉"。有一次诗人李商隐对他说："近来见到一对联，上联是'远比赵公，三十六年宰辅'，可一直想不出下联。"温庭筠立即答道："可以对成'近同郭令，二十四考中书'。"唐宣宗曾赋诗，上句有"金步摇"，久对不成，温以"玉条脱"对之，宣宗大加赞赏。

温庭筠如此才学出众，为何却会多次落第，看来有两点原因：一是名誉太不好；二是以为自己才学高瞧不起人，得罪了权贵。温为人不修边幅，爱和歌妓们混在一起，经常和些纨绔子弟喝得大醉，并且亲自吹拉弹唱。据说他音乐修养很高，有孔即吹，有弦即弹，不用好笛好琴就能奏出美妙的乐曲。这些在唐代对于一个读书求功名准备做官的人来说，是大大有失身份的。同时他在考试中代人答卷作弊，并索取报酬，因此惹人瞧不起。据说他原和令狐绹私人关系不错，令狐后来当了唐宣宗的宰相，温庭筠照说应能青云直上了。谁知他瞧不起令狐。相传唐宣宗爱唱《菩萨蛮》词，令狐自己作不好，于是暗中叫温庭筠代作，然后呈给皇帝以博取欢心，同时特别告诫温庭筠不要将此事暴露。可温不听，在闲谈时告诉了别人，令狐知道后记恨在心，对他疏远了。

温庭筠的《菩萨蛮》词写得不错，例如下面这首：

▶ 菩萨蛮　　[温庭筠]

小山重叠金明灭，鬓云欲度香腮雪。懒起画蛾眉，弄妆梳洗迟。

照花前后镜，花面交相映。新帖绣罗襦，双双金鹧鸪。

[译文] 她画的小山眉和额上涂的额黄都已褪色（唐玄宗

造出妇女画眉的式样十种，如小山眉、远山眉、山峰眉等。"金"指额黄，即额上涂黄作为妇女的装饰）。鬓发凌乱垂在洁白的脸上。懒得起来画眉毛，慢腾腾地梳洗打扮。身前身后各一面镜子，照得美丽如花的脸在两面镜中交相辉映。在新做的绣花短绸衣上，有着一双金箔贴成的鹧鸪花纹。

由这首词可以看出，温庭筠写词用字非常华丽，可意境、韵味就比较差了。

温庭筠不仅得罪了宰相，而且还在无意中冒犯了皇帝。大中十三年（公元859年），唐宣宗穿上普通人的衣服在长安城游玩，在一所旅店里遇见了温庭筠。温不认识皇帝，很傲慢地问他说："你是长史、司马这一类人物吧？"皇帝回答说："不是。"温又说："那就是六参、簿尉这类官儿了。"皇帝听后非常生气，于是贬温为隋县县尉，并且在诏书中说温的德行无可取之处。

温庭筠这次遭遇和贾岛很相像，历史上甚至有人怀疑这是把一个传说安在两位诗人的头上。大约据唐代习惯，考进士的"举子"本身就很受人尊敬，像温、贾这样因得罪皇帝而被授予小官离开京城就任，不能再参加进士考试，在当时人看来这就是一种很丢人的惩罚，而且这样得的官为掌权的大官们所耻笑，一辈子也难再升迁。纵观温庭筠和贾岛的后半生，情况确是如此。

到了唐懿宗咸通四年（公元863年），已五十二岁的温庭筠仍当着巡官之类的小官，他在赴江东时途经广陵，当时令狐绹正在此镇守，他因有怨气而不去谒见。在一天夜晚去寻欢作乐，喝得大醉后，被巡夜的虞侯打破了脸，打折了牙齿。温庭筠告到令狐绹处，本来温是官员，随便打现任官员是犯法的，可是虞侯在令狐处揭了温很多有失官员身份的污行，于是令狐就置之不理了，也有人猜测是令狐指使虞侯去干的。这件事传到首都长安，温只好四处拜见大官们，为自己辩护。大约就因为此事，不久后温再次被贬为方城县尉。

温庭筠的友人纪唐夫，写了一首七律为他送行。

▶ **送温庭筠尉方城**　　　［纪唐夫］

何事明时泣玉频，长安不见杏园春。

凤凰诏下虽沾命，鹦鹉才高却累身。

且尽绿醽销积恨，莫辞黄绶拂行尘。

方城若比长沙路，犹隔千山与万津。

［译文］为何在这圣明的时代不停地悲泣，您在长安多年，可总也没有见过杏园的春光（唐代习俗，新考中的进士们要在长安城南的胜地杏园举行宴会，故"不见杏园春"即未考中进士之意）。在朝廷下的诏书中您虽被任命为方城县尉，可正是因为您才学太高受到拖累而贬职（诗中"凤凰"指凤凰池，原为禁苑中池沼，后用以借指接近皇帝，掌管机要的中书省。"鹦鹉"指《鹦鹉赋》，系东汉末年才子祢衡所作，诗中用以称颂温庭筠）。暂且痛饮美酒销除忧愁吧，不要因为官职卑小而耽误了行程（"黄绶"指黄色的系官印的带子，为低级下属官员所用）。方城虽不算近，可比起西汉贾谊被贬到长沙，那还差了千山与万水呢（方城即今河南方城县，距长安比长沙自然要近多了。说方城比长沙近，是诗人对温庭筠的安慰）。

温庭筠在诗歌上与李商隐齐名，并称"温李"，实际上温的诗比李要差一些，佳作不多。下面这首五律《商山早行》，是温非常精彩的作品。

▶ **商山早行**　　　［温庭筠］

晨起动征铎，客行悲故乡。

鸡声茅店月，人迹板桥霜。

槲叶落山路，枳花明驿墙。

因思杜陵梦，凫雁满回塘。

［译文］一早出发车行铃铛响，远行的旅客在思念故乡的安适和出门的艰难。荒村小店中客人被鸡啼声唤起，天边还挂

着残月，可木桥板的白霜上，已留下了早行人的脚印。正是初春时节，去年的槲叶落满山路（槲树叶冬天残留树上，春天抽新芽时旧叶才脱落），驿站墙边盛开的枳树白花，在朦胧的晨光中白得耀眼。回想起住在杜陵的时光，不久那弯曲的池塘中，会有多少野鸭大雁在嬉戏。

此诗大约是温庭筠离长安，途经商山（在今陕西商县东南）时所作。

今朝有酒今朝醉

罗隐是唐代末年的著名诗人，他本名罗横，字昭谏。从二十八岁起，罗隐就考进士，一直考到五十五岁，考了十次以上，始终未被录取。他在三十岁时，再一次落第于长安，苦恼难以排解，写下了七律《投所思》。

▶ **投所思**　　[罗隐]

憔悴长安何所为，旅魂穷命自相疑。
满川碧嶂无归日，一榻红尘有泪时。
雕琢只应劳郢匠，膏肓终恐误秦医。
浮生七十今三十，从此凄惶未可知。

[译文] 我面色憔悴、心情郁闷地留在长安还有什么可做的呢？真使人怀疑我是命中注定要穷困落魄。高大青翠的终南山堵塞在我面前，欲归无日；我躺在久未扫尘的床上泪流满面。希望能有工艺精湛的郢匠来雕琢我这块玉料；只怕我病入膏肓（借指坎坷穷命）连技术高超的秦医缓也莫可奈何。人生不过七十年我已到了三十，从此之后凄凉度日前途一片渺茫。

《庄子》中有一段故事说：楚国郢都有个人的鼻子上粘了一点

薄如苍蝇翅膀的白粉，他找一位石匠来给他砍掉，这位石匠将斧子挥舞得呼呼风响，一斧砍下，正好将白粉砍掉，鼻子毫无损伤。后世遂以"郢匠"来比喻科举试场上的考官。诗中的"秦医"名缓，就是那位诊断晋国国君病人膏肓无救的名医。其实，罗隐在年轻时诗就很有名气，可他常在诗中讽刺政治得失，得罪了掌权的大官，考试落第也就不足为怪了。他写的一首七律《黄河》就说明了这种情况。

▶ 黄河 ［罗隐］

莫把阿胶向此倾，此中天意固难明。
解通银汉应须曲，才出昆仑便不清。
高祖誓功衣带小，仙人占斗客槎轻。
三千年后知谁在，何必劳君报太平。

［译文］别为了想使黄河清，向河里倒阿胶了（阿胶是用驴皮熬的胶，浑浊的水中加点阿胶能使泥沙沉淀），因为老天（此处暗指皇帝）为何要使黄河这样浑浊，我们很难明白。黄河因为和天上的银河相通应该弯弯曲曲，刚从昆仑山流出水就不清。汉高祖分封功臣时立誓说，封爵将世世代代永远传下去，一直到黄河变得细如衣带，泰山小得像磨刀石一样时为止。张骞乘船溯河而上找河源，遇到织女给他一块支机石，回来问在成都卖卜的严君平，才知道自己到了银河。三千年以后知道有谁活着，到那时河清了预报天下太平有什么意义呢（传说黄河千年一清，河清时天下太平）。

《黄河》实际上是讽刺晚唐当时朝政的诗歌。阿胶指企图改善政治的小措施小改革。因此诗头两句的实际含意是：朝政像黄河一样浑浊，想弄点小改革就使政治清明，那是白费劲。也许皇帝老子他就喜欢这种污浊政治，那你有什么办法。中间四句说：为了爬上通天的高位，应该卑躬屈膝，走歪门邪道。这种官儿一上台掌权，就清廉不了。这种乌烟瘴气的现象一直到黄河细如衣带时，恐怕也不会改变。最后两句说：现在搞不好国家，推到千年以后，到那时都不知有谁会活着，要你来报太平有什么意义呢？

公元880年，黄巢的军队攻占长安，唐僖宗逃往四川成都。随行的有一个姓孙的耍猴子艺人，他训练猴子的本领非常高明，能叫猴子像文武大臣一样站班朝见，向皇帝行礼。这个技艺博得唐僖宗哈哈一笑，下令赐给艺人朱绂（红色的官服，唐代四品和五品官员才能穿用），这一下艺人立即就成了大官。罗隐在听说这件事后，对比自己的遭遇，真是哭笑不得，遂写了下面这首七绝：

▶ **感弄猴人赐朱绂**　　[罗隐]

十二三年就试期，五湖烟月奈相违。

如何学取孙供奉，一笑君王便著绯。

[译文] 我十几年来一直忙于赶考但都不中，连五湖的烟月美景都顾不得去游玩欣赏。怎样才能学那个孙供奉（有一技之长侍候皇帝的人叫供奉），博得君王一笑就穿上了红色的官服。

此诗的第三句，有的版本写成"何如买取猢狲弄"，意思就更清楚了。

唐僖宗中和四年（公元884年）以后，由于黄巢兵败自杀，唐朝廷喘了一口气。这时朝中一些掌权的官员议论召纳人才，有人提到罗隐，韦贻范反对，说："我曾和罗隐同船，当时不认识。船上有人对罗说，船里有当朝的官员。罗回答说，什么朝官！我用脚夹笔写文章，也可以抵他好几个。这种人如果召入长安让他中进士做官，那我们都要被他看成秕糠（废物）了。"因此，提议作罢。

罗隐的才学不错，可是却受到这么多的打击，许多人都替他感到委屈。唯有他的一位好友刘赞却有不同的看法，他在一首五律《赠罗隐》中写出了这种看法。

▶ 赠罗隐　　　［刘赞］

人皆言子屈，独我谓君非。
明主既难谒，青山何不归。
年虚侵雪鬓，尘枉污麻衣。
自古逃名者，至今名岂微。

　　[译文] 人们都说你受了委屈，只有我认为你做得不对。圣明的皇帝既然难于见到，无法使他赏识你的才华，你为何不回到青山去隐居呢！虚度了年华两鬓已渐变白，枉教尘埃污损了你那举子穿的白麻衣。自古以来埋名隐居的人，至今他们的名气难道小吗？

　　罗隐读了刘赞的诗后，很是感动，起了归隐的想法，于是写了一首七律《归五湖》回答刘赞。

▶ 归五湖　　　［罗隐］

江头日暖花又开，江东行客心悠哉。
高阳酒徒半凋落，终南山色空崔嵬。
圣代也知无弃物，侯门未必用非才。
一船明月一竿竹，家住五湖归去来。

　　[译文] 长安城郊曲江的阳光日渐温暖，鲜花又开放了。我这个从江东（长江下游之东，即今江苏南部和浙江北部一带，罗隐是杭州人）来的旅客心中却不大好受。和我一起豪饮的不得志的人们如今大半已经不在（秦末，高阳儒生郦食其求见沛公刘邦，刘邦不见，郦食其对通报人说，我是高阳酒徒，不是儒生。刘邦见他后，谈得很投机，得到了重用。后世用"高阳酒徒"指好酒的人或自荐者），只有那苍翠的终南山依然高耸入云。我也知道在这圣明的时代有才干的人不会被弃置，公侯那里用的人不会是没有才能的吧（这两句诗是讽刺的反话，因

为诗人自身就是有才干而被弃置的人）。还是在月夜里用竹篙撑船，让船儿满载银光轻快地前进，驶向我在五湖中隐居的地方。

诗题中的"五湖"即位于今江苏和浙江省交界处的太湖，也有说指太湖及其附近的四个小湖泊，古代认为是幽深的隐居之地，于是"归五湖"就成了隐居的代称。

其实，罗隐这个人是不会真去隐居的，上面的诗只不过是他太不得志时的发泄罢了。一次一位在官场上失意的朋友来看望罗，两人饮酒赋诗，嘲讽时政，谈得十分投机。分别时，罗隐将自己平时吟成的一首七绝《自遣》送给友人，由此诗中，我们可以看出饱受打击的罗隐是个什么样的思想状况。

▶ **自遣** [罗隐]

> 得即高歌失即休，多愁多恨亦悠悠。
>
> 今朝有酒今朝醉，明日愁来明日愁。

由诗可知，罗隐当时已变得很现实，他所想的是：有所得时就应高声欢唱，而有所失时就停止不干；太多愁多恨那就会没完没了。还是今天有酒今天就喝它个大醉；明天有愁事明天再愁去好了。

第八章　关于长生

在《全唐诗》中，有一些唐代诗人按古乐府旧题所写的诗歌。因为它们是不同诗人用同一诗题所写的诗，故《全唐诗》将这些诗按题目集中，放在最前面。在这些乐府旧题中，有一个《短歌行》，它写的诗歌内容多半是感叹人生短促，以及应该怎么办？在怎么办上，反映了各种观点，有人认为应该建功立业，有的认为要及时行乐，更有些人认为应该设法长生不老。下面我们可以看一些诗人所写的《短歌行》。

▶ 短歌行　[李白]

白日何短短，百年苦易满。
苍穹浩茫茫，万劫太极长。
麻姑垂两鬓，一半已成霜。
天公见玉女，大笑亿千场。
吾欲揽六龙，回车挂扶桑。
北斗酌美酒，劝龙各一觞。
富贵非所愿，为人驻流光。

[译文] 一个又一个的白昼是多么的短促，人生百年很快就会过去。苍天茫茫，无边无际，从天地混沌初分到现在，已经历了漫长的万世（"太极"指天地未分之前的混沌之气）。连女仙麻姑的两鬓都已长得很长，而且已经白了一半。天公和玉女游戏时的大笑，也已发生了亿千次（据《神异经·东荒经》，

神仙东王公和玉女玩箭投壶的游戏，每次投箭一千二百支，投不中时，天就为之大笑）。我要挽住给太阳神驾车的六条龙，将太阳之车拉回来拴在扶桑树上（"扶桑"为生长在太阳升起处的神树）。我用北斗这只勺子斟上美酒，请六龙各喝一杯（"北斗"为天上的七颗星，排列得像一把有柄的勺子）。富贵荣华不是我的愿望，我想要的是为人类把时光留住不让它再消逝。

李白在此诗中，感叹人生短暂而宇宙无穷，连神仙也会在无穷的时光中衰老。诗人用浪漫的手法描述了他的愿望，使时光停驻而不再流逝。

诗人白居易，在唐宪宗元和年间（公元806年至815年），也写了一首《短歌行》，其主要内容也是说昼夜流转，时光不待，人生应该放开胸怀，欢乐度日。

▶ 短歌行　　[白居易]

瞳瞳太阳如火色，上行千里下一刻。
出为白昼入为夜，圆转如珠住不得。
住不得，可奈何！为君举酒歌短歌。
歌声苦，词亦苦，四座少年君听取。
今夕未竟明夕催，秋风才往春风回。
人无根蒂时不住，朱颜白日相隳颓。
劝君且强笑一面，劝君且强饮一杯。
人生不得长欢乐，年少须臾老到来。

[译文] 明亮的太阳色红如火，上升时将行进千里，日落时则一刻即过。太阳出时为白昼入时则为黑夜。昼夜交替圆转如珠从不停止，它从不停止，有什么办法呢！我为你举起酒杯唱起短歌。歌声悲苦，歌词也悲苦，四座的少年朋友们，仔细听着吧！今天没过完明天已将来到，秋风刚过春风已经归来。凡人没有根底固定，只能听凭时光流逝。红润的脸随着白日的

过去而逐渐衰败。我劝你勉强笑一笑，我劝你勉强喝一杯，人生是不可能长欢乐的，年轻的时光一晃而过，老年就到来了。

　　我国历史上，很多皇帝享受了人间一切的荣华富贵，可是，他们还是感到不满足，总觉得人为什么会死，一死就全完了。因此，他们解决这个人生问题的办法是千方百计地不惜任何代价去寻找长生不死的秘方，好让他们能永远地享受下去，或者让他们再去尝尝当神仙的滋味。秦始皇是我国第一个著名的想求生长不死药的皇帝。他认为自己平定六国，统一天下，功勋无人可比，应该永远享受这荣华富贵。因此要寻长生药，结果受了方士的愚弄。

　　秦始皇二十八年（公元前219年），方士徐福向秦始皇上书，说海中有三座神山，名叫蓬莱、方丈、瀛洲，上有仙人居住，并有不死之药。于是秦始皇驾临徐福的故乡，今江苏省连云港市赣榆县金山乡徐福村，村的前面是浩瀚的东海。秦始皇为了求仙，专门修建了海上神路，始皇沿此路入海，泛舟到海中的秦山岛，企图会见仙人。徐福乘机请始皇派他航海去找三座神山求不死之药，始皇相信了，于是每年徐福都来领大笔经费说去海中求药，其实并未真去。几年过去了，始皇越催越紧。于是徐福只好准备了船队，装了童男童女各三千人，并装载了粮食淡水等物资，向东航海寻蓬莱山去了。结果一去不复返，秦始皇望眼欲穿，一直等到他寿终正寝，长生梦终于破灭。

　　唐诗人熊皎，写了一首七绝《祖龙词》，嘲笑了秦始皇的贪欲和愚蠢。

▶ 祖龙词　　[熊皎]

　　并吞六国更何求，童男童女问十洲。
　　沧海不回应怅望，始知徐福解风流。

　　[译文] 秦始皇并吞六国以后，还有什么要求呢？原来他想长生不死，派徐福带童男童女到海外求不死之药。求药的船

队一入大海，再也没有回来，始皇大约很惆怅吧！可是徐福，他可真是一位有见识有算计的人物啊！

现在，徐福的墓还在日本，新宫的人民后来为他建了一座纪念碑，并且组织起了"徐福会"。据日本的传说，新宫市出产的一种"天台乌药"，就是徐福当年要找的"长生不老药"。

在生与死的问题上，秦始皇也做了两手准备。一方面派人航海求仙，寻找不死之药；另一方面，在他十三岁刚继承秦国王位时，就开始为自己修建陵墓。陵墓位于今西安东二十五公里临潼县的东面，正处骊山脚下。

始皇陵从地表看，是一个平地堆起的巨大黄土堆，像一个口朝下的方形斗，高四十七米，东西长三百四十五米，南北宽三百五十米。陵外围有两道城墙。内城方形，周长二千五百米，外城长方形，周长六千三百余米，在秦代地表有大量房屋、城楼等建筑。墓内建筑得像宫殿一样，墓顶像天文，镶有巨大的珍珠当做日月星辰；下面像地舆，用水银做江河大海，上面漂浮着金银铸的野鸭和大雁。地宫内并备有百官位次，刻成石像立在两旁。又从东海捕杀人鱼，取鱼油做烛在墓中燃点，光亮经久不灭。始皇病死后，于公元前210年下葬，继位的秦二世下令，后宫妇女凡没有子女者一律殉葬。又怕修墓的工匠困了解墓内情况而盗墓，命令将全部工匠活埋在墓门之内。据说总共死了上万人。

晚唐诗人曹邺，一次到始皇陵前游览，想起这位暴君生前许多为人们所痛恨的倒行逆施，死后还要如此厚葬，恨不得把整个国家都带到地下去，可结果是用尽心机，全是白费，诗人在感慨之余，吟成了下面这首五言诗：

▶ 始皇陵下作　　[曹邺]

千金买鱼灯，泉下照狐兔。

行人上陵过，却吊扶苏墓。

累累圹中物，多于养生具。

若使山可移，应将秦国去。

舜殁虽在前，今犹未封树。

　　[译文] 不惜千金巨款去买人鱼油在坟墓中点灯，结果是只照亮了在坟中打洞的狐狸野兔。后世的人们从陵前走过，并不悼念这位自称始皇帝的暴君，相反地却到他那宽厚仁爱的长子扶苏墓吊祭。始皇陵中珍贵的陪葬物，数量不可胜计，比他活着时享用的还要多。看来如果江山可以移动的话，那秦始皇会将整个国家都带入他的坟墓。你看那圣君舜，虽然在他之前很久就去世了，可至今既不堆土为高坟，也不种许多树叫人们纪念。可是他却永远为后世所崇敬。

　　唐代著名诗人白居易，在他写的新乐府诗《草茫茫》中，强烈地谴责了秦始皇这种刮尽民脂民膏的厚葬，并且与节俭薄葬的汉文帝作了对比。

▶ 草茫茫·惩厚葬也　　[白居易]

草茫茫，土苍苍；

苍苍茫茫在何处？骊山脚下秦皇墓。

墓中下涧二重泉，当时自以为深固。

下流水银像江海，上缀珠光作乌兔。

别为天地于其间，拟将富贵随身去。

一朝盗掘坟陵破，龙椁神堂三月火。

可怜宝玉归人间，暂借泉中买身祸。

奢者狼藉俭者安，一凶一吉在眼前。

凭君回首向南望，汉文葬在灞陵原。

　　[译文] 那骊山脚下的秦始皇墓，只见一片土色苍苍，野草茫茫。始皇墓向下深挖干涸了两重泉水，自以为这样深是坚固无比。墓顶上镶着珍珠象征日月（古人认为太阳里有三足的乌鸦，月亮里有玉兔，故乌兔代表日月），墓底下铺着水银像江

海。他打算将人间富贵随身带来，所以在这坟墓里造了个新世界。谁知道有一天坟墓被项羽给挖开，里面的龙棺和神堂起火烧了三个月。殉葬的珍珠宝玉又回到了人间。多么的愚蠢啊！弄这么多宝贝到坟墓中买来了灾祸。凡奢侈厚葬的迟早要被盗墓者弄得一塌糊涂，节俭薄葬的反而能安全。请你回头向南边望望吧，汉文帝俭葬在灞陵原上多么安宁。

汉武帝时代，国富兵强。武帝享受尽了人间的荣华富贵，进步幻想长生不老，于是想各种方法求仙寻神。皇帝有这种爱好，就有一批大骗子应运而生，这就是那些装神弄鬼，满嘴胡言的方士。

后来不知听了谁的妙法，在建章宫内竖立起高达二十丈的铜制承露盘。这是一个高大的铜人，双手高举过头，手托一铜盘。用这个铜盘接半夜三更由北斗降下的"仙露"，拿这些露水调美玉碎屑一起喝，据说可以益寿延年。真的能延年吗？铜制品暴露在潮湿的空气中，会生成有毒的铜绿，喝这种盘子里的"仙露"，危险可想而知。

汉武帝虽然没有长生不老，可后代的皇帝还有学他的。曹操的孙子、魏明帝曹睿也想长生，听大臣说武帝之所以比较长寿，当了五十多年皇帝，是因为服用了承露盘内仙露调的美玉屑。他当时建都在邺城（今河北临漳县），于是下圣旨派人到长安拆下铜制承露盘，运往都城。传说拆时狂风大作，声闻数十里，铜柱倾倒，压死十余人，在临装车的时候，那托盘的铜人潸然泪下。唐代诗人李贺根据这个故事和传说，写了一首《金铜仙人辞汉歌》。

▶ 金铜仙人辞汉歌　　[李贺]

茂陵刘郎秋风客，夜闻马嘶晓无迹。

画栏桂树悬秋香，三十六宫土花碧。

魏官牵车指千里，东关酸风射眸子。

空将汉月出宫门，忆君清泪如铅水。

衰兰送客咸阳道，天若有情天亦老。

携盘独出月荒凉，渭城已远波声小。

[译文] 当年写下了名作《秋风辞》的汉武帝刘彻，自己也像秋风中匆匆的过客被埋入了茂陵。夜晚他的魂魄骑马出来巡游，人们听见马嘶，可到拂晓却不见踪迹。长安又是秋天了，上林苑内三十六处宫殿中，虽然画栏环绕的桂花依然发出幽香，可墙头和地上已长满了绿色的苔藓。魏国官员的车子不远千里来了，当它载着铜人出东城门时，那凄楚的秋风啊，居然吹痛了铜人的眼睛！陪着铜人出东门远行的，只有那孤寂的、曾经照耀过汉宫的月亮，那铜人啊！思念逝去的君王刘彻，禁不住流下了泪水。长安道上只有荒烟衰草伴送着铜人远行，看到人世间的这兴亡变迁，老天如果有情感，也会因哀伤而衰老。在荒凉的月色中，带着承露盘的铜人独自走了，长安越来越远，渭水的波声也慢慢地消失了。

汉武帝求仙几十年，到近七十岁时，总算有了一些觉悟，说道："天下岂有仙人，尽妖妄耳！食不过饱，适当的服药，才可以保持健康少生疾病。"从此以后，他忧郁不乐，身体日渐消瘦，没过一两年就去世了。

晚唐诗人罗邺，在他写的七绝《望仙台》中，更为直率地讽刺了汉武帝幻想长生而求仙，结果毫无用处，依旧是坟墓一座作为最后的归宿。

▶ 望仙台　　[罗邺]

千金垒土望三山，云鹤无踪羽卫还。

若说神仙求便得，茂陵何事在人间。

[译文] 汉武帝不惜花费巨大财力在海边垒起高台，想遥望海中的三座仙山。但仙人乘坐的云鹤毫无踪影，武帝只好在侍卫仪仗的簇拥下回来。其实呀！神仙如果是求得到的话，那

汉武帝早已成仙而去，人间也不会有茂陵了。

到了唐代，帝王们幻想长生的风气更盛，弄骗术的人已由方士变成道士与和尚，骗局越弄越大胆。在皇帝们的催迫下，竟发展到不是到海外仙山去找长生药，而是就在当地寻找各种珍贵药物炼制"金丹"，说金丹炼成后吃下去，就能长生不死。唐代几乎大部分皇帝，都吃过这样那样的金丹。也有好几个倒霉的皇帝，想长生的贪欲太盛，吃的金丹毒性剧烈，结果中毒而死。真是，不吃长生药也许还能多活几年，吃了死得更快。

1970年，人们在西安市何家村某砖厂挖土制砖时，挖出了两个大坛子，里面塞满了珍贵的宝物。其中有大量制作极其精美的金银器皿、宝石玉雕，还有一套完整的炼丹用具和药品。据研究，这些东西为唐玄宗的堂兄邠王李守礼所有，在安史之乱时长安城失陷前夕，慌乱中埋藏在地下，因而保存至今。那一套炼丹的药品都装在精美的银盒中，并用墨笔在盒上写了药名，计有朱砂、琥珀、珊瑚、石英、乳石（石钟乳）和密陀僧（氧化铅）等。由此可知，唐代帝王们所吃的仙丹，主要是以上述药物为原料配制后炼成的。这些药物虽非剧毒，但吃多了对身体非常有害，如果再加上别的剧毒药物，那吃下后就性命难保了。

唐武宗会昌六年（公元846年），武宗皇帝因为吃了道士的长生金丹而中毒病死后，诗人李商隐在这一年写了一首七绝《瑶池》。

▶ **瑶池**　　［李商隐］

瑶池阿母绮窗开，黄竹歌声动地哀。

八骏日行三万里，穆王何事不重来。

［**译文**］住在瑶池的神仙西王母，敞开了她那雕饰华美的窗户，可是她只听见远远传来的黄竹悲歌。虽然给周穆王驾车的八匹骏马一天能跑三万里，他为何不再到瑶池来做客呢？

李商隐这首《瑶池》，就是婉转地借用周穆王的神话故事，说明求仙服长生药毫无用处。

第九章　唐人边塞诗

我国是养蚕缫丝最早的国家。传说四千多年前，中国人的老祖先黄帝的元妃嫘祖，就亲自养蚕，并且将养蚕的方法教给百姓们。

大约在两千五百年以前的春秋时代，我国的丝织品已经输出到国外。到了汉朝时，丝绸产量很大，除国内消费外，有一部分通过西域运到波斯、大食、罗马等地。所经过的道路，就是名闻中外的"丝绸之路"。

在西汉时，形成了"西域"这个地理名称。广义的西域包括我国新疆以西，以及中亚细亚一带。狭义的西域，则专指我国新疆境内的天山南北路，也就是葱岭以东，甘肃敦煌以西的地区。

由于丝绸之路的畅通，东西方的经济文化获得了广泛的交流。首先是中国的丝绸不断地运到西方，到公元 4 世纪时，养蚕缫丝技术传到中亚和西亚。此外，中国的印刷术、炼钢术、造纸术及桃、梨等，也都通过丝绸之路西传。同时，西方的物产和文化也陆续输入我国。例如葡萄、石榴、核桃、芝麻、菠菜、苜蓿等都由此传入。而在绘画、雕塑、音乐和舞蹈方面，西亚对我国的影响更大。

"西域"是丝绸之路必经之地，它又是我国汉唐时代的边境，为了国家的安全，它是兵家必争之地。我国汉唐时代的外患，主要来自西北方。因此，西域地区战争频繁，经常有大量的军队驻守。而西域地区的风土人情，与内地也有很大的不同。

在诗歌发展到鼎盛的唐代，西域的一切激发了许多诗人的创作灵感，由此产生了大量的诗篇。它们描述了西域地区，也就是丝绸之路沿线的风光、生活、战争和悲欢离合。这些诗歌通称"边塞诗"，成为唐诗中的一个重要组成部分。

渭城朝雨浥轻尘

汉唐时，人们从国都长安出发，向西踏上丝绸之路的旅途，在走了二十多公里后，就来到第一站咸阳。因咸阳位于九嵕山之南，渭河之北，山水俱阳而得名。

打算远行到西域或更遥远地方的人们，在咸阳是必定要作短暂停留的。大型商队要在这里准备长途跋涉用的行李和牲畜，而因公私事务西去的官员们，他们的亲朋好友照例要在这里设宴送行。

唐代诗人许浑，写了一首七律，描述了在秋天傍晚，诗人登上唐代咸阳城楼上远眺时所见到的景色和由此产生的感慨。

▶ **咸阳城东楼**　　[许浑]

一上高城万里愁，蒹葭杨柳似汀洲。
溪云初起日沉阁，山雨欲来风满楼。
鸟下绿芜秦苑夕，蝉鸣黄叶汉宫秋。
行人莫问当年事，故国东来渭水流。

[**译文**] 我登上高楼远眺，望着广阔的郊野，引起无边的愁思。那长着繁茂芦苇杨柳的地方，真像我怀念的汀洲。傍晚从磻溪升起了云雾，夕阳已落到慈福寺阁之后。大风在楼中飞旋，暴风雨即将来临。归巢的鸟儿落入秦朝林苑的绿树丛中，秋蝉在汉朝故宫的黄叶树上悲鸣。我这个在旅途上做客的人，别再想那些秦汉灭亡的往事吧！一切都过去了，只有那渭水依然向东流去。

上诗中的"山雨欲来风满楼"是历代传诵的名句，许浑写诗据说爱用"水"字，这首诗也不例外。因此古代有人笑他说："许浑千首湿。"

在唐代，长安与西域的往来非常频繁。很多商人、军人、官吏往来于长安与西域之间。当他们离长安西行时，渭河北边的渭城（今陕西咸阳，本为秦都，汉武帝时改为渭城）成为送别之地。亲友们经常在渭城摆下酒宴为远行人饯行。一些诗人墨客在这送行的聚会上，有感于别思离情，写下了很多赠别的诗篇。其中最著名的要算诗人王维所写的七绝《送元二使安西》。

▶ **送元二使安西** ［王维］

渭城朝雨浥轻尘，客舍青青柳色新。
劝君更尽一杯酒，西出阳关无故人。

［**译文**］春日清晨的小雨，洒湿了渭城地面的尘土。客舍（饯别的地方）旁柳色青青，翠绿新鲜。好朋友再干一杯吧，你西出阳关之后，就再也见不到亲友了。

此诗题中的元二是一位姓元排行第二的官员，他奉朝廷之命出使赴西域的安西都护府。作者王维在渭城为这位好友饯行，席间写了此诗赠别。

这首诗因为精彩而很快被人们谱上乐曲，当作送别曲广泛传唱。因此这首诗又有一个名字《渭城曲》。由于这首诗只有四句，而且每句字数相同，唱起来不免有些单调。因此乐工们常将诗句反复唱几遍，即所谓叠唱，从而有了《阳关三叠》的名称。诗人李商隐就曾写有："唱尽阳关无限叠"（《饮席戏赠同舍》）和"断肠声里唱阳关"（《赠歌妓二首》）等诗句。

五原春色旧来迟

丝绸之路北线的北面，是历史上兵家必争的险要地区——阴山和贺兰山地区。在汉唐时代，这里是经常用重兵戍守的边疆。下面，我们看看唐代的诗人们，是怎样咏唱这个地区的风光和战斗生活的。

唐末诗人卢汝弼，写了一组四首七绝《和李秀才边庭四时怨》，其中第四首是：

▶ 和李秀才边庭四时怨（选一）　　[卢汝弼]

朔风吹雪透刀瘢，饮马长城窟更寒。

半夜火来知有敌，一时齐保贺兰山。

[译文] 冬天的寒风卷起白雪，吹透了战士身上的刀伤疤。在那长城下的水洼中饮马，水是加倍寒冷。半夜传来了报警的烽火，知道有敌人入侵了，大家一齐集中守卫贺兰山。

诗的第二句来自三国魏国陈琳的《饮马长城窟》诗的头两句，即"饮马长城窟，水寒伤马骨"。诗第四句中的贺兰山，在今陕西礼泉西北的会州（今甘肃靖远）之北，此处借指边境。

唐代宗大历四年（公元 769 年），大历十才子之一的李益考中了进士。当时吐蕃是严重的外患，经常在秋高马肥时侵入内地抢掠，甚至首都长安都曾被占领。大历九年，唐朝廷采纳了著名大将郭子仪的建议，在秋季进行大规模的军事准备，防止吐蕃入侵。李益时年二十七岁，从军进入渭北节度使臧希让的幕府。由于诗人本来就有从戎报国的壮志，在军旅中精神振奋，情绪很高。他随军从长安北上，经盐州、即五原（今陕西定边）、夏州（今陕西横山），越过破讷沙沙漠，到达东、中、西三座受降城。旅途中诗人写了不少非常精采的边塞诗，当时广为传播，如《送辽阳使还军》诗被绘成图画，而《夜上受降城闻笛》诗则被谱上乐曲歌唱。

在贺兰山的东面，有着唐代的盐州，它在唐时又称五原，故址为今陕西北部的定边县。诗人李益在过盐州时，写下了下面一首著名的七律：

▶ **盐州过胡儿饮马泉**   [李益]

　　绿杨着水草如烟，旧是胡儿饮马泉。
　　几处吹笳明月夜，何人倚剑白云天。
　　从来冻合关山路，今日分流汉使前。
　　莫遣行人照容鬓，恐惊憔悴入新年。

　　[译文] 碧绿的柳条拂水，茂盛的野草犹如云烟，这儿原来是胡儿饮马泉（胡儿指边塞外的少数民族）。边塞上有多少处在月夜传来隐隐的胡笳声，又有谁能举着直插白云的长剑镇守边疆，在这通往各地的道路上，去冬泉水冻结成一片。春天到来泉水解冻，在我这朝廷使者的面前流过。别让我这旅客在饮马泉临水照自己的容貌吧！怕会在这新年的时候为自己的憔悴而惊叹。

　　上诗三、四两句的真实内容是叹息边防不巩固，军情很紧张，多处传来警报敌人入侵的胡笳声，但却没有长剑倚天的英雄来镇守。第三句用了一个典故：晋代的大将刘琨，一次被胡人军队围困在城中，急切中想不出办法。刘琨于是在一个月明之夜登上城楼长啸，围城的胡人听见后，都凄然长叹；到半夜刘又吹奏悲凉的胡笳，胡人听后，都因此怀念故乡而流泪哭泣；至拂晓再吹胡笳，胡兵受不了都跑了，城也就自然地解了围。

　　五原（即盐州）地理位置偏北，气候比较干燥寒冷，春天不仅来得晚，而且特别短暂，这正如初唐诗人张敬忠在他的七绝《边词》中所描述的：

▶ **边词**   [张敬忠]

　　五原春色旧来迟，二月垂杨未挂丝。
　　即今河畔冰开日，正是长安花落时。

[译文] 五原的春天一向来得晚，二月（指旧历）了杨柳还没有绿的意思。到现在河里的冰刚开始解冻，可长安已是春花凋谢的时候了。

这首诗不仅艺术上不错，在自然科学上也有价值，因为它记录了"物候学"中所需要的现象。即五原这地方在唐代初年，旧历二月柳条尚未生长，要到长安（今西安）春花凋谢时，河里的冰才解冻。

在五原的东面，今陕西北部，有一条无定河。它向东南流，经过陕西榆林、米脂等县，至清涧县入黄河。这条河因水流急，挟有大量泥沙，深浅无定，故名无定河。无定河是一条小河，本不为人所知，可由于它地处汉唐的边塞地区，汉时匈奴常从这一带入侵。晚唐诗人陈陶，有感于古代的往事，写了一首七绝《陇西行》，由于这首诗的流传，使得无定河也变得大有名气了。

▷ **陇西行（选一）** [陈陶]

誓扫匈奴不顾身，五千貂锦丧胡尘。

可怜无定河边骨，犹是春闺梦里人。

[译文] 决心要消灭匈奴不再顾惜自己的生命了，这次作战连穿貂裘锦衣的羽林军也死了五千人。可怜那无定河边的堆堆白骨，都是遥远闺房里少妇们梦中思念的亲人。

明代王世贞评论认为，上诗后两句用意工妙，可惜前两句写得过于直率。清代人沈德潜在《唐诗别裁》中评论说：此诗后两句所写的凄苦，谁也比不了。可是如果给唐代七绝圣手王昌龄或王之涣来写，则不会如此直率而会更有余味。这也正说明了晚唐和盛唐诗风格上的差别。

鹢鹈泉上战初归

在盐州和夏州之北，有一片沙漠破讷沙，又称普纳沙（现代称库布齐沙漠）。诗人李益到这一带时，曾横越这片沙漠。当时有感于沙漠的特殊风光，写了下面这两首七绝：

▶ **度破讷沙**　　　［李益］

（一）

眼见风来沙旋移，经年不省草生时。

莫言塞北无春到，总有春来何处知。

（二）

破讷沙头雁正飞，鹢鹈泉上战初归。

平明日出东南地，满碛寒光生铁衣。

［**译文一**］ 眼看着风一吹来沙尘滚滚移动，沙漠中成年也见不到寸草生长。别说塞北没有春天，其实即使春天来到还是风沙蔽天，人们也无法知道呀！

［**译文二**］ 破讷沙的上空雁正飞过，军队从鹢鹈泉上作战刚回来。天亮了太阳从东南方地平线上出来，照在战士们的铁甲上是那么耀眼，使整个沙漠都笼罩着寒光。

诗中的鹢鹈泉在唐代丰州（今内蒙古自治区临河）城北，据说丰州有九十九泉，鹢鹈泉最大。唐宪宗元和初年，外族回鹘骑兵向内地进犯，唐镇武节度使的军队在这一地区与之作战。

唐太宗贞观年间，是唐代最兴盛的时期之一，史称"贞观之治"。这时候，无数边境外的少数民族请求内附，即整个部落有时连同土地一起，要求并入唐王朝的版图，作为唐王朝的百姓。贞观六年（公元632年），少数民族铁勒部酋长契苾何力率全部落千余家到沙州（今甘肃敦煌）内附，唐太宗将他们安置在甘州（今甘肃张掖）和凉州（今甘肃武威）。契苾何力到长安任职，因军功卓著，先后被封为将军及凉国公。后来契苾何力的部落又迁居到阴山。

契苾何力家族此后世世代代为唐王朝效劳，他的儿孙都袭封凉国公的封爵。二百多年后，即唐武宗会昌二年（公元842年），契苾何力的五世孙契苾通任蔚州（今河北宣化）刺史，当时回鹘入侵，契苾通奉召到长安，皇帝命令他率领骑兵六千人，奔赴位于中受降城西二百里的大同川讨伐回鹘。诗人李商隐当时正在长安，他写了一首七律为契苾通送行。

▶ 赠别前蔚州契苾使君 ［李商隐］

何年部落到阴陵，奕世勤王国史称。
夜卷牙旗千帐雪，朝飞羽骑一河冰。
蕃儿襁负来青冢，狄女壶浆出白登。
日晚鸊鹈泉畔猎，路人遥识郅都鹰。

［译文］有多少年了，你的远祖率领部落迁移到阴山，你的家族世世代代为朝廷效劳，在国史上留下了光辉的记录。贞观七年（公元633年）时，你五世祖契苾何力征伐吐谷浑，率精兵千余骑突击，直捣巢穴全歼敌人；高宗龙朔元年（公元661年），契苾何力征高丽，冬天一早从冰上渡河进攻，大获全胜斩首三万余级，这都是您家族的光荣历史。您这次奉令镇守阴山旧地，附近的胡人听说您来了，一定会携家带口怀抱婴儿前来投奔（青冢位于今内蒙呼和浩特城郊，是王昭君的坟墓，诗中用以泛指胡人聚居处）；胡人的妇女，会提着水壶端着食物欢迎您的到来。当您早晚到鸊鹈泉畔打猎时，路边围观的人都会说：你看，这就是回鹘害怕的苍鹰一样的英雄。

诗中的"郅都鹰"指西汉景帝时，郅都执法严明，虽皇亲国戚也不宽饶，人们叫他"苍鹰"。后来郅都任雁门太守，边境外的匈奴人不敢再靠近雁门。匈奴头目命令扎一个偶人，写上郅都姓名让部下骑马用弓箭射它，部下因为怕郅都，没有射中的，可见郅都为胡人敬畏的程度。诗中称赞契苾通是像郅都一样的英雄。

不教胡马度阴山

在破讷沙的北面，是著名的汉唐边塞要地——阴山地区。唐代在此置有丰州（位于今内蒙古自治区临河东）。阴山地区自古代起，就是北方游牧民族生活聚居的地方。这里草原广阔，水草茂盛，牛羊肥壮。在我国北齐时（公元550年至577年），有一位无名诗人唱出了一首极其精采的诗《敕勒歌》，描述了阴山下的景色。

▶ **敕勒歌**　　[北齐　无名氏]

敕勒川，阴山下。
天似穹庐，笼盖四野。
天苍苍，野茫茫。风吹草低见牛羊。

[译文] 我们敕勒人的家乡啊！就在那阴山脚下，天像我们居住的毡帐（即蒙古包），它笼罩着广阔无垠的草原。你看那天空是多么蔚蓝，大地茫茫无边无际。一阵风来，在那波浪般起伏的茂盛草丛中，露出了一群群肥壮的牛羊。

这首《敕勒歌》，在我国诗歌史上极其著名。"敕勒"是一个民族，北齐时聚居在朔州（今山西北部）一带。据记载，《敕勒歌》原来是鲜卑语，由于鲜卑族没有文字，因此《敕勒歌》应是口头创作的歌词。在南北朝时被北齐人译成汉语，然后用汉文记录下来，因此诗句长短不齐。

在我国西汉时，匈奴分裂，匈奴浑邪王杀休屠王，率部下降汉。浑邪王的后代，随鲜卑族的拓跋氏迁到黄河以南定居，子孙便以"浑"为姓。到了唐代，这一族很多人物从唐初起世代为贵官，而且多半是武将，为唐王朝建立了巨大的功勋。到唐德宗时，浑氏出了一个极著名的大将军浑瑊。浑瑊的父亲浑释之，武艺高强，在唐军中累建战功，被封为宁朔郡王。浑瑊从小起，便善于骑马射箭，十一岁时，随父亲到边塞上驻防，当时的主将朔方节度使张齐丘和他开玩笑说："你是和奶妈一起来的吧？"可在这一年，浑瑊就立了战功。唐玄宗天宝十一年（公元752年），突厥族的阿布思反叛，浑释之和浑瑊参加了平叛的战斗。天宝十二年（公元753年）五月阿布思战败，浑瑊驻军永清，并升为中郎将。

诗人高适，在浑氏父子参与平叛战斗的这两年内，写了一首歌颂浑释之事迹的长诗《送浑将军出塞》。有人赞誉说，浑释之将军得到高适写的这样一首诗，比在史书中专门立传还要光彩。由此可见此诗的价值。

▶ 送浑将军出塞　　[高适]

将军族贵兵且强，汉家已是浑邪王。
子孙相承在朝野，至今部曲燕支下，
控弦尽用阴山儿，登阵常骑大宛马。
银鞍玉勒绣蝥弧，每逐嫖姚破骨都，
李广从来先将士，卫青未肯学孙吴。
传有沙场千万骑，昨日边庭羽书至。
城头画角三四声，匣里宝刀昼夜鸣，
意气能甘万里去，辛勤动作一年行。
黄云白草无前后，朝建旌旗夕刁斗，
塞上应多侠少年，关西不见春杨柳。
从军借问所从谁，击剑酣歌当此时，
远别无轻绕朝策，平戎早寄仲宣诗。

[译文] 将军你的家族高贵，部下军兵强悍，在西汉时您祖先已是浑邪王。如今浑氏子孙繁盛，有的在朝为官，有的在

野为民。浑家的部曲，世代居于燕支山下，帐下带弓的勇士全是阴山健儿，上阵时都骑的大宛骏马。镶银的马鞍，玉石的马勒，锦绣的大旗，常随着主帅安思顺击破敌人（嫖姚指汉名将霍去病，此用以借指当时的主帅安思顺，骨都为匈奴骨都侯，借指敌人）。浑将军像李广一样，作战总是身先士卒，他灵活地指挥军队，像卫青一样不学古老的孙吴兵法。边疆战场上充满了千万骑敌军，昨天从那里送来了军情紧急的文书。城头上吹响了号角，鞘中的宝刀知有战斗，它日夜鸣响。意气雄壮，远征万里毫无畏惧。大军一动，自春至冬辛勤不得休息。边塞上沙尘卷起的黄云和白草到处都是。早上竖起大旗扎营，晚上敲着刁斗巡夜。边塞上应该多豪侠少年，玉门关以西太寒冷了，春天从不见杨柳。你从军我要问一下，你跟随哪一位将军？在这送别的时候，正应该击剑饮酒高歌。分别远行，别忘了绕朝（春秋时秦国大夫）赠送给士会的马鞭，您平定反叛后，早一点给我捎来你写的精采诗篇（王粲字仲宣，三国时魏国人，以文章著名）。

大约在唐玄宗开元十一年至十五年间（公元 723 年至 727 年），唐代大诗人王昌龄到边塞地区从军，到过萧关、临洮（今甘肃岷县）、玉门关甚至中亚细亚的碎叶城。由于这一阶段的戎旅生活，使他有了边塞地区的真实感受，从而写出了很多精彩的边塞诗。其中最著名的，当然应该是下面这首《出塞》。

▶ 出塞（选一）　　[王昌龄]

秦时明月汉时关，万里长征人未还。

但使龙城飞将在，不教胡马度阴山。

[译文] 今天的关塞和照耀的明月，都是秦汉时的故物。跋涉万里来边疆戍守的将士们，长年不能返回家乡。如果有着像汉代镇守卢龙城（今河北卢龙）的飞将军李广一样的将军守

卫边境，那绝对不会让胡人的骑兵再越过阴山来入侵了。

唐诗人李益的七绝名篇《夜上受降城闻笛》，是他从军到阴山地区，在受降城时所写。

▶ 夜上受降城闻笛　　[李益]

回乐烽前沙似雪，受降城外月如霜。
不知何处吹芦管，一夜征人尽望乡。

[译文] 受降城郊回乐烽边的流沙，在月夜中皎白如雪，受降城外月光满地好似寒霜。不知何人在这寂静的夜晚吹起了悲凉的羌笛，引得这一夜出征的军人们尽在思念家乡。

在唐代阴山地区，有东、中、西三座受降城，都是唐中宗景龙年间朔方军总管张仁愿所建，目的是抵御突厥的进犯。东受降城在今内蒙托克托南；中受降城在今包头市西；西受降城在杭锦后旗五加河北岸，狼山口南。在李益从军的时代，所防的敌人主要是吐蕃，它的军队都是从西面入侵，故西受降城首当其冲。

黯黯见临洮

唐代在安史之乱时，为平定叛乱将边防上的大批军队内调，使得边境空虚，因而外族乘机入侵，其中最强大而扰害最深的就是吐蕃。唐代宗广德元年（公元763年），吐蕃军居然攻占了唐首都长安，十三天后，听说郭子仪率大军来到，才被迫退出。广德二年，吐蕃、回纥合兵十余万人，在唐叛将仆固怀恩的引导下再次入侵，被郭子仪设计击退。吐蕃的东部边境与唐剑南节度使管辖的蜀地接壤，吐蕃军也常在此入侵。就在广德二年，剑南节度使严武率军与吐蕃大战，击破了吐蕃军七万余人，攻克了当狗城（今四川阿坝自治州境内），接着又恢复了盐川城（今甘肃漳县西北），这次战争自秋至冬结束。就在这一年的作战期间，严武写了下面这首七绝：

▷ **军城早秋**　　[严武]

昨夜秋风入汉关，朔云边月满西山。

更催飞将追骄虏，莫遣沙场匹马还。

[译文]　一个早秋的晚上，萧瑟的秋风吹到了边关，浓重的乌云托着边塞的明月，压在远处的岷山上（西山指岷山，一面孤峰，三面临江，是当时西蜀防御吐蕃入侵的要冲）。前锋已击败了来犯的敌人，我更派出勇猛的将军飞速地追杀敌人，绝不能让敌军有一人一骑从战场上逃回去。

此诗是严武以一个主将的口气所写，他登上边塞的城楼，感到秋风起了，正是敌人一向进犯的季节。远眺战略要地岷山（在唐代临洮，即今甘肃岷县南面），惨淡的月光下浓云压山，激烈的战斗看来就要开始。可这位主将早已胸有成竹，他是决心不让敌人有一个能活着回去的。

岷山脚下的临洮（今甘肃岷县；今甘肃有个临洮县，这不是唐代的临洮），唐时为边塞重镇，丝绸之路的行经之地，唐诗中经常提到，如下面的《塞下曲》。

▷ **塞下曲（选一）**　　[王昌龄]

饮马渡秋水，水寒风似刀。

平沙日未没，黯黯见临洮。

昔日长城战，咸言意气高。

黄尘足今古，白骨乱蓬蒿。

[译文]　边塞上的深秋，为了饮马而渡过了这条小河。河水是那么寒冷，北风吹面锐利如刀。一望无垠的平缓沙漠上，天边还挂着残阳，在这昏暗的暮色中，远远地见到了临洮城。想起过去在长城脚下的激战，大家当时的意气是多么高昂。可你看从古至今，

到处都是一片黄尘。郊原上的野草丛中，杂乱地扔着多少英勇战士的白骨啊！

在金城（今甘肃兰州）、鄯州（今青海东部）的西南一带，原是鲜卑族慕容氏建立的吐谷浑国。隋朝时，吐谷浑国被隋所灭，变成隋的郡县。隋末天下大乱，吐谷浑的伏允可汗乘机收复故地重建国家。唐代初年，伏允经常在边境骚扰抢掠。贞观九年（公元635年），唐太宗命大将李靖、侯君集等率军分兵六路进攻吐谷浑，伏允大败自杀。唐立其子慕容顺为吐谷浑可汗。

盛唐诗人王昌龄，写了一组七首《从军行》，其中第五首就描述了唐军攻击吐谷浑的情况。

▶ 从军行（其五）　　[王昌龄]

大漠风尘日色昏，红旗半卷出辕门。
前军夜战洮河北，已报生擒吐谷浑。

[译文] 辽阔的沙漠上大风卷起漫天黄尘，明亮的日光也为之昏暗。军情紧急，将士们开出军营增援，半卷着红旗飞速前进。前方的先头部队昨夜在洮河北边与敌军激战，捷报传来，已活捉了吐谷浑的首领们。

此诗写的是战争中获得意外的迅速胜利的喜悦。本来在这沙漠中风尘滚滚天昏地暗的坏天气里，由于军情紧急，军队急速奔赴前方增援。可情况一变，前方捷报传来，唐军已大获全胜了。听见消息的增援将士们的喜悦心情，也就可想而知了。

吐谷浑自从在唐太宗贞观九年（公元635年）被李靖率领的唐军击败后，一直与唐保持和好关系。到伏允之孙诺曷钵继立为可汗时，唐太宗封他为"河源郡王"。贞观十三年（公元639年），诺曷钵亲自到长安朝见，并向皇帝请婚。次年，唐太宗封宗室淮阳王李道明之女为弘化公主，嫁给诺曷钵为"可敦"（可汗之妻）。这段友好的姻缘，使唐与吐谷浑的亲密关系得到进一步加强与巩固。唐太宗去世后，朝廷并刻了诺曷钵的石像立于昭陵（唐太宗陵墓）之下。这在当时，是给予为维护与唐王朝的友好关系作出巨大贡献的少数民族领袖的极高荣誉。

贞观十五年（公元 641 年），唐太宗批准吐蕃的求婚，让文成公主下嫁吐蕃的松赞干布。在文成公主途经今青海时，吐谷浑可汗诺曷钵和弘化公主热情接待，并护送到吐谷浑和吐蕃交界处。由于吐谷浑与唐王朝的关系融洽，使丝绸之路的河西走廊这一段得以畅通无阻。

就在唐太宗去世的次年（公元 650 年），吐蕃的松赞干布死去，他的继任者逐渐向外扩张，与吐谷浑多次发生战争。唐高宗龙朔三年（公元 663 年），吐蕃大军攻破吐谷浑，诺曷钵可汗和弘化公主带领残余的几千帐牧民，从今青海东北的扁都口越过祁连山，逃到唐的领土凉州（今甘肃武威），吐谷浑从此灭亡。唐高宗后来派大将薛仁贵率军十余万攻吐蕃，结果大败，吐谷浑的故地被吐蕃占领，再也无法收复了。此后，丝绸之路一直处于吐蕃的武力威胁之下。

王昌龄《从军行》中的第一首，就与吐谷浑的故地有关。

▶ 从军行（其一）　　[王昌龄]

烽火城西百尺楼，黄昏独坐海风秋。
更吹羌笛关山月，无那金闺万里愁。

[译文] 在那设置有烽火台的边防小城西面，有着瞭望敌情的百尺高楼。秋天的黄昏，一个战士独自坐在楼上迎着青海湖刮来的凉风。多么孤独寂寞啊！他拿起羌笛，吹起了悲凉的感伤离别的乐曲《关山月》。多么思念那远隔万里的妻子！她在闺房中也正因为丈夫久戍不归而忧愁难解啊！

只将诗思入凉州

由兰州向西北行，翻过乌鞘岭，就进入了河西走廊。走廊南为终年积雪的祁连山，北为龙首山及合黎山，亦称北山，河西走廊为夹在中间的一条狭长平坦的地带。它东起乌鞘岭，西至今甘肃和新疆交界处的星星峡，包括凉州（今甘肃武威）、甘州（今甘肃张掖）、肃州（今甘肃酒泉）、瓜州（今甘肃安西）及敦煌等大城市，总长有一千二百多公里。宽由几公里至一百多公里。由于地处黄河以西，故名河西走廊。在古代，这是丝绸之路的咽喉要道。

盛唐诗人王翰，于二十岁左右西游凉州（今甘肃武威），写下了脍炙人口的名篇七绝《凉州词》。

▶ **凉州词**　　[王翰]

葡萄美酒夜光杯，欲饮琵琶马上催。
醉卧沙场君莫笑，古来征战几人回。

[译文] 珍贵的夜光杯中，已斟满了葡萄美酒。宴席上琵琶奏起了急速的乐曲，促使人们开怀畅饮。喝醉了躺在沙场上，又有甚么可笑的，自古以来出征的军人能有几个会得胜归来啊！还是尽情饮酒作乐吧！

此诗第二句也可以释为：正举杯欲饮，琵琶奏起了出征的军乐，催促将士们上马出发。

约三千年前周穆王时，西域有人献"夜光常满杯"，杯用白玉之精雕成，当盛满酒后，对月映照，杯会发出异样光彩，故名"夜光杯"。现在看来，夜光杯可能是用西域于阗的羊脂白玉雕成，杯壁极薄而使柔弱的月光也能透过，故得名。

诗人李益，曾从军十年，长期在边塞生活，他往往在马背上横刀赋诗；或在军中酒酣之际，或塞上稍平静时写作，因此文辞慷慨任气。他在西北时，曾写有一首七绝《边思》。

▶ **边思** 　[李益]

腰悬锦带佩吴钩，走马曾防玉塞秋。

莫笑关西将家子，只将诗思入凉州。

[**译文**] 腰上垂着华美的锦带，佩着吴钩宝刀。曾经在马上疾驰奔赴玉门关，防备敌人在秋高马肥时入侵。别笑我这个关西的将门之后，居然只把诗情带进了凉州城。

这首诗实际是作者的自画像，首句写装束，次句写在边塞上参加戍守。第三句叙说自己的身世，末句写虽然身在军中，可不脱离诗人本色，带进凉州的仍是诗情而已。李益是凉州人，凉州远在函谷关以西。根据古语："关西出将，关东出相"的说法，故自称关西将家子。

唐玄宗天宝十年（公元751年）四月，诗人岑参在安西节度使幕中任职。这时西域地区的某些小国，勾引大食国的军队入侵。安西节度使高仙芝闻讯后，立即率军西征，岑参当时留驻在凉州（今甘肃武威，唐代时亦称武威），写了一首七绝给随高仙芝西征的刘判官送行。

▶ **武威送刘判官赴碛西行军** 　[岑参]

火山五月行人少，看君马去疾如鸟。

都护行营太白西，角声一动胡天晓。

[**译文**] 五月里火焰山边行人很少（这是诗人在一千五百公里外的凉州，遥想吐鲁番火焰山下的情景），眼看着你的马向西前进快如飞鸟。碛西节度使的行军营帐驻扎在极远的西方（太白指太白金星，夏季傍晚常见于西方，太白西即指极远的西方），军中吹起了号角，边塞的天亮了，应该继续前进迎战入侵的敌人。

此诗的最后一句，按含义也可解释成：唐朝的大军一到，西域地区像天亮一样，很快就会平定了。

诗题中的"碛西"为碛西节度使（安西节度使别名），指高仙芝；"行军"为军营，故"赴碛西行军"的意思为：赴碛西节度使的军营中。

仍留一箭射天山

祁连山位于河西走廊的南部，即今甘肃省与青海省的交界处，东西绵延千余里。匈奴语谓"天"为"祁连"，故祁连山即天山的意思。因此在某些诗人的作品中，就称它为天山。由于祁连山顶终年积雪，故又称雪山、白山。在祁连山下，因为有从山上流下来的融雪灌溉，因此水草丰美，有利于畜牧业发展。西汉时，祁连山一带为匈奴长期占领，后被汉将霍去病率军夺回。匈奴人失去了水草肥美的牧场，因而悲伤地唱出："失我祁连山，使我六畜不蕃息。"

在伊州（今新疆哈密）之西，还有一个天山，它横贯在西域中部，与祁连山是两条不同的山脉。古人由于地理知识不足，常认为它们是一条连贯的山脉，并统称天山。因此，诗人在写到天山时，究竟指的是祁连山还是西域的天山，有时连诗人自己也不一定清楚。

诗人李白，利用主要写离别哀伤的古乐府旧题《关山月》，写了一首五言诗，描述了士兵远离家乡，长期戍守边疆不能归去的痛苦。

▶ **关山月**　　　[李白]

明月出天山，苍茫云海间。
长风几万里，吹度玉门关。
汉下白登道，胡窥青海湾。
由来征战地，不见有人还。
戍客望边色，思归多苦颜。
高楼当此夜，叹息未应闲。

[译文] 明月从祁连山后升起，在苍茫的云海间游荡。大

风掠过几万里的大地，直达玉门关外。汉兵在白登山被匈奴围困，吐蕃军侵占了青海湖。自古以来战争不断的边境，没见过有出征的军人回还。戍守的士兵们望着悲凉的边塞景色，思念归去愁颜满面。我那在遥远家乡的亲人啊！今夜应在高楼上倚栏眺望，因想念我而不断地悲叹。

诗中"汉下白登道"指西汉初年，匈奴的冒顿单于率大军南侵，汉高祖刘邦亲自指挥三十余万汉军迎击，在白登（今山西大同市东郊的白登山）中计，被匈奴三十余万精兵围困了七天。后用陈平的秘计（传说是男扮女装）刘邦才从重围中逃出。"胡窥青海湾"中的青海，指今青海省的青海湖。唐朝初年，这一带属吐谷浑，唐高宗时，吐蕃灭吐谷浑而占领了青海湖，"胡窥"即指此事。

在李白这首《关山月》中，"长风几万里，吹度玉门关"指大风由远处吹来，一直刮过汉玉门关到关外去了，这表明诗人自己在玉门关内，即关的东面某地登高眺望时的景色。另外诗中所举地名如白登山、青海湖等，都在玉门关之东，由此可以认为，《关山月》诗第一句中的"天山"，指的是位于玉门关之东的祁连山。

中唐诗人李益，在唐代宗大历九年（公元 774 年）他二十七岁时，从军到了原州（今宁夏固原）以北的边塞地区，在这里写了一首七绝《塞下曲》，用前代几个安定边疆、立功异域的名将事迹，抒发了将士们守卫国境的豪情壮志。

▶ **塞下曲** ［李益］

> 伏波惟愿裹尸还，定远何须生入关。
> 莫遣只轮归海窟，仍留一箭射天山。

诗中用了名将马援、班超和薛仁贵的故事。马援是东汉时名将，曾被封为伏波将军。马援曾说："现在匈奴、乌桓还在骚扰北部边境，我要求朝廷派我去讨伐。男子汉应该战死沙场，用马皮包着尸体送回来埋葬，怎么能躺在床上死在儿女的手中呢？"诗中的"裹尸还"

即指马援的这段豪言壮语。"定远"指东汉通西域的名将定远侯班超。班超在西域驻守了三十余年，到年老时想回故乡，于是上书给皇帝说："我不敢奢望能够到酒泉郡，只希望能活着进入玉门关。"诗中的"生入关"即指的此事。

"一箭射天山"指薛仁贵的故事。薛是唐太宗和高宗时的名将，他任铁勒道总管时，铁勒九姓十余万人入侵。薛仁贵带领数十骑开路，正与敌兵相遇。敌军欺他兵少，挑选精锐骑兵数十人前来挑战。仁贵一箭一人，连射死二人。敌骑有些发慌，不敢前进，都瞪大眼睛瞧他的弓箭。薛仁贵故意做射箭姿势，吓得敌人骑兵左闪右躲。仁贵大笑说："真不中用，我还没射，就吓成这样，我要挑一个多须的人，赏他一箭。"敌骑中正有一个大胡子，一听这话，掉转马头就跑，谁想箭已射到，立即倒于马下。唐军陆续大至，在此情况下，吓破了胆的敌人全部投降了。于是在唐军中传唱道："将军三箭定天山，战士长歌入汉关。"

高高秋月照长城

肃州，是闻名世界的万里长城的终点嘉峪关所在地。

长城穿过甘肃、宁夏、内蒙古、山西、河北五个省区，越过崇山峻岭，渡过黄河，横跨沙漠戈壁，沿途并建有无数的关塞、碉楼和烽火台。要知道，这都是在技术落后的古代，基本上用人的体力建造而成的。

长城的作用主要是为了防御北方游牧民族入侵，因此都修建在荒无人烟或地形极为险峻之处，并且派有军队驻守。这些军人们长年驻守在这种崇山峻岭或沙漠戈壁的地方，生活极其枯燥单调，愁闷之情难以排解，这可以从唐代著名诗人，七绝圣手王昌龄的描绘中看出。

▷ 从军行（其二）　[王昌龄]

琵琶起舞换新声，总是关山旧别情。
撩乱边愁弹不尽，高高秋月照长城。

[**译文**] 琵琶奏起了新的乐曲，人们翩翩起舞，可弹来弹去，还是离不了《关山月》这类悲伤离别之情的旧主题。久戍边塞归不得的忧愁，使人心烦意乱，在琵琶上怎么能都表示出来啊！你看，又是一轮明亮的秋月高高升起，照耀着这孤寂的长城。

中唐诗人杨巨源写的五律《长城闻笛》，借笛声的飞传，表现出了长城边关上种种孤寂与悲凉。

▷ 长城闻笛　[杨巨源]

孤城笛满林，断续共霜砧。
夜月降羌泪，秋风老将心。
静过寒垒遍，暗入故关深。
惆怅梅花落，山川不可寻。

[**译文**] 孤寂的长城上传出的笛声，飞满了城下的树林。它与深秋时捣衣的砧声此起彼伏。月明之夜，这笛声使归顺的羌人流下了思乡的眼泪；凉冷的秋风伴着笛声，使久戍边塞的老将军也起了归心。它静静地飘过所有的堡垒，悄悄地飞入边关的深处。那使人无比惆怅的《梅花落》（唐代著名的笛子吹奏的乐曲），散遍山川再也无处寻觅。

居延城外猎天骄

在甘州（今甘肃张掖）附近，有一条向北流的季节河，名叫弱水，又名额济纳河。弱水发源于祁连山，关于它，古代有许多有趣的传说，说它的水没有浮力，不仅不能行船，甚至连鸿毛、草叶也是入水即沉。其实，大约是因为季节河水太浅造成的误解。

在弱水下游附近，由于有了生命之源的水，形成了一片四周被沙漠环绕的额济纳绿洲。蒙古语"额济"是母亲的意思，可知人们对绿洲的深厚感情。

两千多年前的西汉时，额济纳绿洲已部分开发为农田，西汉王朝为了保障河西走廊畅通，在绿洲附近建立了居延城，修筑了长城烽燧等军事设施，并委派居延都尉管理。目前在弱水沿岸，存在着断断续续的长城，并且残存着二百处烽火台。两座烽火台间相距一公里半或两公里，排列成行。可以想象当年一旦有警时，它们一齐吐火喷烟的壮观景象。

唐玄宗开元二十五年（公元 737 年）春，河西节度副大使崔希逸战胜吐蕃，诗人王维奉皇帝命令出使到凉州河西节度使驻地去，慰问战胜吐蕃的将士。在这次出使中，王维在旅途见到了塞外的粗犷悲凉的景色，了解到唐军与吐蕃战斗的艰苦，并为唐军获得胜利而欣喜，因而写下了两首著名的律诗《使至塞上》和《出塞作》。

▶ **使至塞上**　　[王维]

单车欲问边，属国过居延。

征蓬出汉塞，归雁入胡天。

大漠孤烟直，长河落日圆。

萧关逢候骑，都护在燕然。

[译文] 我轻车简从，奉皇帝命令出使到边境去慰问，作为使者，将经过居延城。旅途上车轮像秋风中的蓬草一样滚动着，驶出大唐的关塞。由江南归来的雁群，飞向边境外的云天。荒凉的沙漠中，只见一支狼粪燃烧的烽烟直立上升，空旷的黄河边上落日赤红而圆。在萧关（在原州，即今宁夏固原东南）遇到侦察的骑兵，告诉我都护正在前线燕然山。

《使至塞上》的第一、二两句，在有的唐诗版本中，写成："衔命辞天阙，单车欲问边"，其意思是：带着皇帝的命令告别了长安，轻车简从到边境上去慰问。诗的第五、六两句极为精采，是自古以来传诵的名句。它逼真地描述了沙漠中那种荒凉孤寂的景色，一支孤零零的烟柱袅袅垂直上升，河边水连天处赤红滚圆的落日，这是一幅色彩对比多么强烈的风景画啊！

《使至塞上》诗中提到的三处地名，即居延、萧关和燕然山，彼此相距很远。尤其燕然山远在古长城之北，而唐代当时河西节度使追击吐蕃，主要在青海一带，不可能到那样远处。看来居延、萧关二地是实指，而燕然山则是借指。王维从长安出发后，在萧关遇见唐军的侦察兵，告诉他主将正在前线追击敌人。王维到凉州后，应该又到北面的边塞居延去过，因此才有诗的第二句，另外从下面即将叙述的七律《出塞作》也可证明王维当时到了居延城。燕然山在今蒙古境内，现名杭爱山。东汉时车骑将军窦宪大破匈奴北单于，曾登燕然山刻石记功。由于有这么一段故事，因此在《使至塞上》诗中是用燕然山代表与敌人作战的最前线。

王维在此次出使所写的另一首诗是七律《出塞作》。

▶ **出塞作** [王维]

> 居延城外猎天骄，白草连天野火烧。
> 暮云空碛时驱马，秋日平原好射雕。
> 护羌校尉朝乘障，破虏将军夜渡辽。
> 玉靶角弓珠勒马，汉家将赐霍嫖姚。

[译文] 居延城外天之骄子在打猎，塞外连天的白草被野火焚烧。阴云低垂的傍晚，在空旷的沙漠中驱马急驰，秋高气爽，广阔的平原上正好弯弓射雕。护羌校尉（汉武帝时所设武官，持节以护西羌）一早就登上了障堡，破虏将军（汉代临时设置的武官）连夜渡过辽河增援（辽河是借用，并非实指）。汉武帝

将要赏赐嫖姚校尉霍去病，赐他镶玉柄的剑，用牛角或羊角制成的弓和戴着珠勒口的骏马。

春风不度玉门关

两千多年前的西汉时，为了保卫河西走廊这一交通要道，维护丝绸之路畅通，在敦煌之西，设置了玉门关和阳关两座关塞。古代于阗（今新疆和田）产玉。大量的美玉由西域经此运向内地，此地是输入玉的门户，故新建关隘取名为玉门关。

到了六朝时，由于自今甘肃安西县直至伊州（今新疆哈密）这条道路比较近而且方便，来往旅客多走此道，于是将玉门关改设在瓜州（今甘肃安西）的晋昌县，即今甘肃安西县东双塔堡附近。唐代时，玉门关也在此。

玉门关和阳关，是丝绸之路上重要的关塞，是古代中西交通的必经之地。在唐人诗句中，这两座关塞的名字经常出现，而且有些诗是自古以来脍炙人口的杰作。其中咏玉门关最有名的，当然是唐诗人王昌龄的《从军行》第四首和王之涣的七绝《凉州词》。

▶ 从军行（其四）　[王昌龄]

青海长云暗雪山，孤城遥望玉门关。
黄沙百战穿金甲，不破楼兰终不还。

[译文] 青海湖畔的漫天乌云，遮暗了长年积雪的祁连山。由山麓向西北眺望，玉门关这座孤城已隐约可见，我已经准备好了，即使在黄沙莽莽的大漠中身经百战，铁甲磨穿，但不消灭楼兰我决不回还。

诗人由内地奔赴玉门关，沿河西走廊前进，已走了不少日子。在漫天乌云遮住了祁连山的一天，诗人从山麓向西北方向眺望，玉门关在远处遥遥可见。边关就要到了，诗人心潮澎湃，精神振奋，即时赋出了慷慨激昂的"黄沙百战穿金甲，不破楼兰终不还"。

唐诗人王之涣写的《凉州词》，也是咏玉门关极其著名的杰作。这首诗还有一个诗题，叫做《玉门关听吹笛》。《凉州词》意思是凉州歌的唱词，《玉门关听吹笛》则是诗人写此诗的情景。

▶ 凉州词　　[王之涣]

黄河远上白云间，一片孤城万仞山。

羌笛何须怨杨柳，春风不度玉门关。

[译文] 黄河远远地伸延到白云之间（古代认为，黄河的河源是天上的银河）。这沙漠中只有玉门关这一座孤城，衬托着远处的万仞高山。羌笛啊！你为何要吹起悲凉的曲子《折杨柳》，埋怨这里没有春天呢？要知道春风从来也不曾吹到过玉门关啊！

诗人高适，是王之涣的好友，在读了这首《玉门关听吹笛》后，专门和了一首七绝：

▶ 和王七玉门关听吹笛　　[高适]

胡人吹笛戍楼间，楼上萧条海月闲。

借问落梅凡几曲，从风一夜满关山。

[译文] 晚上有胡人在守卫边防的碉楼间吹笛，明亮的月光照在寂静的碉楼上。请问梅花落这乐曲共有多少曲啊（《梅花落》为笛子吹奏的乐曲之一），随着边疆上的晚风，一夜之间散满了关塞和群山。

陇头路断人不行

　　"河湟"指的是黄河与湟水，湟水发源于青海湖畔，向东流至甘肃兰州附近注入黄河。故"河湟"在唐代当时指湟水流域及其与黄河汇合的一带地方，也就是河西（今甘肃河西走廊）及陇右（泛指陇山以西之地）地区。

　　自从吐谷浑在公元663年被吐蕃灭亡后，吐蕃力量威胁着唐朝的河西和陇右一带。唐特设河西及陇右两节度使，各领重兵以抵御吐蕃的入侵。唐玄宗天宝十四年（公元755年），安史之乱爆发，唐朝廷将河西、陇右两镇的精兵调入内地与安史叛军作战，边防因而空虚。吐蕃乘机陆续攻占两镇所属的州县。三十年间，河西、陇右全部被吐蕃占领，丝绸之路因此被切断，唐朝廷与西域的联系也被迫中断。

　　诗人张籍在他写的七言古诗《陇头行》中，描述了陇西被吐蕃占领及人民不忘故国的情况。

▶ 陇头行　　[张籍]

　　陇头路断人不行，胡骑夜入凉州城。
　　汉兵处处格斗死，一朝尽没陇西地。
　　驱我边人胡中去，散放牛羊食禾黍。
　　去年中国养子孙，今著毡裘学胡语。
　　谁能更使李轻车，收取凉州入汉家。

　　[译文]　到陇西去的路已断绝无人行走，吐蕃的骑兵乘夜攻入了凉州城。守卫的唐军全部战死了，陇西的大片土地全被吐蕃占领。他们将汉族百姓全赶到吐蕃内地去，到处放牧牛羊吃田里的庄稼。去年我们生孩子还属于中国，现在小孩却要穿吐蕃的毡裘学吐蕃语了。有谁能再让那轻车都尉李将军，收复凉州归还唐朝廷呢？

中唐诗人王建，曾从军到西北边塞，弓剑不离身数年。吐蕃侵入河西走廊时，凉州于唐代宗永泰二年（公元 766 年）被占领。王建根据自己对凉州的了解，以及凉州失陷后的情况，写成了一首七言古诗《凉州行》。

▶ 凉州行　　[王建]

> 凉州四边沙浩浩，汉家无人开旧道。
> 边头州县尽胡兵，将军当筑防秋城。
> 万里征人皆已没，年年旌节发西京。
> 多来中国收妇女，一半生男为汉语。
> 蕃人旧日不耕犁，相学如今种禾黍。
> 驱羊亦著锦为衣，为惜毡裘防斗时。
> 养蚕缫茧成匹帛，那堪绕帐作旌旗。
> 城头山鸡鸣角角，洛阳家家学胡乐。

[译文] 凉州四郊的沙漠广阔无边，我大唐无人再打开这条通向西域的旧路。边塞上和州县里全是吐蕃军队，将军应该修筑防止吐蕃在秋季入侵的城池吧！不远万里出征到凉州一带的士兵们，全都牺牲了。可年年从长安来边地的使臣络绎不断。吐蕃军经常侵入内地抢劫妇女，掳去后生的男孩有一半还会说汉话。吐蕃人往日是不耕田种地的，如今学会种庄稼了。凉州连放羊的吐蕃人都穿上了抢来的丝绸衣服，毛织的毡裘衣则留到作战时再用。我大唐百姓好不容易养蚕缫丝织成的丝绸，怎能让吐蕃人用来做行军帐幕和制作军旗。胡人的影响已经够大了，可人们并不觉悟，你看，在那城头上山鸡角角叫的时候，洛阳的百姓们家家都在学奏胡人的音乐呢。

河湟隔断异乡春

河湟地区被吐蕃占领数十年，不少儿童从小在吐蕃的风俗习惯下生活，学的是吐蕃语言，汉族的观念已很淡薄，甚至忘了自己是汉人。因此，虽然年纪大的父老们一直怀念着故国唐朝，可也发生了一些如下列诗歌中所记述的令人感叹的事情：

▷ 河湟有感 ［司空图］

一自萧关起战尘，河湟隔断异乡春。

汉儿尽作胡儿语，却向城头骂汉人。

［译文］ 自从在原州（今宁夏固原）的萧关一带发生了吐蕃侵占陇西的战争后，河湟地区沦陷，春色再也难到。年头太久了，汉族的孩子们尽学的吐蕃语，居然向着边塞城头骂城上的汉族同胞们。

河湟数十州土地被吐蕃强占后，唐朝廷不力图恢复，反而苟且偷安，在唐德宗时居然承认被占州县为合法。此后吐蕃气焰更为嚣张，经常深入内地骚扰抢掠。唐德宗时，诗人张籍对这种现象深为不满，写了一组《凉州词》，记述了当时一些使人愤慨的情况。这里选择了其中的一首。

▷ 凉州词 ［张籍］

边城暮雨雁飞低，芦笋初生渐欲齐。

无数铃声遥过碛，应驮白练到安西。

［译文］ 傍晚边境上细雨纷纷，回归的大雁低飞而过。初生的芦笋快长齐了。你听那远处无数的驼铃声在越过沙漠，原来是运送丝绸到安西去（安西指唐安西都护府，管辖今新疆中部一带，写此诗时已被吐蕃占领）。

河湟一带沦陷到吐蕃手中，一方面是由于唐朝廷将精兵内调，使边防力量大大削弱，另一方面是由于当地镇守的将领们贪暴无能，使原来内附的少数民族离心！百姓得不到保护，只好向东部内地迁徙。例如吐蕃早期入侵时，只抢掠财物掳走人畜就退走，并不占领土地。唐镇守的边将不仅不与敌人作战，反而在敌人退走后谎报驱敌出塞有功。

大约在河湟地区落入吐蕃手中七十多年后，诗人杜牧对恢复失地念念不忘，同时想到上面那些沦陷地区的百姓不忘故国，思念唐朝廷的感人事迹，写了下面这首七律：

▶ **河湟**　[杜牧]

> 元载相公曾借箸，宪宗皇帝亦留神。
> 旋见衣冠就东市，忽遗弓剑不西巡。
> 牧羊驱马虽戎服，白发丹心尽汉臣。
> 唯有凉州歌舞曲，流传天下乐闲人。

[译文] 代宗皇帝的宰相元载，曾经策划过收复河湟的谋略。宪宗皇帝也曾看着地图，想收复河湟故地。可不久元载因专横和贪污，在大历十二年（公元777年）被勒令自杀，而宪宗皇帝没等到收复河湟，就突然归天了。河湟地区的人民虽然被迫穿上吐蕃的衣服放羊牧马，可那些白发老人一片忠心，全是我大唐的好臣民。现在只有那凉州一带的歌舞乐曲流传天下，白白地供有闲的人们娱乐，可失地却仍未收复啊！

诗第一句的"借箸"用的汉代典故。据《史记·留侯世家》，汉高祖刘邦一次正在吃饭，张良入见，刘邦听信别人的话想立六国的后人为王，张良反对说："我请借箸（筷子）为大王筹画。"于是"借箸"二字为后人用作出谋划策的意思。据历史记载，唐代宗大历八年（公元773年），宰相元载曾献收复河湟的计策，并且画了地图，后因有人反对而未能实现。诗第四句"遗弓剑"是用有关黄帝的典故。据《史记·封禅书》，有个方士对汉武帝说，黄帝骑龙上天成仙，留下了一张弓。而《水经注·河水》更说黄帝虽有陵墓，但其中只埋了他的弓和剑，实际上黄帝成仙升天了，因此后世用"留弓剑"指帝王之死。

河湟沦陷八十多年后，吐蕃内乱，国势衰弱，无力再控制它占领的地区。唐宣宗大中三年（公元849年），在吐蕃占领下的秦州（今甘肃天水）、原州（今宁夏固原）、安乐州（今宁夏中卫）及石门等七关的百姓，自动脱离吐蕃回归唐朝。三州并派了老幼代表一千多人到长安，唐宣宗在延熹门城楼上接受朝贺。这些百姓们久陷吐蕃，这次得回故国，欢呼起舞，并且当场脱下吐蕃服装，换上唐朝衣冠，旁观的人都感动得高呼万岁。

唐宣宗大中二年（公元848年），沙州（今甘肃敦煌）人张议潮，乘吐蕃统治者内部为争权而内战时，率领人民起义，赶走了吐蕃的守将，收复了沙州和晋昌（今甘肃安西一带）。大中四、五年间，张议潮又率军收复了吐蕃占领的伊州（今新疆哈密）、甘州（今甘肃张掖）、鄯州（今青海东都）、河州（今甘肃临夏）、岷州（今甘肃岷县）、廓州（今青海化隆西）和兰州。大中五年（公元851年），张议潮派其兄张议潭携带河西和陇右十一州的地图和户籍，到长安献给朝廷。唐政府决定在沙州置归义军，任命张议潮为归义军节度使。此后，张议潮率军与企图反扑及入侵的吐蕃、回鹘等族军队艰苦战斗了十余年。唐懿宗咸通四年（公元863年），张议潮率汉蕃兵七千余人，攻克凉州（今甘肃武威），咸通七年（公元866年）又光复了西州（今新疆吐鲁番）。

唐懿宗时的诗人薛逢，在张议潮率军攻克凉州后，非常兴奋，写了一首七绝《凉州词》纪此事。

▶ **凉州词**　　[薛逢]

昨夜蕃兵报国仇，沙州都护破凉州。

黄河九曲今归汉，塞外纵横战血流。

[译文] 昨天晚上，大军报了河湟失陷多年的深仇，这是沙州都护张议潮收复了凉州。河湟地区从今起又归属大唐（黄河九曲指今青海、甘肃一带，即河湟地区），你看那塞外敌尸纵横，鲜血四流。

丝绸之路自从在唐代宗广德二年（公元 764 年）因河西走廊被吐蕃占领而切断，整整过了一百年，才在张议潮的奋战之后重新畅通了。

九月天山风似刀

由伊州（今新疆哈密）西北行，眼前就是魏峨的天山。走了约三十余公里后，到达天山脚下的南山口，这是丝绸之路穿越天山进入北新道的主要通路。

天山下是绿草如茵的大草原，丝绸之路的北新道过天山后沿北麓的草原西行。这里水草比较丰富，对于以马和骆驼为主要交通工具的古代商队和旅行者来说，当然要方便得多，这是北新线大大兴盛的原因之一。

天山海拔高，峰顶积雪长年不化，山坡上松林密布，牧草繁茂，景色十分优美。诗人李白，在他写的一组六首五律《塞下曲》中，第一首即描述了天山的风光及戍守将士们的生活和愿望。

▶ 塞下曲六首（其一）　[李白]

五月天山雪，无花只有寒。
笛中闻折柳，春色未曾看。
晓战随金鼓，宵眠抱玉鞍。
愿将腰下剑，直为斩楼兰。

[译文] 五月了，那天山上还是一片白雪，哪能见到鲜花，

有的只是严寒。笛声中传来了《折杨柳》的乐曲，可春天却没有来到边疆。早上随着金鼓去战斗，晚上枕着马鞍睡觉。但愿用我所佩的宝剑，像傅介子一样去刺杀楼兰王。

诗的最后一句是借用汉代傅介子刺杀楼兰王的典故，表达消灭入侵边疆之敌的决心。

在天山北麓的庭州（今新疆吉木萨尔），是唐北庭都护府所在地。唐玄宗天宝年间（公元 742 年至 756 年），封常清任安西节度使兼北庭节度使，又有御史大夫的加衔，故称封大夫。诗人岑参在天宝十三年（公元 754 年）到封常清幕中任判官，他在此时写的《天山雪歌送萧治归京》中，详细地描述了天山地区的严寒和美丽的雪景。

▶ 天山雪歌送萧治归京　　[岑参]

> 天山雪云常不开，千峰万岭雪崔嵬。
> 北风夜卷赤亭口，一夜天山雪更厚。
> 能兼汉月照银山，复逐胡风过铁关。
> 交河城边鸟飞绝，轮台路上马蹄滑。
> 暗霭寒氛万里凝，阑干阴崖千丈冰。
> 将军孤裘卧不暖，都护宝刀冻欲断。
> 正是天山雪下时，送君走马归京师。
> 雪中何以赠君别，惟有青青松树枝。

[译文] 天山上下雪的乌云长年不开，深厚的雪堆满了千峰万岭，赤亭口晚上不停地刮着北风，到天亮雪下得更厚。它和明亮的月光一样使群山披上银装，被塞外的狂风吹过了铁门关。交河城边飞鸟因大风雪而绝迹，到轮台的路上马蹄因雪而打滑。天色阴晦，万里原野都凝结着寒气。山阴断崖处纵横交错地结了千丈长的冰。将军穿了狐裘还睡不暖，都护的宝刀冻得快断了。正在天山下雪的时候，送您（指诗题中的萧治）骑

马回归首都长安。在这茫茫大雪中用什么给您送别呢? 只有那青绿的松树枝最合适了。

岑参在任北庭节度使幕府判官时, 还写了下面这首有关天山的七绝:

▶ **赵将军歌** ［岑参］

九月天山风似刀, 城南猎马缩寒毛。
将军纵博场场胜, 赌得单于貂鼠袍。

［译文］九月间天山吹来的寒风犹如快刀, 城南出去打猎的马儿冻得像缩起了它们的绒毛。赵将军赌博场场大胜, 赢得了单于 (指西域少数民族首领) 的貂鼠皮袍。

轮台城头夜吹角

唐代北庭都护府所在地庭州 (今新疆吉木萨尔) 管辖的境内有个轮台县, 这就是唐代的轮台, 其故址大致在今新疆乌鲁木齐东北的米泉县境内。唐人边塞诗中提到的轮台, 绝大多数都是指这个地方。

唐玄宗天宝年间封常清任北庭都护时, 轮台驻有重兵。天宝十三年至唐肃宗至德二年 (公元 754 年至 757 年), 诗人岑参在安西北庭节度使 (兼安西北庭都护) 幕府中任判官, 经常驻轮台。在此期间, 这位杰出的边塞诗大家, 写了一系列描述轮台及与轮台有关的诗篇。例如下面这首《轮台即事》, 就很好地描述了轮台的塞外风光。

▶ **轮台即事** ［岑参］

轮台风物异, 地是古单于。

三月无青草，千家尽白榆。

蕃书文字别，胡俗语音殊。

愁见流沙北，天西海一隅。

[译文] 轮台的景物风光与内地大不相同，这是古代单于所统治的地方。天气那么寒冷，三月了，地上还没有青草，家家都种着白榆树。用的异族文字不同于汉字，语言习俗也完全是另外一套。在这极远西方的一角，沙漠之北的轮台，真叫人犯愁啊！

唐玄宗天宝十四年（公元755年）八月，驻轮台的一位姓武的判官回长安，军中置酒欢送。正好下起了不合时令的大雪。诗人岑参在宴席上，结合奇异的雪景，写下了杰出的边塞诗名篇《白雪歌送武判官归京》。

▶ 白雪歌送武判官归京　　[岑参]

北风卷地白草折，胡天八月即飞雪。

忽如一夜春风来，千树万树梨花开。

散入珠帘湿罗幕，狐裘不暖锦衾薄。

将军角弓不得控，都护铁衣冷难著。

瀚海阑干百丈冰，愁云惨淡万里凝。

中军置酒饮归客，胡琴琵琶与羌笛。

纷纷暮雪下辕门，风掣红旗冻不翻。

轮台东门送君去，去时雪满天山路。

山回路转不见君，雪上空留马行处。

[译文] 猛烈的北风卷地而来，连坚韧的塞外白草（即芨芨草）都被吹折。这胡人聚居的地方八月就下起了大雪。就好像一晚上忽然刮来春风，吹开了千万树洁白的梨花。雪花飘入珍珠串成的帘子，浸湿了丝织成的帐幕。穿上狐皮袍也不觉暖，被窝更是薄得凉气直钻。严寒使将军拉不开饰有兽角的硬弓，

都护（北庭都护府的最高长官）的铁甲更冰冷得没法穿。沙漠里纵横着厚厚的冰层（百丈冰是夸张地指其厚），愁人的阴暗乌云似乎凝固在万里长空中。中军（远古时代军队分左、中、右三军，中军为主将所在，此处用以借指轮台的节度使幕府）设酒宴欢送即将回长安的客人，席上胡琴、琵琶和羌笛合奏助兴。时已傍晚，辕门外仍是大雪纷飞，红旗都冻硬了，劲吹的北风也不能使它翻卷。在轮台东门送您上路，去时天山脚下的道路已被大雪覆盖，道路转到山后看不见您了，只在雪上空留着马蹄走过的蹄印。

岑参这首诗，以写轮台的雪景而著名。它虽是送别诗，可直接写送别的句子并不多，而且没有什么悲伤凄苦的情调。虽然如此，可从诗最后两句可知，诗人一直在辕门外伫立，望着老朋友渐渐远去，直到山回路转看不见了，还一直望着雪上的马蹄印，留恋不已。

天宝十三年（公元 754 年）冬，北庭节度使兼都护封常清由北庭率军出征播仙（当时西域的一个小国，故址在今新疆且末），诗人岑参写了两首七言古诗，送封常清西征。现选介其中一首。

▶ 走马川行奉送出师西征　　[岑参]

君不见走马川，雪海边，
平沙莽莽黄入天。轮台九月风夜吼，
一川碎石大如斗，随风满地石乱走。
匈奴草黄马正肥，金山西见烟尘飞，
汉家大将西出师。将军金甲夜不脱，
半夜军行戈相拨，风头如刀面如割。
马毛带雪汗气蒸，五花连钱旋作冰，
幕中草檄砚水凝。虏骑闻之应胆慑，
料知短兵不敢接，车师西门伫献捷。

[**译文**] 你看那西征的行军路线，沿走马川，经雪海，穿

越沙漠，只见风卷黄沙一片迷蒙直达天际。九月里轮台的晚上，狂风怒号，走马川里大如斗的砾石，被风吹得满地乱滚。塞外草黄，秋高马肥，敌人乘此机会发兵进攻，金娑岭之西烽烟和敌骑卷起的尘土滚滚而来，我大唐的封大将军出师西征了。军情是那么紧张，将军晚上都不脱盔甲，半夜行军增援，兵器互相碰撞作响，凛烈的寒风吹在脸上，痛如刀割。雪花落在急驰的战马身上，化作汗气蒸腾而起。马身上的五花马鬣（剪成五瓣的马颈长毛）和有着鱼鳞状斑纹的马毛，都迅速地蒙上了一层白霜，在帐幕中起草文书，连砚台中的墨汁都冻成了冰。听见我大唐的军队前来征讨，敌人闻风丧胆，料想他们根本不敢与我军正面交锋，不久就可以在车师的西门等候举行战胜的献俘祝捷仪式了。

这首诗有一个很大的特点，即句句都押韵，而且三句一转韵，这种格式使诗的节奏鲜明，有一种急促向前的感觉，很好地配合了诗的内容。

封常清征伐的播仙，即左末城。距播仙二百五十公里外有左末河，即现代的车尔成河，这是封常清行军必经之地。诗题中的"走马川"，有人认为即左末河，川与河同义，走马与左末同音，"左末"原系译音，故亦可读成走马。左末河和播仙，都在出兵的轮台（实为庭州）之南，诗题写西征应是以中国内地为准。此外，有的研究者认为，走马川的川字作平川讲，即河流两岸的平原，称川原，因为只有在平川上，大如斗的碎石才能随大风满地乱滚。

据《新唐书·西域传》和《新唐书·地理志》，雪海并非湖泊，而是一片春夏都经常下雪的苦寒之地，它位于距热海不到五十公里处。征播仙行军到不了遥远的热海附近，诗中是夸张地形容所去之地的冷和远。

诗中的"车师"为汉代时西域国名，车师前国和车师后国，前国故地在交河，即今新疆吐鲁番；后国故地在务涂谷，即唐代的庭州，今新疆的吉木萨尔一带。岑参诗中当指车师后国的故地，因当时为北庭都护府所在地。

不破楼兰终不还

在唐代的边塞诗中，提到最多的国家，也许就是楼兰了。你看，七绝圣手王昌龄的《从军行》中有："不破楼兰终不还"，诗仙李白的《塞下曲》中有："愿将腰下剑，直为斩楼兰"，等等。甚至在送人赴西域时的送别诗中，也要借用"楼兰"来鼓舞远行者的雄心壮志，例如下面这首七律：

▶ **送康祭酒赴轮台**　　[曹唐]

灞水桥边酒一杯，送君千里赴轮台。
霜粘海眼旗声冻，风射犀文甲缝开。
断碛簇烟山似火，野营轩地鼓如雷。
分明会得将军意，不斩楼兰不拟回。

[译文] 我在长安城郊灞河边上举起这杯酒，给您饯行送您远赴几千里外的轮台（今新疆米泉县境内）。初霜堵住了泉眼，军旗冻硬不能飘扬；锐利如箭的北风，透入犀牛皮的甲胄，使得甲缝绽裂。沙漠中的远山笼罩着烟雾，好像点燃了烽火，野营时军车围成一圈（这叫"轩地"），圈内圈外鼓声雷动。我想您是懂得将军意图的，要是不斩下楼兰王的头颅，是不打算回来的。

可是，前面那些有关楼兰的慷慨激昂的诗句，只是诗人们用以表达豪迈之气，并不是真的要去攻打楼兰国或杀楼兰王。因为在唐王朝诞生的二百多年前，古楼兰国已神秘地在沙漠深处消失了。

古楼兰国在哪里？它在历史上是怎样的？为什么又消失得踪影难觅呢？

1900年3月，瑞典探险家斯文赫定，又一次率领探险队到罗布泊地区考查。同行者共八人，其中有两名是当地的维吾尔人，名叫艾尔得克和科达克拉。探险队从阿斯廷布拉克向西南进行时，途中走散了。艾尔得克一人遇到狂风，他独自骑在马上乱跑，被风带到一座古城的废墟。这城中有高大的泥塔，塔附近的残垣断壁上有着雕刻精美的木板，还有官署和民房的遗址。就这样，艾尔得克无意中发现了沉睡了一千多年，像梦幻一样在人们记忆中萦回的古城。

斯文赫定原以为艾尔得克在狂风飞沙中遭遇了不幸，没想到他回来了，并且带来了意想不到的新发现和一些从古城取来的雕花木板。1903 年 3 月，斯文赫定做了充分准备后，率队来到这座古城，发现了大量文物，其中有一枚汉代的木简（写有文字的木片），上写有"楼兰"二字。斯文赫定推定，这就是消逝了千余年的古城楼兰。他后来发表的考察报告和所收集到的文物，使全世界的考古界为之震动。

楼兰古城遗址，位于新疆塔克拉玛干大沙漠的东部，罗布泊以西不远处。罗布泊古代曾有盐泽、蒲昌海、牢兰海、孔雀海、洭海等名称，当地则叫它罗布淖尔，意思是多水汇集的湖泊。罗布泊是我国第二大咸水湖，但现在已完全干涸。

从楼兰城的位置可知，它东距敦煌约八百公里，其间尽是连绵不断的沙丘和满地砾石的戈壁，没有水，没有生物。更为艰险的，是包围着楼兰的"雅丹"地形。雅丹是维吾尔语，意思是"险峻的土丘"。它由一系列平行的"垄脊"和"沟槽"组成，沿着大风吹刮的方向延长。垄脊高由半米至十余米，长可达数百米；沟槽窄的一两米，宽的数十米。在这种地形中，通行的困难可想而知。

唐玄宗天宝八年（公元 749 年），诗人岑参赴位于龟兹（今新疆库车）的安西大都护府任职。旅途经过图伦碛（今新疆塔克拉玛干沙漠），在这条艰险的道路上，荒无人烟的悲凉景色，勾起了诗人的诗思和乡愁，于是写了下面这首七绝：

▶ **碛中作**　[岑参]

走马西来欲到天，辞家见月两回圆。
今夜不知何处宿，平沙万里绝人烟。

[译文] 骑马西行，准备到天边去，离家后已见到月亮两次圆了（即已经两个月了）。在这茫茫的大沙漠中，今夜到哪里住呢？只见平广的黄沙绵延万里，毫无人烟。

在继续前进的道路上，岑参偶然遇到了返回长安的使者，欣喜之余，写了下面这首七绝：

▶ **逢人京使**　[岑参]

故园东望路漫漫，双袖龙钟泪不干。
马上相逢无纸笔，凭君传语报平安。

[译文] 东望故乡，道路是多么漫长，流个不停的泪水湿了我的双袖。旅途中骑在马上遇见回长安的使者，没有纸笔无法写家信了，请你传话给我的亲人，说我一路平安。

楼兰是一个在两千一百多年前就见诸文字记载的西域国家，其国名可能来自牢兰海（即罗布泊），楼兰是牢兰的谐音。楼兰国全盛时，领土东达古阳关，西至图伦碛南缘的尼雅河，南抵阿尔金山，北到哈密。不过，楼兰国人口很少，只有一万多人，国土大部分是沙漠、戈壁和盐碱地。因此，古楼兰人以逐水草放牧牲畜或在孔雀河与罗布泊中捕鱼及射猎为生。

西汉时（公元前206年至公元8年），楼兰地处丝绸之路上，东西方不断往来的使节和商队都要经过这里，使这个小国繁荣起来。可在这时，匈奴势力侵入西域，楼兰国小无力抵抗，因而受其辖制。在西汉王朝与匈奴在西域的斗争中，楼兰经常给匈奴传送情报，攻杀西汉使臣，抢劫商旅，甚至阻断了丝绸之路的交通。汉昭帝元凤四年（公元前77年），大将军霍光派傅介子出使楼兰。傅到楼兰边境时，扬言带有很多黄金丝绸，将分赐给西域各国，通知楼兰王前来领取。楼兰王贪图财物来了，傅介子事先布置武士，在宴席上刺杀了楼兰王，并立他的兄弟尉屠耆为王。新王为避开匈奴的压迫，迁都到伊循（今新疆若羌县的米兰），改国名为鄯善（今新疆的鄯善县与此无关）。

在罗布泊边上的楼兰城，被汉朝作为军事要塞及商旅过往歇息之地，这时更加繁盛。可是到了东晋孝武帝太元元年（公元376年）以后，楼兰在历史上就消失了。

武则天垂拱年间（公元685年至688年），诗人陈子昂任麟台正字的官职。当时北方的强敌突厥连年入侵，武则天多次派军征讨。由于军情紧急，一位将军刚从西北边塞回来，立即又被调往北方去戍边。陈子昂和友人（一位姓陆的县令）特别赠诗给这位将军。这时虽然离楼兰消失已有三百多年，可诗中仍用了"楼兰国"这个名词，实际上借以指即将前往的边塞。

▶ 和陆明府赠将军重出塞　　[陈子昂]

忽闻天上将，关塞重横行。
始返楼兰国，还向朔方城。
黄金装战马，白羽集神兵。
星月开天阵，山川列地营。
晚风吹画角，春色耀飞旌。
宁知班定远，犹是一书生。

[译文] 我突然听说你这位善用兵的将军，又要到边关上去戍守了。你刚从楼兰国回来，又将去朔方城（汉武帝元朔二年，即公元前127年，汉大将军卫青命校尉苏建所筑，故址在今内蒙杭锦旗西北）。战马上装饰着黄金，白旄（饰有白牦牛尾的旗子）指挥着汉家的大军。你善于根据天象布阵，看山川地形安营扎寨。晚风中响起了号角的悲鸣，春光中军旗飘扬。你们可

曾知道，这位像定远侯班超一样立功异域的将军，原来是一个读书人呀！

诗题中的"明府"，在唐时指县令。诗第一句"天上将"，用的是西汉将军周亚夫的故事。据《汉书·周亚夫传》，"亚夫为太尉，东击吴楚，至霸上，赵涉遮说亚夫曰：'兵事尚神密，将军何不从此右去，走蓝田，出武关，抵雒阳，间不过差一二日，直入武库，击鸣鼓。诸侯闻之，以为将军从天而下也。'太尉如其计。"

楼兰，这个汉代时丝绸之路上的繁荣城市，为何在一千六百多年前消失了呢？这完全是由于一个字——水。原来在汉代时，罗布泊地区气候温暖湿润，几条内陆河都注入罗布泊。据《汉书》记载，蒲昌海（罗布泊古称）广袤三百里。如将三百里（一百五十公里）当作罗布泊的直径计算，则它的面积将有一万多平方公里。从人造地球资源卫星拍摄的照片上，可以大致看出罗布泊在古代的范围，其面积与上面的估算是基本符合的。

在东汉时的罗布泊附近，树木繁茂，野兽成群。由于有了水，也就形成了一些绿洲，使楼兰人有了生活的基地。可后来由于气候变干旱，流入罗布泊的河流水量减少，湖的面积日渐缩小，原有绿洲沙漠化、盐碱化，树木大量枯死。在生存条件越来越恶劣的情况下，人们被迫放弃了他们的故城而迁徙了。历史上曾一度繁荣的楼兰古城，现在只剩下一片废墟，其中出土的汉代丝织品和魏晋时期的纸文书，仅供考古学家研究了。

碎叶城西秋月团

在楼兰古城的北面，有着丝绸之路北线上的重要城市西州，即今日新疆的吐鲁番。吐鲁番位于一个面积五万多平方公里的低洼盆地中，盆地中心比海平面低一百五十四米。这里的气候非常干旱，年平均降雨量仅十六毫米，可蒸发量却在三千毫米以上，因此，盆地内有着很多的戈壁和沙漠。盆地内由于升温快散热慢，形成了极其酷热的夏季，每年六月至八月，持续气温在四十摄氏度以上有一个多月，最高气温可高于四十七摄氏度，地表温度可高达八十二摄氏度。

火焰山就在吐鲁番盆地中部，它东西长近一百公里，由第三纪紫红色砂岩组成，由于干旱而寸草不生。在烈日照射下，空气扰动红光闪烁，整座山犹如燃起了熊熊烈火，火焰山就由此而得名。

除炎热外，吐鲁番还是我国最大的"风库"，平均每年八级以上大风的日数有七十二天以上。

唐代诗人岑参在安西大都护府（位于龟兹）任职时，曾多次经过西州，对火焰山附近的气候、景色深有体会。

▶ **火山云歌送别**　　[岑参]

火山突兀赤亭口，火山五月火云厚。
火云满山凝未开，飞鸟千里不敢来。
平明乍逐胡风断，薄暮浑随塞雨回。
缭绕斜吞铁关树，氛氲半掩交河戍。
迢迢征路火山东，山上孤云随马去。

[译文] 火焰山高耸在赤亭口，五月里火山上堆着厚厚的红色云彩。红云满山像凝住一样不散，千里外飞归的鸟儿不敢在此停留。一早火云偶然被风吹散，傍晚时它又似乎要降雨而积聚起来。四周景物消失在弥漫的云气之中，铁门关的树已不可见，交河城亦被半遮。火山东边回长安的路是多么遥远，山上的一朵孤云好像随着你的马（指被送的友人骑马东归）而慢慢远去。

交河是丝绸之路上首要的军事重镇，位于今新疆吐鲁番县城西约十公里处。交河城建筑在一个高达三十余米的土台上，台两侧各有一条小河，这两条河在土台的首尾两端交会，使土台成为一个柳叶状的小岛，因而得名为交河。由于河的冲刷，土台边缘成为陡削的悬崖，使交河地势险要易于守卫。

西汉时，交河城属于车师前王国，又名车师前王庭。车师前王国在十六国时灭亡，此后交河属于高昌国，为高昌第二大城市。唐太宗贞观十四年（公元 640 年）唐灭高昌后，在险要的交河城设立了安西大都护府，至唐高宗显庆三年（公元 658 年）迁至龟兹（今新疆库车）。

盛唐时的诗人李颀，在他写的七言古诗《古从军行》中，提到了交河。

▶ **古从军行**　　[李颀]

白日登山望烽火，黄昏饮马傍交河。
行人刁斗风沙暗，公主琵琶幽怨多。
野云万里无城郭，雨雪纷纷连大漠。
胡雁哀鸣夜夜飞，胡儿眼泪双双落。
闻道玉门犹被遮，应将性命逐轻车。
年年战骨埋荒外，空见蒲桃入汉家。

[译文] 战士们白天爬到山上瞭望烽火，傍晚到交河边上去饮马。行军中风沙蔽天的夜晚，只有刁斗声阵阵（刁斗为古代军中使用的铜炊具，容量一斗，白天用来做饭，晚上敲击它代替打更用具）。那细君公主弹过的琵琶，奏出了幽怨之声（细君指刘细君，为汉武帝时嫁到西域乌孙国的汉公主）。荒野云天，万里见不到城镇，无边的沙漠中雨雪纷纷。夜夜听见大雁飞过的哀鸣，传来胡人伤心的哭泣声。听说玉门关还被遮断不准进入，我们只有跟着轻车都尉（汉代武官名）在关外拼死命了。每年有多少战士的骸骨埋在塞外的荒野中啊！换回来的只是西域小国进贡的几匹好马，引进的葡萄、苜蓿，种满了汉朝宫苑罢了。

这首诗前半篇写边塞上战士生活的悲苦，后半篇借咏汉朝故事，讽刺唐代统治者喜好边功轻启战争，不顾士兵的生命，而所得到的，不过是供统治者们享受的几种奢侈品罢了。

唐玄宗天宝年间（公元742年至756年），唐王朝在西北边疆与吐蕃经常发生战争，此外，在西域又因常与大食国争夺西域各小国的控制权而发生战斗。唐军由于频繁的战争，需要不断地补充兵员，因而常征调关中一带的人民从军边戍。大约在天宝末年，诗人杜甫写了一组九首《前出塞》，描述了一个士兵从军赴边戍守十年的感受和遭遇，相当细致地写出了边塞战士的心情与生活。

▷ 前出塞九首（选一）　　[杜甫]

挽弓当挽强，用箭当用长。
射人先射马，擒贼先擒王。
杀人亦有限，立国自有疆。
苟能制侵陵，岂在多杀伤。

[译文] 拉弓要拉硬弓，射箭要选用长箭，射人应该先射他骑的马（因为马大易射中，马倒了人也跑不掉），消灭敌人要先抓首领。杀人也应该有个限度，作为一个国家，统治的疆域应该有一定的边界。只要能制止外来的侵犯，那就不必要大肆杀伤对方。

在疏勒（今新疆喀什）北面，有着热海，它又名大清池，即今吉尔吉斯斯坦境内的伊塞克湖。著名的碎叶城，就在热海附近，它的故址在今吉尔吉斯斯坦的托克马克城附近。热海和碎叶都是唐代丝绸之路上的要地。从唐高宗显庆三年（公元658年）至唐玄宗开元七年（公元719年），唐朝廷在此设立了碎叶镇，为受安西大都护府管辖的"安西四镇"之一。后来，唐朝廷同意西突厥可汗进驻碎叶城，碎叶镇就搬到了焉耆。以后，唐朝廷为平定叛乱，保护丝绸之路畅通，曾多次派军攻打及进驻碎叶城和热海一带。

唐诗人岑参，在北庭大都护府任职时，一次送姓崔的侍御史回长安，他写下了这首描述热海景色的七言诗：

▶ 热海行送崔侍御还京　　[岑参]

> 侧闻阴山胡儿语，西头热海水如煮。
> 海上众鸟不敢飞，中有鲤鱼长且肥。
> 岸旁青草常不歇，空中白雪遥旋灭。
> 蒸沙烁石燃虏云，沸浪炎波煎汉月。
> 阴火潜烧天地炉，何事偏烘西一隅。
> 势吞月窟侵太白，气连赤坂通单于。
> 送君一醉天山郭，正见夕阳海边落。
> 柏台霜威寒逼人，热海炎气为之薄。

[译文] 我从旁听到阴山（此系泛指西域的大山，并非实指阴山）的胡人说，那西边的热海中水热得像煮沸的一样。鸟儿都不敢从热海上空飞过，但海中的鲤鱼却又长又肥。岸边一年四季都长着青草，飘落的雪花还在离热海很远的空中就融化了。这炎热蒸烫了沙子和砾石，烧红了边疆天上的云霞，热海中沸腾的波浪煎煮着升起的月亮。整个天地像炉子似的被地下阴火烧着，为什么偏偏只烘烤西北这个角落。这炎热的威势侵到极西处的月宫中，直通到太白金星之处。热气经过西州（今新疆吐鲁番）附近的赤坂，一直传到单于都护府（今内蒙古和林格尔西北土城子）。我举杯送您于天山脚下的城外，见夕阳正落在热海之边。您侍御史是那么威严、冷峻，连热海的炎威也要为之消减。

诗中最后两句"柏台"指御史府中的列柏台，诗中即借指侍御史。因为御史专管纠弹不法的官员，铁面无私，好像逼人的寒霜肃杀之气，由于这股气，使热海的炎热也被冲冷了一些。由诗的第一句"侧闻"可知，诗人并没有亲自去过热海，头四句及后面的描述有很多想象成分，在诗中加以夸张，显示出热海地区奇异的景色。据现在所知，热海的水并不是热的，而是那里的土地冬天不冻，故名热海。

唐诗人王昌龄，在他写的一组七首著名的七绝《从军行》中，第六首写到了碎叶城。

▷ 从军行（其六）　　[王昌龄]

胡瓶落膊紫薄汗，碎叶城西秋月团。

明敕星驰封宝剑，辞君一夜取楼兰。

[译文]　带着胡瓶落膊，骑着紫色薄汗马的骑兵已经出发，秋天的圆月，正挂在碎叶城西。带着皇帝刚下的诏书和封赐的宝剑星夜急驰，要为朝廷立即拿下反叛的楼兰城。

此诗第一句中的"胡瓶"指骑兵的行军水壶，由于是从当时的胡人那里学来的，故称胡瓶。"落膊"又称搭膊，是一种中段有口袋的长带子，骑兵缠在臂上便于携带物品，还可起防护作用。"薄汗"，指边疆上胡人培育的一种长毛马，性能耐寒。诗中"封宝剑"为皇帝封赐给带兵主将的宝剑，俗称尚方剑，它表示主将对部下有生杀大权，可先斩后奏。

第十章　大唐艺术

吴生远擅场

唐玄宗天宝八年（公元749年）冬天，诗圣杜甫游览了洛阳城北的玄元皇帝庙，写了一首五言古诗《冬日洛城北谒玄元皇帝庙》：

▶ 冬日洛城北谒玄元皇帝庙（摘录）　　[杜甫]

画手看前辈，吴生远擅场。
森罗移地轴，妙绝动宫墙。
五圣联龙衮，千官列雁行。
冕旒俱秀发，旌旆尽飞扬。

[译文] 画师们总是尊崇他们的前辈，可吴道子的技艺远远胜过了所有的画师们。这寺院墙上的壁画简直神妙奇绝，它森严肃穆景物众多，气势磅礴惊天动地。五位圣人穿着龙袍，成千的官员依次排列成行。皇帝们画得神采奕奕，各种旗帜都像在迎风飞扬。

传说在唐高祖武德三年（公元620年），晋州（今山西临汾）有个名叫吉善行的人，在羊角山见一穿白衣的老人远远对他叫着说："你代我告诉大唐天子，我是太上老君，就是他的祖先。"吉善行上报皇帝后，唐朝廷立即尊太上老君为先祖，并在西京长安和东京洛阳都建立了庙。唐高宗给老君上尊号为玄元皇帝，于是老君庙都称玄元皇帝庙。

　　唐玄宗时，画家吴道子在洛阳玄元皇帝庙的墙壁上，绘了玄宗以前的五位唐代皇帝像。吴道子以他高超的技艺，把这五位皇帝画得庄重威严，栩栩如生，因而得到了当时无数人的赞扬。玄元皇帝庙的这幅壁画，被称作《五圣图》。这一年的冬天，杜甫在洛阳玄元皇帝庙中参观了《五圣图》，被吴道子那绝妙的画笔所感动，故在诗中专门写了八句赞扬画家和他的杰作。

　　吴道子，又名道玄，是唐代最杰出的画家。他主要活动在唐玄宗的开元、天宝年间，正是这繁荣的盛唐时代，孕育了这位伟大的艺术家。在历史上，吴道子被人们尊称为"画圣"。吴道子在不到二十岁时，就已经很有名气了。他年轻时，当过县尉等低级官吏，可他更热爱绘画。不久，他便辞去官职，到东都洛阳从事绘画。在文学家和艺术家汇集的洛阳，他学习到很多东西，并且一面观摩洛阳寺庙殿堂中精美的壁画，同时自己又绘制了大量的壁画。由于吴道子的天才和勤奋，使他的作品远远超过了前人，因而获得了巨大的名声。

　　后来，吴道子的声名传到皇帝唐玄宗的耳中。玄宗是一位爱好艺术的君主，他将吴召入宫中，并加封官职，使他成了一名宫廷画家，并且下令说，除非有皇帝的诏书，否则吴不准作画。幸好，这道命令并未严格执行。

　　唐玄宗开元年间，吴道子随皇帝到洛阳，遇见了张旭和裴旻(mín)将军。张旭是唐代著名的书法家，擅长草书，吴道子曾跟随他学习书法。裴将军则是舞剑名手。吴道子的画、张旭的书法、裴将军的舞剑，在当时都被称为绝技。

　　据历史记载，裴旻曾跟随幽州（今北京）都督孙佺北伐，被当时的外族奚人包围，裴旻站在马上舞刀，敌人从四面射他，箭下如雨，可在一片刀光之中，飞箭都触刀刃而断坠地，奚人大惊失色，连忙退走，裴旻毫未受伤。后来裴将军任龙华军使，镇守北平（今河北卢龙县），北平当时多虎，裴将军善射，曾于一天射杀虎三十只。

大诗人王维，写了一首七绝《赠裴旻将军》，诗中赞美道：

▶ **赠裴旻将军**　　[王维]

腰间宝剑七星文，臂上雕弓百战勋。

见说云中擒黠虏，始知天上有将军。

[**译文**] 将军腰间宝剑上的七星闪着寒光，臂上挂的雕弓随同将军百战，立下了巨大的功勋。听说你在云中（今山西大同，唐代时是边塞之地）又活捉了狡猾的敌人头领，这才知道将军真是天上的神人啊！

裴旻因为母丧，求吴道子在洛阳天宫寺画几幅壁画，为他母亲祈福，并要送吴一大笔金帛作为谢礼。吴道子说："张旭师曾因观看公孙大娘舞剑而得到启发，使他的草书更加矫若龙蛇，变化奇绝，我不要别的，只请将军在我作画之前舞一次剑，使我能得到激励。"裴将军听后，笑着答应了。

作画的那天，洛阳天宫寺挤满了来参观的人群，在一片空地上，裴将军装束以后，当众表演剑舞。只见寒光闪闪，犹如雪花乱飞，舞得兴起，将宝剑掷入云霄，高数十丈，有如电光下射，裴旻举起剑鞘，剑准确地穿入鞘中。观众数千人，无不大惊失色。吴道子看毕，画思如涌，立即在壁上挥毫，飞快地完成了一幅极精美的佛像。当天，"草圣"张旭也兴致勃勃，写了满墙的草书。旁观的洛阳人欣喜无比，说："想不到一日之中，能看到了三绝！"

唐玄宗天宝年间，皇帝忽然想看蜀地嘉陵江的山水奇景。于是命令吴道子入蜀去写生。吴在饱览嘉陵山水后回到长安，玄宗向他要写生画看，他说："臣无画稿，全记在心里。"玄宗命他在大同殿的墙壁上画出来。吴道子凭着自己惊人的记忆和高明的画技，在一天之内，画完了嘉陵江三百里的山水景色。

在此之前，玄宗曾命另一名画家李思训也在大同殿壁上画嘉陵江山水，李思训是工笔画家，所绘图画极其精细，但速度甚慢，画了好几个月才完。玄宗皇帝在比较了两人的作品后赞叹说："李思训数月之功，吴道子一日之迹，都是极其高妙的。"

吴道子在当时，留下了大量的作品。据《宣和画谱》的记载，北宋宫廷中收藏了他的作品九十二幅。至于壁画，那就更多了，而且规模宏大。据说唐代的首都长安和东都洛阳两地，寺观中有吴道子所绘的壁画二百余间。吴道子的绘画，主要是宗教画，如佛像、神像及仙境、地狱等。由于一千多年来的变乱和人为的破坏，吴道子的壁画已全部无存。

吴道子的画风，影响至为深远，直到今天，民间画工仍尊奉他为祖师爷。他独创的佛教图像样式，被称作"吴家样"而世代流传。

屏风周昉画纤腰

下面，我们先看一首七绝：

▶ 屏风绝句 [杜牧]

屏风周昉画纤腰，岁久丹青色半销。
斜倚玉窗鸾发女，拂尘犹自妒娇娆。

[译文] 屏风上有着周昉画的仕女图，年代久远了，颜色已经半褪。可是那位靠在窗前头发梳得如此漂亮的少女，在拂去屏风上的灰尘后，却嫉妒画上的姑娘怎么那么娇美，似乎压倒了自己。

诗中的周昉，是中唐时代的著名人物画家，而绘制贵族妇女更是他的擅长，被人们誉为"古今冠绝"。在周昉的仕女画上，充分反映了唐代人们的审美观念，即美貌的妇女都是"人物丰秾、肌胜于骨，曲眉丰颊"，用现代的话说，以较胖为美，尤其要脸颊丰满甚至鼓出，手臂圆肥如藕。可是，又要求十指尖尖，并且是溜肩膀，这些似乎矛盾的特点要塑造在同一位少女身上，真有些难为造物的老天了。

这首七绝是比周昉约晚一百年的诗人杜牧的作品。杜牧在一扇屏风上，见到了这位名画家画的仕女图，虽然年代久远、色泽陈旧，可所画的人物依然是那么可爱。

周昉所画的人物，不仅做到形似，即外表像，而且妙于传神，即重视表现人物的内心世界。传说唐代著名功臣郭子仪的女婿赵纵，曾请当时的著名画家韩干和周昉各画一幅肖像。两幅画都画得与本人非常相像，人们把它们放在一起，分辨不出两画的优劣。后来，赵纵的妻子回娘家，郭子仪将这两幅肖像摆在一起问她："这是谁？"回答说："是我丈夫。"郭子仪又问说："哪一幅最像？"他女儿细看了一会儿说："两幅都很像，可韩干所绘只是外貌像，而周昉所绘画出了赵郎他的神气、性情和言笑的姿态。"于是，郭子仪令送给周昉彩锦数百匹。这个故事说明，周昉的人物画超过了韩干。

周昉的作品流传至今的，最著名的是沈阳博物院所藏的《簪花仕女图》，这是一幅长卷，上绘有六位贵族妇女，她们的衣饰华丽，有的头发上还插着盛开的牡丹花。人物体态丰盈，是唐代的标准美人。

遗画世间稀

王维字摩诘，最高官职是尚书右丞，故后世人称王右丞。虽然人们一提起王维，首先会想到他是盛唐时代与李白、杜甫齐名的诗人，可是，他在音乐、绘画和书法上的造诣和成就，几乎可以与他的诗歌相提并论，因此，他又是唐代一位杰出的艺术家。

不过，对后世影响最为深远的，除诗歌外，还是王维的绘画。王维是山水画派南宗之祖，他的水墨山水画，笔力雄健，独具风格。

王维对自己也以画师自诩，这可以看他写的《偶然作六首》：

▶ 偶然作六首（其六）　　[王维]

老来懒赋诗，惟有老相随。
宿世谬词客，前身应画师。
不能舍余习，偶被世人知。
名字本皆是，此心还不知。

[译文] 我老来变得疏懒，久不赋诗，只有衰老与我相伴随。我的上一辈子，错当了个诗人，其实应该是画师。这一生不能抛舍前生带来的习惯，因此才以诗和画著名。虽然诗人和画家的名声我原来皆有，可我并不认为自己真是诗人和画家。

王维的画，富于田园风味，如陡峻的山，栈道，村庄，捕鱼，雪景及各种植物，同时，由于他有高深的文学艺术修养，因此所绘的画诗味很浓，具有耐人寻味的意境。而且作画时随兴所至，不受某些成规的约束。例如王维画植物不问四时，常将桃、杏、荷花等同画在一幅风景中，他画的《袁安卧雪图》中，在雪中画了芭蕉树。

比王维约晚百年的诗人张祜，在欣赏了当时已很稀见的王维山水画后，写了两首五言诗，赞美王维所画的风景使人看时觉得如身临其境。

▶ 题王右丞山水障二首　　[张祜]

（一）

精华在笔端，咫尺匠心难。
日月中堂见，江湖满座看。
夜凝岚气湿，秋浸壁光寒。
料得昔人意，平生诗思残。

（二）

右丞今已殁，遗画世间稀。

咫尺江湖尽，寻常鸥鸟飞。

山光全在掌，云气欲生衣。

以此常为玩，平生沧海机。

〔译文一〕天地之精华全集中在画家的笔头上，咫尺大的画幅中显示了画家无比的匠心。使得在堂中就见到了日月，满座的宾客都欣赏着画上的江水湖光。夜间山中凝结的湿雾似乎弥漫到了堂中，深秋的景色使四壁凉气袭人（由"日月中堂见"至"秋浸壁光寒"四句，都写的山水障上所画的景物）。想当时王维在这幅山水障中，灌注了他诗歌中高妙的意境。

〔译文二〕王右丞早已逝去了，他留下的画已是世间的稀有之物。咫尺的画幅中包罗了江河湖泊，鸥鸟像平常一样在江湖上飞翔。山岭的风光可以放在手掌中，云气似乎像从观看者的衣中散出（"咫尺江湖尽"至"云气欲生衣"四句，也是对画上景物的赞美）。能够经常与这样的山水障作伴，那这辈子真像生活在仙境之中了。

在王维去世后不久，唐代文名最著的僧人皎然，在一次欣赏王维画的《沧洲图》后，写了一首五言古诗。虽然原画早已失传，可是从皎然的这首长诗中，我们可以看到画的内容，以及原画是多么的精彩逼真。

▶ 观王右丞维沧洲图歌　　[皎然]

沧洲误是真，蓁蓁复盈视，

便有春渚情，褰裳掇芳芷。

飒然风至草不动，始悟丹青得如此。

丹青变化不可寻，翻空作有移人心。

犹疑雨色斜拂座，乍似水凉来入襟。

沧洲说近三湘口，谁知卷得在君手。

披图拥褐临水时，俨然不异沧浪叟。

[译文] 使人误以为真到了水边之地，再看看长得茂盛的青草，真是一片春天江中小洲的情景，我禁不住要撩起衣裳去采摘草丛中的野花。风飒飒地吹来，可这里的草却不动，我这才明白，原来是用丹青绘出的一幅图画。这图上的丹青变化，奇妙不可捉摸，虚空的景象变得好似实际存在，迷乱了人们的心意。刚怀疑小雨斜洒在座位上，又好像水中的凉气袭人衣襟。正说这水边之地靠近湘江口，谁知您已将这些景色卷起来拿在手中。当披着粗布衣打开图观赏时，人就像在水边一样，自由自在真不异于隐居在江上的老人（翛，音 xiāo，自由自在之意）。

大弦嘈嘈小弦清

唐代音乐十分发达，所用乐器种类繁多。吹奏乐器有笛、筚篥（bì lì）、箫、笙；打击乐器有方响、锣、鼓、钹、拍板；弹奏乐器有琴、琵琶、箜篌和筝等。其中最重要的，大约要算是琵琶了，在音乐家中，也以琵琶高手最多。

在演奏方法上，唐代的音乐家们也不墨守成规，而是有很多改进。唐代以前，琵琶都用专制的"拨"来弹奏，唐太宗贞观年间，著名乐师裴神符首先用手指直接弹，丰富了演奏法。对于琵琶的弦，也有很多改进，如采用粗弦、皮弦等。更有意思的是在现存的敦煌唐代壁画上，有一幅"反弹琵琶伎乐天"，乐师将琵琶放在背后弹奏，其姿势非常优美，至于演奏的技巧，当然比一般要困难多了。

大约是晚唐时的诗人牛殳，也写了一首《琵琶行》。由于白居易的《琵琶行》名气太大，牛殳这首诗就很少有人知道。可是，牛殳此诗所写的内容，与白居易的诗有很大的不同。白诗写的一位弹琵琶乐伎的身世，牛殳却用了一系列故事来说明琵琶声音的优美动人，赞美琵琶胜似任何其他音响，很有其特色。

▶ **琵琶行** ［牛殳］

何人劚得一片木，三尺春冰五音足。

一弹决破真珠囊，迸落金盘声断续。

飘飘摇摇寒丁丁，虫豸出蛰神鬼惊。

秋鸿叫侣代云黑，猩猩夜啼蛮月明。

滴滴汩汩声不定，胡雏学汉语未正。

若似长安月蚀时，满城敲鼓声嶙嶙。

青山飞起不压物，野水流来欲湿人。

伤心忆得陈后主，春殿半酣细腰舞。

黄莺百舌正相呼，玉树后庭花带雨。

二妃哭处山重重，二妃没后云溶溶。

夜深霜露锁空庙，零落一丛斑竹风。

金谷园中草初绿，石崇一弄思归曲。

当时二十四友人，手把金杯听不足。

又似贾客蜀道间，千铎万磬鸣空山。

未若此调呦呦兮唧唧，嘈嘈兮啾啾。

引之于山，兽不能走；吹之于水，鱼不能游。

方知此艺不可有，人间万事凭双手。

若何为我再三弹，送却花间一尊酒。

［**译文**］是谁砍下一块木头做成琵琶，长三尺五寸像春冰似的光洁，上面五音皆备。一弹就好像撕破了装珍珠的口袋，珍珠陆续掉落在金盘中悦耳声不断。悠扬的乐声如珍珠落盘的丁丁，又像刚出蛰的昆虫争鸣，使鬼神为之惊叹。凄楚如深秋的大雁在黑夜中呼唤伴侣，又好似猩猩在月光下悲啼。流水般的细声动荡不定，如像胡人小孩学汉语语音不正。低音如同长安月蚀时，满城敲鼓一片凝重（古代认为月蚀是天狗吃月，故击鼓以吓走天狗）。凝重的琵琶声飞起虽如青山，可它不会压物，长流不停如像要湿人的溪水。琵琶弹到伤心处，使人想起

亡国之君陈后主，春天喝得半醉正看细腰舞。优美清脆的琵琶声，好似黄莺和百舌鸟互相呼叫。迷人处如同陈后主时的乐曲《玉树后庭花》。琵琶弹到哀怨处，像舜帝的二妃在舜死的群山中哭泣，二妃投湘水自尽浓云漫漫。夜深时供奉二妃的祠庙霜露满地空寂无人，只有晚风在斑竹丛中掠过。琵琶弹到轻快处，如同金谷园中春草初绿，主人石崇演奏《思归曲》，他的客人二十四友，端着酒杯听出了神（金谷园是晋代大官僚石崇的名园，他与当时名士潘岳等结成二十四友，常在园中饮宴游乐）。琵琶弹到清越处，好似商旅行经崎岖的蜀道，千铃万磬声在丛山中环绕。琵琶啊！琵琶！声音多么美妙，任何乐音也不如它如此丰富多彩，如此感人动物。琵琶声传入山中，兽会伫立静听；琵琶声引入水中，鱼儿迷恋不再游动。这我才知道，这种技艺绝无仅有，人间万事真是仅凭双手就能创造。弹琵琶的乐师啊，请为我多弹几曲，让我在花前喝完这一尊酒。

　　唐德宗贞元初年（约公元785年至790年），西域康国（故地在今乌兹别克斯坦共和国撒马尔罕一带）人康昆仑在宫廷中任供奉乐师，他弹奏琵琶的技艺极为高妙，当时被誉为"长安第一手"。

　　一天，康昆仑到长安南郊翠华山游玩，晚上在庄严寺借宿。饭后，他在寺内闲逛，忽然看见禅堂的桌子上放了一把琵琶。康昆仑随手拿来一看，这琵琶制作颇为精致，特殊的是，琵琶弦比一般的粗得多，他拨了一下，声音宏亮深沉。于是问旁边管接待宾客的知客僧："这琵琶是谁的？"这时，从门外进来一位僧人答了话："是前天一位施主忘在这儿的。请问这位施主尊姓大名？"知客僧连忙介绍说："师兄，这位就是有名的琵琶长安第一手，康昆仑康供奉。"接着又向康昆仑介绍说："这位师兄俗家姓段，法名善本，刚从五台山清凉寺云游到此。"

　　面对这样一把好琵琶，康昆仑不觉技痒，正好知客僧请他弹奏一曲，于是他也就不客气，调好弦，弹了一曲新翻的《杨柳枝》。由这位长安第一手指下流出的精彩乐声，吸引来了全寺大大小小的僧众，琵琶声刚停，赞叹之声不绝。可是，就站在康昆仑边上的段善本和尚，却面无表情，一言未发。康昆仑以为他可能不懂音乐，也就没有理会。

第二天康昆仑刚回到长安家中，就听说东市派人送来了重礼，请他担任与西市"斗声乐"的压场。原来东市和西市是长安两个商业集中之处，每逢盛大节日，总要各凑一笔钱举办"斗声乐"大会，各请高手演奏，以压倒对方为荣。这次东市请到了长安第一手，人们都认为它必胜无疑。

两市在长安天门街的东西两侧，各搭起一座华丽的彩楼，演奏就在楼上进行。到下午的时候，东边彩楼上康昆仑出场了，他是皇帝面前的供奉乐师，一般人平时没有可能听他的演奏，这次是难得的机会，人们纷纷涌来，在东边的彩楼下挤得水泄不通。

康昆仑弹了一曲技术要求很高的名曲《六幺》，他又把原调变成羽调，弹起来就更困难。可是他指法纯熟，弹得十分动人。一曲刚完，楼下喝彩之声如雷。下面，该西边彩楼上献艺了。

这时，西边彩楼上出场的是一位戴着帽子的女人，她抱着琵琶对台下的听众说："奴家也弹《六幺》，不过刚才康供奉用的羽调，奴家把它移到枫香调上弹。"说完，手在琵琶弦上扫了两下，声如雷霆，接着，美妙的乐声从她手底不停地流出，轻柔时宛如山泉流响，清亮好似鸟儿歌唱，雄壮时又如千军万马，风驰电闪。台下的人都听呆了，曲终很久，台下仍鸦雀无声，突然，爆发出极其热烈的欢呼，经久不息。

本来准备看笑话的康昆仑，感到不胜惭愧，自己比她差得太远了。于是，他恭恭敬敬地走到后台，求那女人收自己为徒。女人笑了笑说："等我换了衣裳再说吧！"

一会儿，出来的竟是在庄严寺见过的和尚段善本，怪不得那天他对康昆仑弹的《杨柳枝》无动于衷。由于康昆仑的诚心，段善本收下了这个徒弟。他先叫康昆仑再奏一遍《六幺》，静听之后说："你的技法太杂了，怎么还带有邪声？"康昆仑大惊，回答说："师傅您真是神人，我小时候在康国老家，曾跟一位女巫师学过音乐，后来又跟随过好几个老师学琵琶，邪声和杂七杂八的技法，可能都从这里来的。"

康昆仑按照师傅的要求学习，几年之后，不仅学到了段善本的全部技法，而且后来超过了他，成为唐代最著名的琵琶高手。

唐玄宗开元年间，西凉府都督郭知运向皇帝进献了《凉州曲》，后来，段善本自制了《西凉州》，并传给徒弟康昆仑，叫做《道调凉州》或《新凉州》。宫廷中每逢奏起此曲时，歌女们就跟随着乐声唱道：

▶ **凉州歌**　　[郭知运]

（一）

汉家宫里柳如丝，上苑桃花连碧池。

圣寿已传千岁酒，天文更赏百僚诗。

（二）

朔风吹叶雁门秋，万里烟尘昏戍楼。

征马长思青海北，胡笳夜听陇山头。

[译文一] 春天里宫中的垂柳细软如丝，皇家园林里艳红的桃花映着碧绿的池水。为庆祝皇上圣寿已传送千岁酒，天上星辰呈现祥瑞，皇帝赏赐给百官们新作的诗歌。

[译文二] 深秋的雁门关（故址在今山西雁门关西雁门山上），北风吹落了枯叶，关外万里荒漠中的滚滚烟尘，遮暗了边塞上戍守瞭望的高楼。看见战马，使人们又想起在青海之北的战斗，夜晚，胡笳吹起了那悲凉的乐曲《陇头水》。

唐宪宗元和年间（公元806年至820年），当时的音乐世家曹家，祖父曹保，曹保的儿子曹善才，孙子曹纲，都是著名的琵琶演奏家。白居易在他的名作《琵琶行》中，有"曲罢常教善才服"，即指的曹善才。曹纲善于运拨，弹时琵琶声犹如风雷震响。诗人白居易在听了曹纲精彩的琵琶演奏后，激动之余引起联想，写了下面这首七绝：

▷ 听曹纲琵琶兼示重莲　[白居易]

> 拨拨弦弦意不同，胡啼番语两玲珑。
> 谁能截得曹纲手，插向重莲衣袖中。

[译文]　每一次弹拨每一根弦，都奏出不同的意境，有的像胡人悲啼，有的像西域的番语，都是那样的生动感人。有谁能将曹纲这两只珍贵的手，接在重莲的那双手上。

这首诗的头两句，赞扬了曹纲所奏的琵琶乐声优美多变。后两句中的重莲，大约是曹纲的女弟子或另一个弹琵琶的姑娘，她的技艺比曹纲差多了，所以诗人才说恨不得将曹纲一双奇妙的手，接在重莲技艺不高的手上。

白居易的好友，诗人刘禹锡在听了曹纲的演奏后，写了下面这首赞叹的七绝：

▷ 曹纲　[刘禹锡]

> 大弦嘈嘈小弦清，喷雪含风意思生。
> 一听曹纲弹薄媚，人生不合出京城。

[译文]　琵琶的大弦奏出粗壮的声音而小弦却无比清脆，好似喷出洁白的雪雾吹着轻风，包含了无限的情意。一听见曹纲弹教坊的大曲《薄媚》，感到只有在首都才能有这种艺术享受，人真是不应该离开京城啊！

谁家玉笛暗飞声

笛这种乐器，起源极其古老，距今已有五千年以上的历史。可是，在商、西周及春秋战国的古代乐器中，虽有竖吹的箫，却不见有横吹的笛。直到秦汉时代，乐曲中出现了《横吹曲》，乐器中也出现了"横吹",即笛。据古书记载,它由西域传入,出自羌族(今藏族的祖先)中,因此又称"羌笛"。唐诗中就常称笛为羌笛,如"羌笛何须怨杨柳"(王之涣《凉州词》)、"更吹羌笛关山月"(王昌龄《从军行》)等;而《折杨柳》《关山月》等,都是用笛吹奏的汉代《横吹曲》。

笛子原来都用竹制,可自唐代起,也有玉笛和铁笛,有记载说唐玄宗即常吹玉制之笛,同时,并有古代玉笛实物流传到现在。唐代诗人李白,在诗中特别喜爱用"玉笛",例如:"黄鹤楼中吹玉笛"、"谁家玉笛暗飞声"、"胡人吹玉笛"等等。当然,诗中所指的很可能是制作精美或饰有金玉的竹笛,不一定是真正的玉制之笛。真正用玉石雕刻的笛子,是非常珍贵的工艺品,不是平民百姓及乐工们能用得起的。

虽然说笛子及某些用笛吹奏的乐曲,是秦汉时由西域传入的,可是到了唐代,无论是吹奏技术还是曲谱,都已受到了深深的汉化。例如在诗人李白的五言诗《观胡人吹笛》中,就可以见到这一点。

▶ 观胡人吹笛　　[李白]

胡人吹玉笛,一半是秦声。
十月吴山晓,梅花落敬亭。
愁闻出塞曲,泪满逐臣缨。
却望长安道,空怀恋主情。

[译文] 那胡人吹出的美妙笛声中,有一半是秦地的音调。十月深秋的清晨,《梅花落》的笛声传遍了宣城的敬亭山。那悲凉的《出塞》曲使人听后更是愁闷不已,泪水滴满了我这个被朝廷逐出臣子的帽缨。我遥望通向长安的大道,怀着对国家命运的无限忧思,可是又有什么用呢?

唐玄宗天宝十二年(公元753年),李白五十三岁,他第三次来安徽,直到天宝十五年,诗人一直在安徽南部游历。天宝十四年,唐王朝危机深重，安史之乱即将爆发，李白在皖南宣城听见胡人吹笛，由此而引起对国事和时局的忧思，遂写下了这首五言诗。由诗的开始两句可知，在唐代，即使是西域的胡人吹笛，其技艺和曲调也有一半以上具有秦地（今陕西，唐都城长安所在地）的特征，即大部分已经汉化了。

中唐诗人张祜，写了这样一首七绝：

▶ **李谟笛** [张祜]

平时东幸洛阳城，天乐宫中夜彻明。

无奈李谟偷曲谱，酒楼吹笛是新声。

[译文] 开元盛世天下太平，玄宗皇帝到了东都洛阳城，上阳宫中彻夜奏乐灯火通明。谁知给李谟偷记下了曲谱，因此在洛阳的酒楼上，都听见了他吹的宫中新制乐曲声。

此诗写的是唐代时，天下第一笛手李谟少年时的故事。唐玄宗开元年间的一个冬天，皇帝在东都洛阳的上阳宫中。正月十四日，玄宗皇帝命乐师写了一首新曲《紫云回》，深夜乐曲写好后，皇帝兴致很高，亲自用玉笛吹了此曲。次日是元宵节，玄宗皇帝换上普通人的衣服，带着随从偷偷地到洛阳大街上观灯。在经过一座酒楼时，听到楼上有人吹笛，声音十分悦耳，不禁停了下来。听着听着，忽然大吃一惊，原来楼上吹的正是昨夜才写好试吹的新曲《紫云回》。第二天一早，玄宗派人秘密地捉来了吹笛的人，一看，原来是个不到二十岁的少年，玄宗问他是从哪里学到《紫云回》的，少年答道："我就是善吹笛的少年李谟，前天晚上到离上阳宫不远的天津桥上赏月，深夜听到宫中有人吹奏此曲，我在桥上插小棍记下了曲谱，所以学会了吹奏此新曲。不止是这首，前些日子我已用同样方法学会了好几首宫中的新曲。"玄宗听后非常惊讶，命他当场吹奏偷学的新曲，果然是技法奇绝，笛声美妙，于是就将他留在宫中，当了一名皇家的供奉乐师。

李谟任供奉乐师后，因为技艺超群，在唐玄宗开元年间被誉为

"天下第一笛手"。李谟自己对这个称号也十分得意。有一年，李谟因为事，请假到了越州（今浙江绍兴）。他因为名气大，当地的官方以及私人都纷纷宴请，希望欣赏他的吹笛绝技。这时有十个到越州来考进士的人，听说"天下第一笛手"来了，十人凑了一大笔钱，专门邀请李谟到越州的镜湖上乘舟夜游，李谟答应了。这时邀请者感到十个人太少，于是互相约定每人再邀请一位客人，其中有一人忘了此事，临时匆忙找不到合适的朋友，于是叫了邻居一个农民老头独孤生来凑数。这天晚上，月色朦胧，微风拂起轻浪，景色奇丽。船至湖心，李谟拂拭心爱的竹笛，开始吹奏，只见笛声传遍湖上，轻云消散，月光如霜，水天寂静，仿佛有鬼神前来倾听。一曲奏毕，船上的客人都赞誉不已，认为从未听过这样美妙的音乐，可唯有独孤生这老头儿一言不发，大家有些生气。李谟认为老头儿看不起自己，也很不高兴，于是再吹奏了一曲，更加奇妙，在座的人无不惊叹，可独孤生不仅无动于衷，脸上反而露出了有点嘲讽意味的微笑。请独孤生来的人很后悔地说："这老头久居偏僻的农村，音乐他一窍不通。"客人们也都嘲笑他，独孤生也不回答，只是微笑。李谟实在沉不住气了，就对他说："您这样，究竟是瞧不起人，还是有特殊本事？"独孤生说："您怎么知道我不会吹笛呢？"客人们于是纷纷道歉。独孤生对李说："您试吹《凉州曲》。"曲终，独孤说："您吹得够好的了，但音调里杂了胡人声调，大概跟龟兹（今新疆库车）人学过吧！另外，曲子的第十三叠错成水调，您知道吗？"李谟听后大惊，说："老先生您实在了不起，我的老师就是龟兹人，可我自己并不觉得笛音带龟兹腔调。第十三叠的错，我更不清楚了，请您指教。"于是将自己最好的一支笛子擦净，请独孤生吹。独孤看后说："此笛并不好，吹至音高急促的入破时，必定会破裂，您不可惜吧？"李说："不怕，没关系。"独孤生一吹，笛声响入云霄，在座的人都感到惊恐。吹至第十三叠，指出李谟吹奏的错误；待吹至入破时，笛子果然经受不住而破裂，因此未能终曲。李谟再三拜谢他的指点，在座的客人也都佩服不已。第二天，李谟及众位客人都去看望独孤生，惟见茅屋还在，可人已不知去向了。

下面我们看几首有关吹笛的唐诗佳作：

▶ 春夜洛城闻笛　　[李白]

谁家玉笛暗飞声，散入春风满洛城。

此夜曲中闻折柳，何人不起故园情。

[译文] 是谁家在吹笛，飞出了美妙的乐声，随着柔和的春风传遍了洛阳城？在这夜深人静的时刻，悲凉伤别的《折杨柳》曲声在耳畔回绕，有谁能不勾起怀念故乡的愁思啊！

中唐诗人张祜，写了下面这首咏叹边塞上荒凉景色的七绝：

▶ 塞上闻笛　　[张祜]

一夜梅花笛里飞，冷沙晴槛月光辉。

北风吹尽向何处，高入塞云燕雁稀。

[译文] 这一夜，不停地传来从笛里飞出的乐曲《梅花落》，寒冷的沙漠和堂前的围栏上，都洒满了明月的光辉。北风已吹尽了，它到何处去了呢？原来带着笛声高高地飞入了燕雁都很稀见的边塞云端。

晚唐诗人崔橹写的七绝《闻笛》，使读者好像看见了笛声在漫天飞舞。

▶ 闻笛　　[崔橹]

银河漾漾月晖晖，楼碍星边织女机。

横玉叫云天似水，满空霜逐一声飞。

[译文] 银河中水光荡漾月儿光辉灿烂，高楼挡住了天上织女星的织锦机。楼上的横笛声响彻云霄，天凉如水，满空的白霜随着这一声声妙奏而漫天飞舞。

夜闻筚篥沧江上

　　唐代使用的乐器中，大约没有一种像筚篥一样，有着那么多的异名和别名。它在汉初传入时，称作"必栗"，隋时写作"筚篥"（bì lì），后又有用"悲栗"者，到了唐中期，有好古的人又将它写成更难"觱篥"（bì lì），其实这些名字都是此乐器古龟兹语的音译。此外，还有人将它意译为：笳管、管子等。

　　据研究，筚篥是古龟兹国所创造的吹奏乐器，最初全部用芦苇制作，古诗中多次提到过的"胡笳"、"芦管"，可能就是它的前身。筚篥大约在汉代时，即已沿丝绸之路东传入中原，经过乐工们的改进，用竹子做筚篥的管身（后又有用木料的），上开九个音孔，管的一端，插上芦苇制成的簧片，演奏时嘴含簧片，手按音孔竖吹。

　　最初全用芦苇制成的筚篥（或胡笳），音调低沉悲咽，最能引起人们凄伤和思念之情。唐玄宗天宝七年（公元 748 年）时，颜真卿被派到河陇（今甘肃、青海一带）任职，诗人岑参在长安为他写了一首送别诗《胡笳歌送颜真卿使赴河陇》，诗中就描述了悲吟的胡笳。

▶ 胡笳歌送颜真卿使赴河陇　　[岑参]

　　　君不闻胡笳声最悲，紫髯绿眼胡人吹。
　　　吹之一曲犹未了，愁煞楼兰征戍儿。
　　　凉秋八月萧关道，北风吹断天山草。
　　　昆仑山南月欲斜，胡人向月吹胡笳。
　　　胡笳怨兮将送君，秦山遥望陇山云。
　　　边城夜夜多愁梦，向月胡笳谁喜闻。

　　[译文] 你难道不知道，那紫须绿眼胡人吹的胡笳声音最为悲凄？他一曲还没有吹完，已经使在边塞上戍守的士兵们乡思萦回，愁肠百结（楼兰为汉代时西域国名，故址在今新疆罗

布泊附近，诗中用以借指唐代的边塞地区）。凉冷的秋天八月，通向萧关（古关名，故址在今宁夏固原县东南，唐代时为从长安至西北边塞地区的交通要道）的道路上，北风吹断了天山的枯草。昆仑山南月亮升到中天即将西下，夜已深了胡人还对着月亮在吹胡笳（诗中的天山为横贯新疆中部，即唐代西域地区的大山脉；昆仑山位于今新疆与青海边界上，诗中都用以泛指唐代荒凉的塞外地区）。在胡笳的幽怨声中送您启程，我在秦山遥望您正在翻越的陇山，心中充满思念之情（秦山即终南山，陇山在今陕西陇县西北，赴河陇必经之地）。您到边塞后思念家乡会愁梦不断，这月夜中悲凉的胡笳声，是谁也不愿意听的啊！

筚篥管身改用竹制后，表现能力大大扩展，同样能奏出急促跳跃的欢快之音。盛唐时的诗人李颀，写有一首七言长诗《听安万善吹筚篥歌》，诗中叙述了筚篥的来历及其音调的美妙多变。

▶ 听安万善吹筚篥歌　　[李颀]

南山截竹为筚篥，此乐本自龟兹出。
流传汉地曲转奇，凉州胡人为我吹。
傍邻闻者多叹息，远客思乡皆泪垂。
世人解听不解赏，长飙风中自来往。
枯桑老柏寒飕飗，九雏鸣凤乱啾啾。
龙吟虎啸一时发，万籁百泉相与秋。
忽然更作渔阳掺，黄去萧条白日暗。
变调如闻杨柳春，上林繁花照眼新。
岁夜高堂列明烛，美酒一杯声一曲。

[译文] 砍下南山的竹子制成筚篥,这种乐器出自西域龟兹。流传到内地后变得更为动听,来自凉州（今甘肃武威）的胡人安万善为我吹奏。旁边听的人都在叹息,远离家乡的旅客流出了思乡的泪水。世上的人们爱听可不会欣赏,这乐声像是在暴

风中来来往往，吹得枯桑老柏树飕飗（音 sōu liú，风声）作响，吹得九只凤雏惊慌乱叫。这乐声像是龙吟虎啸，宇宙中其它一切都静悄悄。忽然它又吹出了鼓曲《渔阳掺》，好似黄云遮蔽了白日天昏地暗。变调吹奏，像是乐曲《杨柳枝》，使人眼前好像新见了上林苑（皇家园林）的似锦繁花。这乐声又像是灯烛通明的除夕夜晚，一曲美妙的筚篥声如同一杯美酒。

诗题中的"安万善"，是西域安国（唐代时国名，故地在今乌兹别克斯坦境内）的音乐家，以善吹筚篥著称。李颀在听了他的精彩演奏后，写了上面这首诗加以称赞。

唐代宗大历三年（公元 768 年），诗人杜甫携家人乘船，由蜀地夔州（今四川奉节）沿长江东下，准备回到洛阳一带去。由于四处都有战乱，这年冬末，他的船停泊在岳州（今湖南岳阳）避乱，生活异常困难，心情沉重忧伤。一天晚上，江上有人吹筚篥，悲凉的乐声在黑夜中阵阵传来，更引起了诗人的无限忧思和感伤，于是写了下面这首七言诗：

▶ 夜闻筚篥　　[杜甫]

夜间筚篥沧江上，衰年侧耳情所向。
邻舟一听多感伤，塞曲三更欻悲壮。
积雪飞霜此夜寒，孤灯急管复风湍。
君知天地干戈满，不见江湖行路难。

[译文] 黑夜中大江上传来阵阵悲凉的筚篥声，老衰的我侧着耳朵静听，它勾起了多少愁思（此句的"情所向"，有人将"情"释为"寻"，则意思为寻找音乐声传来的方向）。在吹奏者的邻船听得更为真切，使人感伤万分，三更时忽然改吹边塞的乐曲悲壮无比。积雪深厚飞霜满天，今晚有多么冷啊！面对一盏昏暗的油灯，急促的筚篥声像暴风急流似的卷来。您知道全国到处都充满了战乱，这江湖上的道路，可真是难行走啊！

泠泠七弦上

▶ **匣中琴**　　[于武陵]

世人无正心，虫网匣中琴。

何以经时废，非为娱耳音。

独令高韵在，谁感隙尘深。

应是南风曲，声声不合今。

[译文]　如今世上的人们，没有谁能严格遵守那些最古老的道德规范，只能听凭琴放在匣中，让虫子在上面结网。为何将它长期弃置不弹呢？因为现代人觉得它的声音不悦耳动听。虽然它有着崇高的格调，可有谁为它的缝隙中落满灰尘而感叹呢？看来是因为琴所弹奏的乐曲即使再有名（《南风》是传说中帝舜所奏的乐曲），它也不为今天的人们所欣赏了。

诗中所咏为七弦琴，是汉族的古老乐器，据说为神农氏发明，在汉朝时定型。七弦琴外形为一长形木质音箱，面板用桐木或杉木制成，上张弦七根；底板用樟木，开有两个窄而长的音孔，称为"凤沼"、"龙池"。

在于武陵的这首诗中，提出了一个自古至今争执不休的问题，即七弦琴究竟是格调极高，声音无比清雅，但弹奏很难，会欣赏似乎就更困难，还是由于构造所限，琴声太单调，弹奏技艺也难于改进或无法改进，因此不为人们所欣赏而日趋没落。

诗人白居易，写了一首五言诗《废琴》，意思是琴被人废弃了。琴为何被人废弃，人们爱听的又是什么呢？我们可以读一读白居易的原诗。

▶ **废琴**　　[白居易]

丝桐合为琴，中有太古声。

古声淡无味，不称今人情。

玉徽光彩灭，朱弦尘土生。

废弃来已久，遗音尚泠泠。

不辞为君弹，纵弹人不听。

何物使之然，羌笛与秦筝。

[译文] 用桐木和丝弦制成的琴，弹出的是太古时代的声音。这种古声淡而无味，不符合现代人的爱好。玉徽失去了光彩（徽为古琴表面标示手抚抑之处的记号，玉徽是镶小玉片的记号），红色的琴弦已蒙上灰尘。这琴虽然被废弃已久，但余音泠泠，素淡清雅。我不是不愿为您弹一曲，而是弹也没人听。是什么乐器使人们喜爱而废弃琴呢？原来是羌笛与秦筝啊！

在唐代，琴不仅不为广大平民百姓所喜爱，就是在文人学士、达官贵人之中，也没有多少人爱听，这在唐人诗歌中，屡有所见。

▶ **听弹琴**　　[刘长卿]

泠泠七弦上，静听松风寒。

古调虽自爱，今人多不弹。

[译文] 在泠泠作响的七根弦上，可以静听琴曲《风入松》。这种古曲虽然高雅，可现在的人却都不弹它。

《风入松》是三国末年音乐家嵇康所作的琴曲集。刘长卿是初唐人，可见至少在唐代初年，由于各种新形式胡乐的盛行，人们对七弦琴已失去了兴趣。在晚唐诗人司马札写的《弹琴》一诗中，有"所弹非新声，俗耳安肯闻"，更说明了琴这种乐器的衰落。

凉馆闻弦惊病客

　　唐宪宗元和二年（公元 807 年），以所写的诗奇丽、险怪而著称的诗人李贺，由他的家乡福昌（今河南宜阳）来到东都洛阳，当时他刚十八岁。这时，著名文学家兼诗人韩愈也在洛阳。按照唐代的惯例，李贺带着自己的诗稿，前去拜望韩愈。当时韩愈正送客回来，疲倦极了，别人递给他李贺的诗卷，他只想睡觉，一面脱衣服一面看，第一篇就是《雁门太守行》，当他读了头两句后，精神倍长，立即穿好衣裳，请李贺赶快进来。

▶ 雁门太守行　　[李贺]

> 黑云压城城欲摧，甲光向日金鳞开。
>
> 角声满天秋色里，塞上燕脂凝夜紫。
>
> 半卷红旗临易水，霜重鼓寒声不起。
>
> 报君黄金台上意，提携玉龙为君死。

　　[译文] 敌军像浓密的黑云高压城垣，眼看城即将陷落。云隙中射出的日光照在战士的铠甲上，像片片金鳞在闪耀。深秋的天空中，弥漫着进军的号角声，战士们的鲜血洒在边塞的泥土中，夜间凝成了紫色。驰援部队半卷着红旗急速前进，已经临近了易水（在今河北易县之北，诗中借指边塞地区，因为雁门和易水之间的距离达数百公里，太远了），夜寒霜浓，鼓皮松弛鼓声低沉。为报答君王的信任和重用，我们一定紧握武器（"玉龙"指宝剑）和敌人血战到底。

　　这首诗描写将士们英勇作战，誓死报国的情景，诗的意境苍凉，语气悲壮，而用字和造句却又异常奇丽，是李贺的名作。诗题中的"雁门"为秦、汉时的郡名，治所在秦及西汉时为善无（今山西右玉南），东汉时移治阴馆（今山西代县），诗中用以借指经常发生战争的边塞地区。诗中的"黄金台"，故址在今河北易县东南北易水南。相传燕昭王置千金于台上，招纳天下贤士。

元和六年（公元811年）春，李贺被任命为奉礼郎，这是当王公大臣祭祀时，在旁边招呼排位次、摆祭品、司仪等的小官，职位低下亦不为人尊重。韩愈于元和六年秋，自河南内调为职方员外郎，于是与李贺二人都在长安。

这时，长安来了一位擅长弹奏七弦琴的和尚，人称颖师。他到长安后，与文人学士们广泛交往，为人们演奏，希望得到赏识。当然，颖师作为出家的僧人，不是想借琴艺博取一官半职，而是要诗人们为之写诗，以求留名于世。颖师达到了自己的目的，他那精湛的琴艺，激动了当时在长安的名诗人韩愈和李贺，他们在听了演奏后，都精心地为之写了赠诗。这些诗篇都是名作，由于它们的流传，颖师和他的琴艺，也就名垂千古了。

▶ 听颖师弹琴　　[韩愈]

昵昵儿女语，恩怨相尔汝。

划然变轩昂，勇士赴敌场。

浮云柳絮无根蒂，天地阔远随飞扬。

喧啾百鸟群，忽见孤凤凰。

跻攀分寸不可上，失势一落千丈强。

嗟余有两耳，未省听丝篁。

自闻颖师弹，起坐在一旁。

推手遽止之，湿衣泪滂滂。

颖乎尔诚能！无以冰炭置我肠。

[译文] 轻柔的琴声，犹如小儿女在窃窃私语，忽而亲密无间，忽而又相嗔怪。突然，琴声变得慷慨激昂，好似勇士开赴战场，它像无根的浮云柳絮，在广阔的天地间随风飞扬。又像是喧闹的百鸟群中，有一只凤凰在引吭高歌。琴声上扬，仿佛是手足并用的攀登，分寸难上，又突然下跌，一落千丈低音

奏响。可叹我虽有两耳，但不大懂得音乐，可听见颖师您弹琴，使我感动得坐立不安。猛然推动颖师的手止住弹奏，我已是泪水浸湿了衣裳。颖师啊！颖师，你真有本事啊！别把寒冰和火炭轮番放进我的肠中吧！

一天，颖师带着琴来到李贺的住所，诗人当时正有病卧床，听琴以后精神一振，披衣而起，病似乎立即好了。他立即为颖师写了下面这首七言古诗：

▶ 听颖师弹琴歌　[李贺]

别浦云归桂花渚，蜀国弦中双凤语。
芙蓉叶落秋鸾离，越王夜起游天姥。
暗佩清臣敲水玉，渡海蛾眉骑白鹿。
谁看挟剑赴长桥，谁看浸发题春竹。
竺僧前立当吾门，梵宫真相眉棱尊。
古琴大轸长八尺，峄阳老树非桐孙。
凉馆闻弦惊病客，药囊暂别龙须席。
请歌直请卿相歌，奉礼官卑复何益。

[译文] 浮云都已散去，明月傍着天河，琴声美妙，好似雌雄双凤相对而鸣（"别浦"指牛郎织女分别的天河；"桂花渚"指中有桂树的月宫；"蜀国弦"为古乐府曲名，诗中借指琴声）。深秋荷叶凋落，鸾鸟离去，越王在夜晚游天姥山，倾听神仙天姥的歌声（"鸾"，传说中美丽的神鸟，常作仙队坐骑；"姥"音母，天姥山在今浙江天台县西，传说登山者曾听到过仙人天姥的歌声）。琴声泠泠，好似德行高洁的人的水晶玉佩在敲响；琴音渺渺，如像仙女骑着白鹿，踏海消逝在迷茫的烟雾之中。这时，还有谁去看周处到长桥下水中杀蛟；更没人去观赏张旭用头发蘸墨书写狂草。那信佛的和尚站在我的门前，你看他眉有棱角，面容庄严，犹如菩萨转世。他拿的古琴弦柱粗大长达八尺，

用的峄山之阳的老桐树而不是桐孙制成。（"轸"，琴上的弦柱；一般的琴长三尺六寸六分，长达八尺的是大琴；"峄阳"为峄山之阳，位于今山东邹县，所产的桐木宜于制琴。"桐孙"为桐木的旁枝，据说桐木与其他树木相反，它后生的孙枝比主干坚实，故最宜制琴，诗中颖师拿的是古琴，故说非现代桐孙所制。）清美的琴声，惊起了病卧家中的我，精神为之一振，药囊也暂从席子上拿开（席为龙须草编，故称"龙须席"）。颖师啊！你请人写诗赞美你的琴艺，应该请卿相大官才能增高声誉，我这奉礼郎官职卑微，对你没有用处。

诗的头两句写月夜弹琴，三至八句形容琴音的凄楚、超逸、清泠、缥缈和对听者的吸引力。后八句则是对演奏者、琴的描写，以及诗人的感叹。诗的最后两句，说明诗人对自己所担任的低微官职奉礼很不满意。

天下谁人不识君

▶ **席间咏琴客**　　[崔珏]

七条弦上五音寒，此艺知音自古难。
惟有河南房次律，始终怜得董庭兰。

[**译文**] 七条弦上弹出的琴音是多么清泠（"五音"是我国古代的五声音阶上的五个音，相当于现代简谱的1、2、3、5、6；唐代称合、四、乙、尺、工；更古时称宫、商、角、徵、羽），这个技艺的知音者自古以来就很少有。惟有河南人房琯（字次律），他始终看重爱护精于琴艺的音乐家董庭兰。

诗的作者崔珏，是晚唐宣宗时人。此诗是他在参加一次宴会时，见到有客人弹琴，有所感触而写。诗中的董庭兰，是盛唐时的音乐家，擅长演奏七弦琴，技艺十分高妙。董庭兰的琴艺，受到官员房琯的赏识，当了房的门客，而且长年跟随着他。

唐玄宗天宝五年（公元746年），房琯在长安任给事中的官职，他曾经举行宴会，会上请宾客们听董庭兰弹奏《胡笳弄》，当时诗人李颀也在座，听后写了下面这首长诗加以赞誉：

▷ 听董大弹胡笳弄兼寄语房给事 [李颀]

蔡女昔造胡笳声，一弹一十有八拍。
胡人落泪沾边草，汉使断肠对归客。
古戍苍苍烽火寒，大荒沉沉飞雪白。
先拂商弦后角羽，四郊秋叶惊戚戚。
董夫子，通神明，深山窃听来妖精。
言迟更速皆应手，将往复旋如有情。
空山百鸟散还合，万里浮云阴且晴。
嘶酸雏雁失群夜，断绝胡儿恋母声。
川为净其波，鸟亦罢其鸣。
乌孙部落家乡远，逻娑沙尘哀怨生。
幽音变调忽飘洒，长风吹林雨堕瓦。
迸泉飒飒飞木末，野鹿呦呦走堂下。
长安城连东掖垣，凤凰池对青琐门。
高才脱略名与利，日夕望君抱琴至。

[译文] 东汉末的蔡文姬根据胡笳的声音，创作出了琴曲《胡笳十八拍》。她在归汉时弹奏此曲，使胡人落下的泪水沾湿了边塞的野草；汉朝的使者也为之感叹悲伤。塞外士兵戍守的高台，因年代悠久而变得苍黑，台上的烽火也驱不走深秋的寒意；无边无际的沙漠戈壁，飞舞着洁白的雪花。

你看他先拂商弦接着弹角弦和羽弦，琴声一起，四郊的秋叶也被惊得戚戚（sè sè）而下。董庭兰的琴艺能感动鬼神，引得深山里的妖精也来窃听。看他指法是如此娴熟，弹奏得心应手；那抑扬顿挫，往复回旋的琴声，带来了多少情意。好像是空旷的山谷中，群鸟散而复聚。音调低沉，犹如浮云蔽天；音调清朗，如同云开日出。悲凄的琴音，像是失群的雏雁在深夜哀叫；又好似胡人的孩童依恋母亲不忍别离的哭声（蔡文姬在匈奴生有两个孩子，她归汉时离别使她们母子悲痛不堪，诗中借用其事）。河水为倾听而波平浪静；鸟儿为静听而停止了鸣叫。汉朝公主刘细君远嫁乌孙，思念故乡时的哀怨之情，文成公主下嫁吐蕃，远赴拉萨途中沙尘引起的乡愁，都从他的琴音中流出（"逻娑"为拉萨在唐代时的译音）。幽咽之极的琴声，忽而转变为潇洒飘逸，好似林中的风声和瓦上的雨声；轻快如树梢的飞泉，悠扬像野鹿在堂前鸣叫。

房给事的住处在长安城东靠近宫廷要地，那里凤凰池（中书省的俗称）对着宫门青琐门。给事他才气甚高，不看重名与利，只是日夜盼望董大你抱琴去弹奏。

东汉末年，大文学家兼弹琴能手蔡邕的女儿蔡琰（字文姬），在连年的战乱中被掳入匈奴十二年。曹操是蔡邕生前的好友，叹息蔡没有后人，于是派使者带了很多金银财宝到匈奴将蔡琰赎回。蔡琰博学多才，精通音乐，在匈奴时有感于胡人乐器胡笳声音的悲凉，于是按其声创作了琴曲《胡笳十八拍》。蔡琰归汉时，在曹操使者面前弹奏了此曲，悲凄的琴声使胡人、汉使都为之伤心落泪。董庭兰弹奏的《胡笳弄》，不是蔡琰的《胡笳十八拍》，而是根据笳声或其悲凉的意境另写的琴曲。

大约也在天宝年间，诗人高适在外地遇见即将离开的董庭兰。高适为他写了两首七绝送行：

▷ 别董大二首　　[高适]

（一）

六翮飘摇私自怜，一离京洛十余年。

丈夫贫贱应未足，今日相逢无酒钱。

（二）

千里黄云白日曛，北风吹雁雪纷纷。

莫愁前路无知己，天下谁人不识君。

[译文一] 我落泊不得志只能暗自悲伤，离开寻求功名富贵的首都已十余年了。作为男子汉真不应贫贱到此地步，今日和你难得的相逢可拿不出酒钱。

[译文二] 极目千里黄云漫漫，白昼变得好似黄昏，凛烈的北风吹着飞过的雁群，大雪纷纷落下。朋友，你不用愁在未来的旅途上没有知己，天下有谁不认识你这位琴艺超群的音乐家呢？

<h1 align="center">落花时节又逢君</h1>

唐代时，由西域传入的胡乐广泛流行。最初这些胡乐都只是有曲无词，即只能用乐器演奏，而不能由人来歌唱。唐代诗歌极为盛行，于是就有乐工或歌手将诗人们所写的绝句配上曲谱来歌唱，逐渐地由绝句发展到用律诗配乐。在唐玄宗开元、天宝年间，诗歌和胡乐都达到极盛，诗歌配乐的歌唱也就盛行一时。歌手们用名诗人的佳作配曲，而诗人们也以自己的诗能被人作为歌词演唱为荣，并且经常为配曲歌唱而专门写诗作为歌词，著名的例子如李白写的三首《清平调词》，以及唐代诗人们写的大量的《甘州》《凉州曲》《伊州》《苏摩遮》《火凤辞》等等。

唐代宗大历初年（约公元766年至770年），长安有一位左金吾将军韦青。作为高级军官，他掌管护卫皇帝的禁兵。可是，他在当时最著名的，既不是带兵有方，也不是武艺超群，而是音乐。韦

青不仅精通音乐理论，而且是当时著名的歌唱家。

诗人顾况，当时四十多岁，是韦青的好友，曾赠给他下面这首七绝：

▶ 赠韦青将军　[顾况]

身执金吾主禁兵，腰间宝剑重横行。
接舆亦是狂歌者，更就将军乞一声。

[译文] 将军您手执金吾掌管禁兵（"金吾"是传说中的鸟，能避免不吉利的事或物，皇帝出行时，金吾将军手执金吾的图像开道），腰间挂着宝剑看重建立功业。我这个像接舆一样的狂人也喜欢唱歌，将军，请您给我们唱一曲吧。

诗中的"接舆"，是楚国一位善于唱歌的狂人，楚昭王时，他看见楚国的政策多变，难以依循，于是假装疯狂不出任官职。

一天，韦青从大明宫下班回来，在快到他在昭国坊的住处时，见到槐树下围着一群人，正在听一位歌女卖唱。这种事在长安街头本不稀奇，可是这位歌女的嗓音嘹亮，婉转动人，使韦青情不自禁地勒住了马，侧耳细听，这姑娘唱的，是初唐诗人李峤写的长诗《汾阴行》的最后四句：

山川满目泪沾衣，富贵荣华能几时？
不见只今汾水上，唯有年年秋雁飞。

作为行家的韦青发现，姑娘有着天生美妙的嗓音，也有一定的经验，可是缺乏训练。于是，他下马过去，原来是一老一小父女俩，正在乞求听众们施舍几文活命钱。韦青问了他们几句，知道老头姓张，他女儿才十四岁，名叫红红，同时还发现，红红有着惊人的音乐记忆力，老人也有一些音乐根底。于是，韦青就收留了他们，让他们当了自己家中的乐工和歌女。

几年之后，经过韦青的精心教导和训练，红红的技艺日益成熟，成了长安城内有名的歌手。尤其是她自己琢磨，创造出了一套快速的记谱法。

在当时的宫廷中，有一位很得皇帝赏识的歌手，人称王善才。他将著名的古曲《长命西河女》加以改编，成了一首很优美动听的新曲。然后，他去找老友，音乐行家韦青征求意见，准备在修改完美以后，在代宗皇帝面前演唱。

王善才到韦青家后，说明来意，韦青很高兴，想让张红红也听听，于是借故到后堂去，告诉红红在屏风后静听并记谱。韦青出来后，王善才便用心地唱起了他改编的歌曲，唱完后，问韦青对自己这首新曲有何意见。韦青听后，笑了笑，走到屏风后，再出来时说："你唱的并不是新曲呀！我的女弟子早就会唱了。"王善才大吃一惊，觉得这不可能，刚要分辩，韦青已把红红叫了出来，让她唱给王善才听。于是，红红唱起了这首新编的《长命西河女》：

▶ 长命西河女　　[王善才]

> 云送关西雨，风传渭北秋。
> 孤灯燃客梦，寒杵捣乡愁。

红红不但唱得曲调准确，歌词一字不差，而且改进了王善才所唱的不稳之处，使这首歌更为优美动听了。王善才几乎不相信自己的耳朵，明明自己改编的新曲，从未传授别人，怎么这位姑娘能如此熟练地演唱呢？正在疑惑，韦青和红红请他到屏风后一看，桌上用小豆排列着许多符号，原来这就是王善才刚才唱《长命西河女》时，红红在屏风后一面听一面用小豆快速排列记下的曲谱。这真是了不起的天才，不仅听一遍就学会了新歌，而且连乐谱也速记下来了。

当然，这种小豆记谱法是极为简略的，需要与记谱人的超群记忆力配合才能使用，王善才当时就看不懂这个曲谱，以后因为没有进一步总结，这个很有意思的记谱法就失传了。可是，红红从此之后却出了名，当时的人们都不叫她的姓名，而称她为"记曲娘子"。

在盛唐时，出了一位著名的音乐家李龟年。他精通多种音乐技能，擅长吹笛和筚篥，能击羯鼓，而最拿手的，则是唱歌。李龟年年轻时，曾经当过蕲州蕲县（今湖北蕲州镇西北）县丞。后因音乐受到唐玄宗赏识，被任为皇家乐队队长。李龟年的两位兄弟李彭年善舞，李鹤年亦善歌。龟年受到玄宗皇帝的特别宠幸，家住洛阳通远里，建筑极为豪华。

唐玄宗天宝十四年（公元 755 年）安史之乱爆发，次年长安陷落，玄宗皇帝仓皇向成都逃跑，连文武百官都来不及通知。李龟年辗转逃到湘潭，在湘中采访使举行的宴会上，请他唱了两首诗人王维的名作：

▶ **相思** [王维]

红豆生南国，秋来发几枝。

劝君多采撷，此物最相思。

"红豆"是一种高大的红豆树所结的种子。它形如黄豆而略大，色鲜红而亮，干后异常坚硬，在唐代，人们就把它当作装饰品镶在首饰上。此外，还常将它当作爱情的信物送给自己的心上人，故又称"相思子"。

▶ **伊州歌** [王维]

清风明月苦相思，荡子从戎十载余。

征人去日殷勤嘱，归雁来时数寄书。

[译文] 在月明风清的夜晚，她在苦苦地相思，她的丈夫从军远出，已经十年多了。在他临行之前，她曾殷勤地叮嘱，在有人回来的时候，务必捎信给我。

此诗原名《失题》，《乐府诗集》将它作为《伊州歌》的第一叠，第一句改为"秋风明月独离居"。

李龟年在宴席上唱罢，满座的宾客都为之流泪，遥望远在成都的玄宗皇帝方向悲伤叹息。

安史之乱发生十余年之后，叛乱虽然已经平定了七八年，可全国仍是战乱迭起，很不安定。玄宗皇帝和他的儿子肃宗皇帝，也已先后死去。当年侍奉玄宗皇帝的许多供奉及宫内人员，早已星散，流落四方，忆起开元、天宝年间的繁华旧事，真是不堪回首。唐代宗大历三年（公元 768 年），诗人杜甫由蜀地乘小船沿长江东下，欲回中原。由于战乱及投靠亲友不着，在今湖南北部一带漂泊。大历五年（公元 770 年）春，杜甫船泊潭州（今湖南长沙），偶然遇到了在江南流落了多年的李龟年。二人相见，谈起在长安时的往事，感慨万分，杜甫为他写了一首充满感伤惆怅的七绝：

▷ 江南逢李龟年　　[杜甫]

岐王宅里寻常见，崔九堂前几度闻。

正是江南好风景，落花时节又逢君。

[译文] 当年在长安时，我们在岐王府中经常相见，在崔九的厅堂里，多少次欣赏你那动听的演奏与歌唱。没想到在这遥远的江南，春末的落花时节和你又再度相逢。

诗中提到的"岐王"，名李范，唐玄宗的弟弟；"崔九"是任殿中监的崔涤，唐玄宗的宠臣，他排行第九。杜甫在写了《江南逢李龟年》一诗后不到一年，即在大历五年的冬天，这位诗人就因贫病交迫，在岳阳的舟中去世了，时年五十九岁。至于李龟年，根据诗人李端写的一首五律《赠李龟年》可知，他在外漂泊多年之后，又回到了长安，不过由于年龄及政局变迁，未见他再入宫廷。

▷ 赠李龟年　　[李端]

青春事汉主，白首入秦城。

遍识才人字，多知旧曲名。

风流随故事，语笑合新声。

独有垂杨树，偏伤日暮情。

[译文] 你在青年的时候就侍候皇上，到头发斑白时又回

到了长安。几乎所有的才子您都认识，众多的旧乐曲您都非常熟悉。您潇洒的举止和杰出的技艺已被编成故事，您连言谈语笑，都显示出了新制乐曲的节拍。只有那垂着长条的柳树，使您感到年已老大而有些伤怀。

一舞剑器动四方

在唐代，把小型而且娱乐性强的舞蹈，分成健舞与软舞两大类。健舞动作急速刚健，包括《剑器》《胡旋》《胡腾》《柘枝》等；软舞动作缓慢安详，表情比较细腻，包括《凉州》《绿腰》《回波乐》《春莺啭》等。

唐玄宗时，出了一位以舞剑器而闻名的舞蹈家公孙大娘。开元五年（公元 717 年），她在郾城（今河南郾城）的一个广场上舞剑器浑脱，观众如山，围得水泄不通。诗人杜甫当时年方六岁，也钻进人丛中，亲眼观赏了公孙大娘的绝技，留下了极为深刻的印象。五十年后，即唐代宗大历二年（公元 767 年），杜甫在夔州（今四川奉节）别驾（州刺史的属官）元持家中，再一次看见了舞剑器，这次舞者是公孙大娘的弟子——临颍李十二娘。她的舞姿豪健，有着与公孙大娘一样的风格。杜甫当初看公孙大娘演出时，正处于唐朝全盛时期，当时的公孙大娘还是个美丽的姑娘。而此时杜甫已五十六岁，头上白发苍苍，比杜甫至少大十几岁的公孙大娘，自然是不堪问了，连她的弟子李十二娘，也都进入了中年。自从唐玄宗天宝末年发生了安史之乱，十几年来战乱没有平息过，杜甫自己也被迫在蜀地漂泊，"开元盛世"成了人们记忆中难以追回的好日子。而当时的皇帝唐玄宗，以及他的儿子唐肃宗，都已先后去世。所有这些，使诗人杜甫感慨万分，在这种情况下，他写下了七言诗《观公孙大娘弟子舞剑器行》。

▶ 观公孙大娘弟子舞剑器行　　[杜甫]

昔有佳人公孙氏，一舞剑器动四方。

观者如山色沮丧，天地为之久低昂。

霍如羿射九日落，矫如群帝骖龙翔。

来如雷霆收震怒，罢如江海凝清光。

绛唇珠袖两寂寞，晚有弟子传芬芳。

临颍美人在白帝，妙舞此曲神扬扬。

与余问答既有以，感时抚事增惋伤。

先帝侍女八千人，公孙剑器初第一。

五十年间似反掌，风尘澒洞昏王室。

梨园弟子散如烟，女乐余姿映寒日。

金粟堆南木已拱，瞿塘石城草萧瑟。

玳弦急管曲复终，乐极哀来月东出。

老夫不知其所往，足茧荒山转愁疾。

[译文] 过去有位美丽的公孙大娘，每逢她一舞剑器，就会使四方的人们轰动。观众密集重叠如山，一个个激动得口瞪目呆，大惊失色，只觉得天地都随着她的剑而起伏不停。光耀闪烁，犹如羿射落了九个太阳；矫夭变化，好似一群天神骑龙在飞翔。起舞时动作迅疾，剑光如电，霹雳轰鸣；舞到终场戛然而止，像是清江碧海，波平如镜，水光凝然。当年红唇的公孙大娘已经老了，她珠袖飞挥的舞姿也已看不见了，现在有弟子传下了她高超美妙的技艺。临颍的李十二娘在白帝城，妙舞剑器神态飞扬。和她问答知道了情况，使我更为时事而感慨悲伤。玄宗皇帝当年的八千名侍女中，公孙大娘的剑器舞从开始就是第一。五十年的时光，过得真快啊！规模大时间长的安史之乱，使得王室衰败。长安城内的皇家乐工在战乱中流落四方，歌姬舞女们人都老了，身世凄凉。金粟山的唐玄宗陵墓上，所种的小树已长大得粗如拱把了（"拱把"指两手的食指尖对食指尖，拇指

对拇指围成的圆圈），我所在的瞿塘峡白帝城也已是草木萧条衰败。元别驾宅中宴会上急促的剑器乐曲已经终了，观舞的极乐情绪过去了，东升的月儿带来了悲哀和感慨。我真不知到什么地方去才好啊，跑遍了蜀地，脚底都起了老茧，回想起来，到处都是战乱和动荡不安，跑这么快又有什么意义呢？

杜甫的这首诗，上半首极力描述公孙大娘舞剑器的雄健舞姿，以及弟子传得的精彩舞技，下半首感叹五十年来的变迁和人事零落。

左旋右旋生旋风

胡旋舞是一种健舞，跳起来左旋右转，迅急如风，因为它最早在西域的少数民族中流行，故称胡旋舞。

唐玄宗开元、天宝年间，西域的康国、史国、米国等（故地都在乌兹别克斯坦境内），都曾多次向唐朝廷贡献跳胡旋舞的胡人姑娘，推测此舞就是在这个时候传入内地。

跳胡旋舞的主要是女子，有独舞、双人舞至三四人舞。亦有男子跳的，例如安史之乱的祸首安禄山，也以善舞胡旋著称。胡旋舞所用的乐器主要是鼓，例如用笛鼓二、正鼓一、和鼓一，唐代常用的主要乐器，在胡旋舞中都可用以伴奏。在舞蹈者的脚下，经常是一块圆形的小毡子，舞者无论怎样旋转，都不应转到毡子外去。另也有记载说舞者立在圆球上，纵横腾踏、旋转如风而不会掉下来，这恐怕是属于杂技范畴了。

在中唐诗人元稹和白居易的《新乐府》诗中，各有一首《胡旋女》，记载了唐玄宗天宝年间胡旋舞的流行情况，以及诗人们对此的看法，其中并有一些胡旋舞舞姿的描写。

▶ 胡旋女（摘录）　　[元稹]

天宝欲末胡欲乱，胡人献女能胡旋。

旋得明王不觉迷，妖胡奄到长生殿。

胡旋之义世莫知，胡旋之容我能传。

蓬断霜根羊角疾，竿戴朱盘火轮炫。

骊珠进珥逐龙星，虹晕轻巾掣流电。

潜鲸暗喻笪海波，回风乱舞当空霰。

万过其谁辨终始，四座安能分背面。

[译文]　唐玄宗天宝末年胡人安禄山将要叛乱，西域胡人贡献给朝廷善跳胡旋舞的姑娘，胡旋舞旋得英明的皇帝不知不觉被迷惑了，使奸诈的胡人安禄山乘机混进了长生殿（奄，忽然之意）。胡旋的含义世人不知道，可胡旋的舞姿我却可以描述一番。好似刮断了秋后经霜蓬草的迅急羊角风，竹竿顶上旋红色盘子好似火轮一样炫目。胡旋女转起来耳饰上的珍珠飞舞如流星，彩色如虹的舞衣丝巾，在空中划过疾如闪电。急转的圆圈，像巨鲸潜水吸气激起的旋涡，又似回转风卷起霰珠当空舞。转过万圈谁能看得清开始与结束，四座观众哪能分得清胡旋女的前身与后背？

白居易在读了元稹的《胡旋女》后，也用此题写了一首，无论从内容还是从艺术水平看，都比元稹的作品要高明。

▶ 胡旋女·戒近习也　　[白居易]

胡旋女，胡旋女，心应弦，手应鼓。

弦鼓一声双袖举，回雪飘摇转蓬舞。

左旋右转不知疲，千匝万周无已时。

人间物类无可比，奔车轮缓旋风迟。

曲终再拜谢天子，天子为之微启齿。

胡旋女，出康居，徒劳东来万里余。

中原自有胡旋者，斗妙争能尔不如。

天宝季年时欲变，臣妾人人学圆转。

中有太真外禄山，二人最道能胡旋。

梨花园中册作妃，金鸡障下养为儿。

禄山胡旋迷君眼，兵过黄河疑未反。

贵妃胡旋惑君心，死弃马嵬念更深。

从兹地轴天维转，五十年来制不禁。

胡旋女，莫空舞，数唱此歌悟明主。

[译文] 胡旋女啊！胡旋女，她心里想着旋律，手跟着鼓声。弦鼓乐声一起，她双袖齐举跳起了胡旋舞。似回转的飞雪那样轻飘，像风吹的蓬草那样旋转。左旋右转不知疲倦，千圈万周转个不停。人间没有东西能和她的舞姿相比，飞奔的车轮转得太慢，迅急的旋风也嫌太迟。曲终跳完后向天子行礼，天子答以微微一笑。胡旋女是康居人，她跋涉万里来长安真是多余啊！中国原就有会跳胡旋舞的，要比跳得好跳得妙你可不如。天宝末年要发生大变乱了，宫女大臣人人都学这转圈舞。宫里有杨玉环外面有安禄山，这两个人都特别能跳胡旋舞。杨玉环受宠在梨花园中封为贵妃，安禄山更荣幸地坐在皇帝特为他挂的金鸡大障前，并且被皇帝收做干儿子。禄山的胡旋迷住了君王的眼睛，他的叛乱军队从渔阳打过了黄河，皇帝还不相信他真的反叛了。杨贵妃的胡旋迷住了君王的心，她死在马嵬坡使皇帝思念难忘。从此以后国家不断地发生战乱，五十多年了未能太平。胡旋女呀胡旋女，你不要白白地跳舞，同时将这首诗歌唱给皇帝听吧，让他能从历史的事件中吸取教训。

由诗下小注"戒近习也"可知，胡旋舞在唐玄宗天宝年间盛行了一番后，因发生安史之乱而衰落。而在五十年后的唐宪宗时，胡旋舞又开始流行，故白居易写此诗希望皇帝看了后，能有所警戒。

由诗可知，在唐玄宗天宝年间，胡旋舞极为盛行，连玄宗的宠妃杨玉环及宠臣胡人将领安禄山，都擅长跳胡旋舞。据说安禄山肥胖无比，腹垂过膝，体重达三百三十斤，可在唐玄宗面前跳起胡旋舞来，却转得迅疾如风。

与胡旋舞相提并论的，是另一种健舞胡腾舞，它起源于西域的石国（古代西域国名，故址在乌兹别克斯坦的塔什干一带），后逐渐东传至内地，唐代时在宫廷及民间非常流行。

胡腾舞是男子跳的独舞，舞者多半是石国人。舞时头戴尖顶的胡帽，帽上有珠，闪亮生光，叫做珠帽。身穿窄袖胡衫，前后上卷，束以绣有葡萄等花纹的长带，带一端下垂，舞时随风飘扬。胡腾舞节奏也很急促，以跳跃、腾踏动作为主，舞者经常显露出强烈奔放的情感，以及如痴如醉的神情。胡腾舞也是在地毯上跳的，走环形舞步，伴奏的都是胡乐，乐器以琵琶和笛子为主。

唐代宗永泰二年（公元766年），由于边防部队精锐大量内调，以平定安史之乱，造成边防空虚，吐蕃乘机入侵，将原来唐王朝的领土河西走廊及陇右地区（今甘肃陇山以西）全部占领，丝绸之路中断。原在被占区生活的许多少数民族艺人逃亡到内地，以表演乐舞为生。唐代诗人李端，在一次欣赏了从凉州来的胡人跳的胡腾舞之后，想到广大失地多年不能收复，非常感慨，因而写了一首七言古诗《胡腾儿》记述此事。

▶ **胡腾儿**　　[李端]

> 胡腾身是凉州儿，肌肤如玉鼻如锥。
> 桐布轻衫前后卷，葡萄长带一边垂。
> 帐前跪作本音语，拈襟摆袖为君舞。
> 安西旧牧收泪看，洛下词人抄曲与。
> 扬眉动目踏花毡，红汗交流珠帽偏。
> 醉却东倾又西倒，双靴柔弱满灯前。
> 环行急蹴皆应节，反手叉腰如却月。
> 丝桐忽奏一曲终，呜呜画角城头发。

胡腾儿！胡腾儿！故乡路断知不知？

[译文] 这个胡腾舞艺人是凉州一带的胡人。他的皮肤洁白如玉，鼻子尖如锥。桐花布做的轻柔衣衫前后卷起（据《后汉书》，桐花布用梧桐木花织成，洁白不污），腰上系着绣有葡萄花纹的长带，一头长长地垂下。舞前半跪在营帐前用胡语致词，然后拈起衣襟挥动衣袖翩翩起舞。原在安西都护府镇守的将军们擦着泪水观看（唐安西都护府设在西域的龟兹，即今新疆库车，此时已被吐蕃攻占），洛阳的文人们给演员抄写了伴奏的乐曲。你看他脚踏花毡，扬眉动目，胭脂染红的汗水下滴，镶珠的帽子歪戴。舞姿似醉，东倒又西歪，灯前见他轻柔的双靴不停地来回腾踏。随着节拍转圈跺脚，反手叉腰人向后仰，曲身如弓反立毡上。琵琶横笛合奏一曲终了，忽然听见城头上响起了军中号角的呜呜声。舞胡腾的胡儿啊！你知不知道，河西陇右一带已全被吐蕃侵占，你是再也回不去故乡了。

唐德宗贞元十二年至十七年间（公元796年至801年），诗人刘言史在中丞王武俊家中晚宴上，看到了胡腾舞的表演，于是写了一首七言古诗，详细描述了胡腾舞的服饰和舞姿。

▶ 王中丞宅夜观舞胡腾 [刘言史]

石国胡儿人见少，蹲舞樽前急如鸟。
织成蕃帽虚顶尖，细氎胡衫双袖小。
手中抛下葡萄盏，西顾忽思乡路远。
跳身转毂宝带鸣，弄脚缤纷锦靴软。
四座无言皆瞪目，横笛琵琶遍头促。
乱腾新毯雪朱毛，傍拂轻花下红烛。
酒阑舞罢丝管绝，木槿花西见残月。

[译文] 石国的胡人人们很少见到，你看他在酒宴前蹲着跳舞迅疾如飞鸟。他头戴尖尖的胡帽，穿着细棉布双袖窄小的

胡衫（"氎"音díe，指棉布，在唐代应为木棉布）。接过一杯葡萄美酒一饮而尽，摔碎酒盏急速起舞，向西回望，想起故乡路途遥远。腾跳转圈，腰带上的金铃丁当作响。脚穿柔软的锦靴，踏着快速的舞步。四座的观众悄然无声，瞪目注视，只有那伴奏的琵琶和横笛在急促地拨弹吹奏。在那新毛毡上频繁地腾跳，卷起红色的碎毛飞舞如雪。急速回旋的风拂下了红烛上轻飘的烛花。舞毕酒宴将散音乐停息，那木槿花的西边挂着即将西下的月亮。

紫罗衫动柘枝来

柘枝舞在唐代也属于健舞，据研究它和胡腾舞一样，来自西域的石国。石国又名柘枝，最初跳柘枝舞的也是石国的姑娘，后来，中原的女子也逐渐学会了，不仅宫廷、军营和官员家中有会舞柘枝的乐伎，甚至社会上出现了以舞柘枝为业的艺人，叫做"柘枝伎"。由此可知柘枝舞的流行情况。

跳柘枝舞时，舞女穿五色绣罗的宽袍，头戴胡帽，帽上有金铃，腰系饰银腰带。舞蹈开场时击鼓三声为号，随后以鼓声为节奏。柘枝舞动作明快，旋转迅速，刚健婀娜兼而有之，同时，注重眉目传情，眼睛富于表情。

唐代诗人所写的有关柘枝舞的诗歌，其数量超过了其他任何一种舞蹈，这些诗对柘枝舞的服饰、舞姿等描述得非常详细。白居易一次与刘禹锡同时观赏了柘枝舞，白先写了一首七律《柘枝妓》，刘禹锡见诗后，和作了一首《和乐天柘枝》。

▶ **柘枝妓**　　[白居易]

平铺一合锦筵开，连击三声画鼓催。

红蜡烛移桃叶起，紫罗衫动柘枝来。

带垂钿胯花腰重，帽转金铃雪面回。

看即曲终留不住，云飘雨送向阳台。

[译文] 平铺好地毯，华美的舞台大幕拉开了。鼓声三敲，催促伴宴的柘枝舞来到。主人的爱姬桃叶摆好了照明的红烛（"桃叶"原为晋代书法家王献之的爱妾，此处借指宴会主人的姬妾），那舞柘枝的姑娘穿着紫色绸衫上场了。她腰上垂下来饰有花钿的长腰带，在不停的旋转中，帽上的金铃丁当作响，洁白的脸庞一转一来回。乐曲终了这美妙的舞姿留不住，她像云飘雨送的巫山神女一样消失了。

由上诗可知，柘枝舞可在宴会上表演助兴，击鼓三声舞蹈开始，舞女穿紫色绸衣，腰垂飘曳的长花带，帽有金铃。而旋转，是柘枝舞中的一种重要动作。

▶ 和乐天柘枝　[刘禹锡]

柘枝本出楚王家，玉面添娇舞态奢。

松鬓改梳鸾凤髻，新衫别织斗鸡纱。

鼓催残拍腰身软，汗透罗衣雨点花。

画宴曲罢辞归去，便随王母上烟霞。

[译文] 柘枝舞原出自楚国的王家，舞女的面容娇美舞姿可爱。她那蓬松的鬓发改梳成鸾凤双髻，穿着斗鸡花纹薄纱制成的新衫。她柔软的腰身，随着鼓声的节拍在摆动，快速的舞步使汗水像雨点一样湿透了她的绸衣。乐曲终了她告别归去，像仙女一样随着王母娘娘飞入了烟霞深处。

诗的首句说柘枝舞出自楚国王家，按楚国在我国南方（今湖北、安徽一带），古代认为是南蛮聚居之地，即柘枝舞出自南蛮诸国，这种说法虽然唐代就有，但根据不足。据近代研究的结果，一般认为柘枝舞来自西域的石国。

柘枝舞很重视面部的化妆，眉毛要画得浓黑，两眉之间放上花钿。唐末诗人和凝有诗曰：

宫中曲　　[和凝]

　　身轻入宠尽恩私，腰细偏能舞柘伎。
　　一日新妆抛旧样，六宫争画黑烟眉。

[译文] 这位妃子体态轻盈特别得到皇帝的宠爱，她腰肢细软善于跳柘枝舞。这一天她扔弃旧样化了新妆，皇宫内的宫女妃嫔争着学她用黑烟描画出浓眉。

　　中唐诗人张祜，多次在达官贵人或豪门富户的家中，欣赏过柘枝舞，并经常即席赋诗为乐。这些诗流传到现在的有五首之多，从各方面记述了柘枝舞的情况。

▶ **观杨瑗柘枝**　　[张祜]

　　促叠蛮鼍引柘枝，卷檐虚帽带交垂。
　　紫罗衫宛蹲身处，红锦靴柔踏节时。
　　微动翠蛾抛旧态，缓遮檀口唱新词。
　　看看舞罢轻云起，却赴襄王梦里期。

[译文] 在急促的鼍皮鼓声中，跳起了柘枝舞（"鼍"音 tuó，即扬子鳄，古代传说用它的皮蒙鼓，声震如雷）。她戴着垂下带子的卷檐胡帽，穿着紫色绸衫蹲下身体，柔软的红锦靴子踏着节拍。她眉眼流动变换着表情，半遮红唇唱着新词的歌。舞将结束时好像飘起了轻云，如同神女在梦中去见楚襄王。

　　在此诗中，说明柘枝舞女戴卷檐高胡帽，穿红锦软靴，脸上变换着丰富的表情，一面跳舞一面唱歌。

　　在唐代，从事音乐舞蹈等职业的人属于低下的阶层，以舞蹈为业的舞女（唐代叫"歌舞伎"）不是来自西域的胡姬，就是出身于平民百姓，而贵族官员的子弟以乐舞为爱好玩玩可以，但绝不可以此为业，否则会被认为是有辱门第。

唐诗人李翱，在镇守潭州（今湖南长沙）时，一次举行宴会，会上有一个舞柘枝的姑娘，面容非常忧愁憔悴。这时一位知情官员殷尧藩，在宴席上当场写了一首七绝送给她：

▶ **潭州席上赠舞柘枝妓**　　　[殷尧藩]

姑苏太守青娥女，流落长沙舞柘枝。
满座绣衣皆不识，可怜红脸泪双垂。

[译文] 原苏州太守韦应物的女儿，现在流落在长沙为别人跳柘枝舞。宴席上所有穿锦绣衣服的官员们都不知她是谁，可怜她美丽的脸上流下了双双泪水。

李翱见诗后询问，才知道这姑娘原来是大诗人、曾任苏州刺史的韦应物的女儿。她对李说：自己因为兄弟早亡，无法自立，只好以舞柘枝为职业，实在是有辱先人，说完悲伤哭泣不已。李翱听后很难受，说："我和韦家原来是亲戚。"于是叫这姑娘脱下舞衣，换上普通服装与他夫人相见。夫人见姑娘言语清楚，风姿大方，非常高兴。于是由李翱作主，将她嫁给自己门客中的一位读书人。

归作霓裳羽衣曲

在唐代当时，以及以后的历史中，最著名的唐代舞蹈，要算是《霓裳羽衣舞》了。它不属于唐代的健舞，也不是软舞，而是独立的大曲，后来配舞而成。

关于《霓裳羽衣曲》的来源，有着不同的说法，但都带有神秘意味或神话色彩。唐宣宗大中年间（公元847年至859年）的诗人郑嵎，写了一首长达一千四百字的七言长诗《津阳门》，专门记述了盛唐时皇帝唐玄宗的故事，其中有一段谈到了《霓裳羽衣曲》的来历。

▷ 津阳门（摘录）　　[郑嵎]

> 蓬莱池上望秋月，无云万里悬清辉。
> 上皇夜半月中去，三十六宫愁不归。
> 月中秘乐天半闻，丁珰玉石和埙篪。
> 宸聪听览未终曲，却到人间迷是非。

[译文] 八月十五中秋节，玄宗皇帝和侍从们在宫中的蓬莱池边赏月，只见万里无云，高悬的明月吐出清辉。皇帝在半夜和罗公远一起到月宫去了，众多的妃嫔宫女真担心他不再回来。月宫中的仙乐在半空中回荡，只听见玉石丁当，埙和篪（远古时代竹管制横吹的乐器，专用于奏雅乐；"埙"也是一种古代吹奏乐器）和谐地吹响。皇上听着尚未终曲，已经回到了人间，忘却了大半。

玄宗皇帝从月宫回来后，正好西凉府都督杨敬述进献《婆罗门曲》，玄宗听后觉得它的声调与自己在月宫中所听的相符，于是将二者合编为《霓裳羽衣曲》。

可是根据唐代诗人刘禹锡所写的一首诗，却说此曲是唐玄宗自己创作的。

▷ 三乡驿楼伏睹玄宗望女儿山诗，小臣斐然有感

[刘禹锡]

> 开元天子万事足，唯惜当时光景促。
> 三乡陌上望仙山，归作霓裳羽衣曲。
> 仙心从此在瑶池，三清八景相追随。
> 天上忽乘白云去，世间空有秋风词。

[译文] 开元天子唐玄宗当时是万事皆足，一心享乐。可就是觉得光阴过得太快，想要求仙长生。于是在路过三乡驿时眺望仙山女儿山，回来后就写了《霓裳羽衣曲》。从此玄宗皇

帝的心思，一直在王母娘娘住的瑶池，成天尽想着仙人住的三清圣地和八景城（"三清"为道教指的玉清、上清和太清；"八景城"为仙人玉晨道人所居）。可是，玄宗皇帝最后还是乘白云走了，世上只空留下他写的《望女几山》的求仙诗（《秋风词》原为汉武帝作，诗中用以借指玄宗写的《望女几山》诗）。

此诗所提到的"女几山"，与唐代流传的神仙故事有关。"女几"是陈市上的一位酒店老板娘，她酿造的酒很美。有仙人到她店中饮酒，用五卷书抵押酒钱。女几打开书一看，原来是仙方养性长生之术，于是抄录它的要诀，依法修炼。几年之后，仙人又来了，笑着对她说："偷仙术不用师教，有翅膀了为何不飞。"于是女几随仙人走了，在一座山上修炼多年后成仙而去。她所隐居的山人们就称之为女几山。

据《新唐书·礼乐志》说："河西节度使杨敬述献《霓裳羽衣曲》十二遍。其他的乐曲结束时，一般都节奏变强烈或急速，唯有《霓裳羽衣曲》结束时更加缓慢。"而《资治通鉴·唐纪》中除有一段与上述相同的记述外，还专门说："俚俗相传，以为帝游月宫，见素娥数百舞广庭，帝纪其曲，归制《霓裳羽衣舞》，非也，"由这两段正史记载可以推测，《霓裳羽衣曲》确系河西节度使杨敬述所献，后又经精通音乐的玄宗皇帝亲自修改加工而成。由于此曲来自西凉，故必然带有胡乐的味道。大约后来玄宗皇帝在旅途上眺望女几山，有所感触而根据曲子编出了《霓裳羽衣舞》。

《霓裳羽衣》乐舞编出后，最先掌握并精通的当然是玄宗皇帝自己，以及他的宠妃杨玉环。为了他们自己能经常观赏，于是亲自教皇家梨园弟子练习《霓裳羽衣》乐舞。在中唐诗人王建所写的一组《霓裳词十首》中，详细地记述了《霓裳羽衣》乐舞编出后宫廷中的教习和演出活动。

▶ 霓裳词十首（选三）　[王建]

（一）

弟子部中留一色，听风听水作霓裳。

散声未足重来授，直到床前见上皇。

（五）

伴教霓裳有贵妃，从初直到曲成时。

日长耳里闻声熟，拍数分毫错总知。

（七）

敕赐宫人澡浴回，遥看美女院门开。

一山星月霓裳动，好字先从殿里来。

[译文一] 梨园弟子中选出一部分人，学习玄宗皇帝听风声和水流声而作出的《霓裳羽衣曲》（诗人在此处亦说此曲是玄宗听风声、水声有感而作，与各种神话无关）。由于散声（弦乐器不按弦时拨弹所发出的最低声）不行须再学，一直到坐席前找玄宗皇帝请教。

[译文五] 协助皇帝教霓裳的有贵妃杨玉环，从开始一直到乐曲练成。天长日久曲子都听熟了，节拍即使有分毫错误都知道。

[译文七] 皇帝赏赐宫人到华清池温泉洗澡回来了，远远看见她们住处的院门开了。当星星月亮在山边出现时，霓裳羽衣舞开始了，只听见殿里观看的人首先叫好。

唐敬宗宝历元年（公元 825 年），大诗人白居易被任命为苏州刺史，好友元稹任浙东观察使兼越州（今浙江绍兴）刺史，二人任所距离不远，经常诗歌往还，彼此唱和。一次，白居易问元稹，在他管辖的范围内乐舞艺人很多，有没有会跳《霓裳羽衣舞》的，元稹回答："七县十万户，无人知有霓裳舞。"白居易听后，很是感慨。

他回想起唐宪宗的时候，自己在长安曾欣赏过全部的《霓裳羽衣舞》的旧事，以及以后因种种变迁未能再见的憾事。因此，诗人写了一首长诗《霓裳羽衣歌》，其前半段详尽地描述了这个乐舞的服饰、音乐和舞姿，成为我们现代研究《霓裳羽衣舞》的惟一较详尽的资料。

▶ 霓裳羽衣歌·和微之　　[白居易]

我昔元和侍宪皇，曾陪内宴宴昭阳。

千歌百舞不可数，就中最爱霓裳舞。

舞时寒食春风天，玉钩栏下香案前。

案前舞者颜如玉，不著人间俗衣服。

虹裳霞帔步摇冠，钿璎累累佩珊珊。

娉婷似不任罗绮，顾听乐悬行复止。

磬箫筝笛递相搀，击擫弹吹声逦迤。

散序六奏未动衣，阳台宿云慵不飞。

中序擘騞初入拍，秋竹竿裂春冰坼。

飘然转旋回雪轻，嫣然纵送游龙惊。

小垂手后柳无力，斜曳裾时云欲生。

烟蛾敛略不胜态，风袖低昂若有情。

上元点鬟招萼绿，王母挥袂别飞琼。

繁音急节十二遍，跳珠撼玉何铿铮。

翔鸾舞了却收翅，唳鹤曲终长引声。

当时乍见惊心目，凝视谛听殊未足。

一落人间八九年，耳冷不曾闻此曲。

溢城但听山魈语，巴峡惟闻杜鹃哭。

移领钱唐第二年，始有心情问丝竹。

玲珑箜篌谢好筝，陈宠觱篥沈平笙。

清弦脆管纤纤手，教得霓裳一曲成。

虚白亭前湖水畔，前后只应三度按。

便除庶子抛却来，闻道如今各星散。

今年五月至苏州，朝钟暮角催白头。

贪看案牍常侵夜，不听笙歌直到秋。

秋来无事多闲闷，忽忆霓裳无处问。

闻君部内多乐徒，问有霓裳舞者无。

答云七县十万户，无人知有霓裳舞。

唯寄长歌与我来，题作霓裳羽衣谱。

四幅花笺碧间红，霓裳实录在其中。

千姿万状分明见，恰与昭阳舞者同。

……

由来能事皆有主，杨氏创声君造谱。

……

李娟张态君莫嫌，亦拟随宜且教取。

[译文] 我在元和年间侍奉唐宪宗，曾经参加昭阳殿里的皇家宴会。宴会上数不尽的千歌百舞，可我最爱的就是《霓裳羽衣舞》。春风吹拂的寒食节时演出霓裳舞，地点就在玉石栏杆下香案之前。跳舞的姑娘貌美如玉，穿着人间没有的特制舞衣。彩虹样的衣裳云霞一样的披肩，戴着饰有步摇（一种首饰，插在头发中或冠上，上有成串的珠玉垂挂，人走时珠玉串随之摇动，谓之"步摇"）的花冠，身上挂满了闪烁的璎珞和玉佩，娇弱的身躯好像经不住罗绮的衣裳。听着乐声行行又停住，击磬弹筝吹箫笛，众乐的声音和谐升起。开始的散序六遍奏过，舞女们像静止的云儿一点也不飞动。第七遍中序奏出清脆的舞拍，像秋竹骤裂春冰突坼，舞女们飘然回旋像飞雪那样轻盈，微笑着起伏美如游龙，垂下软手，柔似柳丝，斜曳裙裾，像初生的云霞。美艳的脸上姿容有多少变化，迎风的舞袖传送出无限情意。像是上元夫人招来了萼绿华，王母娘娘挥动衣袂告别许飞琼（萼绿华和许飞琼都是传说中的仙女）。突然间音乐碎密，节奏急促，曲子已奏到第十二叠，乐声像跳跃的珍珠、敲响的美玉一样铿锵圆润。

舞女们像飞翔的鸾鸟一样舞罢收翅，鹤唳似的一长声全曲终了。

我在看《霓裳羽衣舞》时真是惊异非常。目不转睛，倾耳细听仍旧不够。此后从长安朝中贬到外地八九年，再也没有听过霓裳曲。我刚贬到江州任司马时，听见的只是山魈（古代传说中的一种独脚鬼怪）的叫声，调到忠州任刺史时，在蜀地听见的只是杜鹃鸟的哭啼。直到任杭州刺史第二年，才有心情过问音乐。杭州官妓商玲珑善奏筚篥，谢好擅长弹筝，吹奏乐有陈宠的觱篥和沈平的笙。利用她们在弦乐和管乐方面的技能，教出了一曲《霓裳羽衣》。在杭州西湖边的虚白亭前，前后只听了三回。后因任满改官太子左庶子离开杭州，听说以后这个音乐班子便星散了。今年五月到苏州任职，公务繁忙我头白得更快，为批改公文常到深夜。直到秋天也没听过音乐歌唱。秋天闲来无事有些烦闷，忽然想起《霓裳羽衣舞》，但无人可询问。

听说您管的范围内乐舞艺人众多，请您问一下是否有会霓裳舞的。您回答我说在七县十万户居民中，没人知道有霓裳舞。只好给我寄来一首长诗，诗名叫做《霓裳羽衣谱》（此诗已佚）。四张写满字的印花笺纸上，记录了全套《霓裳羽衣》的音乐和舞姿。舞蹈的千姿万态在诗中可以清楚看见，与我当年在昭阳殿里看的没有两样。……从来有创造的事都要有才干的人做，开元年间杨敬述向玄宗皇帝贡献《霓裳羽衣曲》的新声，而今天您为我编成了全套的霓裳乐舞谱……您别嫌苏州的官妓李娟和张态长得不够美，我准备随时教她们这霓裳舞。

由中我们知道，自从唐玄宗创作了《霓裳羽衣舞》之后，经过了七八十年，在唐宪宗时宫廷中仍演出全套《霓裳羽衣舞》。此舞的乐曲共十二叠，前六叠没有节拍，故舞女们静止不动，直奏到第七叠中序时，出现了清脆的节奏（秋竹竿裂春冰坼），舞女们开始翩翩起舞。直到第十二叠，以一长声结束。从"上元点鬟招萼绿，王母挥袂别飞琼"可以推测，白居易看的霓裳是双人舞，而且两人舞姿不同。诗中表明，白居易在任杭州刺史时，曾招集精通乐器的官妓排练过《霓裳羽衣》曲，练成后曾演奏过三次，而且诗中记述了一个重要的情况，即诗人元稹不仅精通乐舞，而且用长诗的形式，为白居易编写了全套的《霓裳羽衣》乐舞谱，可惜此诗没有流传下来。

《霓裳羽衣舞》很长时间内，只在宫廷内练习及演出，民间对此舞毫无所知。一直到此舞创作后八十多年的唐敬宗时，情况仍旧如此。后来虽逐渐流到民间，但都不完全，宫廷中此舞也逐渐失传了。

第十一章　唐朝妇女

上阳宫人白发歌

　　每一代皇帝都要从民间强选大量的少女入宫。这些女子除了极少数可能得到皇帝的宠爱，绝大部分连皇帝的面也不容易见到。而且，女子入宫后不能出宫，一辈子在宫中侍候皇帝和妃嫔们，或者唱歌跳舞，或者干着洒扫刺绣等辛苦的劳役。

　　极少数受到皇帝宠爱的妃嫔们，处境也很紧张。平时要小心翼翼地侍候奉承皇帝，讨他的欢心。一旦小有过错或皇帝生气，立即有不测之祸，轻则打入冷宫或罢斥出宫，重则监禁或赐死。如唐代玄宗皇帝对待他最宠爱的贵妃杨玉环，情况也不例外。

　　天宝年间的一天，玄宗在宫中宴请他的兄弟诸王，杨贵妃也在座。席上命念奴唱歌，宁王（唐玄宗的哥哥）吹紫玉笛伴奏。宴会散后，玄宗上厕所，杨贵妃一人独坐，忽见宁王所吹的紫玉笛在桌上，于是拿来吹了起来，正像诗人张祜所写：

　▶ **宁王玉笛**　　［张祜］

　　虢国潜行韩国随，宜春深院映花枝。
　　金舆远幸无人见，偷把宁王玉笛吹。

　　［译文］ 虢国夫人悄悄地走了韩国夫人跟着，宜春院里鲜花盛开。皇帝的车驾远远地离去没人会看见，杨贵妃正在偷偷地吹宁王的紫玉笛呢！

玄宗出来看见，对她说："你自己有玉笛干嘛不用，这紫玉笛是宁王的，他刚吹过，你怎么能吹？"贵妃听说后，触动了她和另一妃子江采萍（即梅妃）争宠的醋意，便回答说："宁王吹完已很长时间了，我吹一下有什么关系。还有人脚被别人踩着，连鞋帮都开绽了，皇上你也置之不问呀，为何单单责备我呢？"

原来以前玄宗宠爱梅妃时，一次宴会上宁王喝醉了，当梅妃前来敬酒时，他有意无意地踩了梅妃的绣鞋，使鞋上所缀珍珠脱落。这个调戏皇帝爱妃之罪是要杀头的。由于玄宗很友爱，在宁王亲自前来认错赔罪后就算了。玄宗听了杨贵妃的挖苦讽刺后，勃然大怒，立即命太监高力士将她送回杨家，不许再入宫。杨家原来因贵妃得宠而权势熏天，可贵妃这次被赶出皇宫，立即吓得杨国忠及贵妃的姊妹们大哭，认为祸在旦夕。后来贵妃想了好多办法，托了不少人，才重新入宫又受到玄宗宠爱。

唐玄宗天宝初年，杨玉环被封为贵妃，得到玄宗的专宠。从天宝五年（公元746年）起，宫内其他的妃嫔宫女就再也没有人能接近皇帝。据说杨贵妃很嫉妒，宫中妇女凡长得比较美的，都命令搬到远处其他宫中去，实际上就是软禁。唐东都洛阳皇城西南，洛水和谷水之间，唐高宗时建立了一座上阳宫，就被用来作为软禁这些妃嫔宫女的地方。可是在天宝年间，还有太监奉皇帝秘密圣旨到民间挑选美女，当时人叫他们花鸟使。这些被强迫选来的姑娘，还没进宫见到皇帝的面，就被转运到像上阳宫这类地方，从十几岁的青春时代一直软禁到老。

诗人白居易创作了《上阳白发人》，用生动的语言描绘了上阳宫中宫女们独居孤寂的痛苦生活。

▶ 上阳白发人·愍怨旷也　　[白居易]

上阳人，红颜暗老白发新。

绿衣监使守宫门，一闭上阳多少春。

玄宗末岁初选入，入时十六今六十。

唐诗的故事 TANGSHI DE GUSHI

同时采择百余人，零落年深残此身。
忆昔吞悲别亲族，扶入车中不教哭。
皆云入内便承恩，脸似芙蓉胸似玉。
未容君王得见面，已被杨妃遥侧目。
妒令潜配上阳宫，一生遂向空房宿。
宿空房，秋夜长，夜长无寐天不明，
耿耿残灯背壁影，萧萧暗雨打窗声。
春日迟，日迟独坐天难暮。
宫莺百啭愁厌闻，梁燕双栖老休妒。
莺归燕去长悄然，春往秋来不记年。
唯向深宫望明月，东西四五百回圆。
今日宫中年最老，大家遥赐尚书号。
小头鞋履窄衣裳，青黛点眉眉细长。
外人不见见应笑，天宝末年时世妆。
上阳人，苦最多。少亦苦，老亦苦，
少苦老苦两如何！君不见昔时吕向美人赋，
又不见今日上阳宫人白发歌。

[译文] 上阳宫的宫人哪！她们的青春红颜已暗暗逝去，新长了满头白发。穿绿衣的官员把守着宫门（唐代长安和洛阳两处都城的皇家宫殿、园苑设的管理官员为监。正监从六品下，穿深绿官服；副监从七品下，穿浅绿色官服），宫女们在上阳宫里一关就是多少年。她们在唐玄宗天宝末年时送到这里，来时十五六岁，现在已过了六十；同时被花鸟使选中的有一百多人，年深日久死得只剩下这几个。回想起当年被选中与亲人离别时，父母送我上车不让悲哭。都安慰说我的脸美似荷花，乳胸洁白如玉，一进宫就会得到皇帝的宠爱。谁知还没让皇帝看见我们，杨贵妃已经是醋意大发侧目而视。暗中命令将我们全软禁到洛阳的上阳宫中，这一辈子就只能一个人孤单单地守空房了。那

日子叫人怎么过啊！漫长清冷的秋夜辗转难眠，只有如豆的残灯映着深浓的黑影，窗外是那永无休止的凄凉雨声。春天的太阳走得是那样缓慢，一人独坐，天什么时候才黑啊！听不得那黄莺的宛啭娇鸣，看不得那梁上燕子的双宿双飞。黄莺飞走燕子归去又是一年，春往秋来忘了时光的流逝。只在深宫中眺望明月，前后共见了四五百次月儿圆。如今宫中年纪最大的宫女，大家（大家是皇帝左右亲近的人对皇帝的一种亲昵尊称）赐给她尚书的称号（唐代宫内有女尚书，为正五品官）。她们在宫中几十年，一直穿小头鞋和窄小的衣裳，并且画着细长的眉毛。宫外人要是看见会好笑，可这是天宝末年她们进宫时最时髦的打扮啊！上阳宫的宫女真苦啊！年轻时苦，老了更苦，一辈子苦怎么办呢？皇上啊！你看看过去吕向写的《美人赋》（开元年间，吕向给皇帝献《美人赋》，讽刺派花鸟使强选民女入宫的事），再听听今日我写的上阳宫人《白发歌》吧！

闺中少妇不知愁

唐代的首都长安和东都洛阳，是官僚和贵族聚居的地方。那些贵族的妇女们，虽然物质生活豪华奢侈，可精神上却经常很空虚。盛唐时的著名诗人王维，写了一首七言古诗《洛阳女儿行》，概括地描述了唐代东都洛阳贵族妇女的面貌：

▶ 洛阳女儿行　　[王维]

洛阳女儿对门居，才可容颜十五余。

良人玉勒乘骢马，侍女金盘脍鲤鱼。

画阁朱楼尽相望，红桃绿柳垂檐向。

罗帏送上七香车，宝扇迎归九华帐。

狂夫富贵在青春，意气骄奢剧季伦。
自怜碧玉亲教舞，不惜珊瑚持与人。
春窗曙灭九微火，九微片片飞花琐。
戏罢曾无理曲时，妆成只是熏香坐。
城中相识尽繁华，日夜经过赵李家。
谁怜越女颜如玉，贫贱江头自浣纱。

[译文] 对门住的洛阳贵族家的姑娘，年纪刚刚十五岁。她的丈夫骑着用美玉装饰马具的骏马，婢女用金盘送上烧好的细切鲤鱼。她住在那对面相望的彩画楼阁上，房前红桃争艳绿柳拂着房檐。姑娘出嫁时，亲人送她上了垂着绫罗帏幔的香木车，在迎亲的宝扇仪仗的前导下，来到洞房的九华彩帐前。她丈夫长在富贵之家骄奢任性，比晋代以奢侈著名的石崇还要厉害。他喜欢碧玉亲自教她舞蹈，毫不吝惜地将珊瑚这类财宝送人。春日通宵欢娱，直到曙光临窗才灭了九微灯火。九微灯的灯花片片飞向雕花的窗格。成天戏乐，这新娘连温习旧歌曲的时间也没有，每日妆扮好了就穿着熏香的衣服坐在那里。在洛阳城里相识往来的尽是像赵飞燕、李平（汉成帝的后妃）这样的贵戚豪家。有谁会怜爱贫贱美丽的越地（春秋战国时越国所在地，今浙江东北部一带）姑娘，她只能一辈子在江边过浣纱的生活罢了。

著名的七绝圣手、诗人王昌龄写了一首有关富贵人家少妇的诗《闺怨》：

▶ **闺怨**　　[王昌龄]

闺中少妇不知愁，春日凝妆上翠楼。
忽见陌头杨柳色，悔教夫婿觅封侯。

[译文] 那富贵人家的少妇在闺中从没有什么忧愁，春天她打扮好缓步上了彩绘的高楼。忽然看见野外的杨柳绿了，这

才后悔为了立功封侯而让丈夫从军，扔下自己孤单单的一个人。

《闺怨》诗中少妇的丈夫，是为了猎取功名、得到高官而离家从军的，去时也得到了她的同意。她在丈夫走后也并没有多大的苦恼，只是在春光明媚、桃红柳绿时感到无人陪伴，因而有点寂寞难受罢了。

诗人李商隐在一首《无题》诗中，描述了富贵人家的一个小姑娘从小长大的生活情况和乐事以及到她懂事时，又是如何地为自己的终身大事而苦闷忧虑：

▶ **无题**　　[李商隐]

八岁偷照镜，长眉已能画。

十岁去踏青，芙蓉作裙衩。

十二学弹筝，银甲不曾卸。

十四藏六亲，悬知犹未嫁。

十五泣春风，背面秋千下。

[**译文**] 这八岁的小姑娘就知道爱美，偷偷摸摸对着镜子照自己的模样。她那么聪明，学大人画了长长的眉毛。十岁那年春天出去郊游，穿着像荷花一样的衣裙。十二岁学弹筝，她是那样地刻苦用功，套在手指上拨弦的骨爪（即银甲）从未卸下过。十四岁懂事了，知道姑娘大了应藏在深闺里，连最亲密的男性亲属也要回避。可她猜想到，爸妈还没有将她出嫁的打算。十五岁了，终身大事使她多么忧虑，可有什么办法，只有对着春风哭泣，在秋千架下背着女伴暗自伤心。

侯门一入深如海

在唐代，由于妇女没有独立的经济地位，必须依附于男子。因此，即使是官僚贵族家中的妇女，除明媒正娶的妻子地位较高外，其他如姬妾、婢女等，地位比较低下，习惯上可以买卖或赠送。某些有权势或武力的大官或将领，甚至会用各种卑劣的手段劫夺其他较低级官员的姬妾。

唐代有个秀才崔郊，住在汉上，家庭很贫困。他姑母有个婢女，长得很秀丽，并且精通音乐。崔郊爱上了她，并且立了嫁娶的誓言。崔的姑母也非常穷，并且不知此事，不久将婢女卖给掌握当地军政大权的节度使于頔。于对此婢女宠爱无比。崔郊知道后，思念不已，可毫无办法，只好在节度使府署附近往来徘徊。寒食节时，此婢女外出，在柳树下遇见崔郊，两人相对哭泣。分别时崔赠给她一首七绝：

▶ **赠去婢**　　[崔郊]

公子王孙逐后尘，绿珠垂泪滴罗巾。

侯门一入深如海，从此萧郎是路人。

[译文] 公子王孙（指崔郊自己）跟在你的后面，绿珠（晋代石崇的宠姬，此处借指婢女）的泪水一滴滴地落在绸巾上。节度使府的大门一进去深如海，你我是再也见不到了，从此我就像陌生的过路人一样会被你忘掉。

崔郊这首诗流传后，被抄送到于頔处，于读后，召见崔郊。于頔这个人平时暴虐成性，动辄杀人，大家不知是福是祸，都替崔郊担心。崔郊提心吊胆地见了于頔，谁知于和他握手说："'侯门一入深如海，从此萧郎是路人。'是你写的？诗写得真不错呀！我这大门也不算深嘛，早给我写封信，问题不就解决了。"说完命令婢女与崔同归，并且赠送了一大笔嫁妆。

三日入厨下

唐代民间妇女中，有两种有趣的习俗，一是"拜新月"，一是"镜听"。拜新月就是在有新月的晚上，姑娘偷偷地对着刚升起的新月祷告，诉说自己秘密的心愿，祈求这充满希望的新月保佑它成为现实。唐诗人李端在他写的一首《拜新月》中，就描述了这个情景。

▷ 拜新月　　[李端]

> 开帘见新月，便即下阶拜。
>
> 细语人不闻，北风吹裙带。

[译文] 打开帘子望见了新月，连忙走下台阶来向它行礼祈求。她诉说心愿的声音那样小，别人谁也听不着，只见寒冷的北风吹起了她的裙带。

这首诗的第三句写得比较生动，表现出了姑娘那种害羞的心情和四周环境的寂静。她诉说的是什么心愿呢？诗中虽然没有明说，可读者一想也就明白了。

在《聊斋志异》中，有一篇有趣的故事"镜听"，其中描述了古代用镜听预测吉凶的习俗。当一位妇女有件使人心烦的事而又不能很快知其结果时，例如丈夫外出长期没有音信，不知吉凶如何时，便找一面镜子，用锦囊装着，不让人看见，独自向灶神虔诚的行礼祷告后，双手捧着镜子，念七遍咒语。然后出去偷听别人的谈话，根据这些话语来推测吉凶。唐代诗人王建，写了一首七言古诗《镜听词》，描述了一个丈夫出远门的妇女，用镜听测吉凶，听见好话后高兴的情况。

▷ 镜听词　　[王建]

> 重重摩挲嫁时镜，夫婿远行凭镜听。
>
> 回身不遣别人知，人意丁宁镜神圣。

怀中收拾双锦带，恐畏街头见惊怪。

嗟嗟嚓嚓下堂阶，独自灶前来跪拜。

出门愿不闻悲哀，郎在任郎回未回。

月明地上人过尽，好语多同皆道来。

卷帷上床喜不定，与郎裁衣失翻正。

可中三日得相见，重绣镜囊磨镜面。

[译文] 她一次又一次地抚摩着结婚时的镜子，丈夫出远门久无音信，只有凭镜听来预示吉凶。转身不让别人知道，自己用意虔诚镜听才灵验。将镜子上的一双锦带收拾在怀中，免得在街上让人看见会大惊小怪。小心翼翼地下了堂前的台阶，独自到灶前来跪拜祈祷。出门听别人说话时怕听见悲哀的话语，只要他健康回不回来都好。一直在街头等到月亮上升行人都没了，听到的都是吉利的话。回来卷上帷幔睡觉时都欢喜得安不下心来，给丈夫裁衣时高兴得连正反都弄错了。如果三天内能够和我那冤家相见，为感谢这镜子的灵验，我一定要再绣一个镜囊，重新将镜子磨得亮亮的。

王建还在他的一首五言绝句《新嫁娘》中，描述了唐代新娘子过门后的情况：

▶ 新嫁娘　[王建]

三日入厨下，洗手作羹汤。

未谙姑食性，先遣小姑尝。

[译文] 新婚后三天，新娘下厨房去开始做饭了。她洗净手做好了汤。可因为不知道婆婆喜欢甜的还是咸的，又不便直接去询问，于是先送给小姑子尝尝。

诗人李白有首名作《长干行》，咏的是商人妻子思念远行丈夫，担心受怕的情景：

▶ 长干行 [李白]

妾发初覆额，折花门前剧。

郎骑竹马来，绕床弄青梅。

同居长干里，两小无嫌猜。

十四为君妇，羞颜未尝开。

低头向暗壁，千唤不一回。

十五始展眉，愿同尘与灰。

常存抱柱信，岂上望夫台。

十六君远行，瞿塘滟滪堆。

五月不可触，猿声天上哀。

门前迟行迹，一一生绿苔。

苔深不能扫，落叶秋风早。

八月蝴蝶来，双飞西园草。

感此伤妾心，坐愁红颜老。

早晚下三巴，预将书报家。

相迎不道远，直至长风沙。

[译文] 我还是小姑娘，头发刚能遮住额头的时候，在大门口折花游戏。你骑着竹马来和我玩，两人绕着井上的栏杆追逐，互相投掷青梅。我们同住在长干里，两个小小的年纪，没有嫌疑和顾忌。十四岁嫁给了你，害羞得都不敢和你说话。老在房角对墙壁低着头，叫上千遍也不答应。十五岁才消涂了羞涩，愿意即使化为尘灰也要和你在一起。我想你像古代的尾生一样，对爱情无比坚贞，不会使我有长期离别的痛苦。我十六岁时，你出远门去经商，船只常过危险的瞿塘峡和滟滪堆。五月涨水，滟滪堆暗藏水中，可别撞上它啊，猿猴在高入云霄的山峰上哀啼。我们家门前你常走的路上，一处处地长了绿色的青苔。青苔多了没法再扫，偏偏秋风落叶的天气又来得那么早。八月份蝴蝶来了，在西园的草地上双双飞舞。看见这些想想自己形影孤单，

怎么能不伤心，忧愁我的青春年华会过早地逝去。你什么时候将从三巴（指巴郡，即今四川重庆市；巴东，今四川奉节东北；巴西，今四川阆中）回来，预先给家里捎封信。我一定去迎接你，虽不能太远，可也要到长风沙。

长风沙在今安徽安庆东长沙边，距金陵（今江苏南京）长干里有三百五十公里。诗中"常存抱柱信，岂上望夫台"两句，用了古代的两个传说：抱柱信指古代有一个名叫尾生的人，与姑娘约定在一座桥下相会，姑娘到时未来，潮水忽然上涨，尾生怕离开后姑娘来了自己失信，于是抱着桥柱等待，结果被水淹死。望夫台即望夫山，说古代有男子久出不归，其妻登山望夫，由于过分悲伤而在山上变成了石头，这块人形的石头就叫做望夫石。

古代的生产方式，是所谓"男耕女织"，即男子耕田种地，妇女养蚕缫丝织布帛。可在有的农村家庭中没有男人，耕种田地的工作落在妇女身上，生活就更苦了。中唐诗人戴叔伦在七言古诗《女耕田行》中，就描述了这种情况：

▶ 女耕田行　[戴叔伦]

乳燕入巢笋成竹，谁家二女种新谷？
无人无牛不及犁，持刀砍地翻作泥。
自言家贫母年老，长兄从军未娶嫂。
去年灾疫牛圈空，截绢买刀都市中，
头巾掩面畏人识，以刀代牛谁与同！
姊妹相携心正苦，不见路人惟见土，
疏通畦垄防乱苗，整顿沟塍待时雨。
日正南冈下饷归，可怜朝雉扰惊飞，
东邻西舍花发尽，共惜余芳泪满衣。

[译文] 巢里有了新生的小燕，笋已长成了竹子，这是谁家的两个姑娘在种谷子？她家里没男人又没牛无法犁地，只好拿着

刀砍地翻土。她们说家穷母亲年老，哥哥从军走了尚未娶嫂嫂。去年闹瘟疫牛病死了，只好剪下一段绢到集市上买把翻土用的刀。翻土时怕人看见用头巾遮住脸，用刀代替牛犁地还有谁啊！姊妹二人心里真苦啊，低头对着田地干活不敢抬头看人。整理好畦和垄免得禾苗杂乱，修好沟渠田塍等待下一场好雨。太阳到正南时收工吃饭，路上惊飞了正在寻求配偶的野鸡。春天即将过去，百花已经凋谢，姑娘们的青春是多么宝贵！可在这贫困艰辛的环境中只能虚度年华，怎么能不使她们泪湿衣襟啊！

为他人作嫁衣裳

晚唐著名诗人秦韬玉，写了一首《贫女》诗，道出了唐代穷人家姑娘的可怜情景。

▶ **贫女**　　[秦韬玉]

蓬门未识绮罗香，拟托良媒益自伤。
谁爱风流高格调，共怜时世俭梳妆。
敢将十指夸针巧，不把双眉斗画长。
苦恨年年压金线，为他人作嫁衣裳。

[译文]　贫穷人家的姑娘没有那华美的绸缎衣裳，想找个好媒人托付终身大事，可想到世人的只重富贵，越发增加了伤感。有谁能懂得爱我的高尚品德，大家喜欢的是梳着时髦俭妆的浮浅姑娘。我敢和别人比谁的针线活干得好，可比谁的眉毛画得长有什么意思呢？可怜我年年辛苦缝纫刺绣，都是在给别的姑娘赶制出嫁用的衣裳啊！

秦韬玉的这首诗还有另一种含意。它借贫女写出了潦倒不得志的读书人的遭遇。诗人当时可能在某个大官部下做幕僚，以自己的文才替主人写奏章作诗文，自感怀才不遇，心情悲苦凄凉。

唐代宗大历元年（公元766年）春天，诗人杜甫从蜀地云安（今重庆云阳）到夔州（今四川奉节），见到当地重男轻女的风俗习惯，妇女特别劳累辛苦，又因连年战乱男丁减少，女子难于出嫁等情况，写了下面这首诗：

▶ 负薪行　[杜甫]

夔州处女发半华，四十五十无夫家。
更遭丧乱嫁不售，一生抱恨长咨嗟。
土风坐男使女立，男当门户女出入。
十犹八九负薪归，卖薪得钱应供给。
至老双鬟只垂颈，野花山叶银钗并。
筋力登危集市门，死生射利兼盐井。
面妆首饰杂啼痕，地褊衣寒困石根。
若道巫山女粗丑，何得此有昭君村？

[译文] 夔州的老姑娘头发都半白了，四五十岁了还没有婆家。又因为连年战乱男子减少更嫁不出去，只能抱恨终生长叹息了。当地风俗男尊女卑，男的当家做主女的干活维持家里的生计。十之八九的妇女都要上山打柴，卖柴后的钱用来养活全家。一直到老还是梳着未婚姑娘的双鬟发式，插的是银钗和野花山叶。费尽气力攀登高山去赶集卖柴，还要冒着生命危险出门贩盐。辛苦的生活使她们的脸上总是带着泪痕，穿着单薄的衣裳奔忙在险窄的山路上，疲困不堪。如果说是因为夔州的姑娘长得粗丑没人要，可在附近的昭君村就出过像王昭君这样的著名美人呀。（相传昭君是归州人，今湖北兴山县有昭君村，距夔州很近）

宁辞捣衣倦，一寄塞垣深

在唐代，妇女主要依附于男子生活，由于种种原因，例如丈夫被征发去边境上作战或戍守，多年不能归来；或者被负心男子所遗弃；或迫于封建礼教而分离等等，使她们失去了依附而孤独地过着悲苦的生活。唐代的诗人们写了很多有关这方面的诗篇，代这些妇女们倾诉出不平，表达了她们的愿望，抨击了当时种种不合理的现象和风俗习惯。

唐初实行府兵制，农民有一部分要服兵役，二十一岁时应征，至六十岁免役。他们平时务农，农闲时受训练，按规定在一定时间到首都或边境上守卫或作战，去时须自备武器、被服和粮食。

后来府兵制逐渐败坏，而被募兵制代替。募兵原来是自愿的，唐中期后因战争频繁国力下降，边境上经常打败仗甚至全军覆没，老百姓不愿再去从军，于是发生统治者强征硬抓人民入伍当兵的暴行。

不管是府兵或募兵，军士们与亲属的离别总是痛苦的。尤其是政治腐败或发动侵略战争时，军人们的服役时间往往漫无限制地延长，甚至到死方休，这样就造成了无数家庭长期离散的悲剧，使一些妇女过着无比痛苦的生活。

诗人李白写了四首《子夜吴歌》，其中第三、四两首即描述守边战士家属对亲人的想念，以及为丈夫准备冬衣的情况：

▶ 子夜吴歌四首（选二）　　[李白]

（三）

长安一片月，万户捣衣声。

秋风吹不尽，总是玉关情。

何日平胡虏，良人罢远征。

（四）

明朝驿使发，一夜絮征袍。

素手抽针冷，那堪把剪刀。

裁缝寄远道，几日到临洮。

[译文三] 长安城的夜晚一片月光洒地，只听见传来千家万户捣衣的声音。那秋风虽然在不停地吹着，可总也吹不散她思念那远在玉门关外丈夫的心情。何时才能平定胡人在边境上的骚乱，让我丈夫能早日从遥远的出征地区回到家乡。

[译文四] 明天一早，政府派往边境传送书信和物品的使者要出发了，今晚一定要把他的绵战袍絮好。这寒冬的时节，拿针都冻手，怎样用剪刀啊！绵衣做好后寄给远方的丈夫，要多少日子才能送到他戍守的地方啊（临洮是唐代边防重镇，即今日甘肃岷县，此处用以泛指边境）！

《子夜吴歌》相传是晋代一位女子所创作的乐府歌曲。李白在此借用了它的形式。诗中谈到的"捣衣"，有各种解释：大致是将织好的布帛或做好的冬衣放在平滑光洁的石头（砧）上，用木棒反复敲打。敲的目的可能是将布帛打平整，以便裁制衣服。如为制成的绵衣，则敲打它使之柔软适体。唐代时的捣衣，由两位妇女相对站立各执一杵对捣。

唐宪宗元和二年（公元807年）诗人白居易担任盩厔（音zhōu zhì，今陕西周至）县尉，这是一个直接与百姓接触的小官。当时农民经常因租税过重负担不合理而破产，甚至落到衣食无着的地步。诗人对此感到深切的同情，但又无力改变，只能用诗篇来记述所见到的现象。

▶ 观刈麦·时为盩厔县尉　[白居易]

田家少闲月，五月人倍忙。

夜来南风起，小麦覆垄黄。

妇姑荷箪食，童稚携壶浆，

相随饷田去，丁壮在南岗。

足蒸暑土气，背灼炎天光，

力尽不知热，但惜夏日长。

复有贫妇人，抱子在其旁，

右手秉遗穗，左臂悬弊筐。

听其相顾言，闻者为悲伤。

家田输税尽，拾此充饥肠。

今我何功德，曾不事农桑，

吏禄三百石，岁晏有余粮。

念此私自愧，尽日不能忘。

[译文] 农家少有闲的时光，五月里人们加倍地繁忙，夜里刮起了炎热的南风，覆垄的小麦一片金黄。妇女们挑着饭箩，小孩们提着水罐，一起到田间去送饭，忙着割麦的男劳力都在南岗。脚下热气像锅蒸，火似的烈日烤着脊梁。气力耗尽也不觉得疲劳，只是珍惜夏日天长。有一个贫苦的农妇，把孩子抱在身旁，右手拿着拾来的麦穗，左臂挎着破旧的竹筐。听了她诉说的苦难，人人都替她感到悲伤。她家的田地因为缴纳租税而卖尽，只好捡拾失落的麦穗来充填饥肠。如今我有什么功绩和品德，又不曾种田栽桑，可每年拿着三百石粮食的薪俸，到年底家中还有余粮。想到这里真暗自感到惭愧，终日在心头不能淡忘。

诗中的"三百石"，一般认为指诗人每年的实际薪俸。白居易在当县尉时，官阶是将仕郎，从九品下，按唐制从九品官员每月俸禄为粟三十石，一年三百石为其总数。

犹抱琵琶半遮面

唐宪宗元和十年（公元 815 年），诗人白居易在长安任太子左赞善大夫,这是一个不管事的闲官。这年六月三日,宰相武元衡和御史中丞裴度在早晨上朝时遇刺,武元衡被杀,裴度受了重伤。刺客并放出威吓的流言说:"谁敢要求抓我,我就先杀谁。"国家出了这样严重的大事,掌权的官僚们居然稳坐不动,有的人被刺客的威胁吓倒,闭口不敢说话。白居易非常气愤,立即上奏章要求搜捕刺客。可是掌权的宰相们不但不赞扬白居易的勇敢精神,反而说他是东宫的闲官,不应该在谏官还未上奏章之前抢先议论朝政,并且捏造了另一些诽谤他的流言。于是在八月份白居易被贬为江州(今江西九江市)司马。

诗人受到这样无辜的打击,心情自然是抑郁不快的。第二年秋天,他送友人到湓浦口(江西的一条小河湓水在九江附近流入长江处),听见附近船中有人夜弹琵琶,弹得很好,完全是长安的流派。于是白居易请弹琵琶的妇女演奏,奏毕问了她的身世。原来是长安社会底层的乐伎,年轻时过了一段灯红酒绿的生活,等到年长色衰,便嫁为商人妇而漂泊在异乡,很有不堪回首之感。白居易听后,联系自己的贬官在外,同样感到凄伤。在这种情况下,写出了名作七言长诗《琵琶行》:

▶ **琵琶行**　　[白居易]

浔阳江头夜送客,枫叶荻花秋瑟瑟。
主人下马客在船,举酒欲饮无管弦。
醉不成欢惨将别,别时茫茫江浸月。
忽闻水上琵琶声,主人忘归客不发。
寻声暗问弹者谁,琵琶声停欲语迟。
移船相近邀相见,添酒回灯重开宴。
千呼万唤始出来,犹抱琵琶半遮面。
转轴拨弦三两声,未成曲调先有情。
弦弦掩抑声声思,似诉平生不得意。
低眉信手续续弹,说尽心中无限事。

轻拢慢捻抹复挑，初为霓裳后六幺。
大弦嘈嘈如急雨，小弦切切如私语。
嘈嘈切切错杂弹，大珠小珠落玉盘。
间关莺语花底滑，幽咽泉流冰下难。
冰泉冷涩弦疑绝，疑绝不通声暂歇。
别有幽愁暗恨生，此时无声胜有声。
银瓶乍破水浆进，铁骑突出刀枪鸣。
曲终收拨当心画，四弦一声如裂帛。
东船西舫悄无言，唯见江心秋月白。
沉吟放拨插弦中，整顿衣裳起敛容。
自言本是京城女，家在虾蟆陵下住。
十三学得琵琶成，名属教坊第一部。
曲罢曾教善才伏，妆成每被秋娘妒。
五陵少年争缠头，一曲红绡不知数。
钿头云篦击节碎，血色罗裙翻酒污。
今年欢笑复明年，秋月春风等闲度。
弟走从军阿姨死，暮去朝来颜色故。
门前冷落鞍马稀，老大嫁作商人妇。
商人重利轻别离，前月浮梁买茶去。
去来江口守空船，绕船月明江水寒。
夜深忽梦少年事，梦啼妆泪红阑干。
我闻琵琶已叹息，又闻此语重唧唧。
同是天涯沦落人，相逢何必曾相识。
我从去年辞帝京，谪居卧病浔阳城。
浔阳地僻无音乐，终岁不闻丝竹声。
住近湓江地低湿，黄芦苦竹绕宅生。
其间旦暮闻何物，杜鹃啼血猿哀鸣。
春江花朝秋月夜，往往取酒还独倾。
岂无山歌与村笛，呕哑嘲哳难为听。

今夜闻君琵琶语，如听仙乐耳暂明。

莫辞更坐弹一曲，为君翻作琵琶行。

感我此言良久立，却坐促弦弦转急。

凄凄不似向前声，满座重闻皆掩泣。

座中泣下谁最多？江州司马青衫湿。

[译文] 我晚上在浔阳江（九江北的一段长江）边送别客人，那是枫叶变红荻花白头秋风瑟瑟的时节。我下马和客人一起来到船中，摆上酒宴可没有音乐伴奏。这闷酒喝醉了更使人感伤，你看那水天茫茫一片，月影落在江里，我们就要分别了。忽然听见水上有弹琵琶的声音，送客的我忘了回去，客人听得也不愿开船。追着声音寻问弹者是谁？琵琶声停了可迟迟地不见回答。将送客船移近那弹琵琶的船，邀请弹琵琶的人出来相见，再点上灯火重新摆上酒宴。千呼万唤她才出来，有些不好意思还抱着琵琶半遮着脸。她先转轴定弦弹了几下，虽不成曲调可已有它的味道。她用那掩抑的手法弹奏着，那幽怨低沉的乐声含有多少情思，好像在诉说自己那不得意的一生。她低头随手不停地弹着，说尽了心中无限的往事。只见她轻拢慢捻又抹又挑（拢、捻、抹和挑都是弹奏琵琶的手法，拢和捻用左手，抹挑用右手），先弹《霓裳羽衣曲》后弹京城里流行的《六幺》乐曲。那粗弦低沉的声音犹如急雨，细弦轻促好似避人的低声细语。粗细弦的乐声交响在一起，好像大大小小的珍珠落在玉盘中那样清脆悦耳。宛转如同黄莺在花下啼叫（间关是鸟叫声），低沉时好似泉水缓慢艰难地流过冰下。幽咽梗塞又如冷涩的冰泉，丝弦像凝住了乐声渐渐消失。另外一种幽情暗恨缓缓升起，此时无声比有声更使人感伤。汲水的瓷瓶突然炸裂水浆迸溅，全副武装的骑兵冲出刀枪乒乓作响，乐曲由低沉急转为高昂。弹奏终了时拨子在琵琶中心划过，四弦齐响的和声犹如撕裂绢帛。东西两条船上是那么安静，只有大江中心闪耀着秋月的银光。

她低着头慢慢地将拨子插在弦中，整理了一下衣裳收敛起弹奏时的激动表情。说自己本来是京城人，家住在长安城东南的虾蟆陵附近（虾蟆陵为长安曲江附近的游乐地区）。十三岁时就学会了弹琵琶的技艺，分在官办的教练歌舞机构教坊的第一班中。演奏完乐曲连著名的老师傅都佩服，打扮起来美艳得秋娘（唐时长安著名倡女）都要嫉妒。五陵的纨绔子弟争着来这里寻欢作乐听琵琶，一曲终了赏赐的红色丝绸不计其数。醉醺醺地在桌上打拍子敲碎了镶珠翠的发梳，血红色的绸裙沾满了翻倒的酒浆。年复一年的欢笑，时光在秋月春风中不知不觉地过去了。兄弟从军一去没有消息，阿姨也已去世，青春年华逝去，我的容颜也衰老了。寻欢作乐的客人不来了，门前冷冷清清，老了只好嫁给一个商人托付终身。商人只重视赚钱把离别看得很平常，前月又到浮梁（唐地名，今江西景德镇）买茶去了。他走了我一人在江口守着空船，只见那明亮的月光洒在寒冷的江水上。在深夜忽然梦见了少年时代的往事，梦中哭醒，泪水流在搽了脂粉的脸上。

我听了琵琶已激动非常，再听她说的身世更使人感叹不已。我们同样是流落在天涯海角的人，过去虽不认识，可今日相逢也真是难得啊！我自从去年被贬谪离开长安，一直在浔阳城中卧病。浔阳这个偏僻的地方没有好音乐，一年到头都听不到丝竹的声音。住的地方靠近大江，地势低而潮湿，房子四周丛生着芦苇苦竹。在这里成天听见些什么呢？无非是杜鹃的鸣叫和悲哀的猿啼罢了。在那春暖花开或秋月当头的时候，也常常一人独自借酒浇愁。难道这里没有人唱山歌或吹笛子，可那声音嘈杂混乱实在难听。今晚有幸听了您演奏的琵琶，好像是天上的仙乐使人耳目为之一新。您别推辞请坐下再演奏一曲，我给您写一首《琵琶行》配作歌词。她听我说后感动得站了很久，然后坐下用更高的音调急速弹奏。那凄楚的声音和刚才大不一样，满座的人听见都忍不住掩面流泪。座中谁伤心得最厉害？江州司马我的青衫已被泪水全浸湿了（唐代最低官阶官员穿青衫）。

　　《琵琶行》一诗完成后，立即获得了广泛的传唱。它和白居易的另一名诗《长恨歌》一样，在唐代是妇孺皆知，并且远传国外。因此在白居易去世时，唐宣宗李忱在他写的悼念诗篇《吊乐天》中，有着这样的诗句："童子解吟长恨曲，胡儿能唱琵琶篇。"

第十二章 诗歌、爱情与记忆

爱情，是唐代诗人经常歌咏的题材。诗人们将爱情中的欢乐与悲伤，那种焦虑、期待、思念、追忆等等经历和感受，写入了他们的诗篇。一千多年以后的今天，许多这类诗篇我们读起来仍然感到是那么新鲜，那样亲切真挚。

此情可待成追忆

李商隐生于公元813年，858年去世。他是怀州河内（今河南沁阳）人，字义山，号玉谿生、樊南生。因此他的诗文集常被称作《樊南文集》或《玉谿生诗集》等。李商隐在青年时期即已显露出文学才能，十七岁时受到天平军节度使令狐楚的赏识，教会了他写给皇帝上奏章用的骈文，二十五岁时在令狐楚之子令狐绹的帮助下，考取了进士，不久到泾原节度使王茂元部下当幕僚，并且娶了王的女儿。王氏聪慧美丽，并通诗文，李很早就爱上了她，对这个婚姻是非常满意的，可这却带来了严重的后果。

当时正是两大官僚集团，即以李德裕为首的李党和以牛僧孺等为首的牛党尖锐对立，进行着剧烈的争权夺利斗争的时代。李商隐早年受到令狐楚的栽培，并与其子令狐绹交情不错。令狐是牛党，因此按习惯李也应该属牛党。可王茂元却是李党，李商隐做了王的女婿，在当时看来是背叛牛党投向李党，因此深为牛党中人所痛恨。

唐武宗即位后，任命李德裕为宰相，非常信任，这是李党势力最兴盛的时期。唐武宗在位仅五年就死了，由于李德裕的政治才干，使唐朝廷有了些兴旺景象。不巧的是，在唐武宗统治的五年中，李商隐因母亲去世按习俗在家守丧三年，等他丧满再出来从事政治活动时，几个月之后武宗死去，李德裕被继位的唐宣宗贬斥，牛党开始得势。在李商隐三十九岁时，牛党的令狐绹当了宣宗的宰相，他认为李商隐辜负了他的家恩，因此有意压制他，对他请求帮助的一些书信诗文置之不理。这样，李商隐一生就只当过校书郎、县尉之类的小官，或者在大官的幕府中帮忙，长期漂泊在外，穷困潦倒。

李商隐不仅事业上境遇坎坷，怀才不遇，同时在爱情上也是苦恼重重。他谈过多次恋爱，但都以失意和痛苦而告终。他娶的王氏夫人虽然很满意，可不幸在婚后十三年，即李商隐三十八岁时去世了。王氏的夭亡，对李的打击很大，也许因为忘不了她而再也没有结婚。

李商隐写了一首极其著名的七律《锦瑟》。相传李将它放在自己诗集的最前面作为卷首。诗是这样的：

▶ **锦瑟** ［李商隐］

锦瑟无端五十弦，一弦一柱思华年。
庄生晓梦迷蝴蝶，望帝春心托杜鹃。
沧海月明珠有泪，蓝田日暖玉生烟。
此情可待成追忆，只是当时已惘然。

［译文］锦瑟啊！锦瑟！你为何会有五十根弦呢？我数着这一根根的弦和弦柱，想起了那逝去的青春年华。那迷蒙难追的往事啊！就像当年庄周在梦中，不知是自己变成了蝴蝶，还是蝴蝶变成了自己。又好似古代蜀国的君主望帝，国亡身死化为杜鹃，一片悲恨只能寄托在啼血的哀鸣之中。当圆圆的明月

照耀时，大海中鲛人悲伤哭泣滚落的泪水，是多么圆润的珍珠。在温暖的阳光下，蓝田山里埋藏的美玉升腾起似有似无的缕缕轻烟。多少的欢乐与悲伤并不只在如今才使人追忆，就在当时我已是迷惘而无所适从啊！

诗中的"瑟"为古代一种弦乐器，锦瑟即华美的瑟。相传最古的瑟为五十根弦，后世改为二十五根弦。沧海句用了古代的一个传说：在大海里生活着一种鲛人，形体与人无异，但他们哭泣时，泪珠滚落下来就是珍珠，而且珍珠的圆润与否与月亮的盈亏有关，月圆珠亦圆，月缺珠亦缺。蓝田句指陕西蓝田古代出产美玉，即蓝田玉，诗句写的一种传说，在温暖阳光的照射下，埋藏在山中的美玉会升起若隐若现的轻烟，古代采玉的人则在日暖时寻找这种不易捉摸的轻烟，以便发现美玉。

《锦瑟》一诗，要是仅从字面上看，并不太难解释，问题是作者写这首诗是什么意思？诗句所写的究竟指的是什么？由于诗人自己未作说明，而且又没有其他充分的资料可作旁证，因此一千多年以来，有过很多的猜测、假设以及考证。就在李商隐写《锦瑟》后约四百年，金代的著名诗人元好问觉得此诗含义难明，因而写了下面这首七绝：

▶ 论诗三十首（选一）　　[金　元好问]

望帝春心托杜鹃，佳人锦瑟怨华年。
诗家总爱西昆好，独恨无人作郑笺。

此诗头两句从《锦瑟》诗中引出，第三句的西昆原为北宋时代一些诗人专门模仿李商隐的风格写诗而形成的流派，谓之西昆体，其实西昆体的诗好用一些冷僻典故，诗意晦涩难懂。前人评论认为没有学到李商隐的长处，反而将他的缺点发挥了。此处西昆二字也包括李商隐本人的诗。因此，元好问诗第三、四句意思是：人们虽非常喜爱《锦瑟》这类好诗，可是没有人将它详细注释出来真是遗憾啊！诗中"郑笺"的意思是指汉代郑玄给《诗经》作注释，自己谦虚不说是注，只是说明古人诗的意思或加了自己的体会，以便读者能懂，后世称为郑笺。清初诗人王士禛也曾说过："一篇《锦瑟》解人难。"由此可知，历代都认为《锦瑟》的真正含义是个难解的谜。

比较集中而为较多人接受的说法有两种，即认为《锦瑟》是悼亡诗或作者感伤身世的自述。将《锦瑟》作为诗人忆念亡妻的悼亡诗时，一些意见和解释综合起来大致是这样：瑟本来只有二十五弦，弦都断了则为五十弦，而"断弦"是我国俗语丧妻的意思。又有人认为李商隐结婚时年二十五岁，推测其妻当时也二十五岁，古代以琴瑟喻夫妇，故锦瑟有五十弦喻夫妇好合。也有人认为是作者见瑟思人，怪锦瑟弦多奏出悲恻之音。诗第三句庄周梦中变化指作者妻子物化，也有人认为同时暗用了庄周也死了妻子的典故。诗第四句是指诗人身在蜀中，说自己像望帝化成的杜鹃一样，悲痛得啼血哀鸣。第五句说自己的欢乐幸福好像鲛人泣下的珍珠一样，看来像是珍珠，实际上是瞬息间就破灭了的水泡，很快就消失了。第六句用了《搜神记》中的神话，说吴王夫差小女儿紫玉和韩重相爱，由于夫差反对，紫玉气结而死。后来紫玉突然现形，她母亲想拥抱她，可紫玉像烟一样消失了。故蓝田的美玉生烟也是可望而不可即的意思。最后两句说当时和这样慧美的妻子在一起真是如梦如迷，现在她已逝去多年，那些情景怎样再追忆呢。

将《锦瑟》作为诗人感伤身世的自述，即对自己过去年华中某些重大事情的记述与追忆，可能是比较合适的。持这种看法的一些解释是：诗的头两句说诗人见到锦瑟的五十根弦，想起自己已年近五十，过去身世不堪回首。也有人解释为诗人听到凄凉哀怨的瑟声，不由地联想起自己的身世。诗的第三至第六句，有两类解释。一类认为庄生句是诗人指自己一生像做了一场虚幻迷惘的梦，梦醒仍茫然不知所措。第四句用蜀王望帝禅位给宰相，自己却死去化为杜鹃的典故，比喻诗人自己一事做差（指因娶王氏女而卷入牛李党争的旋涡中遭受排挤），使美好的理想归于破灭，只能像杜鹃一样悲鸣寄恨。沧海句借明珠被弃于沧海，喻自己的才华不能为世所用，珠有泪同时也抒写诗人内心的悲哀。蓝田句是诗人以蓝田美玉喻自己才华，它虽深埋山中，可自己的诗文就像日暖良玉生烟一样，显露在世界上。也有人解释为，过去美好的幸福每一忆及，就像美玉在日暖时升腾的轻烟，虽然似乎可以望见，但再也不能回来了。《锦瑟》诗中间四句的另种解释是：庄生句乃诗人悼念王氏夫人的去世；望帝句指诗人妻子死后，他随大官柳仲郢入蜀及在蜀地的思念；沧海句指李德裕由宰相一直贬到崖州（今海南省琼山县）做小官司户参军，不久死在贬所。崖州近海，故以鲛人之泣珠悼念李德裕；蓝田句指写此诗时令狐绹正当宰相，权势炙手可热，好像蓝田玉在日照下都热得冒烟了一样。《锦瑟》诗最后两句是说上述的感慨并不只是今日追忆往事才产生，就在当时已使人不胜惘然了。

　　大约在唐文宗大和元年或二年（公元 827 年或 828 年），十六七岁的李商隐到玉阳山（王屋山的分支，位于今河南济源）当道士学仙，住在玉阳山东峰的玉阳观中。在玉阳山的西峰，有一座灵都观，观内住着一位当道士的公主，以及随从公主一同当女道士（当时叫"女冠"）的许多宫女。其中有一位女冠姓宋，她原是公主歌舞队中的成员，不仅年轻貌美，并且有一定的文化和艺术修养。当时，玉阳观和灵都观之间来往较多，李商隐和姓宋的女冠很快就堕入了爱河。

　　由于道观规矩森严，李商隐和他的心上人平时很难相见，只是经常暗中传递诗歌和书信，偶然有一次短暂的相聚，就成为巨大的欢乐，但经常伴随着他的总是离别、相思和苦恼的等待。就这样，也维持不了太长的时间，他们的恋爱终于被发现了。当时的道观管理上层，对下面几乎操有生杀的大权，幸好玉阳山诸道观中的上层道士中有一位姓刘的，给李商隐讲了些好话，而宋氏女冠可能是公主喜欢的人，因此两人受到从轻的发落，李商隐被逐出道观，宋氏则被遣送回宫中，大约被罚去守皇陵。

　　在这场悲剧的初恋中，李商隐付出了自己的全部感情，他爱得如痴如醉，如癫如狂。我们可以看几首据认为是这段时间内的作品。

▶ 无题　　[李商隐]

紫府仙人号宝灯，云浆未饮结成冰。
如何雪月交光夜，更在瑶台十二层。

[译文] 我那位住在神仙洞府，名叫宝灯的仙人啊！这么晚了你怎么还不来，我们约好共饮的玉液琼浆，已经结成了冰。你为何在这月光和雪光交映的晚上，独自一人在高楼顶上赏雪呢？

▶ 碧城三首（其一）　　[李商隐]

碧城十二曲阑干，犀辟尘埃玉辟寒。
阆苑有书多附鹤，女床无树不栖鸾。
星沉海底当窗见，雨过河源隔座看。
若是晓珠明又定，一生长对水精盘。

[译文] 在那仙境碧霞城的十二楼，弯弯曲曲的栏杆将我指引到她住的地方。她头上辟尘的犀角簪多么光洁，身上温润的玉佩使人感到暖意洋洋。仙鹤为这些住在阆苑中的仙女们传递书信；在女床山上（实指道观中），随处都栖居着成双成对的凤鸾。天将破晓，窗外明亮的星星已沉向海底；欢聚过去了，银河又将横隔在我们中间。如果我们像清晨露珠一样短暂的相聚，能变成明亮的珍珠一样永存，那我一定要将其放在珍贵的水晶盘中相伴终生。

这首诗较之前面的《无题》进了一步，是诗人与意中人宋氏女冠在女方的道观中一夜幽会之后，于破晓前离开，事后回忆所写。诗题《碧城》系截取诗首句的前二字而成，仍是"无题"诗。诗中用了很多有关仙境的典故。"碧城"本是道家祖师元始天尊的居处，用以借指心上人所住的道观；"犀"指传说中的辟尘犀，它的角辟尘，"玉辟"因玉质温润，古代认为可以辟寒；"阆苑"、"女床"都是神仙居处；"河源"指天上的银河，古代传说它是黄河的河源；"晓珠"指清晨晶莹的露珠，稍晚即蒸发消失；末句中的"水精"即水晶。

玉阳之恋的悲剧，李商隐终身难忘。诗人晚年在长安时，曾偶然与当年的心上人相遇。此时她住在长安永崇坊的华阳观中，已成了高级的女道士，故李商隐称她为宋华阳或宋真人。宋真人告诉李商隐，当年在玉阳山的初恋败露时，玉阳山的清都观有一位地位很高的道士刘先生，是她的亲戚，李商隐和宋真人当时之所以被从轻发落，仅一个逐出道观，另一个遣送回宫中了事，刘先生起了很大的作用（"先生"是对道教中上层人士的尊称）。

后来在长安的一个月夜，宋真人与她的两个女道士姊妹邀请李商隐前去共同赏月，李因故未去，于是写了一首七绝作答：

▶ 月夜重寄宋华阳姊妹　　[李商隐]

偷桃窃药事难兼，十二城中锁彩蟾。
应共三英同夜赏，玉楼仍是水精帘。

[译文] 你我又想修道学仙，又想获得人世间的男女情爱，实在是很难兼得啊！当年那仙境十二楼一样的灵都观，锁着像彩蟾一样的你不得自由。今夜我本应该和你们三姊妹共同赏月，可是你们所住的玉楼仍像水晶帘子一样，隔开我使我可望而不可即啊！

诗中的"偷桃"指汉武帝在接待神仙西王母时，东方朔从窗户偷看，王母说："这个偷看的小儿偷过我三次仙桃了。"偷桃在诗中借指"偷香"，即暗指李与宋的恋爱；"窃药"指嫦娥偷吃不死之药后飞到月宫去的故事，诗中用以借指修道学仙。"十二城"见诗《碧城三首》，指仙境，实指宋真人当年住的道观灵都观；"彩蟾"指宋真人。

李商隐和初恋的心上人宋真人在长安重逢时，李商隐年已四十多岁，妻子早已去世。他是高贵的进士出身的官员，有一定的社会地位。宋真人年龄与李商隐相仿，身份是女道士，当然也是独身。但在唐代，尤其在中唐和晚唐时，有身份地位的官员，甚至一般的平民百姓，与女道士调情、恋爱、幽会乃至长期私通，都是极常见之事，社会上既无人注意，也不会发生什么大问题。可是，却没有官员会娶女道士为夫人的，因为当时的风俗习惯认为，这太门不当户不对了。朝廷官员属于社会最上层，女道士的地位无法与之相比，而且是尘世外之人，是不能允许再入红尘涉足婚姻的。

另一方面，李商隐此时在官场受尽打击，爱情和婚姻上也苦恼重重，加之身体衰弱多病，因而对世事几乎万念俱灰。他四十岁丧妻之后，在东川节度使柳仲郢的幕府任职时，柳仲郢见诗人孤身一人无人照顾，于是下令将乐伎张懿仙给李商隐为妾，据记载张懿仙不仅人长得美艳，而且能歌善舞，可是却被李商隐婉言拒绝了。自此以后的多年中，李商隐都是独身一人过着孤寂的生活。

根据上述的两种原因可以知道，李商隐与宋真人晚年在长安只能保持一种友谊或情人关系，并没有结为正式夫妇。

一般的唐诗，总有一个诗题，概括说明诗的内容或含义。可是李商隐却在他的某些作品中一反常例，用了《无题》这个等于没有题的诗题。这说明诗人有着难言之隐。正因为这样，这些无题诗看来迷离恍惚，含义深远；可文字瑰丽，情意悱恻。千余年来，无数人吟诵着它们，引用着它们，同时想探讨出诗人写每首《无题》的含义。可是由于根据不足，很多注释都有穿凿附会之嫌。一般说来，人们认为《无题》诗主要都是爱情诗，其中也可能有寓意的政治诗，至于每一首到底写的哪件事，恐怕只能是个谜了。

▶ 无题二首　　[李商隐]

（一）

昨夜星辰昨夜风，画楼西畔桂堂东。
身无彩凤双飞翼，心有灵犀一点通。

隔座送钩春酒暖，分曹射覆蜡灯红。
嗟余听鼓应官去，走马兰台类转蓬。

（二）

闻道阊门萼绿华，昔年相望抵天涯。
岂知一夜秦楼客，偷看吴王内苑花。

[译文一] 昨夜是个多么美好的晚上啊！微风轻吹，星星在眨眼，在那彩画高楼的西畔，桂木厅堂的东侧。我们不像凤凰有着双翼能飞聚在一起，可彼此的心却像犀角相通那样心心相印。在那欢乐的宴席上红蜡闪耀，美酒飘香，她和女友们玩着隔座送钩，分曹射覆的游戏，那样子是多么可爱！可我在听到报晓的更鼓后，就要到官衙去办那些乏味的公事，真像大风中的蓬草那样，不知飘零到何时啊！

此诗中"灵犀"，指犀牛角中心的髓，它像一条白线两端相通，犀牛彼此之间用角尖相触来表示情意。"送钩"和"射覆"是古代的游戏，送钩是将钩藏在几个人的手中让别人猜，射覆是在器皿内藏着东西使人猜，分曹即分队或分组。

[译文二] 那住在阊门（苏州的一个城门，暗指吴国故址）的女仙萼绿华啊！过去和她好像还隔着天涯。谁知我这个身为女婿的客人，一夜之间偷看到了吴王后宫的美艳姑娘。

诗中萼绿华为传说中的女仙，唐代常用以借指美丽的妓女或女道士；"秦楼客"指秦穆公有一个女儿弄玉，嫁给善吹箫的萧史，每天在楼上吹箫，美如凤鸣，后真有凤凰降临，夫妇二人均骑凤仙去。故诗中用秦楼客比喻女婿。

我们再看另一组《无题》：

▶ 无题四首（选二）　　[李商隐]

（一）

来是空言去绝踪，月斜楼上五更钟。
梦为远别啼难唤，书被催成墨未浓。
蜡照半笼金翡翠，麝熏微度绣芙蓉。
刘郎已恨蓬山远，更隔蓬山一万重。

（二）

飒飒东风细雨来，芙蓉塘外有轻雷。
金蟾啮锁烧香入，玉虎牵丝汲井回。
贾氏窥帘韩掾少，宓妃留枕魏王才。
春心莫共花争发，一寸相思一寸灰。

[译文一]　说来不来，一去就渺无音信，叫人怎么是好！深夜梦醒，月亮已经西下，钟楼上敲起了五更。在梦境中也是悲痛的离别，使人不禁哭醒。多么地想念啊！在急切中写封信给你，连墨都没能磨浓。烛光朦胧地照着画有翡翠鸟的金色屏风（也可释为：画有翡翠鸟的灯罩半掩着烛光）。炉中熏香的芬芳气息，微微透过绣着芙蓉花的帷帐。刘郎他已恨仙境蓬莱山遥远无法到达，可我和你却远得像是隔了万重蓬莱山啊！

诗中的"刘郎"可能指汉武帝刘彻，他曾派人去海中寻找仙境蓬莱山，想得到不死之药；也可能是指东汉时的刘晨，据说他与阮肇一起入天台山采药，遇见仙女留住半年后，因思家而归，再去找此仙境已路迷不可寻。

[译文二]　当年在芙蓉塘畔的相会使人永世难忘，飒飒的东风带来温柔的细雨，隐隐的雷声犹在耳畔。爱情上的重重阻碍，像锁闭严密的金蟾（即蛤蟆）形香炉，又好似深不可测的古井，可香炉总有能启闭的鼻钮，使香料能够放入，使用玉虎（即辘轳）和井绳，也一定能汲上井水，我们也终于克服困难而曾短暂相聚。

贾充的女儿在帘后窥见韩寿年轻貌美，爱上他而和他私通；魏国甄皇后对曹植那样情深，是爱他的才华。在这春花萌发的时节，我为何又激起了这份相思？对于我，一切都已过去，每一寸相思的情意，都早已化成了一寸飞灰。

诗的第五、六两句，用了下列典故：晋代大官贾充任命韩寿为他的僚属，韩寿年轻貌美，贾充的女儿一次在门帘后窥见而爱上了他，二人于是私通。贾氏并将皇帝赐给她父亲的西域异香送给韩，此香用后芬芳之气整月都不消失，被贾充闻到，问明此事后，为了保持面子，就将女儿嫁给了韩寿。宓妃为传说中的伏羲氏之女，溺死于洛水而成为洛水之神，诗中用以借指魏国曹丕的皇后甄氏。曹丕的弟弟曹植曾要求娶甄逸的女儿为妻，可其父曹操却将甄氏给了曹丕，后因爱衰，甄氏被郭皇后进谗言致死。曹丕故意将甄后的遗物玉镂金带枕赐给曹植，让他睹物思人而悲痛。曹植回归封地的途中宿于洛水边，梦见甄后来见，倾诉了爱慕之情，曹植非常感动，写下了著名的作品《洛神赋》。

在李商隐所写的十几首《无题》中，下面这首是最为著名的：

▶ **无题** [李商隐]

相见时难别亦难，东风无力百花残。
春蚕到死丝方尽，蜡炬成灰泪始干。
晓镜但愁云鬓改，夜吟应觉月光寒。
蓬山此去无多路，青鸟殷勤为探看。

[**译文**] 你我相见是多么困难，可是离别，更是使人难舍难分。东风既无力保护百花使之免于凋谢，人世间的欢乐又哪能长存。我们的爱情，像春蚕一样只有到死情丝才会吐尽，像蜡烛一样，烧成灰烬悲伤的泪水才会流干。在这难以忍受的期待中，年华悄悄逝去，她害怕晨妆照镜时见到头发斑白。寂寞的夜晚吟着相思的诗句，月光更使人倍感寒凉。她住的蓬莱山

离这里并不太远。青鸟啊！青鸟！烦你殷勤一点替我向她倾诉情意，并带来她的消息吧！

此诗以作者的口气，叙述了他与所爱的姑娘相会又被迫分离。他向姑娘表示了至死不渝的坚贞爱情，又关怀地怕她因相思而愁坏了身体。最后表示要克服障碍，力求两心联在一起的意愿。诗的第三、四两句，是脍炙人口的名句。千百年来，它已成为无数男女向对方表达自己的爱情坚贞不渝的誓言。

诗中"蓬山"即蓬莱山，为传说中东海里的仙山；"青鸟"为王母娘娘座前的三足神鸟，它是王母的信使，此处借指暗传消息的使者。

李商隐，这个写了许多瑰丽而又悲凄的《无题》诗的大诗人，在四十六岁的盛年时就病逝了。从上述那些无题诗可以了解，他毕生处于忧愤悲伤的心境中。在他写的五律《风雨》中，更深深地表现了这种情感：

▶ **风雨** ［李商隐］

凄凉宝剑篇，羁泊欲穷年。
黄叶仍风雨，青楼自管弦。
新知遭薄俗，旧好隔良缘。
心断新丰酒，销愁斗几千。

[**译文**] 我白白地在那宝剑篇中，表示出自己济世治国的志向。又是一个年末了，我仍然凄凉无托，四处漂泊。我身世飘零，犹如被那风雨摧残的深秋黄叶，可那富贵之家，却在高楼上奏乐欢宴，尽情享乐。新交的知己遭到世俗的恶意诽谤（新知可能指诗人妻子王氏，由于和她结婚而使李商隐卷入朋党的勾心斗角之中；另说可能指李党的郑亚，李商隐曾任郑的幕僚），旧日的朋友关系又疏远了（旧好指牛党的令狐绹）。我所盼望的事情，只能是借喝新丰酒来排解忧愁了。

诗中提到的《宝剑篇》,指唐宰相郭元振写的七言古诗《古剑篇》,郭在其中借诗言志,李商隐此处用以借指自己的远大志向。新丰为唐地名,位于今陕西临潼县东,汉唐时以产美酒著名。此处用了马周困处新丰,后来受到唐太宗赏识的故事,李商隐在《风雨》诗中借指自己的才能无人重视。

李商隐长期处在困难的环境和不快的心情中,过早地去世是可以想象的。他的友人崔珏,在知道他去世的消息后,写了悼念的诗文:

▶ **哭李商隐**　　[崔珏]

> 虚负凌云万丈才,一生襟抱未曾开。
> 鸟啼花落人何在,竹死桐枯凤不来。
> 良马足因无主踠,旧交心为绝弦哀。
> 九泉莫叹三光隔,又送文星入夜台。

[译文] 你空有着凌云万丈的文才,可一生也不曾有过得意的时候。又是鸟啼花落的季节,可你人已不在,竹子死去梧桐枯萎,凤凰再也不来了(传说凤凰只吃竹实,并且必定栖息在梧桐上)。你的骏马由于失去主人而屈曲了它的腿,老朋友们都因为你的逝去而悲伤。住在阴间的鬼魂们,别再叹息你们那里没有日、月、星三光了,老天给你们送来了光芒闪耀的文曲星李义山。

赢得青楼薄幸名

杜牧是晚唐时有代表性的著名诗人,他与另一诗人李商隐一起,被人并称为"李杜"或"小李杜"。杜牧的名作很多,尤以七绝最佳,例如本书中引用的《过华清官》和《泊秦淮》,等等,此外七绝《山行》也是脍炙人口的佳作:

▶ 山行　　[杜牧]

远上寒山石径斜，白云生处有人家。
停车坐爱枫林晚，霜叶红于二月花。

[译文] 深秋时节我沿着弯曲的小路上山，在那白云生成的地方有着人家，因为爱枫林的晚景而停下车来欣赏。那经霜的红叶啊！比二月的鲜花还要红艳。

唐文宗大和七年（公元 833 年）四月，杜牧在扬州淮南节度使牛僧孺幕中任职。牛很重视杜牧的才能，请他掌管府中的文辞公务。杜牧是贵公子出身，喜好声色冶游，扬州又是个繁华城市，他白天办完公务，晚上就一人出去乱逛。后杜牧因调任监察御史而从扬州赴长安，临行前，与一位相好的女郎告别，写了下面这两首七绝：

▶ 赠别二首　　[杜牧]

（一）

娉娉袅袅十三余，豆蔻梢头二月初。
春风十里扬州路，卷上珠帘总不如。

（二）

多情却似总无情，惟觉樽前笑不成。
蜡烛有心还惜别，替人垂泪到天明。

[译文一] 你看她体态轻盈，美好多姿，才十三岁多一点。就像二月初的豆蔻花一样，淡红鲜艳，含苞欲放。在扬州最繁华的十里长街上，站在饰有珍珠的帘子下的少女们，有谁能比得上她呢！

[译文二] 平时她好像对我没有什么情意，可在临别的酒宴上她却难受得无法欢笑，这时我才知道她原来对我一往情深。连蜡烛也因为离别而深感悲伤，替情人们流着烛泪一直到天明。

杜牧早年曾先后在沈传师幕、牛僧孺幕及崔郸幕中任职，这都是辅佐他人的职务，而自己却沉浸在歌儿舞女堆中，长年一无所成。离开扬州多年以后，杜牧回忆起早年的这段生活，有些悔意，因而写了下面这首七绝：

▶ **遣怀**　[杜牧]

落魄江湖载酒行，楚腰纤细掌中轻。
十年一觉扬州梦，赢得青楼薄幸名。

[译文] 当年我像是落魄得在江湖上生活载酒而行随外行乐，每天在那细腰苗条轻盈得像能在掌上跳舞的姑娘堆中厮混。扬州生活的这些年真像是一场大梦，所得到的只是歌儿舞女们骂我为薄幸郎的名声。

诗的第二句用了下列典故：楚国国王喜好细腰姑娘，于是宫女为了使腰细故意少吃，甚至有饿死的。楚腰就成了细腰的代称。掌中轻指体态苗条轻盈的姑娘，来源于汉朝的皇后赵飞燕，传说她身轻如燕，能在人托的金盘上跳舞。

杜牧到长安任监察御史不久，在当年七月就分司东都，即到东都洛阳去任职。一天，在洛阳闲居的李愿司徒大摆宴席，招待洛阳知名人士，宾客很多。由于杜牧是监察官员过失的御史，因此不敢请他赴宴。杜牧听说李司徒家的歌舞非常著名，在洛阳要数第一，很想去欣赏。于是托人暗中通知李司徒，说杜想来。李不得已，只好请他赴宴。请帖送到时，杜正在对花饮酒，已经半醉，接请帖后立即来到李家。当时宴会已开始，两边侍立着歌舞女郎上百人，不仅技艺精熟，而且都长得很美。杜牧一个人坐在南面，仔细看了一遍，喝了三大杯酒后问李说："听说有个名叫紫云的，是谁呀？"李指给他看，杜注视了一会儿说："真是名不虚传，应该把她送给我。"这句话说得如此粗鲁无礼，可偏偏又出自杜牧这个著名才子、监察御史之口，惹得主人低头大笑，周围女郎们也全都笑了起来。杜牧大约也感到自己醉后狂言欠妥，于是又喝了三大杯，站起来朗吟了下面这首七绝：

▶ **兵部尚书席上作** 　　[杜牧]

华堂今日绮宴开，谁唤分司御史来。

忽发狂言惊满座，两行红粉一时回。

[译文] 华贵的厅堂中正举行盛大宴会，谁请了我这个分司东都的御史来。忽然说出了狂言使满座宾客大惊，连两边的女郎们都一齐回头注视我这个无礼的客人。

宴会结束后，主人李愿真的将紫云送给了杜牧。

杜牧离开扬州牛僧孺幕府后，听说湖州（今浙江吴兴）风光佳丽，而且姑娘长得特别美，于是专程去游览。湖州刺史招待他很周到，杜牧玩了几天后对刺史说：湖州这地方名不符实，我要告辞了。刺史说：过几天将在江中举行龙舟赛会，到时全城的人都会出来看热闹，那时你再看看湖州的姑娘吧！那一天，杜牧从早到晚，也没见到一个他看得上的。到傍晚人将散时，他忽然见到一个妇女领了个十一二岁的小姑娘，姑娘美极了，杜牧非常喜欢，想求亲，可姑娘太小，于是和她母亲约定说："我去长安后，当设法求任本州的最高地方长官州刺史，你姑娘等我十年，如果过了十年我不来，那你姑娘可以嫁给别人。"同时送姑娘母亲一箱绢作为聘礼，并且写了一张条子，说明自己十年内将来娶她，过时可另嫁。

杜牧后来多次改官，历任监察御史，左补阙，黄州（今湖北黄冈）、池州（今安徽贵池）、睦州（今浙江建德）刺史，然后又做了几年京官，才得到实践前言的机会，外放为湖州刺史，这时距他上次到湖州已十四年了。杜牧到任后第三天，就打听那个姑娘的下落，得知已嫁人三年，并且生了两个小孩。姑娘的母亲带着女儿女婿，并且抱着小孩来见杜牧，拿出他当年写的十年为期的纸条。杜牧自认失信来迟，于是赠给姑娘一首七绝《叹花》：

▶ **叹花** ［杜牧］

自恨寻芳到已迟，往年曾见未开时。
如今风摆花狼籍，绿叶成荫子满枝。

［译文］怨恨自己寻觅鲜花来迟了，前些年我曾见到它未开之时，如今经风一吹花已凋零落地，花谢后绿叶成荫，果实已结满枝头。

诗中实际上是以鲜花比喻那位姑娘，子满枝指她已有两个孩子了。

唐末诗人崔道融，在读杜牧的诗集以后，写了一首七绝《读杜紫微集》，对杜牧的经济才略和文章著作，作了很恰当的褒贬：

▶ **读杜紫微集** ［崔道融］

紫微才调复知兵，长觉风雷笔下生。
还有枉抛心力处，多于五柳赋闲情。

［译文］杜牧才学超人，懂得兵法。他笔下的文章经常是气魄宏大，有风雷跟随之势。可是他也有不少浪费自己才力之处，写了很多有关冶游、艳情的诗篇。

杜牧曾任中书舍人的官职，唐中书省亦名紫微省，故称杜牧为杜紫微。

待月西厢下

中唐诗人元稹，写了一篇著名的传奇《莺莺传》，后世根据它的内容，编写成了很多小说和戏曲，例如《会真记》《西厢记》，等等。《莺莺传》实际上是元稹年轻时的亲身经历，故事大致是这样的：唐德宗贞元年间，有一个读书人张君瑞，因外出旅行而住在蒲地的普救寺中。这时有一姓崔的贵官的孀妇回长安，路过此处也暂住普救寺。这时著名将军浑瑊在蒲地去世，他的部下乘丧乱抢劫，崔家既有钱财又带着年轻的女儿，害怕被劫惊惶不知所措。幸好张君瑞与蒲地一位将军是好友，请来了一些军队保护，得以安全度过。不久新将上任乱军归营，地方上安定了，崔家设宴招待张生表示感谢。张在席上看见崔家姑娘莺莺美艳非常，爱上了她。托婢女红娘多次致意，莺莺不理。后来红娘告诉张生，姑娘喜欢文词。于是张生写了两首七绝《春词》托红娘转送莺莺。其中第二首是：

▶ **春词二首（选一）**　　　[元稹]

深院无人草树光，娇莺不语趁阴藏。
等闲弄水浮花片，流出门前赚阮郎。

[译文] 那草木繁茂的深院中悄无一人。娇懒的黄莺她不做声藏在树荫里（此处娇莺暗指莺莺姑娘）。闲时戏玩水中浮游的花瓣，让它流到门外去传送消息给情郎。

次日红娘又来，给了张生一张彩笺，说是莺莺给的，张打开一看，其中有诗一首：

▶ **答张生**　　[崔莺莺]

待月西厢下，迎风户半开。
拂墙花影动，疑是玉人来。

[译文] 站在西厢下等待月儿上升，轻风把门儿吹得半开。映在墙上的花影来回摇动，是我那可爱的情人来了吗？

此诗非常有名，改编的戏曲《西厢记》，名称即从第一句诗而来。

张生揣摩诗意，认为是叫他晚上越墙而过去赴约会，去后崔莺莺真来了，可严肃地批评了张生一顿，张生失望而归，病倒在床。过了几天，突然红娘来告诉他说："来了来了，你还躺着干什么！"不久莺莺来了，见了张生羞得几乎不能抬头，张生病立时也好了。

从此二人私下往来了前后两个月。后来张生进京赶考，只好与崔氏分别，约定考取后回来求亲。谁知没有考取，张生只好留在长安不归。

两年多以后，崔已嫁别人，张亦另娶。后来张生经过崔的夫家，说是崔的表兄求见，崔始终不见，张生有些生气，崔知后写了一首诗给他：

▶ **绝微之**　　　[崔莺莺]

> 自从销瘦减容光，万转千回懒下床。
> 不为傍人羞不起，为郎憔悴却羞郎。

[**译文**] 分别后人已消瘦容貌憔悴，千思万想懒得下床。不是因为别人不起来，我为你伤心憔悴却又为你的薄情而羞愧。

微之是元稹的字，绝微之即与元稹断绝来往。

过了几天，张生将走，崔又赋诗一章谢绝张的探望之意：

▶ **告绝诗**　　　[崔莺莺]

> 弃置今何道，当时且自亲。
> 还将旧来意，怜取眼前人。

[**译文**] 你抛弃的如今已隔得那样远了，当时却是那样的相亲。你还是将过去对我的情意，来爱你现在的夫人吧！

若干年之后，元稹回忆起当年的往事，对莺莺仍怀念不已，有些后悔自己为何会离开神仙一样的情人，于是用东汉时刘晨、阮肇两人入天台山采药遇仙女的典故，写了一首七绝《刘阮妻》：

▶ **刘阮妻**　　　[元稹]

> 芙蓉脂肉绿云鬟，卷画楼台青黛山。
> 千树桃花万年药，不知何事忆人间。

[**译文**] 刘阮二人娶了肌肤红润美如荷花、头发黑绿蓬松

如云霞的仙女为妻，居住在青碧山林丛中的彩画楼台上。满山遍野盛开着桃花，生长着长生不老的灵药。生活在这样美好的仙境中，是什么事还使他们怀念人间呢！

诗题"刘阮妻"是说刘晨与阮肇遇仙女后，双双结为夫妻。可二人不久思家求归，回到人世，已过去几百年了。诗末句"不知何事忆人间"，正是诗人元稹的自道，也是他自己的惭愧和悔恨。

东邻婵娟子

唐德宗贞元十六年（公元 800 年）二月十四日，白居易参加了中书侍郎高郢主持的进士科考试，结果中了第四名进士。考中之后，白居易立即动身回洛阳，要把这个极其荣耀的喜信告知在洛阳的母亲和其他亲人。

回到洛阳后不久，白居易就专门到东城的东第五南北街的毓材坊，去一家住宅探望。他见到了什么呢？

▶ **重到毓材宅有感**　　[白居易]

> 欲入中门泪满巾，庭花无主两回春。
> 轩窗帘幕皆依旧，只是堂前欠一人。

[译文] 我刚想进入中门，可看见这荒凉的情景已忍不住泪水簌簌地流下。庭院中花儿仍在迎春开放，可已两年没有了主人。窗户帘幕都和过去一样，只是厅堂前少了一个人。

这首诗带有深深的悲伤，从诗中描绘的情景看，这是诗人过去常来拜访的地方，那时，堂前总有一个人在等他。可如今呢？景物依旧，却使诗人触目伤心，那就是因为"堂前欠一人"。

这个人就是白居易的初恋。在白居易以后所写的思念她的诗中，诗人称她为"湘灵"，这可能是姑娘的真名，更可能是白居易用湘江的水神"湘灵"代表他这位美好的恋人。我们现在还不知道是什么原因，使白没能娶她。可是，白对她的感情却极为深挚难忘，以至于在以后的十几年中，诗人曾多次写下思念她的诗篇。

四年之后，即唐德宗贞元二十年（公元 804 年），白居易在长安任校书郎的官职也一年了。这年冬天，诗人到河北道（辖区包括今山东黄河以北地区、河北全境及辽宁南部）南部去旅行，冬至这天，白居易正住在邯郸的驿站中，晚上，诗人在灯前独坐，又想起了他那位恋人湘灵，深深的思念，化作了一首五言绝句形式的诗篇。

▶ 冬至夜怀湘灵　　［白居易］

艳质无由见，寒衾不可亲。

何堪最长夜，俱作独眠人。

［译文］我那美艳的湘灵无法见到，被寒褥冷难以接近。这漫漫的长夜叫人怎样忍受啊！我和她都是孤眠独宿。

不仅这次旅途上，就是在过去考中进士以前（白居易二十八岁中进士），白居易就写过多首有关湘灵的诗篇。例如他在二十多岁时所写的《寒闺夜》：

▶ 寒闺夜　　［白居易］

夜半衾裯冷，孤眠懒未能。

笼香销尽火，巾泪滴成冰。

为惜影相伴，通宵不灭灯。

［译文］已经是半夜了，被褥是那样的凉冷，真懒得一个人孤眠独宿啊！薰香已经烧尽。火也灭了，滴在手巾上的泪水已冻成冰花。太孤单了，哪怕有影子陪伴着也好，只好通宵都不灭灯吧！

此诗是白居易与湘灵在冬天离别后，诗人想象湘灵对他思念的情况，因而写下的作品。

对于湘灵，白居易虽然未能娶她，可对她的感情却一直深藏在心里。十三年之后，即唐宪宗元和十二年（公元817年），白居易已结婚九年，并已有了女儿。这时，白居易因上书皇帝言事得罪，被贬为江州司马已两年。江州天气潮湿，黄梅雨后的一天，诗人在庭院里晾晒箱子中的衣物时，忽然发现一双绣花男鞋，这是当年湘灵亲手做了送给他的。诗人对此，感伤而又惆怅，于是写下了一首充满深情，可又无比感伤的五言诗。

▶ **感情** [白居易]

中庭晒服玩，忽见故乡履。
昔赠我者谁，东邻婵娟子。
因思赠时语，特用结终始。
永愿如履綦，双行复双止。
自吾谪江郡，漂荡三千里。
为感长情人，提携同到此。
今朝一惆怅，反复看未已。
人只履犹双，何曾得相似。
可叹复可惜，锦表绣为里。
况经梅雨来，色黯花草死。

[译文] 我在庭院中晾晒衣物，忽然看见一双故乡的绣花鞋。这双鞋是谁送给我的，就是东邻那位漂亮的姑娘。我忘不了她送我鞋时所说的话："这双鞋送给你，作为我们爱情的象征。但愿我们两人永远像这双鞋，走到哪儿成双，停在哪儿成对，永远不会分离。"我自从被贬谪到江州，从长安漂泊了三千里，有感于她对我的深情，将这双鞋一直带到此地。今天再次见到无比惆怅，反反复复地看个不停。如今鞋还是一双，可是我和她却彼此分离天各一方，哪里能够成对成双。更使我叹息不已的是，鞋子用锦缎做面里子都绣了花，这回经过梅雨之后，颜色灰败，绣的花草全坏了。

却话巴山夜雨时

　　赠内诗是诗人写给自己妻子的诗篇，内容多半描述别离后的思念，预想再见时的欢乐；或者妻子与自己同甘共苦的家庭生活。这类诗与热恋时或写给情人的诗不同，感情一般比较内敛而深沉。

　　唐宪宗元和三年（公元 808 年），诗人白居易三十七岁，在长安任左拾遗和翰林学士之职，大约在这年的七八月间，他与友人杨虞卿的堂妹结婚。新婚不久，白居易写了一首与妻子共勉的五言诗《赠内》：

▶ **赠内**　　　[白居易]

　　生为同室亲，死为同穴尘，

　　他人尚相勉，而况我与君。

　　黔娄固穷士，妻贤忘其贫。

　　冀缺一农夫，妻敬俨如宾。

　　陶潜不营生，翟氏自爨薪。

　　梁鸿不肯仕，孟光甘布裙。

　　君虽不读书，此事耳亦闻。

　　至此千载后，传是何如人。

　　人生未死间，不能忘其身。

　　所须者衣食，不过饱与温。

　　蔬食足充饥，何必膏粱珍。

　　缯絮足御寒，何必锦绣文。

　　君家有贻训，清白遗子孙。

　　我亦贞苦士，与君新结婚。

　　庶保贫与素，偕老同欣欣。

　　[译文] 你我生为同住一室的亲人，死后将成为同埋一穴的尘土。对其他人都互相劝勉，更何况我和你。黔娄（春秋时

齐国人，齐国和鲁国都请他当高官，他不去，生平非常穷苦，死时衾不蔽体）虽然是穷困的读书人，可他的妻子很贤惠而忘掉了他的贫穷；冀缺虽是一位农民，可他们夫妻之间相敬如宾；诗人陶潜不会赚钱养家，他的妻子亲自打柴做饭；东汉时的贤士梁鸿不肯做官，他的妻子孟光甘心情愿穿戴贫苦人家的衣饰。您虽然没有读过书，可这类的事也会听说过。等到千年以后，人们是怎样看我们两人的呢。人活在世界上，不可能忘掉自身。都需要衣和食，也就是饱和温暖。用蔬菜下饭也足以充饥，何必一定要吃精美的山珍海味；穿缯帛絮上粗丝绵的衣服就足以御寒，何必非要穿锦绣华丽的服装。您家里也留下有教导，传给子孙的应该是清白。我也是讲究气节的穷读书人，和您新结婚，希望今后安于贫穷保持朴素，高高兴兴地白头偕老。

唐宪宗元和十年（公元815年），白居易因事被贬官为江州（今江西九江）司马，次年在抑郁的心情下，又写了一首五律《赠内子》：

▶ 赠内子　　[白居易]

白发方兴叹，青蛾亦伴愁。
寒衣补灯下，小女戏床头。
暗澹屏帏故，凄凉枕席秋。
贫中有等级，犹胜嫁黔娄。

[译文]　白发苍苍的我刚刚叹息，头发乌黑的妻子也跟着是那么忧愁。劳累一天了，她还在灯下补着我的冬衣，不懂事的小女儿正在床头玩耍。屋里的屏风帏帐是那样的破旧，秋凉了床上还只是一领席子和枕头。同样是穷人也有差别啊！嫁给我总比嫁给一贫如洗的黔娄要强一点吧。

在《赠内子》这首诗中，诗人用轻淡的辞句描述了他在江州的日常生活，写出了一对患难夫妻之间同呼吸、共命运的深厚情意。

诗人李商隐在与王茂元女儿结婚后不久，去长安应博学鸿词科考试未被录取，消息传来，他妻子也替他感到不平。李商隐知道后，在旅途上写了下面这首寄给妻子的五律《无题》：

▷ **无题**　　[李商隐]

照梁初有情，出水旧知名。
裙衩芙蓉小，钗茸翡翠轻。
锦长书郑重，眉细恨分明。
莫近弹棋局，中心最不平！

[**译文**] 你像初照房梁的朝日那样光耀，刚出绿水的红莲也比不上你的美艳，早就引起了多少人的注目和爱慕。那芙蓉一样的裙衩多么纤小，轻柔的翡翠钗（用翡翠鸟尾羽制成的钗）插在如云的美发上。寄给我的长长的书信中带来多少深挚的情意，因为思念而皱起的细眉又含有多少忧愁。别靠近那中心隆起的弹棋局吧！看见它就更勾起你为我抱不平的心情啊！

诗中的弹棋是古代一种游戏，据记载是两人对局，黑白棋子各六枚，摆好后互相对弹。棋局用石制，方二尺，中央隆起，顶为小壶，四角微微上翘。

除上面的《无题》外，李商隐还写了一些寄内的诗，其中最有名的是七绝《夜雨寄北》。

▷ **夜雨寄北**　　[李商隐]

君问归期未有期，巴山夜雨涨秋池。
何当共剪西窗烛，却话巴山夜雨时。

[**译文**] 你问我几时归来，可还定不了啊（君即你，指妻子）！蜀地秋天的晚上总是下雨，雨水都灌满了池塘。何时才能和你一起在西窗下剪烛夜谈，告诉你在这巴山夜雨的凄凉环境里，我对你是多么想念啊！

此诗写于唐宣宗大中二年（公元 848 年），诗人这年夏秋之交在蜀。诗题说明此诗作于一个秋雨的晚上，寄北是写来寄给北方的妻子或亲友。此外诗题也作《夜雨寄内》，则含意就更明显。

此诗的语句浅显，可情意深长，情调也比较明快，是李诗中脍炙人口的杰作。除赠内的意思外，也有人认为此诗是写给北方友人的。

贫贱夫妻百事哀

悼亡诗是诗人悼念自己去世的妻子所写，其中有些写得情真意挚，带有深切的悲痛，使读者也为之伤感。

李商隐的妻子王氏于唐宣宗大中五年夏秋之交时去世。不久，他的妻弟王十二和连襟韩瞻邀请他去喝酒。李因妻子去世的祭日临近，心情悲痛，没有前去，同时写了下面这首七律寄给请他的主人：

▶ **王十二兄与畏之员外相访见招小饮，时予因悼亡日近不去，因寄** [李商隐]

谢傅门庭旧末行，今朝歌管属檀郎。
更无人处帘垂地，欲拂尘时簟竟床。
嵇氏幼男犹可悯，左家娇女岂能忘。
秋霖腹疾俱难遣，万里西风夜正长。

[**译文**] 在老丈人家的儿子女婿之中，我只配在行列之末。今天王家的歌舞宴会只有畏之你才能享受了。我的室内空而无人，只有长帘垂地，铺着竹席的床上积满了灰尘。她去了，可留下的儿女是那样幼小可怜。连绵的秋雨和思念她的心中悲痛如何才能排解啊！只有那远方吹来的凉冷西风，陪伴着我度过这漫漫长夜。

诗中的谢傅指东晋时的谢安，死后封赠太傅，此处借指作者岳父王茂元。晋代潘岳小字檀奴，后人称他檀郎。唐人常称女婿为檀郎，诗中用以借指韩瞻。嵇氏指晋代嵇康，他的儿子十岁时就死了母亲，诗中借指自己儿子幼小。晋代诗人左思有两个女儿，曾写有《娇女诗》，此处借指自己女儿。腹疾可实指腹泻等疾病，也可指心中的悲痛。

在悼亡诗中，最有名的大约要算中唐诗人元稹所写的几首七律了。

元稹的妻子是太子少保韦夏卿的小女儿韦丛。当时，元稹当着小官秘书省校书郎，生活贫困。可韦氏很贤惠，她虽然是富贵人家的姑娘，但能勤俭持家并体贴丈夫。七年后，即唐宪宗元和四年（公元 809 年），元稹升为监察御史，韦丛因病去世，时年二十七岁。韦死后，元稹写了不少悼亡诗，其中以三首《遣悲怀》最为后人称道。

▶ 遣悲怀三首　　[元稹]

（一）

谢公最小偏怜女，嫁与黔娄百事乖。
顾我无衣搜荩箧，泥他沽酒拔金钗。
野蔬充膳甘长藿，落叶添薪仰古槐。
今日俸钱过十万，与君营奠复营斋。

（二）

昔日戏言身后意，今朝都到眼前来。
衣裳已施行看尽，针线犹存未忍开。
尚想旧情怜婢仆，也曾因梦送钱财。
诚知此恨人人有，贫贱夫妻百事哀。

（三）

闲坐悲君亦自悲，百年都是几多时。

邓攸无子寻知命，潘岳悼亡犹费词。

同穴窅冥何所望，他生缘会更难期。

惟将终夜长开眼，报答平生未展眉。

[译文一] 你这谢公（指东晋宰相谢安，他最爱聪慧的侄女谢道蕴，此处借指韦夏卿）最怜爱的小女儿，自从嫁给我这一贫如洗的丈夫百事都不如意。见我没衣服翻遍了苫草编的箱子，因为我赖着要你买酒而拔下了金钗。心甘情愿地天天吃野菜豆叶，扫下了古槐的落叶当作柴烧。今天虽然我的薪俸超过了十万钱，可只能给你设祭，并且给僧人施斋饭祈求你来生幸福了。

[译文二] 过去开玩笑说你我死后会怎样，今天都成为眼前的现实。你的衣裳已经快施舍完了，可你做的针线还保存着我不忍打开来看。因为怀念你而使我宽待旧日的婢仆，也曾因为梦见你而向寺庙施舍钱财求神保佑。我确实知道，死别是人人都有的恨事，可我们这一对曾度过贫贱生活的夫妻，在回忆时有着多少可悲哀的往事啊！

[译文三] 当我闲坐下来时，禁不住为你的夭逝而悲伤，也为自己的遭遇而叹息。失掉了你，就是活上百岁又有什么意思。你我命中注定像晋人邓攸一样没有儿子（韦氏生过五个孩子，但仅活一女孩），我像潘岳（晋人，擅长写哀悼文字，妻死，写有三首悼亡诗）一样写诗悼念你，可这有什么用处。现在只能希望死后同葬在一个坟墓里了，可在那阴森森的地下有什么值得向往的呢？至于说来生再结为夫妇，那更是虚无缥缈难以期待。我只有终夜不合上眼睛地思念，来报答你对我的深情厚意。

《遣悲怀》第一首写婚后的贫困生活和韦氏的贤德，在"野蔬充膳"，"落叶添薪"的情况下，韦氏毫无怨言。可是等到丈夫"俸钱过十万"时，韦氏却早已去世，诗人只能为她祭奠祈祷了。但这

有什么用呢，她是什么也见不到了。这种对比的写法，愈加使人深感悲痛。第二首写韦氏去世后诗人的伤怀，物在人亡，所有与她过去有过联系的一切，都引起诗人的哀思。更何况曾是一同从贫贱中过来，当年那些艰辛的往事，回忆起来历历在目，让人怎能排解啊！第三首是诗人忆念韦氏后的誓言，"同穴窅冥"，"他生难期"，唯有永远想念着她，才能对她那终生未能展眉的忧思作一点报答。

除前面的《遣悲怀》三首外，元稹还写了悼念韦丛的七绝《离思五首》，其中的第四首最为人们所称道：

▶ 离思五首（其四）　　[元稹]

曾经沧海难为水，除却巫山不是云。
取次花丛懒回顾，半缘修道半缘君。

[译文] 曾经到过沧海的人，瞧不上别处的水；见过巫山那美妙无比、变幻多端的云霞，天下的云都将黯然失色。就是从那艳丽的花丛中经过，我也懒得回头看，一半是因为我专心于品德学问的修养，另一半是因为一直在思念你。

因为这是一首悼亡诗，可知前两句是描述诗人和妻子之间夫妇感情的深厚，而第三句的"花丛"，则应释为"其他的姑娘们"。这样，上面这首七绝的含义是：你我夫妻之间的感情，深广如沧海之水，美好如巫山之云，人世间是无与伦比的。你逝去后，我见过多少美好的姑娘，可毫无眷恋之意。这一半是因为我专心于品德学问的修养，一半是因为对你终生难忘。